U0104146

文學研究叢書・臺灣文學叢刊

被爭奪的風景：

臺灣與滿洲風土書寫之比較（1931-1945）

蔡佩均　著

名家推薦

王惠珍／清華大學台灣文學研究所教授

　　蔡佩均教授長期耕耘偽滿洲國文學領域並積累相當深厚的田野基礎，本書展現了作者宏觀的學術視野，並且奠基在扎實的文獻史料、口述專訪、期刊研究等之上，以比較研究的方法、「風土」的概念對應臺灣本土的文學現象，展開新的議題研究。除此之外，透過張文環、龍瑛宗、拜闊夫、爵青作家的個案分析具體地展演議題的操作方式與敘事鋪陳，在臺灣、偽滿洲各自的歷史脈絡中開展相當細膩深刻的剖析，充分展現作者跨地域研究比較的能力。臺灣學界將因本書的出版，提升對偽滿洲國文學的理解程度，並啟發後學對此一研究領域的興趣與想像。

吳佩珍／政治大學台灣文學研究所教授

　　「風土」是日本帝國形塑殖民地的重要意識形態，也是帝國詮釋其「統治正當性」的重要論述。本書是第一本比較臺灣與滿洲二地的「風土書寫」，同時剖析「風土」論述與日本殖民統治共犯關係的重要著作。

施　淑／淡江大學中國文學系榮譽教授

　　本書由文學社會學角度探討日本殖民者藉近代醫學衛生觀念、風

俗調查、交通建設等手段，重編殖民地臺灣及「滿洲國」本土居民的鄉土認知，形塑新的風土意識。作者逐一剖析官方風土論述在兩地本土和日人作家寫作中的意識反差和不同回應，這部分構成本書的論述主體也是本書突出於已有的日本殖民主義與地域文化研究的地方。其中，對流亡「滿洲國」白俄作家拜闊夫的自然書寫的考掘詮釋，是這一研究領域的創新和重要收穫。

柳泳夏／韓國白石大學中國文學系教授

在東亞話語，日本記憶是不能迴避的研究領域。特別是臺灣與「滿洲國」的歷史記憶給這個時候這個地域的我們很大的啟發。蔡教授在鞏固的學術基礎之上，分析了廣大範圍的有關資料。這是我們尋找東亞的共同分母而重構東亞歷史的過程之一，也是提示她的未來研究方向。

張　泉／北京市社會科學院研究員

在延續四百餘年的世界體制殖民期的後期，日本通過發動侵華戰爭，分別在一八九五年、一九三二年和一九三七年，建立起納入日本本土的臺灣割據地、由清朝遜帝出任傀儡執政（皇帝）的東北「滿洲國」、啟用附逆官員組成僭越中華民國政府的內地「新中國」三種殖民地模式。三地殖民統治的內容同中存異。具體到殖民與文化的關聯，三地文化統制的強度依次遞減，地方（中國）話語以及抵抗殖民的空間依次遞增，深刻地影響了各地的文化與文學樣貌。《被爭奪的風景》一書圍繞「風土書寫」，對臺灣割據地和「滿洲國」進行比較研究，開創性地揭示出「風土」與殖民間的複雜的重層聯動。在打著

「新中國」招牌的北京、南京、「蒙疆」等廣袤的內地淪陷區，也有大量的「風土書寫」。後來者如果進一步將「風土書寫」擴展到「新中國」，或可有助於勾勒出東亞殖民語境中的中國失地的完整圖景？

陳栢青／作家

有些論文要用腦子，有些論文必須用腳。蔡佩均的論文，頭腳具足，頭角崢嶸。他筆下的提問，甚至到遠方現場親身考察回答，專下死功夫，才能寫出活靈活現的第一線觀察。這一回望，回音遠穿過半世紀，再往前，其實是在臺灣文學研究的視野上推進一大步。

劉曉麗／華東師範大學中國語言文學系教授

近代文明，不僅發明了「風景」，同時發展出有關「風景」的認知裝置，產生種種意識形態觀念。在殖民地語境中，「風景」這種認知裝置展示得尤為明顯。《被爭奪的風景：臺灣與滿洲風土書寫之比較（1931-1945）》一書系統討論「風景」如何為臺灣與「滿洲國」各種意識形態所用，產生出複雜的政治和倫理後果。通過臺灣與「滿洲國」錯綜的風土書寫，討論日本帝國與殖民地、殖民地與殖民地之間交錯的複數風景與政治隱喻。由此，把握東亞殖民地世界的基本結構。

劉維聰／爵青先生長女

「優秀的人品和善良是人生的通行證。」這是父親對我耳提面命的囑咐。謹以此贈給曾經來長春訪談我的蔡佩均博士。

劉柳書琴／清華大學台灣文學研究所教授

殖民治理下的滿洲和臺灣，由於差異的風土和相似歷史處境，使兩地文藝運動形成對位的存在。這是本書的基本框架與核心命題。

一九一〇年代，臺灣就有醫生和商人前往關東州；一九三〇年代，東北青年駱駝生與臺灣左翼作家吳坤煌等人攜手抗爭；楊逵也勇敢為文讚許蕭軍等人描寫「滿洲國」苦難的作品；直到一九四〇年代，兩地作家仍在東京接觸，暗自借鑑彼此的文藝戰略。

蔡佩均博士連續多年前往東北，蒐集文獻，訪談老作家及學者，並大範圍探尋東北文學與風土人情的千絲萬縷。她在本書中分析爵青、疑遲、拜闊夫、張文環、龍瑛宗、葉石濤……等作家的觀點，提出的「理想風土」、「另類南方策略」、「荒原流民圖」、「滿洲新人試煉場」等概念，堪稱先驅性的分析。對兩岸後起的相關作品研究及文學史比較，打開了新局面。

本書描繪帝國南北地緣政治，如何激起被殖民者的文藝抗爭？如何形塑跨域文藝運動的連動力學？作者翻譯了未出土文獻、脈絡化兩地作家經典、再現熱帶島嶼文本、同時展示白山黑水的文學地景，提出了洞見深刻的解釋。

蔣　蕾／吉林大學新聞與傳播學院教授

通過蔡佩均的剖析，我們猛然發現，臺灣滿洲風土書寫的內容並非風景，而是政治，是以殖民為主題的政治表達。風景，不再是自然景觀，而成為文化政治的標本，殖民與反殖民爭奪的對象。

目次

第一章
緒論

第一節 研究背景及目的

一 研究背景

一八九五年甲午戰後，日本獲取了第一個殖民地臺灣，時隔十年，又因日俄戰爭奪得關東州，接著於一九一○年將朝鮮半島吞併帝國版圖，一九三二年三月侵略東北炮製「滿洲國」，並將長春改名「新京」作為其政權下的首都，一九三七年發動侵華戰爭。伴隨日本帝國勢力的漸次崛起，覆蓋東亞殖民地與淪陷區的殖民權力話語也甚囂塵上，文學界所受影響十分顯著。殖民話語波及臺灣、朝鮮、「滿洲國」、中國淪陷區等地，除了直接牽引各地文藝走向、本土作家與外地作家的接觸交流與權力競合，也影響了作家的主體性、地方論述與美學表現，乃至歷史解釋與文化建構。其中，作為日本第一個海外殖民地與南進基地的臺灣，以及作為北進基地的「滿洲國」，從二十世紀初期日本帝國的北進、南進爭議到一九四○年代「大東亞共榮圈」的擴張，兩地本土文藝皆在「帝國擴大化」的歷程中隨著帝國引入的新地理想像、地方感及地緣政治，進一步形成獨特發展，並在一九四○年代臻於意識形態與文學競爭的高峰。[1]

---

1 相關研究如，吳密察策劃《帝國裡的「地方文化」：皇民化時期臺灣文化狀況》（臺北：播種者數位公司，2008年12月）；朱惠足〈帝國下的漢人家族再現：滿洲國與殖民地台灣〉（《中外文學》37卷1期，2008年3月，頁111-140。）；劉恆興〈日治下

　　殖民主義對風土書寫的美學表現曾經起過怎樣的影響，是筆者關注的焦點。在此我們可舉坪井秀人的研究為例來加以說明。坪井秀人曾以「南蠻意象」在日本的歷史變化作為切入點，探討與清理日本本土的東方主義與自我東方主義問題。「南蠻」，原指葡、西統治下的澳門和呂宋列島；幕府開國後，逐漸擴大指稱所有外來帝國主義國家帶來的文化與政治影響；日本晉身帝國主義國家行列後，從自詡迎頭趕上西方近代化國家之立場，追溯、釋放與重寫十六至十九世紀日本對西洋的卑屈感與文化偏見，開始出現了「南蠻趣味」的文學，南蠻一詞中的屈辱性逐漸轉換成炫耀性。坪井秀人認為，明治到大正期日本作家的南蠻書寫是以異國情調主義為重要形式，而這種書寫包含了兩個層面的意涵：一是，早期日本人對南蠻人（泛指西方人）異國風俗及其野蠻性的好奇；二是，日本人這種好奇心態背後顯示的日本文化之野蠻性。[2]日本對於南蠻意象建構的演變，強化並內化了西歐意識形態中的自他二元對立邏輯，同時明治政府又透過自他二元對立邏輯的操作，壓迫諸如琉球、北海道、臺灣、朝鮮、滿洲等後續的民族。坪井秀人透過對南蠻情調文學的研究，提出異國情調文學背後的殖民主義思維，而他的警告我們更早即能在岩淵功一等學者的論文中聽見。岩淵功一呼籲，必須注意自我東方主義往往以異國情調遮蔽主流體制對弱勢者的壓抑和排斥的事實。[3]

　　臺灣及滿洲國鄉土文學運動與國族主義關係之比較〉，美國：加州大學聖塔芭芭拉分校臺灣研究中心編《台灣文學與歷史：2006台灣研究國際學術研討會論文集》，2007年，頁40-85。

2　參見，坪井秀人〈作為表象的殖民地〉，收錄於吳佩珍主編《中心到邊陲的重軌與分軌：日本帝國與臺灣文學・文化研究》，臺北：臺灣大學出版中心，2012年9月，頁161-208。

3　岩淵功一著；李梅侶、何潔玲、林海容譯〈共犯的異國情調：日本與它的他者〉，《解殖與民族主義》，香港：牛津大學出版社，1998年，頁197。

　　東方主義除了影響日本作家對自國風土的美學表現之外，更影響作家對殖民地的觀看與再現。首先，我們將焦點放在第一個淪為日本殖民地臺灣。以日治初期書寫臺灣的作品為例，書寫者多半來自甲午戰爭的參戰者、接收臺灣的軍人、調查探險隊的成員，作品內容偏向地理、人種、風俗之調查記錄，成為同時代及其後不具有臺灣經驗的作家在創作時的參考素材。然而，這些出自日本人手筆的「臺灣」元素，有時作為象徵主人公自我放逐的場所，有時則僅僅見於人物對話中的引述，反映當時日本的言論、文化或社會潮流，非關作家對新領土的客觀認識與深刻思考。[4]一九一〇年代起，日本盛行海外觀光風潮，在臺灣總督府制定宣傳策略招攬內地文人來臺旅遊的推波助瀾下，出現了書寫殖民地臺灣、記錄臺灣之旅的作品類型，一九二〇年來臺旅行的佐藤春夫及其後陸續完成的小說可視為代表。他寫於一九二五年的〈女誡扇綺譚〉，被島田謹二譽為成功以臺灣題材描繪了日本傳統美學以外的心境、風物與人物[5]。

　　除此之外，伊藤永之介、中島敦、田村泰次郎、野上彌生子、中村古峽、真杉靜枝、中村地平、大鹿卓等人，有的完全不具臺灣經驗、有的曾來臺旅行、有的居住臺灣數年到十數年以上，都曾提出令人注意的臺灣題材作品。其中三〇年代登場的真杉靜枝、中村地平、大鹿卓等年輕作家，更以臺灣主題的處女作或成名作，在日本中央文壇一舉成名。有關在這些作品中，日本作家如何利用殖民地題材、異國情調風土；如何仿擬西方人的位置、視線與感覺，去再現其想像中的「殖民地土人」臺灣人或「野蠻人」原住民；去形塑迎合內地讀者

4　楊智景〈解題：帝國下的青春大夢與自我放逐〉，收錄於《華麗島的冒險：日治時期日本作家的台灣故事》，臺北：麥田出版社，2010年1月，頁234-236。

5　井上健〈作為幻想小說的佐藤春夫之《女誡扇綺譚》〉，收錄於《後殖民主義：台灣與日本論文集》，臺北：臺灣大學日本語文學系，2002年4月，頁63。

趣味、有商業市場的南方殖民地作品；增加自己在中央文壇的經濟資本與文化資本一事，也是許多學者們關注的重點。[6]臺灣位處日本帝國的南境，這樣的地理位置從內地中心主義的觀點來看，原本意謂著邊陲、疏離和落伍，但是經過數十年的殖民統治以後，隨著在臺日本人知識階層與文化圈逐漸成形，在臺日本人社會意識與外地認同也逐漸增強。無論是日本內地或臺灣，「鄉土」一詞皆是一九三〇年代的重要關鍵字，刺激了鄉土教育與鄉土文化運動的展開，但另一方面也連結到日本法西斯主義「愛鄉即愛國」等國家主義論述。日本的鄉土論述在一九三〇年代初期影響到臺灣，以「鄉土」為核心概念，以文壇為主要陣地的民間知識界展開了鄉土文學論戰與臺灣話文運動。

我們可以從既有研究發現，日本的東方主義與自我東方主義文藝現象，在明治維新文明開化政策達到一定成果後浮現，首先出現於日本國內，而後隨著明治到大正期日本國土在臺灣、朝鮮、樺太、「滿洲國」、中國及南洋占領區的擴張，以及日本作家的海外旅行、移住和世代繁衍而出現各種變異。不幸淪為日本第一個海外殖民地的臺灣，在日本的東方主義與自我東方主義文藝擴張現象中，扮演了第一站的位置；值得注意的是，同樣深受殖民主義論述影響的關東州與「滿洲國」，也激發出特殊的文藝生產形式。

長年研究東亞近現代文學與文化史的北京清華大學王中忱教授，曾對一九二〇年代日本現代主義詩歌在大連的發展狀況提出分析，探

6　參見，蜂矢宣朗〈中村地平と濱田隼雄——「霧の蕃社」と「南方移民村」〉，《台灣日本語學報》13，1998年12月，頁411-417。阮文雅〈憧憬與嫌惡的交界：中村地平「熱帶柳的種子」〉，《東吳日語教育學報》25，2002年7月，頁279-307。吳佩珍《真杉靜枝與殖民地台灣》，臺北：聯經出版公司，2013年9月。簡中昊〈大鹿卓の『野蛮人』——植民地時代における二元対立論への挑戦〉，《日本研究》第47期，2012年3月，頁109-126。

討殖民地語境對現代主義詩作的意義生成具有何種作用？[7]其論著中與風土論述批判相關且發人深省的觀察在於，以一九二四年創辦於大連的《亞》詩刊詩人群的安西冬衛與北川冬彥相互對照，說明不同意識形態立場的兩人，詩作題材同樣選取來自大陸風土的意象，但從安西的〈軍艦茉莉〉或著名詩句「一隻蝴蝶飛過韃靼海峽去」可知，他連接兩組相隔遙遠的意象，目的在於將被殖民者的文化資源與趣味性，去脈絡性地編織進自己的表述體系和想像世界；而北川筆下「軍國的鐵路在凍結的沙漠中種植下無數牙齒」之〈潰毀的鐵路〉及「把軍港作為內臟」的〈馬〉，卻是通過意象的提煉來諷刺軍國主義。王中忱的研究引發筆者思考，兩位詩人同樣跨越日本國界，涉獵異域文化，作品同樣隱喻殖民地現實境況，但在話語的建構過程中，類似的風土題材卻被塑造成全然相反的指涉，前者響應戰爭，後者與現實對決。

　　延續前論對於殖民地城市的考察，將時間推移至「滿洲國」建立後的一九三〇年代後期，岡田英樹的專著帶領我們看到一個風土話語相互競逐的文學世界，此即「大連意識與新京意識的相剋」。什麼是城市意識？兩地為何相剋？岡田在書中引用文藝評論家西村真一郎的話加以說明：「這是居住在關東州的作家和滿洲國內作家之間的問題。……，兩者由於環境差異導致出現矛盾。……。當立足於擁護指導滿洲國健全躍進的我國大局時，大連意識就勢必會被新京意識所消融。」[8]此外，曾在大連的滿鐵總局工作十五年，一九三八年轉調滿鐵新京支社的作家町原幸二也直率地表明：「在我看來，大連是一口

7　參見，王中忱〈殖民空間中的日本現代主義詩歌〉，《越界與想像：20世紀中國、日本文學比較研究論集》，北京：中國社會科學出版社，2001年8月，頁27-67。

8　西村真一郎〈對立的揚棄：滿洲型知識分子的問題〉，《滿洲日日新聞》，1938年9月16日。原刊日文，中譯文轉引自，岡田英樹著，靳叢林譯《偽滿洲國文學》，長春：吉林大學出版社，2001年2月，頁4。

老井，我則沉睡了十五年。而新京起碼讓人感到一種大池塘般的寬闊視野。我醒來了。」[9]

岡田追索這兩種意識的對立與日系作家的發言，釐清大連作家對於擁護「滿洲國」躍進作出何種程度的批判。筆者則關注，作為統治大動脈的「南滿洲鐵道」沿線重要節點都市大連、新京、哈爾濱，以及非屬鐵道附屬地都會的滿人傳統城鎮、邊境鄉村及密林地帶，又蘊含怎樣截然不同的自然風土與聚落人文，作家受外在環境制約與觸發而產生的生活形態與心理波動又如何反映於作品中？再擴而論之，不同族群身份、教育背景、語言素養、美學傾向與意識形態的作家，如何描繪現實，如何建構滿洲形象？殖民統治、殖民地醫學、消費市場、言論檢閱、官方文藝政策，如何對作家和文化人的主體性、文藝社群、文學路線、文化建構產生干預、制約或激發？

筆者之所以對風土書寫與殖民地論述之關聯性感興趣，乃因完成於二〇〇五年的碩士論文曾以戰爭期臺灣漢文通俗文藝報刊《風月報》、《南方》為研究範疇，發現了殖民都市現代性與大眾文學參與都市文化建構有密不可分的關係。之後，在二〇〇五至二〇一二年間，透過參與國科會研究計畫的機緣，我曾七次隨同計畫主持人柳書琴教授前往中國北京、東北三省、上海、日本京都進行移地研究，於各地圖書館內以「滿洲國」現代文學為主題進行文獻查閱、複印舊籍、訪問館員及當地老作家等，包含北京國家圖書館、中國現代文學館、中國社科院、長春市圖、吉林省圖、大連市圖、哈爾濱市圖、上海市圖、東北師大、吉林大學、北京大學、復旦大學、華東師大、京都「国際日本文化研究センター」圖書館等。

在實地踏查的過程中，我幾度穿梭於中國東北舊南滿、北滿地域

9　町原幸二〈隨筆・新京〉，《滿洲日日新聞》，1938年8月21、23日。原刊日文，中譯文轉引自，岡田英樹著，靳叢林譯《偽滿洲國文學》，頁3。

之間，觀察地理特色、名勝古蹟、歷史事件爆發地，也參觀博物館，走進市集欣賞地方戲曲，傾聽舊時代知識人和老作家憶述苦難，體驗了登長白山密林、遠眺天池的震撼，以及漂流於滿族神話發祥地松花江的清冷，更走過「滿洲國」皇宮，觀看特展及老照片，思忖當代中國如何對溥儀這一段異族征服王朝及「偽政權」進行歷史敘述及文物再現。這些體驗帶我走進滿洲文學中的風土，促使我思索臺灣與「滿洲國」這兩個深受日本帝國主義宰制的地域，被迫脫離了原本所屬的地理與歷史脈絡之後，如何對帝國掀起的風土論述予以回應或回擊？

二　問題的提出

「滿洲國」雖非採行殖民地型態的法政體制，但與臺灣、朝鮮同樣受到宗主國日本支配，受到日本在兩地累積的殖民統治經驗、政策制度、官僚人員、文化論述的諸種影響，同時又因應多民族社會與北方風土逐漸發展出獨特的制度與治理模式，是日本帝國範疇內最晚近、也最複雜的一個準殖民地。筆者發現，在殖民或準殖民體制作用下的臺、滿文壇，與風土相關的論述、論爭及創作為不可忽視的文化現象。下列三點尤其值得我們關注：第一，基於解決現實占領與統治需求，在殖民地醫學與衛生治理帶動下生成的官方風土論述，如何成為內地人對殖民地的主流想像並影響了最早階段對殖民地風土的描寫與詮釋。第二，臺灣及滿洲本土作家以小說、詩歌、散文、報導、文藝評論、文藝論戰，揉合時代議題、風土書寫所形成的帶有批判性的地方文學作品或地方文壇建設論述。第三，流亡東北的白俄作家以風土書寫借喻民族境況，帶有政治與文化批判的作品。

（一）何謂風土？

何謂風土？這一個帶有學術根據又在二十世紀前期被廣泛使用以致充滿曖昧性的名詞，是我們首先應該了解的。

日本京都學派思想史家和辻哲郎（1889-1960）在《風土：人間學的考察》一書中通過對世界風土特性的考察，分析各地的哲學和藝術特徵。他對「風土」一詞作了如下界定：「所謂風土，是指某種土地上的氣候、氣象、地質、土質、地形、景觀等的總稱。」[10]和辻的系列風土學論述在一九三五年以《風土：人間學的考察》一書集結出版，風行一時。他將人類一切生活環境廣泛視為「風土」，風土包括自然與人文的空間性之整體體現。該書論證了「風土」對人或民族文化產生的巨大影響，並將一般對於風土的理解，亦即決定人類性格及生活方式的自然環境，進行重新定義。他提出，風土是促使人類發現自我存在的「契機」，亦即其所謂的「存在結構的契機」。和辻是將日本哲學思想引向世界的代表性人物之一，他在風土理論上的卓越貢獻，使他成為影響近代日本倫理學、文化史、哲學和思想史的重要人物。

和辻不滿海德格過於傾向用時間性或歷史性來掌握人的存在結構，而忽略了人與空間性或風土性的關聯，故以人與空間性或風土性的關係為主體，從風土論回應「人的存在結構」之理論。生命哲學的研究者木岡伸夫，曾指出和辻學說的缺失在於，其論述多以農村共同體式的傳統社會作為研究對象，絕少提及人與都市如何連結等主題。[11]和辻哲郎確實未關注都市及殖民地的風土問題，且其學說後來被引

---

10 和辻哲郎（著）；陳力衛（譯）《風土：人間學的考察》，北京：商務印書館，2006年9月，頁4。

11 木岡伸夫〈「都市の風土學」とは何か〉，木岡伸夫編著《都市の風土學》（京都：ミネルヴァ書房，2009年2月），頁3-4。

用為日本帝國主義擴張的論述資源之一，但是他將「風土」從原本在主體性和文化生產過程中，沒有被意識的邊緣，提升為影響主體性和文化創造的重要契機，使風土與主體性、文化再現、文化體系建構之間的關係有重新評估的必要，此一發現和貢獻對一九三〇、四〇年代，乃至戰後二、三十年的東亞知識界對文化生產的本體論、認識論及文化藝術創作方法論產生極大影響。在殖民統治和時代思潮影響下出現於臺灣、滿洲的風土書寫和風土論述，以及它們具有哪些特殊內涵和創新意義，即是本書想調查、整理和分析的對象。

　　鄉土文學作品常被直觀地等同對帝國主義的反抗，但書寫鄉土這種文學行為及其產物為何能夠產生批判帝國主義的效果，卻少見具體且深入的分析。筆者認為小說中的「鄉土」與「風土」都是一種裝置，兩者的概念與內涵在二十世紀前期的臺灣和滿洲多有重疊，卻又不盡相同。兩者同樣包含人與土地、環境及聚落的互動，但前者著重點在「人」，而後者著重在「地」，亦即有意識的提高地理景觀描寫在小說意義構成上的象徵意涵，使它成為批判殖民者的裝置，以地景及環境變遷暴露社會問題，或以風土進行替代論述。

　　接下來，讓我們談談「鄉土」這一個在二十世紀前期更加被廣泛使用的詞彙。首先，我們必須注意，鄉土一詞被廣泛使用的時段，在臺灣主要侷限於一九三七年中日戰爭之前。中日戰爭爆發後，一九二〇年代以來的臺灣新文學運動被迫改頭換面，多數本土作家被迫停筆，中文書寫空間被嚴重限制，鄉土文學一詞也快速沒落，但是「鄉土」指涉的概念與創作經驗沒有完全斷絕，其論述能量與批判力被「地方」一詞繼承轉用。在「滿洲國」，中國人作家（「滿洲國」當時稱為滿系作家，包含滿族、漢族等）也曾就鄉土創作的形式與內容展開歷時四年（1937-1940）的論辯，即「鄉土文學論爭」。這場圍繞文藝創作理念展開的論爭，引發多位滿系及日系作家（「滿洲國」日本

人作家的特定稱呼）關注[12]，「鄉土」一詞成了當時「滿洲國」文壇最重要的關鍵字，其內涵成為不同陣營作家們爭奪定義的對象，在許多作家筆下，鄉土更是家國寓言或文化傳統的喻體。然而自一九四一年三月「滿洲國」國務院弘報處發布《藝文指導要綱》後，文藝工作者只能在要綱的規範內創作，思想言論控制和文化統制日趨強化；是年十二月「哈爾濱左翼文學事件」等作家肅清行動陸續爆發後，關沫南、陳隄、王光逖等左翼作家身陷囹圄，鄉土文學的口號成為絕響。

　　有鑑於此，筆者不使用「鄉土」這個無法詮釋中日戰爭、太平洋戰爭後的臺、滿文藝現象之概念，而提出「風土」此一既與主體性、文化再現、文化體系建構之間具深刻關聯，又是從帝國主義侵略行為、殖民統治政策伊始，就從官方論述到民間場域，不斷覆蓋、支配內地人殖民地想像，以及本土住民自我認識的論述作為新的切入點。風土，既是本文的分析對象，也是分析視角；具體討論現象則表現於風土書寫、風土論述、風土建構等層面。從官方的醫療衛生論述，到官方交通部門或民間觀光機構發行的風土誌、旅遊書、風景寫真帖、名勝導覽等地誌類書籍，到本土作家與內地作家有關風土的評論及創作，都是筆者分析風土論述對殖民地文藝影響軌跡的一手文獻。

　　上述關懷正是筆者的出發點，本書將以臺灣與「滿洲國」作家的風土書寫作為比較的對象，考察下列議題：作家的民族身份、生活經歷及政治立場，如何影響他們對地方的觀看與表述？有關風土的書寫透過哪些基本議題與文學形式，對一地的自然環境、生態資源、人文空間及風俗進行再現？文學作品中的風土，如何從故事的背景或一般性的風景描寫，成為一種文化象徵、政治隱喻或論述裝置，承載本土

---

12 參見，《詩歌人・讀書人連叢第4本》（藝文志事務刊行會，1940年）整理登載的「日系如是說」專題，包含日向伸夫〈滿系雜誌與滿系文學〉（頁114-115）、大內隆雄〈滿系文學人之一傾向〉（頁115）、古長敏明〈對于滿系作家底對立〉（頁115）、古長敏明〈惜滿系作家底對立〉（頁116）。

作家對帝國殖民治理、拓墾開發與現代性論述的批判與回應？殖民地文壇如何爭奪風土的詮釋權力與論述資源，作為文壇建設或文藝社群競爭的進路？藉由上述論題筆者希望能歸納，臺、滿作家如何使用各自的語言工具、文化邏輯、敘事傳統、民族情感、文學社群、出版資源、邊境經驗、流亡身份，在風土論述這個象徵性濃厚、政治性隱蔽的領域，展現其與殖民主義、資本主義、人類中心主義的批判與角力。

（二）何謂「南方憧憬」？

在分析臺灣作家的風土書寫時，「南方憧憬」題材是不能迴避的重點。臺灣位處日本帝國南境，這樣的地理位置從內地中心主義的觀點來看，經常被表述為邊陲、疏離、落伍和異國情調，但是隨著移民者的增加、在臺日本人知識階層與文化圈成形，其社會意識與外地認同也逐漸增強。在這樣的背景下，相對於「內地」和「北國」等概念，「外地」和「南方」等概念與詞彙也開始流行，在一九三七年南進政策展開及太平洋戰爭開戰後，更被賦予國策性的政策高度與政治意涵。「南方」，不只是地理上的所指，更是一種新的文化戰略。

西川和島田等以《文藝臺灣》雜誌為中心的一群作家與學者，對於外地文學理論的具體實踐，從日本人對臺灣社會投出的東方主義視線產生。這種視線可以「南方憧憬」四字概括之，即把臺灣風土編寫為一系列帶有「南方」特徵的符號，加以本質化、浪漫化的過程。西川滿是將臺灣意象賦予異國情調色彩，以南方憧憬在中央文壇上提出新的主題和審美風格、找到外地作家定位，並向內地輸入殖民地文本的重要人物。在一九四五年前的十多年期間，他在創作、評論、出版、書籍裝幀、文藝社群組織、日刊報紙文藝欄編輯方面，努力使南方憧憬被發揚光大。南方憧憬的寫作，隨著南進政策的強化，逐漸以「南方文學」定調，並在島田謹二的理論建構與《華麗島文學誌》的

歷史梳理之後，以《文藝臺灣》雜誌形成臺灣外地文學最有活力的創作與論述場域。

然則，在臺日本人作家在南方文學脈絡下的風土書寫，經常遭到本土作家批評，認為與臺灣現實存在太大距離。用 Edward Said 對東方主義的分析來看，那些描寫僅是西川滿對他認定為「臺灣」之物產生的意識形態上的假定、形象和幻想，不過邱炳南與葉石濤的早期創作畢竟受到他強烈的影響。我們不可忽略，西川滿及其模仿者帶有濃厚自我東方主義特徵的風土論述是日治時期南方文學的一種典型，它們激起臺灣作家怎樣的回應，臺灣作家又如何書寫，筆者則將提出張文環、龍瑛宗的案例進行參照。

（三）「滿洲國」的兩個世界

筆者在論文中將「滿洲國」全境分為兩個世界進行分析：第一，是中東鐵路與南滿鐵路沿線及其附屬地（參見圖一中的鐵路沿線深灰色區域）。此區域與旅大兩地同在日俄戰爭後割讓予日本，在性質上屬於租借區，地域風土、城市景觀、人口活動各方面的發展，自一九〇五年以後受到日本帝國軍事行動與資本主義建設的影響與覆蓋，反映了殖民主義政策與計畫性經濟開發的特點。第二，上述區域以外的舊有東北四省政府治理地域（參見圖一中的淺灰色區域）。這些地區在一九三一年滿洲事變之後淪為「滿洲國」領土，除了傳統城市與聚落，尚有廣大未開拓地，邊境的風土和人文景觀也相對保留得較為完整。

「滿洲國」成立後，以上兩種社會空間皆被納入統轄，但實際上卻是被行政體制與鐵道貫連在一起的異質空間。蛛網密結的鐵道網象徵日本政治布局與殖民資本擴張，鐵路旅遊事業蓬勃發展的同時也輔助政府「展示滿洲」，以宣傳殖民建設成果，招徠更多來自內地、朝鮮、臺灣的移民，也吸引了國際間的流亡者。

圖一　「滿洲國」與中東鐵路、南滿鐵路示意圖

　　據筆者觀察，流亡滿洲的白俄作家拜闊夫及滿系作家疑遲，皆有意識地選擇第二種地域作為小說場景，發展其文藝主體性，或建構一種批判性的風土話語。爵青則擅長描繪第一種地域的殖民都市，描寫都會空間中的黑暗角落、市民的精神頹廢，藉由「反都會論述」批判殖民主義現代性。筆者將透過上述分區，探討滿系作家與白俄流亡作家如何利用不同空間、敘事、社會身份，藉由書寫東北密林或新國都，回應官方及日系作家的歷史建構與滿洲文學。

　　透過比較研究，我們將更容易理解臺、滿兩地風土書寫有何分殊；風土文本與風土論述從一九三○到四○年代的變異；以及本土知識人和外地知識人如何接受或挪用風土資源於文壇建設。論文分析涉

及的時段雖上溯關東州廳時期，但主要從一九三一年日本占領東北起始至一九四五年日本投降為止；在文本方面，則以留在「滿洲國」的「現地作家」於報紙期刊上通過檢閱而發表的作品為主。

第二節　文獻回顧與評述

一　研究文獻

　　本書以一九三一至一九四五年間在臺灣、「滿洲國」發行的文學報刊、綜合雜誌、小說單行本，以及兩個地區在戰後復刻、出土的文學文獻作基礎，追溯臺、滿文學中的風土書寫脈絡。

　　臺灣文學方面，自一九七〇年代中期陸續翻譯、出版戰前作家作品。小說部分，遠景、前衛兩出版社首開風氣之先，分別發行《光復前臺灣文學集》、《臺灣作家全集》，近十餘年來更有張文環、王昶雄、楊逵、賴和、巫永福、龍瑛宗、葉石濤等作家全集問世，以及中島利郎主編的《日本統治期・臺灣文學日本人作家作品集》、《日本統治期・臺灣文學臺灣作家作品集》。臺灣文學研究在一九九〇年代初期邁入學科化進程，成為臺灣民主化運動表現於文化領域的指標之一，作家出土、史料復刻、文學史著出版、研討會舉辦、大專院校臺文系所設置、中小學國文課綱調整、臺灣文學館設立等事業逐一展開，相關研究推陳出新。

　　相較之下，「滿洲國」文學方面因歷史與政治環境敏感，文獻史料長年塵封或遭毀損、丟棄，部分檔案至今仍未完全解密，向來資料零散而研究有限。中國大陸的相關文獻整理和研究開展於一九八〇年代，遼寧省社會科學院文學研究所和黑龍江省社會科學院編輯出刊的《東北現代文學史料》（後更名《東北現代文學研究史料》），邀集老

作家撰寫「滿洲國」文壇回憶錄、重刊部分戰前作品。此後又有哈爾濱市圖書館編錄《東北淪陷時期作品選》，張毓茂主編《東北現代文學大系》（1996）；錢理群主編《中國淪陷區文學大系》（1998）；梁山丁編選短篇小說集《長夜螢火》（1986）、《燭心集》（1989）；中國現代文學館編「中國現代文學百家」套書（1999）收錄梅娘、爵青、舒群、袁犀等「滿洲國」作家代表作；春風文藝出版社於一九九〇年代出版白朗、羅烽、馬加文集；李春燕編《古丁作品選》（1995）；吉林省圖書館復刻出版《偽滿時期文學作品叢書》，包括楊慈燈、王秋螢、吳瑛、范瑩、山丁、梅娘、古丁、趙小松共八位作家作品（2016）。戰前期刊方面，則有北京線裝書局復刻「偽滿洲國期刊彙編」（2008）[13]。另外，近年來最重要的研究出版，當屬華東師範大學劉曉麗教授主編的「偽滿時期文學資料整理研究」叢書（2017），叢書共計作品卷十五冊、史料卷五冊、研究卷十四冊，為研究者提供珍貴文學史料與研究路徑。[14]

除了公開出版或復刻的史料，本書也將借助海外調查所得原始文獻、作家及後嗣訪談。筆者曾採訪「滿洲國」作家梅娘、金音、李正中、朱媞，以及爵青之女劉維聰、古丁之子徐徹教授、馬加之子白長青教授，並有二篇訪談成果發表，分別為：〈從「冷霧」到《牧場》：滿洲文壇回眸──馬尋訪談錄〉[15]、〈我們究竟為何而寫？東北老作家李正中口述〉[16]。

---

13 自二〇〇八年迄今，已完成包含一百餘冊「滿洲國」期刊復刻，其中包含《文選》、《明明》、《藝文誌》、《新滿洲》、《麒麟》、《新青年》等重要文藝雜誌。

14 參見，劉曉麗主編「偽滿時期文學資料整理研究」叢書，哈爾濱：北方文藝出版社，2017年1月。

15 柳書琴、蔡佩均〈從「冷霧」到《牧場》：滿洲文壇回眸──馬尋訪談錄〉，《抗戰文化研究》第4輯，桂林：廣西師範大學，2010年12月，頁290-299。

16 柳書琴、李偉、蔡佩均〈我們究竟為何而寫？東北老作家李正中口述〉，《文訊》第320號，2012年6月，頁81-88。

二　相關研究情況評述

（一）臺灣的鄉土教育與鄉土文學運動

　　本書將「風土」當作深化過往「鄉土」研究的一種新研究框架，因此有關鄉土概念的討論，依然是筆者無法迴避的基礎。因此許佩賢、陳淑容、黃美娥、趙勳達、吳叡人、陳培豐等人的研究首先必須參考。臺灣教育史研究者許佩賢指出，由於日本本土盛行的鄉土教育運動影響，一九三〇年代臺灣各州廳出現了鄉土調查與鄉土誌編纂的熱潮，多數小公學校師生被動員參與，一九三一年豐原公學校出版的《豐原鄉土誌》即為此運動的首波成果。然而，部分臺人教師挪用鄉土教育運動中「愛鄉即愛國」[17]的理念，於授課時活用鄉土素材，透過美術及工藝的鄉土化、生活化，落實鄉土的振興。許佩賢提醒我們，日治時期的鄉土教育運動未必全然是官方意識形態的複製，其中亦不乏民間文化人、教師與作家投入。[18]

　　在推行鄉土教育運動的相近時間點上，文學界也掀起鄉土文學／臺灣話文運動，陳淑容從「臺灣文藝協會」與「臺灣文藝聯盟」的結成，詳述鄉土文學與臺灣話文運動的社會背景、論爭發展、刊物立場、論者背景及論點。[19]黃美娥則觀察到，鄉土文學運動中傳統文人

17　參見，許佩賢，〈「愛鄉心」と「愛国心」の交錯：1930年代前半台湾における郷土教育運動をめぐって〉，《日本台湾學会報》10，2008年5月。

18　當時任職北屯公學校的本土作家賴慶，也曾加入校長宮島虎雄主持的編纂計畫，一九三二年十二月出版的《北屯庄鄉土誌》中，賴慶執筆篇幅達總頁數的十分之一。參見，柳書琴〈《臺灣新民報向右轉：賴慶與新民報日刊初期摩登化的文藝欄〉，《臺灣文學研究集刊》12，2012年8月，頁15。

19　參見，陳淑容《一九三〇年代鄉土文學／臺灣話文論爭及其餘波》，臺南：臺南市立圖書館，2004年12月。

與新知識份子在「本土性」上找到了合作基礎。[20]趙勳達進一步分析，新舊知識份子的合作建立於兩種不同思維，對於「鄉土」的認知存在著斷裂，當新知識份子脫離對五四文學現代性的孺慕，轉而追求臺灣主體文化的建構時，傳統主義者選擇回歸中國文化的「雅」，以抵制臺灣新文學的「俗」。[21]

　　此外，吳叡人試圖對臺灣在民族文化建構上的多樣性與複雜性提出詮釋，他認為一九三一年政治上的民族主義運動瓦解後，能量轉移到文化鬥爭領域發展成「臺灣文化民族主義」，其核心便是「臺灣話文」。[22]陳培豐指出，臺灣話文運動是臺灣人在抵抗日本統治時，醞釀出的一個脫離中國和日本的框架，藉此構築屬於自己的漢文共同體。[23]同樣聚焦鄉土論述的林巾力則認為，「鄉土」與鄉土文學的提出，在很大程度上是企圖以臺灣的特殊性來作為臺灣文學自主性的建構基礎。[24]

　　最後，則是與「南方憧憬」議題相關的研究，此領域的研究由蜂矢宣朗《南方憧憬：佐藤春夫と中村地平》（1991）最早推出，書中將佐藤春夫與中村地平的小說置於「南方憧憬」脈絡下進行考察。[25]

---

20 參見，黃美娥《重層現代性鏡像：日治時代臺灣傳統文人的文化視域與文學想像》，臺北：麥田出版社，2004年，頁106-113。

21 參見，趙勳達〈「文藝大眾化」的三線糾葛：一九三〇年代台灣左翼、右翼知識份子與新傳統主義者的文化思維及其角力〉，成功大學台灣文學研究所博士論文，2008年。

22 吳叡人〈福爾摩沙意識型態──試論日本殖民統治下臺灣民族運動「民族文化」論述的形成（1919-1937）〉，《新史學》17：2，2006年6月，頁127-218。

23 參見，陳培豐《想像和界限：臺灣語言文體的混生》，臺北：群學出版社公司，2013年7月。

24 林巾力〈「鄉土」的尋索：台灣文場域中的「鄉土」論述研究〉，成功大學台灣文學研究所博士論文，2008年。

25 蜂矢宣朗《南方憧憬：佐藤春夫と中村地平》，臺北：鴻儒堂書局公司，1991年5月。

邱雅芳同樣以日治時期日人作家的臺灣書寫為研究範疇，她指出日人作家的「南方」觀，除了帶有異國情調的異色幻想，也投射強大的帝國慾望。[26]朱惠足則著眼於來臺日人作家的文本中，「自然」如何介入殖民地種族與性的交錯關係，以呈現日本種族認同建構的內在矛盾。[27]阮斐娜聚焦臺灣及日本的南方殖民地文學，分析在日本帝國的建構過程中，殖民地文學形塑出的南方想像。[28]吳昱慧的專著以龍瑛宗為論述中心，分析龍瑛宗對於帝國覆蓋下「南方文化」的理解與思索。[29]

綜而言之，前述研究不約而同從各種面向觀察「鄉土」或「南方」如何成為意義建構與詮釋爭奪的平臺，這些討論與闡述對本書極具啟發。筆者將在這些先行研究的基礎上，提出「風土」的補充視角，以此觀察臺灣風土如何在殖民體制下被想像、被書寫，作家又如何透過風土書寫的中介和殖民主義論述進行對話。

（二）「滿洲國」文學

此領域研究當以尾崎秀樹寫於一九六〇年代末的《舊殖民地的文學研究》為嚆矢，該書旨在清理日本殖民地文學問題，藉此重新定義日本在亞洲的位置，書中的長篇專論〈「滿洲國」文學諸相：一個傳說般的時代〉，由日本的「大陸政策」及「大陸開拓文學」作為切入點，檢討滿洲的畸形文藝現象，指出作家們如何在「建國文學」的虛

---

26 邱雅芳〈南方作為帝國慾望：日治時期日人作家的台灣書寫〉，政治大學中國文學所博士論文，2009年。

27 朱惠足〈異種族「仇恨」與「親密」：日治時期日本人作家的台灣原住民抗日事件再現〉，《帝國下的權力與親密》，臺北：麥田出版社，2017年7月，頁69-120。

28 阮斐娜《帝國的太陽下：日本的台灣及南方殖民地文學》，臺北：麥田出版社，2010年9月。

29 吳昱慧《日治時期臺灣文學的「南方想像」：以龍瑛宗為中心》，臺北：花木蘭文化公司，2013年9月。

妄性及暴力下，逐漸走上思想瓦解之路。其後日籍學者如山田敬三主編《中日戰爭與文學：中日現代文學的比較研究》（1992），綜論戰時文壇、文學現象、作家、中日交流各面向。岡田英樹《文學にみる「滿洲国」の位相》（2000）、《続文學にみる「滿洲国」の位相》（2013）討論藝文志派作家的文學活動，藉此考察與日本國家主義相對的作家個人意識；同時也透過討論作家與知識人的精神世界，理解「滿洲國」文學中滿系、日系作家的接觸與隔閡。川村湊《滿洲崩壞：「大東亞文學」と作家たち》（1997）一書，則專章探討白俄作家拜闊夫（Байков, Николай Апполонович）流亡滿洲的經歷與創作。大久保明男關注殖民地左翼文化人的文藝活動和跨域文化交流，曾以「滿洲國」留日作家駱駝生為中心，闡述殖民地出身的留學生憑藉日語能力在中日的普羅文學家間扮演仲介角色。[30]除了個別研究之外，日本國內發行的《植民地文化研究》與《朱夏》等研究專刊中也有許多值得參考的精彩研究。

　　中國方面，自一九九〇年代初迄今已有多部史著及論文集出版[31]，對於個別作家的專論自二〇〇〇年後才逐漸問世，如劉愛華《孤獨的舞蹈：東北淪陷時期女性作家群體小說論》（2004）以蕭紅、白朗、梅娘、吳瑛、但娣等五位女性作家論為主軸[32]；李萌《缺失的一環：

---

30 大久保明男〈「滿洲國」留日學生的文學活動：以駱駝生為中心〉，收入王惠珍主編《戰鼓聲中的歌者——龍瑛宗及其同時代東亞作家》論文集，新竹：清華大學，2011年6月，頁349-378。

31 如王建中等編《東北現代文學研究論文集》（1986）；馮為群、李春燕《東北淪陷時期文學新論》（1991）；《東北淪陷時期文學國際學術研討會論文集》（1992）；黃萬華等著《中國抗戰時期淪陷區文學史》（1995）；李春燕主編《東北文學史論》（1998）；孫中田、逄增玉等著《鐐銬下的繆斯：東北淪陷區文學史綱》（1999）等早期總體性的文學史論。

32 劉愛華《孤獨的舞蹈：東北淪陷時期女性作家群體小說論》，長春：北方婦女兒童出版社，2004年8月。

在華俄國僑民文學》（2007）闡明二十世紀上半葉哈爾濱及上海的俄
僑文化發展、代表作家、文學團體、作品與報刊，並敏銳地觀察到，
哈爾濱俄僑文學於多數滿系作家流亡關內或轉入地下鬥爭時達至創作
頂峰[33]；劉曉麗的兩部專著皆以「滿洲國」文藝刊物為分析對象，通
過對史料蒐集和爬梳，綜論「滿洲國」文學整體發展概況[34]。另外，
在學位論文方面也已累積相當豐富的研究成果。[35]

　　臺灣學界在淡江大學施淑教授「日本侵華文學專題研究」課程開
設後，打開學院研究風氣。相關研究有施教授的〈「大東亞文學」在
「滿洲國」〉、〈大東亞文學共榮圈〉、〈文藝復興與文學進路〉三篇專
論[36]，梳理了包含「滿洲國」在內的日本殖民地文學中的重要議題；
柳書琴〈「滿洲他者」寓言網絡中的新朝鮮人形象：以舒群〈沒有祖
國的孩子〉為中心〉[37]，則分析一九三〇至四〇年代東北文壇作品中
的異民族形象，探討他們在整體東北人他者形象網絡中的位置與意
義；〈魔都尤物：上海新感覺派與殖民都市啟蒙敘事〉[38]以上海新感覺

33 李萌《缺失的一環：在華俄國僑民文學》，北京：北京大學出版社，2007年11月。

34 劉曉麗《異態時空中的精神政治——偽滿洲國文學研究》（上海：華東師範大學出版
　　社，2008年9月）及《偽滿洲國文學與文學雜誌》（重慶：重慶出版社，2012年3月）。

35 晚近的研究如包學菊〈何以為家：東北淪陷區文學中的家族家庭視界與敘事〉
　　（2008）、李博〈論舒群小說建構的少年世界〉（2011）、佟雪〈淪陷初期（1931-
　　1937）的東北文學研究〉（2012）、趙霽〈吳瑛小說創作及其筆下的人物形象系列〉
　　（2012）、王越〈東北淪陷時期文叢派與藝文志派比較研究〉（2013）、趙聰〈論爵
　　青文學世界中的救贖與迷失〉（2013）……等。

36 參見，施淑〈大東亞文學共榮圈：《華文大阪每日》與日本在華占領區的文學統
　　制〉、〈文藝復興與文學進路：《華文大阪每日》與日本在華占領區的文學統制
　　（二）〉、〈「大東亞文學」在滿洲國〉，（氏著《兩岸文學論集（二）：歷史與現實》，
　　臺北：人間出版社，2012年5月。

37 柳書琴〈「滿洲他者」寓言網絡中的新朝鮮人形象：以舒群〈沒有祖國的孩子〉為
　　中心〉，《韓中言語文化研究》21，2009年10月，頁187-216。

38 柳書琴〈魔都尤物：上海新感覺派與殖民都市啟蒙敘事〉，《山東社會科學》222，
　　2014年2月，頁38-49。

派作家劉吶鷗及穆時英的小說為範疇，觀察它們與「滿洲國」作家爵青及臺灣作家徐瓊二、林越峰作品的互文現象。

加拿大學者 Norman Smith 所著 "Resisting Manchukuo: Chinese Women Writers and the Japanese Occupation"（《反抗的滿洲國：中國女性作家與日本的佔領》）為第一本研究「滿洲國」文學的英語專論[39]，書中詳細考察了「滿洲國」文藝政策對吳瑛、梅娘、藍苓、左蒂等女作家創作之影響。周婉窈[40]及陳秀武[41]等學者對於「滿洲建國史」及其教育的研究亦提供筆者許多借鑑之處。

（三）臺灣及「滿洲國」文學的比較

有關臺灣及「滿洲國」的文學比較方面，先行研究十分有限，且多為臺灣學者。李文卿《共榮的想像：帝國‧殖民地與大東亞文學圈（1937-1945）》（2010）以日本的帝國主義發展脈絡為東亞文學圈的論述中心，考察大東亞共榮圈下的臺灣、朝鮮、「滿洲國」、華北、華中五個地域的文學與文藝體制，分析各地域對於日本建構「大東亞文學」所衍生出的知識、權力、文化關係又有何接受與質變。朱惠足〈帝國下的漢人家族再現：滿洲國與殖民地臺灣〉（2008）針對日、臺、滿小說中的漢人家族再現進行對位式解讀，探討文學作品如何建構漢人民族性與在地性，如何回應日本帝國召喚的「東亞」傳統。劉恆興〈日治下臺灣及滿洲國鄉土文學運動與國族主義關係之比較〉（2006），回顧臺、滿兩地鄉土文學論爭與國族意識之關聯，著重處

---

39 Norman Smith, "Resisting Manchukuo: Chinese Women Writers and the Japanese Occupation," Toronto: University of British Columbia, 2007. 4.

40 周婉窈〈歷史的統合與建構：日本帝國圈內臺灣、朝鮮和滿洲的「國史」教育〉，收入氏著《海洋與殖民地臺灣論集》，臺北：聯經出版公司，2012年3月。

41 陳秀武〈《滿洲建國溯源史略》的思想史解讀〉，《外國問題研究》197，2010年8月，頁3-8。

理兩地知識份子在馬克思主義影響下，鄉土意識轉變為國族認同立場
的思辨過程。柳書琴〈殖民都市、文藝生產與地方反應：「總力戰」
前臺北與哈爾濱的比較〉（2011）以日本帝國境內的「節點都市」概
念進行分析，觀察臺北及哈爾濱兩地的都市書寫，分析此一文類如何
在農村書寫失去激進性後另闢文化批判途徑。除此之外，呂明純、蔡
鈺淩、郭靜如、林文馨[42]，及中國的西南大學焦雪菁[43]等人的學位論
文，亦相當具有啟示性。

　　綜觀上述先行研究，已有多位學者指出帝國與殖民地、殖民地與
淪陷區之間，文學、文化的相似、連帶或流動現象，這提供筆者一個
從島嶼框架突圍、橫向連結東亞其他地域文化語境的思考方式。然
而，由於現有文學史著與論述皆未採用「風土」的分析視角，探討臺
灣與「滿洲國」的文學生產、文壇體制與地域文化認同，這也正是本
書嘗試增補的一頁。

第三節　研究方法與進行步驟

一　研究方法

　　本書旨在探討風土論述如何成為殖民論述的一環。筆者將藉由臺
灣及滿洲風土書寫的比較，比對臺、滿作家如何進行主題或素材的選

---

42 參見，呂明純〈東亞圖景中的女性新文學（1931-1945）：以臺灣、滿洲國為例〉（清
　　華大學中國文學研究所博士論文，2010年）；蔡鈺淩〈文學的救贖：龍瑛宗與爵青
　　小說比較研究（1932-1945）〉（清華大學台灣文學研究所碩士論文，2005年）；郭靜
　　如〈動盪時代中的變異風景：日據時期台灣、「滿洲國」小說中「空間」描寫之比
　　較〉（清華大學台灣文學研究所碩士論文，2010年）；林文馨〈日本帝國下臺灣與
　　「滿洲國」小說家族書寫比較研究（1941-1945）〉（中興大學台灣文學研究所碩士論
　　文，2009年）。
43 焦雪菁〈日據時期臺灣與東北淪陷區鄉土文學的比較〉，西南大學碩士論文，2012年。

擇，如何編織風景與自然，讓沉靜的風土變成發聲的途徑？

　　筆者認為，鄉土文學研究較多集中於反抗論述與人物命運的關係，本書將轉而集中於風土層面，以風土描寫的文本分析比對臺、滿文壇寫什麼、如何寫？風土表象之下，隱喻了什麼？

　　英國的後殖民主義學者 Elleke Boehmer 細察殖民主義論述和殖民地文本的關連時發現，隨著國家殖民的滲透，「殖民者的凝視」在一系列的調查、審查、窺探活動中顯化了。舉凡人種學描述、科學研究、地圖繪製、旅行紀事、探險日誌，皆充滿殖民者對被殖民者的好奇觀察，「凝視」成了施行有效管理統治的關鍵。[44]域外認識經過反覆摸索進入殖民者的語言系統後，書寫者與敘述者慣用熟悉的概念來具體表述其經驗，並尋求符合自身審美系統的景象，再現「理想化」的風景。[45]Boehmer 提醒我們，殖民闡釋是一種投射行為，文本再現的地域風土可能與實際狀況存在極大差距與誤譯，其間所透露的實為帝國面對異域文化的焦慮與畏懼。[46]

　　Elleke Boehmer 在〈帝國主義與文本化〉一文中，再次提及他對殖民文本的看法：「帝國本身也是一種文本的運作」，Boehmer 闡述了殖民霸權通過文化形式的展示以獲得認可，而文學也為殖民形象的交流傳播提供了渠道：

　　　　從殖民過程的最初之日起，不僅一般意義上的文本，而且包括
　　　　廣義的文學，它們都在支撐著對其他國度的闡釋努力，是這些

44 參見，艾勒克・博埃默〈殖民主義的關注〉，《殖民與後殖民文學》，瀋陽：遼寧教育出版社，1998年11月，頁81。

45 如紐西蘭殖民早期的風景畫家查爾斯・希費（Charles Heaphy）曾使用英國的藍色與綠色來表現澳洲風景。參見，艾勒克・博埃默〈殖民主義的關注〉，頁105。

46 例如，將面對異己環境的恐懼化為傳染、感染、魅惑、敗德等意象與負面闡釋。參見，艾勒克・博埃默〈殖民主義的關注〉，頁78-79。

> 文本使還留在本國的讀者能够去想像殖民開發、西方的征服、
> 民族的勇氣、新的殖民獲取等等。[47]

殖民宗主國對於世界的看法，透過浪漫傳奇、回憶錄、冒險故事等各種作品的傳播被固定下來。當殖民者初臨陌生的環境，除了以科學方式探測地形、氣候之外，同時亦通過書寫遊記、地誌等文本進行擴張，從混沌神祕的地域中構築自我的想像，在他們以其熟悉的意象或概念表述殖民地的同時，形成了「觀看／被觀看」、「詮釋／被詮釋」、「命名／被命名」等權力結構，殖民地因而成為一個帝國主義的文本。不論是抹除舊有符碼、隱寓新意義而重予命名，或是移用原籍地名、將拓墾地視為「擬故鄉」，凡此種種皆顯見殖民政府對於重詮與命名地方的焦慮。也就是說，文本作為帝國權威的一種載體，不僅存在象徵作用，而且在一定情況下就是行使占有權的具體行為。[48]

　　旅行者、殖民者以他們掌握的程式化描述和威權性象徵，詮釋殖民地。然而被表述的未開地或殖民地，並非如同表象之荒蕪、空白，而是披覆了詮釋者的各種想像。詮釋者通過寫作地誌、遊記、探險小說等文本向外擴張，書寫與論述因此成為統治工具之一。值得注意的是，「殖民闡釋有一種不安全感，它廣泛地反映在有關異國他鄉之遼闊及其難以捉摸的意象中。」[49]即使是作為帝國主義文本的殖民地，仍然存在「不可解讀性」，是殖民者視線無法關注的間隙，那道間隙使得殖民者不論如何「翻譯」，闡釋的空白點始終存在。職是之故，對於沒有武器和資本的被侵略者而言，文本的形式也成了他們用來再現自我及抵制帝國主宰的中介。

---

47 艾勒克‧博埃默〈帝國主義與文本化〉，頁14。

48 參見，艾勒克‧博埃默〈帝國主義與文本化〉，頁13、15。

49 艾勒克‧博埃默〈殖民主義的關注〉，頁106。

　　其次，將借鑑女性主義與後殖民批評家 Gayatri Chakravorty Spivak
的邊緣論述。Spivak 認為底層人民／女性唯有解構自身被建立在邊緣
的位置，才能真正言說自己，提供第三世界女性文本重新被觀看的契
機，可謂賦予弱勢者在西方霸權敘述的夾縫中某些突圍空間。[50]本書
在研究方法上將透過邊緣論述，連結風土並理解殖民地作家的發聲方
式及作品訊息。邊緣，意謂著與意識形態中心話語相對的文學概念，
從宗主國與殖民地的關係來看，遭受邊緣化的地方文壇，表現出與中
央文壇對立或角力的面向，地方與地方之間則是互為抗衡的競爭關
係，單一地方文壇內又存在外地作家與本土作家的競逐。從美學表現
上來看，那些逸離國策文藝或建國文學方向的風土書寫，更是對社會
現實與政治張力的一種解構。職是之故，日治時期的臺灣及「滿洲
國」文學，實為繁複地由邊緣向中心對話的重層邊緣敘事結構。

　　以上理論引發筆者進一步思索，什麼是「難以捉摸的意象」與文
學中的「風景」？具有社會意識的作家如何透過書寫營造「不可解讀
性」，才能自殖民者的凝視下逸出，投射自我歸屬與鄉土認同感，以
「不可解讀性」作為面對殖民闡釋的修辭策略、抵制方法。除了語言
表現特意生硬，在作品題材與內容方面，還存在怎樣的邊緣敘事策略？
筆者將透過邊緣論述及構成殖民統治話語一環的風土論述等概念，分
析殖民主義風土論述如何影響地方文化文論述，臺灣及「滿洲國」的
本土作家們對於官方風土論述又有何角力、競合、辯證、挪用？

二　章節安排

　　本書總計六章，以下分別說明第二章至第五章的分析步驟與內容：

---

50 陳淑娟〈邊緣論述・身體書寫：第三世界／亞裔女性文學與藝術再現〉，輔仁大學
　比較文學研究所博士論文，2006年12月，頁60-61。

第二章　帝國擴張、生物學統治原則與風土論述

　　本章試圖透過釐清殖民主義、衛生論述與風土論述形成的關連性，切實掌握殖民主義對風土論述的介入，以及日本面對臺灣與「滿洲國」兩地，有何不同的政治考量、期待與操作手段，又如何援引衛生論述與風土論述的概念，形塑兩地的地域認識？因此，筆者首先將掌握衛生論述在殖民地的形成過程，分析臺灣的衛生論述在滿洲的移植與傳播，並考察衛生論述如何形構地方風土。也想進一步考察從殖民地臺灣到新開拓地滿洲，日本究竟移植了什麼樣的生物學統治與衛生論述。

　　此外，在日本帝國擴張的歷程中，兩地也隨著新的統治結構、商貿往來、人民流動加強了地域間的聯繫，從而出現了新的文化產物。目前臺、日、中三地個別以臺灣文學或滿洲文學為主題的研究十分豐富，但對於揉合文藝、文化、報導、攝影等跨文藝形式的新型出版物關注較少，地域與地域之間的共時性比較研究也極其缺乏。在調查報告、地圖、寫真帖、明信片、旅遊指南、遊記、宣傳映畫……等新興文化產品中，迄今一直被研究界忽略的，便是以旅行書寫為形式，以新地理空間的歷史人文與環境生態為內容的地誌書。[51]筆者將蒐集這些一手文獻，了解臺灣和滿洲地誌讀物的出版概況，在何種歷史背景

51　臺灣方面如德富蘇峰《臺灣游記》（1932）、山崎鋆一郎《臺灣の展望》（1932）、始政四十周年記念臺灣博覽會出版《台灣の旅》（1935）、陳石煌《樂園臺灣の姿》（1936）、臺灣總督府交通局鐵道部編纂《臺灣觀光產業事情》（1939）、《臺灣鐵道旅行案內》（1940）、春山行夫《臺灣風物志》（1942）……等；滿洲則有釋尾春芳《（最新）滿洲地誌》（1932）、水野清一・駒井和愛・三上次男《北滿風土雜記》（1938）、Cressey. G.B.《支那滿洲風土記》（1939）、春山行夫《滿洲風物誌》（1940）、真鍋五郎《滿洲都市案內》（1941）、田口稔《滿洲風土》（1942）、田畑修一郎《ぼくの滿洲旅行記》（1944）……等，不勝枚舉，其中亦不乏觀覽臺灣、滿洲等地後，比較兩地風貌者，如石山賢吉的《紀行滿洲・臺灣・海南島》（1942），以及先後於一九四〇、一九四二年前往「滿洲國」、臺灣的春山行夫。

與文化條件下產生？相關新興文化產物的情況如何？在出版的高峰潮兩地分別有哪些具代表性的作品？這些作品呈現出怎樣的象徵意涵？

本章由以下小節構成：

第一節　問診殖民地：臺灣衛生論述的滿洲傳播
第二節　外地案內：臺灣與滿洲旅行指南中的理想風土

第三章　臺灣小說中的風土書寫

前章討論帝國擴張、殖民主義論述與風土論述三者的關係，本章聚焦於風土論述對臺灣文學書寫之影響，亦即分析風土論述與文本之間的關係，以小說為主，旁及若干文藝評論。在探討臺灣文學中的風土書寫時，不能忽略「南方憧憬」題材的出現，因為此一異國情調文學以強烈的觀點和形式成為在臺日人文學的一種典律，更刺激了臺灣人作家模仿或與之爭鋒相對。臺灣作家如何透過風土書寫批判或挪用異國情調文學，消解官方風土論述，正是本節關心的。

本章將借用 Edward Said 的東方主義理論，考察臺灣文學中的東方主義文藝現象，並探明以下文藝現象：聚焦日本內地作家的旅臺經驗與創作，觀察他們的臺灣題材作品如何再現臺灣、賦予臺灣意象，又形塑出怎樣的南方想像？長住臺灣的日本人作家，如何思索臺灣題材、如何表現，如何以之進軍中央文壇？日人作家異國情調作品中的文化偏見與審美傾向，如何激發臺灣作家對本土文化建設的自覺？

本章由以下三小節構成：

第一節　南方憧憬與風土政治：臺灣文學中的華麗島情調
第二節　故鄉的啟示：張文環的山村敘事與鄉村價值觀

第三節　熱帶的椅子：龍瑛宗的另類南方策略

第四章　滿洲小說中的風土書寫

根據黃萬華等人研究，「滿洲國」政府對於書刊出版嚴密控制，除禁止關內報刊輸入外，曾焚毀六五〇餘萬冊中文書籍；與此同時，大量日文書刊充斥市面，一九三六年，日本向東北輸出的圖書共有五十八萬冊，往後每年遞增，至一九四一年已多達三四四〇萬冊。[52]在這樣的年代，脫離文化母體或被邊緣化成為不同東北作家的焦慮，這樣的苦悶反映於活動上便是文學社團紛立；表現於文藝方面則是藉由風土書寫迎戰官方意識形態。他們有的堅持維繫東北人傳統世界，有的透由與官方的合作與周旋，嘗試摸索出滿洲人的新生存策略。

本章以白俄作家拜闊夫、滿系作家疑遲和爵青的小說作為分析對象。試圖說明：一、身為滿洲生態的記錄者，卻又被迫成為「滿洲國」政府的殖民主義風土論述的協力者之二重性。二、疑遲帶有現實主義色彩的風土書寫，彰顯了何種地方意識與社會現實。三、爵青如何利用現代主義文藝的形式，呈現新中間階層感受到的多元價值衝擊，他的都會書寫傳達出何種對殖民主義及「滿洲國」計畫性經濟開發的批判。

本章由以下三小節構成：

第一節　「發現」滿洲：拜闊夫小說中的密林與虎王意象
第二節　荒原流民圖與林墾群像：疑遲的風土話語
第三節　廢墟與新都：爵青筆下的滿洲新人試煉場

---

52 參見，徐迺翔、黃萬華《中國抗戰時期淪陷區文學史》，福州：福建教育出版社，1995年7月，頁40。

第五章　風土論述影響下的地方文壇論述

　　繼前章風土書寫的分析之後，第五章將繼續探討「風土」此一帶有意識形態的修辭及論述，對於臺、滿兩地文壇的建設產生哪些影響。具體問題包括：兩地文壇中風土論述出現的背景和形態。特別是，當時臺、滿兩地在討論地方文壇建設方向時，本土知識人和外地知識人各有哪些陳述與看法。總之，風土論述引發何種效益、作家如何透過「風土」找到更多創造力與能動性，是本章希望總結的。

　　本章由以下小節構成：

　　第一節　風土不再是背景：從鄉土・話文論戰到地方文學
　　第二節　怎樣寫滿洲：滿洲文學的振興與風土意象的探尋

第二章
帝國擴張、生物學統治原則與風土論述

第一節　問診殖民地：臺灣衛生論述的滿洲傳播

前言

　　本節掌握衛生論述在殖民地的形成過程，分析臺灣的衛生論述在關東州和「滿洲國」的移植與傳播，並考察衛生論述如何形構地方風土。

　　醫學與衛生論述在帝國的擴張活動中扮演著舉足輕重的角色，把殖民地當作一個有機體，問診殖民地成為殖民統治中首當其衝的環節。據范燕秋研究，日本曾援引歐洲帝國在殖民地操作的衛生論述、醫學理論，藉由衛生觀念與政策的推行、醫療機構設立、醫學研究開展，逐漸改變殖民地的醫療及衛生觀念，殖民地住民由此逐漸認同政府的現代化治理。[1]一八九八至一九〇六年兒玉源太郎任職臺灣總督府期間，民政長官後藤新平推動舊慣調查事業、醫療衛生環境改善及鐵路、海港等交通建設。一九〇五年日俄戰爭開打，兒玉兼任陸軍副總參謀長及駐滿洲軍總參謀長，之後向日本政府力倡「滿洲移民」，一九〇六年後藤就任首屆「滿鐵」總裁，滿洲成為繼臺灣之後，兒玉

1　范燕秋《疫病、醫學與殖民現代性：日治台灣醫學史》，臺北：稻鄉出版社，2010年3月。

源太郎與後藤新平貫徹生物學統治的地域。

張隆志的研究提及生物學政治在臺灣殖民現代性的構築過程中發揮的政治和社會效應；[2]而北岡伸一、謝宗倫等人有關後藤新平的傳記、外交、人種衛生理論的研究也指出，後藤如何依據「生物學原理」在臺灣及滿洲實施舊慣調查、土地調查、戶口普查，並以此作為殖民地統治的基礎工程與方針。[3]既有研究提供豐富線索，讓我們可以繼續追問生物學統治原則與風土論述的關連，而筆者特別關心它對文學生產形成了哪些影響？也想進一步考察從殖民地臺灣到新開拓地滿洲，日本究竟移植了什麼樣的生物學統治與衛生論述？兩地論述的差異何在？

筆者將廣泛翻查二戰結束前臺滿兩地衛生醫療文獻，包含各時期官方調查報告及相關參與人員記錄、臺滿地方解說及移民宣傳手冊、醫學刊物、報紙評論等等，進一步探析以上問題。

一 惡地、厲鬼與風土病：新醫學發展前臺灣與滿洲的衛生論述

病患的親朋集聚，請巫女祈禱。燒紙錢、放爆竹、鳴銅鼓、吹竽笛，在神前拔劍飛舞的靈媒忽然倒地，旁人扶她起來時臉色奇異宛如魔鬼附身，靈媒開始低聲講話，旁人恭敬聆聽。這位

---

2 參見，張隆志〈從「舊慣」到「民俗」：日本近代知識生產與殖民地臺灣的文化政治〉，《臺灣文學研究集刊》2，2006年11月，頁33-58；張隆志〈後藤新平：生物學政治與臺灣殖民現代性的構築，1898-1906〉，收於國史館主編《二十世紀臺灣歷史與人物》，臺北：國史館，2002年12月，頁1235-1259。

3 參見，北岡伸一（著）、魏建雄（譯）《後藤新平傳：外交與卓見》，臺北：臺灣商務印書館，2005年4月；謝宗倫〈以日治時期後藤新平現代化政策來探究「生物學原理」〉，《高科大應用外語學報》11，2009年6月，頁27-55。

靈媒說日本人來臺灣亂鑿地、亂通水溝導致土地公發怒，當地
居民若與日本人親睦，將受到土地公譴責。恐嚇住民使之向神
靈謝罪。[4]

        ——落合泰藏《明治七年征蠻醫誌》

上述延巫療病的儀式是軍醫落合泰藏隨日軍遠征臺灣牡丹社所見，這
或許是近代日本與臺灣衛生醫療的最早遭遇。這段日記文字呈現了日
本與臺灣原住民之間相去甚遠的衛生與醫病觀念，前者鑿地通渠，後
者崇信神靈巫覡之力。

  一八七四年五月，西鄉從道督軍率領的遠征艦隊由日本向臺灣社
寮港（今屏東縣車城鄉）開航，日軍總人數三六五八人，分三路進軍
牡丹社並誅殺該社頭目父子後，逼使多個社群頭目投降，此回牡丹社
侵臺戰役歷時兩個多月告終。據落合泰藏記錄的《明治七年征蠻醫
誌》，遠征軍戰死者十二名，傷者十七名，熱病死亡者共計五六一
名。[5]由此可知，此役的重大傷損來自罹患風土病，病患比例曾高達
全軍的八至九成，其中又以瘧疾占大多數，傷寒次之。軍醫落合歸納
出如下病因，一是軍隊紮營處為初次開墾之地，「有毒分子浮游於空
氣中」；又根據「原住民罹患此病症者很少」，判斷另一致病原因是

---

4 落合泰藏（著）；下條久馬一（注）《明治七年征蠻醫志》，臺北：臺灣熱帶醫學研
 究所抄讀會，1944年11月。中譯文引自，賴麟徵譯〈明治七年牡丹社事件醫誌
 （下）〉，《臺灣史料研究》6，1995年8月，頁107-129。註者下條久馬一（1891-
 1971），為東京帝國大學醫學博士，一九二八年十月渡臺，歷任臺灣總督府衛生課
 技師、臺灣地方病及傳染病調查委員會幹事、臺北更生院院長、中央研究所技師、
 臺北帝國大學醫學部教授、熱帶醫學研究所所長等職。其生平履歷參見，賴麟徵譯
 〈明治七年牡丹社事件醫誌（上）〉，《臺灣史料研究》5，1995年2月，頁85-110。
5 落合泰藏（著）；下條久馬一（注）《明治七年征蠻醫志》，中譯文參見，賴麟徵譯
 〈明治七年牡丹社事件醫志（上）〉，頁88。

「日本人不習慣於熱帶的生活」。[6]在這份強調熱帶特性的醫誌記錄中，對於風土疫症病源的判斷傾向於環境影響論，臺灣被描述為滿布瘴癘之氣的未開地，來自溫帶的日人無法適應熱帶風土故而感染。但疾病的真正傳播方式，如瘧疾主要是透過病媒蚊傳染的醫學知識並未獲認知。

　　時隔二十年，甲午戰後的攻臺日軍再度面臨同樣的熱帶風土考驗，當時死於疫病的在臺日軍逾三千人。臺灣甫遭割讓，日本民間便出版了一本解說臺灣各地風俗地理與衛生概況的小冊子《臺灣事情　地理風俗》，當中的〈臺灣衛生談〉一節引述傳染病學家高木友枝的言論：「台灣原本就不是健康的土地，來此開拓必須先進行衛生建設，鋪設水管、挖掘下水道、修築道路。但不如說，台灣長久以來是蠻煙瘴霧之地，未顯露福爾摩沙（美麗之島）之樣貌，移民至此者終年須仰賴奎寧防止台灣熱的侵襲，這樣焉能期待事業進展順利？如此至關重要的衛生事務現在僅是民政局管轄的業務之一，由此情形看來，應該設置與民政、陸海軍等各局擁有相同權力的衛生局，由才學兼備的醫師擔任其首長，以謀求大幅擴充衛生行政。」[7]高木友枝所論，在蠻荒瘴癘之地大幅擴充衛生行政的理想藍圖於一八九六年初經後藤新平規劃實踐。擁有留學德國經驗的醫學博士後藤受臺灣總督府延攬為衛生

6　參見，落合泰藏（著）；下條久馬一（注）《明治七年征蠻醫志》；中譯文引自，賴麟徵譯〈明治七年牡丹社事件醫誌（上）〉，頁106。

7　天野馨《臺灣事情　地理風俗》，東京：山口屋發行，1895年10月，頁108。原文為：「台灣は元來健康なる土地みあらず之を拓殖するものは須く衛生上の施設を先にすべし上水を設け下水を穿ち道路を修繕するにあらざるよりは台灣は長く蠻煙瘴霧に鎖されてホルモサ（美島）の實を顯さざるべく移住者は終歲キニーチに賴りて僅に台灣熱の侵襲を防ぐに止るべし焉んぞ事業の發達を企畫すべげんや斯の如く必要する衛生事務は今や民政局の一部に跼蹐するもの、如し予を以て之れを見れば民政陸海軍諸局と同一權力を有する衛生局を設け才學兼備の醫士を以て之が長官となし大に衛生行政の擴張を計らざるべからを云々」，筆者自譯。

顧問，此後著手策畫衛生制度，又委託東京帝大工程學的英籍教授巴
爾頓（William Kinninmond Burton）及助手濱野彌四郎，勘查各地衛
生狀況並規劃自來水水道建設。

同年月，陸軍部一等軍醫正藤田嗣章的〈臺灣衛生概見〉一文於
《臺灣日日新報》刊出，同樣申明「台灣是疫癘瘴氣的發生地，於衛
生有害，其氣候不順、寒暖劇變，且夏秋炎熱、氣溫極高，春夏之交
陰雨數旬、土地濕潤，加以秋季暴風雨使河川暴漲氾濫，市街村落污
物囤積，排水不通，大小池塘滯留污水，經常飄散穢氣。」[8]藤田認
為，日人若欲永住臺灣，必須興建治水工事，整頓都市的上下水道，
加以改建港灣、敷設鐵道、開闢道路、建造宿驛旅舍，又主張注重個
人衛生，入睡時不可袒露胸腹、「夜間緊閉窗戶防止瘴氣侵入」，方能
「保全移民的健康」。身兼帝國將官與衛生學者的藤田在文章中概括
了日治初期由環境預防觀主導的臺灣衛生論述，同時也點出了以日本
移民為核心的殖民地衛生施政。

一八九八年春，日本醫學博士坪井次郎來臺考察都市衛生狀態，
隔年據此經歷撰寫〈臺灣の衛生〉一文，詳述實地調查臺灣「與內地
衛生狀態存在何種程度的差距」，「並視察歷來報上所載台灣是非常不
健康之地的說法，是否屬實。」[9]他認為世人對臺灣的恐懼來自「季候
之惡」及「危險的疫癘」引發的流行病，亦即氣候與疫癘瘴氣仍被他
視為主要病因。劉士永歸納他的地方調查順序，指出他首先觀察一地

8　〈臺灣衛生概見〉，《臺灣日日新報》第7號，1896年7月21日，頁3。原文為：「台湾
　　は疫癘瘴氣の發生地にして衛生上頗る有害の地其気候が不順寒暖が劇變し而かも
　　夏秋が炎熱酷属にして空気の溫度極めて高く又春夏の交は陰森數旬と亘り土地濕
　　潤を極め又秋季の暴風雨が河川暴漲汎濫を來し其他市街村落が污物蓄積して排水
　　流通せず大小の沼池污水滯溜して常に瘴氣を飛散し」，筆者自譯。
9　坪井次郎〈臺灣の衛生〉，《臺灣協會會報》1卷4號，1899年1月22日，頁5-15。原文
　　為：「內地の衛生狀態と如何程の差違ある」，筆者自譯。

季節風土，其次調查家屋構造、衣服、食物、飲用水、地質和傳染病，此次調查的方法與結果為殖民時代專業衛生研究報告的重要參考，風土良莠因而成了評論臺灣衛生問題的先決要素。[10]

另一值得注意的地域是日本多所關注的滿洲。幕末時期已出現侵占滿洲的言論，一八九四年六月朝鮮政府請清廷派兵支援平定東學黨起義，日本卻在朝鮮未求援的情況下自行派兵，引發了中日甲午之戰。[11]此後國內輿論積極支持向滿洲擴張，但日本雖對滿洲富源野心勃勃，圖書媒介及報導上的滿洲認識卻多為歷史或地理介紹。日俄開戰後，前往中國東北戰場的日軍、探險者與時俱增，富源探查及旅行札記陸續出版，對當地衛生環境也有了不同程度的體認。

日俄開戰隔月，日本「軍人忠死慰靈會」為給予「前方敗敵，後方奮戰氣候風土之厲鬼」[12]的將士「征露案內」的參考，在第二軍動員令下後三日著手編輯《北征必攜　夏の滿洲》一書，內容集結十餘年的實地探查成果及俄人報告文書，綜述滿洲的風土、氣候、風土病、防暑方法、城鎮里程數和交通運輸。有鑑於手冊編輯時適逢冬去夏來，且夏季滿洲的溽熱比冬季令日人怖畏，該書著重描寫夏季氣候及風土病防治，開篇總論即大發感慨：「冬天的滿洲是萬籟俱寂的冰雪世界，夏天的滿洲則是詭譎多變，教人束手無策的險惡天地。（中

---

10 劉士永〈「清潔」、「衛生」與「保健」：日治時期臺灣社會公共衛生觀念之轉變〉，收入李尚仁主編《帝國與現代醫學》，臺北：聯經出版公司，2008年10月，頁271-323。

11 參見，〈日本軍國主義的興起〉，收錄於郭岱君編《重探抗戰史（一）：從抗日大戰略的形成到武漢會戰（1931-1938）》，臺北：聯經出版公司，2015年9月，頁17-47。王柯《民族主義與近代中日關係：「民族國家」、「邊疆」與歷史認識》，香港：香港中文大學，2015年12月，頁137-139。王玉強、崔海波〈日俄戰爭前日本文人的「滿洲」擴張論〉，《史學集刊》2016年第5期，2016年9月，頁81-88。

12 黑龍會編《北征必攜　夏の滿洲》，東京：軍人忠死慰靈會，1904年4月，頁83。原文為：「前面に敵を敗り、後面に氣候風土の癘鬼と戰ひ」，筆者自譯。

略）我國忠勇無雙的將士未戰死沙場，卻斃於氣候。」[13] 書中依此觀點概述風土之惡，一是春雨融冰後全境囤積數尺污泥，空氣飽含水氣，土壤中草類孳生，形成某種有害人體的「瘴霧」；另外滿洲地廣，南北氣候差異極大，來自蒙古高原的乾燥空氣並未調和土壤濕氣，與海上的寒暖氣流接觸後演變成「特種惡氣候」。

在風土病的介紹與防範方面，該書首先以一八九五至一八九六年間日軍登陸澎湖島時罹患霍亂（虎列剌）的經驗，呼籲從軍及渡滿者留心氣候劇變，認為滿洲猶較臺灣與北清（華北）的混合型氣候更為猛惡。又介紹了水腫、麻疹、猩紅熱、霍亂、腸窒扶斯（傷寒）、下痢、瘧疾、眼病等風土疫症，說明春夏之交融冰時節是疫症好發期。該書雖抄譯、參照了某位具有醫學素養的牧師所撰南滿氣候考察及病患報告[14]，但整體來看，書中的病因判斷仍偏向直觀推測而缺乏現代醫學考證。舉其例如對水腫的見解，作者根據當地只見日本人感染，中國病患十分稀少，推測此病和飲食習慣有關：

> 本病為食物不良導致的結果，其原因之一可說是不應掩蓋的事實，也就是儘管中國人的飲食極為粗劣，但素來嗜吃油脂，與國人的喜好自然有所不同，這或許就是中國人很少罹患本病的原因。
>
> 國人平常主要食用稻米、蔬菜，不甚習慣油脂，冬季因天冷的關係，肉類食用較多，再加上嚴重卻乏蔬菜，以至於損傷了腸胃，容易罹患本病恐怕就是這個緣故。[15]

---

13 黑龍會編《北征必攜　夏の滿洲》，頁1-2。原文為：「冬の滿洲は、坦然平正なる玻璃世界なり、夏の滿洲は、奇幻變化い方物すべからざる惡天地なり、（中略）本邦忠勇無雙の將卒、戰に死せざして、氣候に斃れむ」，筆者自譯。

14 黑龍會編《北征必攜　夏の滿洲》，頁96。

15 黑龍會編《北征必攜　夏の滿洲》，頁86-87。原文為：「本病が食物不良の結果に、

這裡的「水腫」是指濕性腳氣病或水腫型腳氣病，主要發生在東南亞食米地區，日俄戰爭期間，患病日軍多達數十萬人，死於此病者數以萬計。[16]但早在一八九〇年代，荷蘭政府便派遣軍醫 Christiaan Eijkman 至東南亞殖民地調查腳氣病，Eijkman 經多次實驗發現食用糙米能有效預防。故引文中的「腳氣病源食物說」並非完全不足以採信，只不過真正的病源無關蔬菜或油脂，而在於米飯，日本陸軍統一以白米為主食，缺乏糙米所含抑菌成分，導致腳氣病的罹患率大為提高。

其他風土病介紹，例如說明霍亂防治時，雖批判俄國為了消毒燒毀家屋、將患病旅客自鐵道車窗投棄等作法太過殘暴，卻也未能提供其他適切處理方法；提及瘧疾防治時，也僅能重申夏季滿洲的惡氣候更甚臺灣，須多加留意。[17]至於「防暑法」一節則有如下提醒：

> 衣服、飲食、屋宅等原本就是衛生重點的部分，自然必須準備周到，然而更要緊的是意氣精神。一個人的意氣精神直接主導了他的生活，意氣精神之充實可以消除各自四肢運作的緩急，由此獲得防禦病毒感染的力量。[18]

其一因あるは、掩ふ可からざる事實の如し、支那人が極めて粗惡なる食餌に堪ふるも平生脂肪を嗜み、本邦人とは、自然其趣を異にせり、是れ支那人に、本病の稀れなる源因には非ざるか。本邦人が、平生米、野菜を常食とし、脂肪に慣さるに、冬期寒氣の為め、比較的肉食を多くし、而して大に野菜に欠乏せる結果、痛く其胃腸を損せし為め、殊に本病に罹り易き所以には非るか。」筆者自譯。

16 朱乃欣〈腳氣病的三國演義〉，《臺灣醫界》53卷10期，2010年10月，頁48-51。

17 參見，黑龍會編《北征必攜　夏の滿洲》，頁92-94。

18 黑龍會編《北征必攜　夏の滿洲》，頁108-109。原文為：「衣服、飲食、屋宅、素より衛生の主要なるものたらずんはあらず、然れとも、更に之より緊要なるものあり、意氣精神是れなり、人間の意氣精神は、遲ちに其生活を主宰せるものにして、其意氣精神の充實は、各自の四體作用に緩急なからしめ、以て飽まて病毒の感染を防禦し得可き力あれはなり。」筆者自譯。

在疫症蔓延而防治有限的「惡天地」，日軍似乎只能以「意氣精神之充實」作為心靈良藥。如同這份別無他法的藥方，日俄戰後東京博文館發行的少年讀本以「滿洲の蠅」為題專章解說當地環境，行文語氣滿是無奈：

> 這裡的蒼蠅之多，想要稍微吃個飯，不一會兒的時間就會有成群蒼蠅飛來，連辛苦洗乾淨的白米飯看起來都像要變成黑的了。出征至此的軍人看見這樣的光景，也都說不出話來。

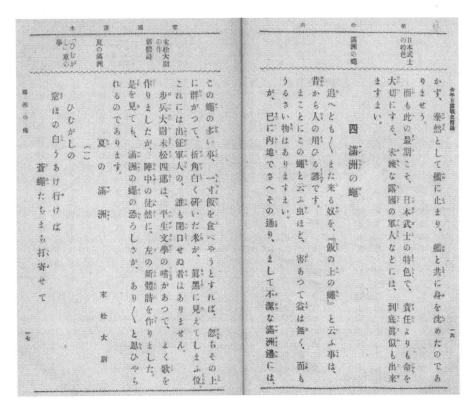

圖二　《少年必讀　軍國讀本　卷の六》「滿洲の蠅」

圖三　《少年必讀　軍國讀本　卷の六》插圖「滿洲土民的歡迎」

　　這蒼蠅／數量何等擾人／拍動翅膀來回飛竄／靠近人也毫無畏懼／嗚呼！我的軍服／已遭幾萬隻蒼蠅弄髒了[19]

　　無論是飽嘗疫癘之苦的軍隊，或是被蒼蠅弄髒的白米飯與軍服、以蒼蠅表徵「不潔」滿洲，在在印證了日本北進滿洲時水土不服帶來的受挫。諷刺的是，防疫衛生的敗陣，和讀本中「勇猛無比的年輕武者」、「不可思議的勇士」、「豪傑兵的奮鬥」、「滿洲土民的歡迎」等等強調日軍驍勇英姿的圖文標題，恰恰形成鮮明對比。

　　經由以上分析可知，日本進入滿洲之初對「惡氣候」與「疫病厲鬼」束手無策，雖借鑑征臺經驗及俄人文獻，但依然無法提出具體防

---

19 引自，巖谷小波編《少年必讀　軍國讀本　卷の六》，收入巖谷小波編《少年日露戰史　第六編　摩天嶺の卷》附錄，東京：博文館，1906年7月，頁17、19。原文參見「圖二　《少年必讀　軍國讀本　卷の六》『滿洲の蠅』」，筆者自譯。

疫措施，而臺灣的氣候與疫情則被當作參考依據，日治初期臺灣的衛生觀點也被複製、援用在滿洲。在臺、滿開展近代醫療體系前，日本常將兩地表述為氣候無常、疫病蔓延的「惡地」，可以說，彼時兩地的衛生論述多由此類瘴氣致病與環境影響論所主導。

二 後藤新平的生物學治理及其滿洲移植

> 距離現在三年前，台北市內隨處都是塵芥污物堆積，可說是支那人種居住所的真實面貌，後來經日本人大力施行清潔法規，至今已呈現出頗為整潔的景觀，其中雖然尚有一二不足之處，但大致上市容可說有了長足進步。若是在三年前，不管是誰看了都不免會有不潔的市街之評語，不過現在除了偏僻的路段巷弄或室內一隅等不容易看見的地方外，各處都相當整齊清潔，市區幾乎改頭換面。而尚待推動的事業中，則以完成室內私設下水道及室內污物的排除為當務之急。[20]

上文由技師巴爾頓口述，發表於一八九九年四月的《臺灣醫事雜誌》，文中流露對於衛生工事改變臺北市容的肯定。一八九六年起臺

---

20 ダブルユー、ケー、バルドン述，〈臺北城內衛生工事實況（特二下水工事二就テ）〉，《臺灣醫事雜誌》第1編第3號，1899年4月18日，頁2。原文為：「今ヲ去ル三年前二在リテハ臺北市內到ル所塵芥污物堆積シ實二支那人種住所タルノ真面目ヲ具ヘシカ爾来日本人ノ手コ依リテ屢々清潔法ヲ施行セラレタル結果現今二至リテハ頗ル清潔ノ觀ヲ呈セリト雖モ尚ホ成スヘキノ事業ハ一二ニシテ足ラサルナリ然レトモ概シテ謂ヘハ市街ノ狀況ハ大二進步セシモノト謂ハサル可カラス如何トナレハ三年以前二在リテハ何人ヨリ看ルモ不潔ノ市街タルノ評ナ免カレサリシモ現時ハ僻路間道若クハ邸內ノ一隅等容易ニ人目二觸レサル個所ヲ除ケハ何處モ頗ル清潔ニシテ市街ハ殆ント面目ヲ改メタレハナリ而シテ尚ホ成スヘキノ事業ハ邸內私設下水溝ノ完成並二邸內ノ污物排除ヲ以テ第一ノ急務トス」，筆者自譯。

灣總督府為解決民宅污物處理問題，延聘巴爾頓勘查水源地、建設排水工程，既往予人「不潔」印象的「支那人種居住所」因此大幅改進。而臺灣人住處衛生的迅即改善，即後藤新平主導公衛建設、強制整頓環境的初步成果之一。

時任民政長官的後藤新平主張生物學統治論，常藉「絕不能將比目魚的眼睛當成鯛魚的眼睛」之譬喻，視殖民地為一特殊有機體，施行特殊統治體制，他認為「欲將文明國家的制度強行在未開化國家中實行，可稱之為文明的暴政；這種事情是不能做的。所以，我們在統治台灣時，首先要把該島的舊慣制度，以科學的方式詳細調查，順應民情統治。」[21]據此，後藤在臺灣推動了土地、舊慣、人口三大調查事業。張隆志分析舊慣調查與公共衛生事業的殖民政策，指出後藤在殖民地法制問題上尊重舊慣，又以國家權力強行推動「文明化」衛生建設的雙重面向。[22]由後藤的譯著《國家衛生原理》（1889）及專著《衛生制度論》（1890），可歸納其生物學統治原則的理論要旨為：

一、人類與其他動物一樣，均遵循物種競爭、適者生存的演化原則。

二、人類生活是以生理的動機為出發，而以生理的圓滿為目的。

三、國家是一有機整體及至高主權，擔負社會圓滿的責任。

四、衛生即國務，衛生行政的範圍包含了國家事務的全部面向。

五、由於人類適應特殊環境的能力，慣習可視為人類的第二天性。[23]

21　中譯文引自，北岡伸一（著）；魏建雄（譯）《後藤新平傳》，臺北：臺灣商務印書館，2005年4月，頁38。

22　張隆志〈後藤新平：生物學政治與臺灣殖民現代性的構築（1898-1906）〉。

23　參見，小林道彥（著）；李文良（譯）〈後藤新平與殖民地經營：日本殖民政策的形

　　從以上觀點可知，後藤重視國家整體衛生機能的同時，也強調殖民統治的特殊性。因此，為解決在臺日人面臨的瘴癘惡疫問題，強化殖民地基層衛生，臺灣自日治初期即籌建醫療網絡。一八九九年春，總督府醫學專門學校正式開辦。同年十月，「臺灣地方病及傳染病調查委員會」設立，會長為後藤新平，委員由各府立醫院醫師組成，任務是調查各地傳染病及地方性疾病，以供當局制訂防疫政策之參考。筆者翻查地方病分布調查第一回報告，該會以患者性別與發病年齡、職業、遺傳性、飲用水、病患身體狀況、島上病史等方面考察甲狀腺腫，並以百人為單位繪製疫症分布圖（參見下頁附圖）；又透過檢查分泌物的細菌研究熱帶性侵蝕性潰瘍，再分析病患的職業、性別、年齡，加以自臺北醫院診療患者中抽樣摘錄「症例」等等作法，可一窺殖民政府利用現代醫學技術全面防疫之決心，與過去常將病源導向環境影響的觀點大為不同。[24]

　　「臺灣地方病及傳染病調查委員會」調查成果除繪圖（參見「圖四　臺灣二於ケル甲狀腺腫分布圖」）[25]、製表編成報告書外，亦見於日治初期創刊的權威醫學刊物《臺灣醫事雜誌》（1899-1901）與《臺灣醫學會雜誌》（1902-1945）。洪祖培、洪有錫的統計顯見，《臺灣醫事雜誌》的一二八篇論文中，多以「熱帶傳染病學」為主題，篇數逾所有文章的三分之一。[26]范燕秋分析兩部醫學刊物的登載篇目，也指

　　成與國內政治〉，《臺灣文獻》48卷3期，1997年9月，頁101-121。范燕秋〈新醫學在臺灣的實踐（1898-1906）：從後藤新平《國家衛生原理》談起〉，收入李尚仁主編《帝國與現代醫學》，頁19-53。中譯文引自，張隆志〈後藤新平：生物學政治與臺灣殖民現代性的構築（1898-1906）〉，頁1239。

24 《臺灣二於ケル地方病分布調查第一回報告》，臺北：臺灣地方病及傳染病調查委員會，年份不詳。

25 引自，《臺灣二於ケル地方病分布調查第一回報告》，未標頁數。

26 洪祖培、洪有錫〈台灣首份醫學期刊：《台灣醫事雜志》之介紹〉，《台灣醫學》4卷1期，2000年1月，頁28-36。

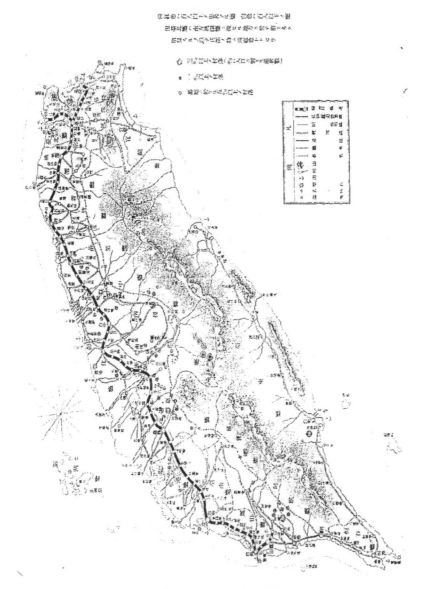

圖四　臺灣二於ケル甲狀腺腫分布圖

出日治初期「瘴氣論」的衛生觀至此已漸形轉變，改以細菌學、免疫學的預防醫學發展為基礎。[27]在此須指出，由瘴氣論到熱帶傳染病學的醫學發展，其中所表徵的並不僅僅是日本殖民者觀看殖民地的衛生觀轉變，更是基於「殖民地醫學異於本國醫學」的考量，因應臺灣特殊有機體之需要而產生的「殖民地醫學」。

「殖民地醫學」的概念由後藤提出，他認為「殖民地醫學及熱帶衛生學終究會成為獨立的學科」。[28]如同他在一九〇三年十一月八日出席臺灣醫學會第一次大會演講時露骨表明的：「敝人來本島赴任之際，即考慮將新領土的經營置於生物學的基礎之上。……研究克服風土影響、獲得抵抗力的方法，捨醫學者之外，則不可得。」[29]不論是現代醫學研究取代傳統環境觀念，或衛生工程推展，後藤藉研究異地風土為殖民者提供防疫之道，又開展了保護日本人異地活動的「殖民地醫學」。在生物學原理的統治政策下，後藤新平因時因地制宜的臺灣經營被認為穩定而成功。

一九〇六年十一月，後藤自臺灣民政長官及臨時臺灣舊慣調查會會長，轉任南滿洲鐵道株式會社（以下簡稱「滿鐵」）總裁及關東都督府顧問。滿鐵乃日本在中國東北統治的首要機構，初期分成「鐵道」、「調查」、「地方」三部，兩年後「部」改組為「課」，調查課下分「舊慣」、「經濟」、「俄國」三個調查班，又以舊慣調查投注最多人力。[30]觀諸滿鐵及其調查組織的人事布局，總裁由臺灣舊慣調查會會

---

27 參見，范燕秋〈新醫學在臺灣的實踐（1898-1906）：從後藤新平《國家衛生原理》談起〉，收入李尚仁主編《帝國與現代醫學》，臺北：聯經出版公司，頁19-52。

28 范燕秋〈新醫學在臺灣的實踐（1898-1906）：從後藤新平《國家衛生原理》談起〉，頁31-32。

29 中譯文引自，范燕秋〈新醫學在臺灣的實踐（1898-1906）：從後藤新平《國家衛生原理》談起〉，頁20。

30 陳鼎尹《從王道樂土到中國研究的資料庫：超越帝國主義的滿鐵》，臺北：臺灣大學政治系中國大陸暨兩岸關係教學與研究中心，2014年3月，頁33-44。

長後藤新平轉任，其他如調查部長岡松參太郎，首任調查課長川村鋤次郎，舊慣調查班主任眇田熊右衛門，調查員野村潔己、花岡伊之作、原邦造、龜淵龍長、天海謙三郎皆曾任職臨時臺灣舊慣調查會。[31]可見人事布署與臺灣的深厚淵源，以及後藤對調查事業的重視。

後藤在他擬訂的〈滿洲經營策梗概〉中述及，「戰後經營滿洲唯一要訣，在於表面上裝成鐵道經營，私底下卻實施百項建設。」[32]此即「文裝的武備」殖民理論，也就是一方面以經營鐵路進行掠奪，一方面援用非軍事方法或基礎建設實行統治。而調查事業作為殖民政策的重要一環，參考慣習調查成果推行殖民地立法與產業行政，便是後藤參用臺灣經驗再次展現的統馭策略。歷史學者黃福慶及鄭政誠都指出，臺滿兩地的舊慣調查在人員聘任、調查模式、文獻蒐集、報告書內容體例方面的高度同質性[33]，乃至因滿洲地域遼闊和反日情緒高漲難以實地考察時，也大幅利用臺灣舊慣調查成果作為報告基礎。[34]

在舊慣調查政策上，滿洲可謂以臺灣為範本多所沿襲，那麼在衛生治理上，日本轄下滿洲初期的狀況為何呢？[35]

---

31 鄭政誠〈日治時期臺灣舊慣調查對滿洲舊慣調查的輸出：以調查模式與人員的移植為中心〉，《法制史研究》第13期，2008年6月，頁209-230。

32 樸資茅斯條約締結前立案的〈滿洲經營策梗概〉，為後藤新平為時任日本駐滿軍隊參謀長兒玉源太郎代擬。參見，鶴見祐輔《〈決定版〉正伝 後藤新平 4 滿鐵時代 1906-08》，東京：藤原書店，2005年4月，頁14。中譯文引自，黃英哲〈楊基振及其時代：從日記看一位臺灣知識分子從戰前到戰後的心理轉變〉，收入氏著《漂泊與越境：兩案文化人的移動》，臺北：臺灣大學出版中心，2016年6月，頁50。

33 參見，黃福慶〈論後藤新平的滿洲殖民政策〉，《中央研究院近代史研究所集刊》15期，1986年6月，頁371-402；黃福慶〈滿鐵調查部的調查事業：「滿洲舊慣調查報告」評估〉，《中央研究院近代史研究所集刊》19期，1990年6月，頁341-362。

34 例如滿洲舊慣調查報告的《典ノ慣習》、《押ノ慣習》皆有此現象。參見，鄭政誠〈日治時期臺灣舊慣調查對滿洲舊慣調查的輸出：以調查模式與人員的移植為中心〉，頁224。

35 本文中所指「日本轄下的滿洲」時間範圍包含一八九四至一九〇〇年間日軍占領旅大，設立金州占領地行政廳和旅順口行政署等統治機構；一九〇五至一九三一年間

　　後藤南滿鐵道總裁。鑑於臺灣之施政。以為欲開發人文、風
　　物。第一要就醫事衛生上著手。日前曾向內閣要求百二十餘萬
　　圓之經費。以圖關東都督府屬大病院。及南滿一帶衛生機關之
　　統一。聞該立案若至實現之時。後藤總裁。則以關東都督府顧
　　問之名義。指揮該計畫之一切。[36]

後藤就任滿鐵總裁後借鑑臺灣統治經驗，將醫事衛生當作滿洲施政的
首要著眼點。依據《南滿洲鐵道附屬地衛生狀況》所載，後藤陸續在
旅順、大連、瓦房店、奉天、長春及安東等滿鐵沿線主要都市開設醫
院，又提出在奉天鐵道附屬地創設南滿醫學堂的構想。[37]一九〇七年
滿鐵地方部成立了衛生課，掌理附屬地的衛生事務[38]，包含衛生警
察、污物掃除、種痘、飲用水檢查、防疫等。[39]即便後藤在滿鐵的任
期未滿兩年（1906年11月-1908年7月），且醫療衛生機構多設立於他
入閣擔任遞信省大臣之後，但滿鐵作為調查機關之性質與整體運作，
衛生施設作為地方經營的第一步，乃經後藤新平籌劃確立。至滿洲事
變爆發前，滿鐵陸續設置多處保健所、醫院、公醫改善基礎衛生及推
動預防醫學，另立衛生研究所、南滿保養院、婦人醫院、特殊傳染病

　　日本在日俄戰爭中獲勝後，日俄並享滿洲經營權；以及一九三一至一九四五年間日
　　本扶植「滿洲國」政權階段。參見，沈佳姍〈日本在滿洲建立的免疫技術研究機構
　　及其防疫（1906-1945）〉，《國史館館刊》45期，2015年9月，頁103-152。
36 引自，〈關東州大病院〉，《漢文臺灣日日新報》2669號，1907年3月29日，頁1。
37 南滿洲鐵道株式會社地方部衛生課編《昭和3年度　南滿洲鐵道附屬地衛生概況》，
　　大連：南滿洲鐵道株式會社，1930年3月，頁1。
38 南滿洲鐵道株式會社地方部衛生課編《昭和3年度　南滿洲鐵道附屬地衛生概況》，
　　頁4。
39 南滿洲鐵道株式會社《南滿洲鐵道株式會社十年史》，大連：滿洲日日新聞社印
　　刷，1919年5月，頁804-815。

隔離所等特殊機構。[40]

　　須注意的是，滿洲的醫療衛生體系與臺灣同樣是以日本移住者健康為核心而發展，一如滿鐵在其社史中所述「衛生施設的完備讓居留民有心定居，藉此加強獎勵移住及發展社會業務，同時扶植我方勢力。」[41]

　　此外，南滿醫學堂於一九一一年獲准設立時，亦申明其成立目的是為「補本邦醫學機關之未備。而廣收志望醫學之人。即清國醫學未見普及之時。得此一好機會。入學者當必有爭先恐後之一日也。」[42] 學堂招收日本及中國的中學畢業生，甚至訂定醫學生享有「徵兵猶豫」的優遇。[43]滿鐵社史如此界定南滿醫學堂的任務：「在滿洲普及醫術是會社的文明使命，也是綏撫中國人的要訣。」[44]滿鐵將醫術普及當作會社的「文明使命」，成立南滿醫學堂在當時也被視為後藤「文裝武備」論最立即而顯著的成效。[45]從以下新聞記事或可了解在滿洲發展新醫學的統治效益：

　　　滿鐵會社。此次因擬於奉天創設醫學工學竝專門學堂。……。
　　　向來本邦於滿洲所有施設。清國官民輒起反抗防阻。此次以覺
　　　悟學堂之設。為時勢必要。直表同意。向後滿洲之衛生並工
　　　業。必共見發達。收彌大之效果也。[46]

---

40 李娜〈後藤新平與東北殖民衛生統制體系〉，《外國問題研究》2015年第1期，頁29-36。

41 南滿洲鐵道株式會社《南滿洲鐵道株式會社十年史》，頁785。

42 引自，〈南滿醫學堂創立內容〉，《漢文臺灣日日新報》4518號，1911年9月10日，頁1。

43 參見，〈南滿醫學堂之開校〉，《漢文臺灣日日新報》4513號，1911年9月5日，頁1。
　　南滿洲鐵道株式會社《南滿洲鐵道株式會社十年史》，頁867。

44 南滿洲鐵道株式會社《南滿洲鐵道株式會社十年史》，頁866。

45 南滿洲鐵道株式會社《南滿洲鐵道株式會社十年史》，頁866-867。

46 〈奉天籌設兩專門學校〉，《漢文臺灣日日新報》3912號，1911年4月15日，頁1。

凡此皆突顯了醫學衛生事業在日本初履異地時，便扮演著支持殖民主義與帝國主義的角色。而「殖民地醫學」的發展，不只保護日本人的異地活動，更有助增強殖民地衛生機能、緩和殖民壓制，同時也是生產殖民者文明價值的利器。[47]

從參酌臺灣經驗而實施的滿洲舊慣調查，到現代化、專業化、體系化的衛生治理，可以發現舊慣與新醫學如何作為後藤新平實踐生物學原理的雙重策略，被應用為帝國統治異地時的重要機制，在殖民地法制、近代醫療與衛生行政的確立過程中產生效益。如同《國家衛生原理》所主張的，「衛生」不單涉及醫事，而是與國家競爭、地方行政、各種社會統計密切相關。「衛生」表徵的乃是「國家的集體衛生機能」，日本的臺灣與滿洲衛生治理正充分顯現了如上觀點。

三　熱帶風土馴化與「健康地」建構

一八九八年四月，日本的財政界為配合官方殖民政策，在東京成立「臺灣協會」，日本各地及臺灣均設支部，[48]機關誌《臺灣協會會報》曾譯介十九世紀德國熱帶醫學代表作〈風土馴化及熱帶地衛生論〉，詳述歐洲的風土適應研究成果，並提出「風土馴化 Akklimatisation」的定義：「以衛生技術協助殖民者適應殖民地之自然條件，而面對所謂『風土病』時，以人為力量局部改變居住品質，使之儘量符合母國的生活條件，並增強殖民者的免疫力」。[49]劉士永指出，熱帶醫

47　參見，范燕秋〈新醫學在臺灣的實踐（1898-1906）：從後藤新平《國家衛生原理》談起〉，頁33。

48　何義麟〈臺灣協會〉，文化部「臺灣大百科全書」網站。http://nrch.culture.tw/twpedia.aspx?id=5820，最後查詢日期為2018年3月3日。

49　參見，オー、セルロン編著；守屋亦堂譯述〈風土馴化及熱帶地衛生論Akklimatisation und Tropenhygiene〉，《臺灣協會會報》第8號，1899年，頁14-24；第11號，1899

學與風土馴化是以溫帶殖民者日本為主體所發展出的學問，熱帶臺灣的高溫高濕因此被定義為必須克服的「不健康」風土。[50]依此原則，令日人束手無策的滿洲「特種惡氣候」，同樣也是日人亟欲馴服的風土。因此，在生物學統治原則指導下，為馴服臺滿兩地風土、改善殖民地衛生，殖民地醫學、衛生學的理論和應用應運而生。

臺灣於日治初期便規劃了公醫制度，至一九〇四年全臺已成立十所府立醫院，一八九九年總督府醫學專門學校設立後開辦新式醫學教育。研究與推廣方面，一九一九年春總督府醫學校針對內地醫學校畢業生增設一年期的「熱帶醫學講座」，「以研究教授熱帶特有之病。尚擬自來年四月。設地理的病理學一講。於其中。以教授各熱帶地特有病之歷史及研究史。」[51]早在講座成立前，校長崛內次雄便於《臺灣日日新報》專文介紹，直截表明開設熱帶醫學講座是為了致力於殖民醫療人員養成。[52]而總督府研究所衛生部在擴編為中央研究所之後，於一九三九年四月該所裁撤，改為熱帶醫學研究所附設於臺北帝國大學，執掌「一、熱帶病的病原、病理、預防及治療之相關研究、調查及試驗。二、熱帶病的臨床研究、調查及試驗。」[53]直至終戰前，臺灣總督府推動的殖民地醫療可說是以熱帶醫學為核心。

至於滿洲現代醫學，源自一九〇六年起後藤新平將臺灣公共衛生建設經驗推展至關東州。透由「圖五　一九二九年南滿洲鐵道附屬地

年，頁32-51。中譯文引自，劉士永〈「清潔」、「衛生」與「保健」：日治時期臺灣社會公共衛生觀念之轉變〉，頁292。

50　劉士永〈「清潔」、「衛生」與「保健」：日治時期臺灣社會公共衛生觀念之轉變〉，頁298。

51　〈醫專設新講座〉，《臺灣日日新報》6934號，1919年10月4日，頁6。

52　〈臺灣醫界の權威　醫學專門部と熱帶醫學專攻科の新設　崛內醫學校長談〉，《臺灣日日新報》6385號，1918年4月3日，頁7。

53　臺灣總督府警務局衛生課編《臺灣の衛生　昭和十四年版》，1929年12月，頁45-46。原文為：「一　熱帶病病原、病理、豫防及治療ニ關スル研究、調查及試驗。二　熱帶病ニ關スル臨床的研究、調查及試驗。」筆者自譯。

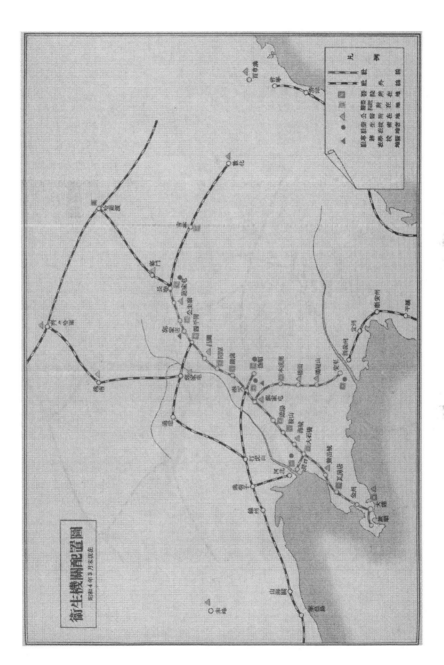

圖五　一九二九年南滿洲鐵道附屬地衛生機關配置圖

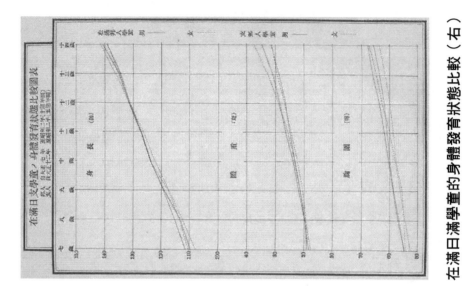

在滿日支學童ノ身體發育狀態比較圖表

在滿日滿學童的身體發育狀態比較（右）

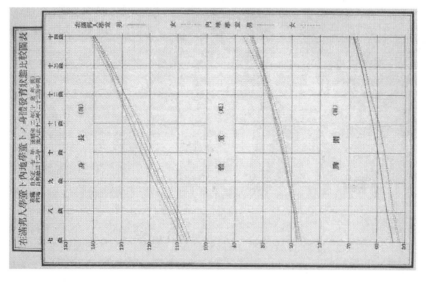

在滿邦人學童卜內地學童ノ身體發育狀態比較圖表

圖六　在滿日人學童與內地學童的身體
發育狀態比較（左）

衛生機關配置圖」[54]可看出「滿洲國」建國之前，連結南滿鐵路沿線都市的醫療網絡已建成，包含十六所現代化醫院、十六處公醫、一所委託醫院，以及衛生技術者和專務學校醫駐在地。

　　醫學校方面，南滿醫學堂於一九二二年升格為醫科大學。一九二五年九月，醫大增設「衛生學教室」，改組後於一九三一年由留美醫學博士三浦運一主持，三浦自敘教室的研究方針是「以在滿日本人的健康保全、中國人與各民族的衛生開發為目的。」故首要為日人確立出適合滿洲氣候風土的生活方式。[55]此後，如同研究者飯島涉所指出，開拓醫學與開拓衛生學在滿洲建國後成為日本馴服北方風土的焦點。[56]三浦衛生學教室頻繁實施移民地與開拓團的衛生調查，關東廳警務局衛生課也成立「移民衛生調查委員會」（1933年6月），委員由三浦運一在內的滿洲醫大教師，及「滿洲國」各醫院醫師、各開拓團長組成，實行「民族的風土馴化之基礎研究」，舉凡住居、食物、飲水、地方病、傳染病、獸疫、家畜衛生、開拓民的健康狀態、移民適地調查等，皆屬調查範疇。[57]一九四〇年九月醫大增設「開拓醫學研究所」，負責訓練保健指導醫師及保健指導員、視察青年義勇隊訓練所、學生醫療特技隊的派遣。

　　透過以上梳理得以發現，臺滿兩地的衛生治理深受生物學統治論影響，不論是臺灣的熱帶醫學研究，或「滿洲國」建國後普及的開拓

54　南滿洲鐵道株式會社地方部衛生課編《昭和3年度　南滿洲鐵道附屬地衛生概況》，摺頁，未標頁數。

55　轉引自，飯島涉《マラリアと帝國——殖民地醫學と東アジアの廣域秩序——》，東京：東京大學出版會，2005年6月，頁172。原文為：「滿洲における日本人の健康保全と中國人その他諸民族の衛生開發を目的とし」，筆者自譯。

56　飯島涉《マラリアと帝國——殖民地醫學と東アジアの廣域秩序——》，頁168。

57　關東局衛生課編《衛生概觀　昭和十二年度》，新京：關東局警務部衛生課，1937年11月，頁100-104。

醫學與衛生學，雖然研究主題因地制宜而有所差異，但兩者皆是為了解決殖民統治時遭遇的風土問題、保全日本人健康而發展的「殖民地醫學」。殖民地醫學體制的迅速擴散，顯示日本對於馴化殖民地風土的急切需求，醫學與衛生學的建立是風土馴化的關鍵。然則，臺滿兩地的風土馴化成效究竟如何呢？

臺灣總督府體育官丸山芳登所作的在臺內地人口調查顯示，一九〇五年之後，渡臺內地人總數與灣生人口逐年攀升，一九二五年的灣生人口與一九〇五年相較，成長逾三倍。[58] 又根據范燕秋「一八九九至一九二五年臺灣人口死亡率統計」一圖[59]，臺灣人口死亡率大致呈現下降趨勢，至一九二五年，在臺日人死亡率已低於一八九九年的四分之一。這些統計數據顯示，臺灣公共衛生在日治中期已能有效防治疫症，日本移民臺灣的人口也穩定成長。「圖五」也透露，滿鐵地方

---

[58] 下表依丸山芳登編製「各年度に於ける在臺內地人の年齡構成比較」一表整理而成，參見，丸山芳登〈臺灣在住內地人の人口に関する觀察〉，《臺灣學校衛生》8，1940年5月，頁31-45。

表一　一九〇五至一九三五年在臺內地人總數					
調查年度	1905	1915	1920	1925	1930	1935
在臺內地人總數	57,335	135,403	164,266	183,722	228,281	270,584

表二　一九〇五至一九二五年在臺內地人出生地別				
年度	1905	1915	1920	1925
內地出生人數	51,559	108,943	125,675	152,824
臺灣出生人數	5,776	25,314	38,591	75,457
在臺內地人出生人數合計	57,335	134,257	164,266	228,281
灣生佔當年在臺日人出生人口比例	10.07%	18.7%	23.5%	35.05%

[59] 范燕秋《疫病、醫學與殖民現代性：日治台灣醫學史》，頁35。

部衛生課在「建國」前已十分重視鐵路附屬地的衛生機關配置[60]，一九一八至一九二七年間在滿日人學童的身體發育狀態逐年提升，不但超越滿人學童，身高甚至領先內地學童。（參見「圖六」）由殖民政府的統計來看，日人在臺、滿的風土適應問題至殖民中期已有顯著改善。

　　另一值得注意的現象是，在日本內地人口過剩、糧食不足等壓力下，日本政府於一九○六、一九○七年左右積極獎勵移民政策，當時報紙及移民宣傳手冊上出現了臺灣已從「不健康地」轉為「健康地」的評論。

　　以刊登於《漢文臺灣日日新報》的〈寓臺內地人健康〉為例，該文藉由在臺日人的健康提升，分四個面向說明臺灣的部分地區已非「不健康地」。如下擇要引述：

> 然如僑寓臺島之內地人。其近年之健康狀態。頗為良好。……。然實為官廳之衛生設備。日臻完善。竝內地人能就臺灣之風土。研究衛生之法。為其大原因也。……。是今日之臺北。詎得謂為比諸內地。為不健康之地乎。

> 據某專門醫所云。彼為冬季不寒冷其他理由。……。在臺灣比諸內地。尤為適於養生也。……。知臺灣非為不健康地也。

> 在臺灣生子者極多。彼在內地夫婦同居。數年之間。不能誕子之婦人。僑寓臺灣。忽然舉子者。數亦不少。惟在臺灣所生之子。比諸內地所生育者。有幾分之衰弱。為世人所共認。而細察實狀。其懷孕之狀態。與在胎之情形。及既生以後。果為適

---

60 摘自，南滿洲鐵道株式會社地方部衛生課編《昭和3年度　南滿洲鐵道附屬地衛生概況》，未標頁數。

當之養育否。亦非無關係。故強謂臺灣所生之子。必為衰弱者
未得為當也。

要之。內地人之健康。已漸次良好。內地人之數。亦次第加
多。將來各地之開拓。及各地方之健康狀態。漸抵於良。則內
地人之僑寓者。其數當有加無已也。[61]

此文主要目的在行銷臺灣衛生改善、在臺內地人健康與生育情況良
好。首先，肯定官廳參照「臺灣風土」制定的衛生政策，是讓臺灣脫
離不健康地惡名的關鍵。接著，引述醫師證言，認為臺灣氣候較內地
更適宜養生，對於「灣生」體質衰弱的說法也予以駁斥。最後，總結
移住者增多、在臺內地人健康及島內各地方的健康狀況都漸趨良好。

　　同報的另一篇報導〈臺北市街傳染病〉也強調臺北衛生設施完備
足稱為優秀健康地：「臺北市之衛生設備完全。溝渠四通八達。排水
自在又有良質之水道。實為臺北之可誇示者。總而言之。臺北足稱為
日本國中之優秀健康地也。」[62]反之，〈南部飲料水〉則載明，既往依
出生率、死亡率統計，「以嘉義廳為界。其南部概為不健康地帶。北
部則為健康地帶。」之說缺乏研究根據，提出「南部之不健康。其關
係於水者絕大。」的看法。[63]

　　上述報導，旨在以臺灣轉變成健康地為由，鼓勵內地人移民。當
中，透顯的是，依據衛生建設程度與公衛分級將地域區分成健康地／
不健康地的管理，無形間也造成了城區內／臺人居住區及城／鄉間的

61　〈寓臺內地人健康〉，《漢文臺灣日日新報》2625號，1907年2月3日，頁2。底線為
　　筆者所加。

62　〈臺北市街傳染病〉，《漢文臺灣日日新報》3501號，1909年12月28日，頁2。

63　〈南部飲料水〉，《臺灣日日新報》3568號，1910年3月23日，頁2。

空間階序。當時報導上被標舉為健康地的臺北，特別是城內地域，正是最多內地人所在的城市。[64]

關東洲統治初期，在衛生治理和分級方面也出現了和臺灣極為類似的情況。日本於日俄戰後取得滿鐵附屬地經營權，也將統轄地區分為「滿鐵附屬地市街」與「支那人市街」，再針對附屬地市街的用水及排水溝衛生加強改善。此後日本內地出版的旅遊手冊及移住案內多強調「滿洲是健康地」[65]、「十年前，對國人倡導滿洲是有害健康的土地，但在實際文明施設的經營下，統計調查顯示滿洲已是健康地。」[66]有別於日俄戰前「南滿洲各地的氣候有害健康」[67]之說法。

「滿洲國」成立後有關健康地的宣導大幅擴大，並持續落實到中日戰爭爆發以後。總督府警務局衛生課編纂的《臺灣の衛生》，在一九三九年版中，依衛生防疫沿革將日治時期區分為「衛生創設（明治）時代、衛生黎明（大正）時代、衛生躍進（昭和）時代」，並表示臺灣進入昭和時期之後，不僅能有效預防急性傳染病、衛生思想澈底普及，居民的體格與體質也獲改善。書中極力讚譽臺灣的衛生發展程度已不遜於日本：「如今台灣的衛生文化，不論都市或鄉下都不比內地遜色，昔日的瘴癘之地、蠻雨之疆對於僅見識過昭和時代的台灣的人而言，是個作夢也想不到的地方。」[68]

---

64 「三十年戶口調查表」，〈明治三十一年乙種永久保存第三十二卷〉，《明治三十一年臺灣總督府公文類纂　三十二》，1898年9月13日，臺灣總督府檔案，臺北：國史館臺灣文獻館，典藏號00000291005。

65 金岡助九郎編《滿鮮旅行案內記》，大阪：駸駸堂書店，1918年5月，頁151。筆者自譯。

66 吉川鐵華《滿洲及西伯利亞移住案內》，東京：誠文堂，1918年12月，頁99-100。筆者自譯。

67 〈奉天の疾病〉，《臺灣日日新報》1829號，1904年6月5日，頁3。

68 臺灣總督府警務局衛生課編《昭和十四年版　臺灣の衛生》，1939年12月，頁2-5。原文為：「かくて今日臺灣の衛生文化は都鄙を舉げて內地の夫れに遜色なく、昔

　　一九三〇年代後期，由南滿洲中等教育研究會編纂的《新撰滿洲事情》析論在滿日本人的健康狀態時，除了重申「滿洲並非不健康地」，甚至以「像關東州這種地方是遠遠凌駕內地的健康地。」[69]推崇經過日本人三十多年治理之後，當地保健與衛生之完備。一九三九年初，日本大型報社朝日新聞社因「迎接支那事變的第三年春天，越發感到日本對東亞新秩序建設的責任重大」[70]，決定刊行「朝日東亞リポート」（朝日東亞 REPORT）系列叢書。叢書第二輯《滿洲移民》由曾任臺灣民政長官及總務長官的下村宏（1915-1921）執筆，內容是時任貴族院議員的他於一九三八年之旅滿視察見聞，包含滿鐵移民概觀、移民計畫綜述、移民部落與移民觀察。書序表示此作肩負「日本民族移住大陸的歷史使命」。在〈健康地滿洲〉及〈天惠の楽土滿洲〉兩章節中，強調滿洲天氣與日本相同，多晴少陰，風弱雨少氣候乾燥，適於呼吸系統病症患者療養，並反覆論證滿洲之「健康」：「在這滿洲的極北處開拓新天地者卻少有病人。」、「只要配合這裡的風土環境多加注意的話，滿洲反而是個健康地。」[71]又認為在滿日本人多因輕忽住處的換氣採光而罹病，故「日本人生病皆是咎由自取。」[72]他如下總結旅滿收穫：

日の癘癘の地、蠻雨の疆は昭和の臺灣のみを知る者にとりては真に夢想だにも及ばさる所となくた。」筆者自譯。
69 南滿洲中等教育研究會編《新撰滿洲事情（三訂版）》，東京：三省堂，1938年5月，頁48。
70 朝日新聞社東亞問題調查會編《滿洲移民》，東京：朝日新聞社，1939年2月，未標頁數。原文為：「支那事變第三年の春を迎へて東亞新秩序建設に對する日本の責務は愈々重大性を加へ來り」，筆者自譯。
71 引自，朝日新聞社東亞問題調查會編《滿洲移民》，頁94。原文為：「それ滿洲の北の北に新天地を開いてる者に病人は少いのである。」、「風土に應じて注意すれば滿洲の方が卻て健康地である。」筆者自譯。
72 參見，朝日新聞社東亞問題調查會編《滿洲移民》，頁95-97。原文為：「日本人の病氣になるのは皆自ら求めて病氣になつてゐる。」筆者自譯。

我因這次旅行而堅定了
要適應滿洲的風土
滿洲比內地更健康
的信念。今後我會更加放心地透過自己的口或筆宣揚滿洲移
民。這其實是為日清、日俄兩場戰爭，以及滿洲支那事變作一
了斷。也是為過去可敬的犧牲賦予意義、為日本民族未來的國
策根基塑形。另外，結束前我要再重複一次，這正是我們東亞
民族攜手協力建設新東亞最重要的關鍵。[73]

下村宏在一九三九年出版的著作中，援引日本在滿洲的長期經營成
果，鼓勵滿洲移民，其中為排除移民者罹病恐懼而再三強調「留意風
土特性，保持良好衛生習慣甚至能更健康」的開拓醫學觀點，已比日
本初到滿洲時歸咎瘴霧、特種惡氣候、惡天地的論述更強調科學證
據。從他賦予滿洲移民政策「發揚過往戰爭精神、塑造未來國策基
礎、協力建設新東亞」的使命，可看出下村宏呼籲「要適應滿洲的風
土，滿洲比內地更健康」的核心觀點，意即以殖民地醫學支持北進國
策，鼓勵內地民眾——放心地前進滿洲，健康的活在滿洲。

　　透過以上文獻分析，筆者發現，熱帶醫學和開拓醫學論述在二十
世紀初期日本帝國擴張的背景下出現。當時臺滿的公衛建設與殖民地
醫學研究尚在起步階段，但「健康地臺灣／滿洲」的外地形象卻在日

---

73 引自，朝日新聞社東亞問題調查會編《滿洲移民》，頁98-99。原文為：「私は此度の
　旅行より／滿洲の風土に適從せよ／滿洲は內地より健康地なり／といふ信念を固
　め得た。私安心して滿洲移民を今後ますます口にし筆にする。さうしてそれが實
　に日清日露の兩役、滿洲支那の事變の結末をつけるものである。今までの尊い犧
　牲を意義づけるものであり、それが日本民族の將來の國策の根柢を形づくるもの
　である。又それが眞に新しき東亞の建設に我々東亞の民族の協力握手すべき要諦
　であるいふ事をくりかへして話を終ります。」筆者自譯。引文中字體加大處依原
　文所示。

本宣傳移民政策與成果的時機下被創造與傳播。論述中常以在臺／在滿日本人健康提升、臺／滿氣候近似內地等論點，舉證昔日惡地已轉變為健康地，藉此肯定殖民統治成效，鼓勵內地居民移住。到了一九三六年八月日本將大陸百萬移民政策作為國策通過後[74]，報導與出版讀物中除了再度重申前述論述之外，這兩個外地的衛生水準被表述為與內地不相上下，乃至凌駕內地，瘴氣論被推翻，改為控制風土就能控制疾病。筆者從資料中發現政策中的風土馴化成果宣傳誇大了外地醫療衛生推行的成效，從中可以讀見帝國為擴張、移民而發展的殖民地醫學，確實影響了對於臺灣、滿洲的風土論述和形象建構。

小結

本文試圖對臺、滿兩地的衛生與風土論述的關係提出詮釋。首先分析日本如何表述開展近代醫療前的臺滿氣候及風土，指出彼時衛生論述是以風土評判衛生，缺乏現代醫學考證，和日本氣候殊異的臺滿因此常被形容為瘴癘惡疫之地。且由於缺乏完整醫療知識，在衛生防疫措施上首重環境預防。

其次，探討臺灣衛生論述的滿洲傳播情況，說明在臺灣與滿洲推動醫療公衛政策之間的淵源。筆者從先行研究歸納對後藤新平生物學原理在臺、滿施行的情況，發現後藤在兩地施行的舊慣調查與衛生治理，除了重視風土分析提供防疫方法，建立殖民地醫學之外，影響所及也改變了既往的瘴氣論與地方污名。

最後，討論日本的風土馴化和外地衛生論述的轉變。日本為馴服臺滿風土、增強殖民地衛生機能，分別在臺灣與滿洲建立熱帶醫學、開拓醫學研究，殖民政府的調查統計顯示，日人在臺滿的風土適應問

---

74 高樂才《日本滿洲移民研究》，北京：人民出版社，2000年10月，頁96-104。

題至一九二〇年代已有所改善。然而筆者也發現，文字宣傳上的風土
馴化較實際上日人的風土適應更早出現，在臺滿的公衛建設尚未展現
具體成效之前，由於移民政策推展，報紙及宣傳手冊上的臺滿形象從
「不健康地」轉為「健康地」，內地與外地在衛生文化上的優劣關係
也因而翻轉。以上考察，說明了風土論述如何連結殖民治理原則，風
土馴化的概念又是如何控制並形塑殖民地風土。

第二節　外地案內：臺灣與滿洲旅行指南中的理想風土

前言

　　日本對臺灣、朝鮮、「滿洲國」的治理以大規模的人文與地理調
查起始，調查事業奠定了外地統治的基礎，也帶動了以認識帝國新屬
地為目標的文化商品，譬如殖民地主題的明信片、流行音樂、電影、
廣播節目、書刊讀物大量出現，殖民地觀光成為一種摩登時尚。旅行
指南激發了讀者的閱讀興趣與他者想像，這樣的閱讀行為又循環生成
更多的書寫／閱讀／地理移動。筆者希望透過旅行指南的分析比對，
了解臺、滿兩地如何被觀看、認識及表述，旅行指南透過哪些議題單
元與敘事模式對溫帶、熱帶不同地域的生態與人文資源進行介紹、分
類與定位，地方風土介紹又如何成為外地觀光的宣傳要點。

一　臺灣之旅：「不徹底差異化」的異國情調

　　「圖七」出自臺灣總督府鐵道部編纂的《臺灣鐵道名所案內》[75]卷

---

75 臺灣總督府鐵道部《臺灣鐵道名所案內》，臺北：江里口商會發行，1908年9月。

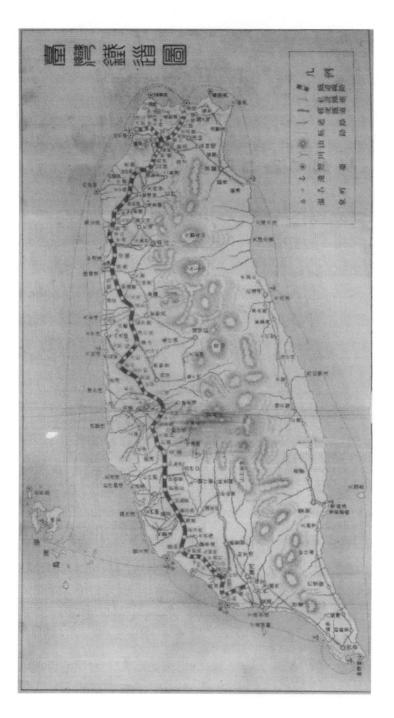

圖七　臺灣鐵道圖（1908）

首摺頁，這幅橫臥的臺灣地圖上，最顯眼的標記有二，分別是貫穿西部臺灣的深紅色鐵道路線，以及占全島三分之二面積的無數山岳。鐵道與山岳，平原「土人」與高山「蕃人」，皆是日本據臺初期亟欲征服的目標，在臺灣總督府棄綏撫改行武力「理蕃」的同時，官營及私有鐵路網的鋪設，正逐步以武力討伐之外的資本主義侵略蔓延臺灣各州廳街庄。

根據日本研究者曾山毅考察，一九〇一年東京發行的《日本名勝地誌・台灣編》，是日治以後最早出現的介紹臺灣的出版品之一。然而，該書編纂期間，因臺灣各地武裝抗日勢力蜂起，著者難以實地踏查，書中內容多半參考清末的地方廳志及《台灣地輿圖說》。[76]待總督府初步鎮壓各地抗爭，控制島內局勢之後，一九〇八年方由鐵道部編撰發行《臺灣鐵道名所案內》。當時正值西部縱貫鐵道全線通車營運，北自基隆，南迄打狗，全長四百多公里的鐵路劃地而築，現代技術改變了島嶼的空間聯繫與日常生活模式。同年十月底，由閑院宮載仁親王主持的「鐵路全通式」在臺中公園盛大舉辦[77]，與會者獲贈《臺灣鐵道名所案內》一冊。[78]十一月初，占地六二一坪的臺灣第一座西式飯店「鉄道ホテル」落成於臺北車站對街[79]，臺灣自此進入鐵路時代，西部交通不再完全仰賴沿海航運。[80]齊藤啟介指出，自縱貫鐵路開通後，臺灣的旅客載運收入不僅較朝鮮鐵路高，更與日本國鐵不相上下。[81]官製旅遊手冊的編輯發行，也顯示在臺灣總督府的推動

---

76 曾山毅《植民地台湾と近代ツーリズム》，東京：青弓社，2003年11月，頁179。

77 參見，戴寶村、蔡承豪《縱貫環島・臺灣鐵道》，臺北：臺灣博物館，2009年11月。

78 〈臺灣鐵道名所案內〉，《臺灣日日新報》，1908年10月6日，頁2。

79 參見，臺灣總督府鐵道部《台灣鐵道名所案內》，頁21。

80 臺灣鐵路建設雖始於清代巡撫劉銘傳，然因軌道傾斜過陡、曲線半徑太小等因素，缺乏運輸效益，故在日治以前鐵路對一般大眾生活的影響十分有限。

81 齊藤啟介〈《台灣鐵道旅行案內》塑造的台灣形象〉，政治大學台灣史研究所碩士論文，2012年12月，頁20。

下，鐵路交通結合觀光旅遊，鐵路沿線市鎮朝向觀光化發展。

　　鐵道部編纂的《臺灣鐵道名所案內》（1908）、《臺灣鐵道案內》（1912）、《臺灣鐵道旅行案內》（1916、1921、1923、1924、1927、1930、1932、1934、1935、1938、1940、1942），總計十四種版本，名稱幾經更迭，不定期發行，內容持續更新。從《臺灣日日新報》登載的發刊預告來看，《臺灣鐵道名所案內》發行數量高達五萬部，定價五十錢，預購優惠價四十錢[82]。參照同年臺北農家每人每日平均花費八錢的生活費[83]，可知旅行案內（旅行指南）的售價偏高，推測應是以外來旅客及島內中產階級以上的日語理解人口為預設讀者。

　　較早發行的《臺灣鐵道名所案內》、《臺灣鐵道案內》頁數較少，景點介紹僅止於車站周邊的旅館、物產、票價、漁獵場所、轉乘資訊，少見地方特點的深入描寫，一九一二年起，以前述兩部案內書內容為原型，更名《臺灣鐵道旅行案內》之後，篇幅明顯增加。曾山毅針對十二冊《臺灣鐵道旅行案內》描述的對象進行統計分析，發現在景點、中央山地、景點周邊的休閒活動、日本殖民臺灣的標誌性史蹟等介紹上，呈現遞增趨勢，及至一九四○年的「觀光對象數」已達八二一種，與一九一六年的二四七種相較，增加近四倍。[84]

　　自一九二七年起，手冊內容出現大幅異動，卷首長篇論述臺灣地形、氣候、衛生、產業、交通、教育、蕃人、風俗、動植物、地名及鐵道沿革，各站簡介也增添人口、銀行、郵局、學校、會社、餐館、寺廟、溫泉、鄰近公園、官衙與軍衙等概說，全冊將近三百頁，包含

---

82 〈臺灣鐵道名所案內の發刊〉，《臺灣日日新報》，1908年3月13日，頁3。

83 〈農家之生活費〉，《漢文臺灣日日新報》，1908年4月21日，頁5。

84 曾山毅《植民地台湾と近代ツーリズム》，頁190-195。據書中的統計來看，發行於一九四二年的最後一冊《臺灣鐵道旅行案內》，因受戰爭末期紙張供應不足影響，對象數減至六八一種。

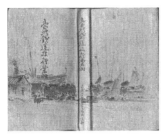

**圖八　一九二七年《臺灣鐵道旅行案內》的
封面、封面內頁、封底內頁（由左至右）**

上百張寫真、臺灣全圖和各地地圖。[85]該冊發行隔月，《臺灣日日新報》刊出書訊報導，說明因臺東線開通、集集線收購公營，加以部分內臺航路變更等因素，鐵道部決定修訂手冊的內容和體裁。[86]

此次改版封面由石川欽一郎執筆「繪現臺灣特色」[87]，前後內頁採環襯設計，臺北神社與新高山畫作躍然紙上，其裱裝精美堪為歷年之最。饒富意味的是，一九二七年夏，《臺灣日日新報》曾公開舉辦「臺灣新八景」票選活動，結果出爐後，於「八景十二勝」之上另加

85　臺灣總督府交通局鐵道部《臺灣鐵道旅行案內》，臺北：臺灣總督府交通局鐵道部發行，1927年10月。

86　參見〈鐵道部編纂の『臺灣鐵道旅行案內』改訂版成る〉，《臺灣日日新報》，1927年11月27日，頁4；〈鐵道部編纂旅行案內改訂版成〉，《漢文臺灣日日新報》，1927年11月28日，頁4。集集線原為臺灣電力株式會社興建日月潭水庫時所建，該線是當時進入臺灣中部山地的唯一交通路綫，一九二七年四月，日月潭水庫工程告一段落後，總督府以三七三〇〇〇〇圓收購，並改稱集集線。參見，蔡龍保《推動時代的巨輪：日治中期的臺灣國有鐵路（1910-1936)》，臺北：台灣書房，2012年10月，頁49-50。

87　引自〈鐵道部編纂旅行案內改訂版成〉，《漢文臺灣日日新報》，1927年11月28日，頁4。石川欽一郎（1871-1945），被譽為第一個播下臺灣新美術種籽的啟蒙者，旅臺期間在多所學校教授繪畫，經常以臺灣本土特有的自然環境、動植物及街景風貌作為創作題材。參見，《旧植民地人事總覽：台灣編4》，東京：日本図書センター，1997年2月；李志銘《裝幀台灣：台灣現代書籍設計的誕生》，臺北：聯經出版公司，2011年9月，頁43。

二「別格」，即「神域」（臺北神社）與「靈峰」（新高山）。自然地景經由大眾票選活動被賦予神聖性，在此過程中所形塑的風土認同又於鐵道部出版品上一再複述強化。不過，這並非「神域」與「靈峰」在《臺灣鐵道旅行案內》裝幀上的首次運用。早在一九一六年版手冊內，新高山與臺北神社便分別出現在前後內頁，只是兩處地景的排序到了一九二七年版相互調換，「神域」因此優位於「靈峰」，政治名所凌駕自然風土。藉由總督府鐵道部運籌規劃及印刷資本主義的傳播，臺灣鄉鎮風土被重新定義、詮釋與評價，在「神域」統轄下由北至南、由縱貫線而支線依序排列。

官製旅行手冊可以說是案內了一場始於「神域」的臺灣鐵道巡禮，然而，綜觀鐵路沿線市鎮的介紹，以及未曾介紹、必須仰賴礦產或製糖會社私營鐵路方能抵達的鄉間，旅行手冊再現與不見的，實是殖民權力網絡下的地域分工與產業掠奪。

圖九　蕃人（1930）[88]

圖十　范將軍、
謝將軍（1927）

---

88 臺灣總督府交通局鐵道部《臺灣鐵道旅行案內》，臺北：臺灣總督府交通局鐵道部
　　發行，1927年10月；1930年7月，未標頁數，原圖示說明字體模糊不清。

　　由手冊裡概述臺灣時所用題名〈異國的臺灣と臺灣人の習俗——<ruby>異國的臺灣<rt>エキゾチック</rt></ruby>臺灣早わかり〉（異國臺灣與臺灣人的習俗——臺灣速解）可知，鐵道部擇取的視角是帶有異國情調的臺灣，它們被再現為「有趣的氣候」、「豐富的產業」、「熱與光所賜的野菜」[89]，竹筏、戎克船、鳳梨、木瓜田、檳榔樹、芭蕉園等等刻意突顯的「地方色彩」，及透過照片展示「標本化」了的藝妓、藝閣、范謝將軍、黥面「蕃婦」、張望鏡頭的「蕃人」、忙碌的「土人」勞動者。書中也強調，經總督府改善衛生設施、大興鐵路工事後，臺灣由「惡疫之地」轉變成「南方樂土」、「帝國海南的寶庫」[90]，將來或可在高山都市建立「熱帶極樂園」[91]。一九三〇年版手冊所載詩作〈常夏之島〉便可謂上述「台灣情調」的文本化：

　　　　陽光燃燒照耀的日子，是基隆罕見的天氣。在椰子樹綠蔭下的竹椅乘涼，用湯匙吃冰木瓜，是內地難以想像的美好滋味。

　　　　旅館裡掛起蚊帳，車站中列車上，風扇愉快在吟嘯。從車窗望見的水田小巧翠綠，聽得見蛙鳴奔放。巨大犄角的水牛接連出現，多麼珍奇。列車南下，北緯23度27分4秒，東經120度24分45秒，經嘉義車站越過北迴。

　　　　熱帶越來越近。棕櫚椰子芭蕉與橡膠，美麗花瓣與濃郁香氣，宛如走進自然的溫室。

89　臺灣總督府交通局鐵道部《臺灣鐵道旅行案內》，臺北：臺灣總督府交通局鐵道部發行，1927年10月，頁1-37。

90　臺灣總督府交通局鐵道部《臺灣鐵道旅行案內》，臺北：臺灣總督府交通局鐵道部發行，1927年10月，頁4-5。

91　臺灣總督府交通局鐵道部《臺灣鐵道旅行案內》，臺北：臺灣總督府交通局鐵道部發行，1927年10月，頁3。

蕃人在烈日下赤腳步行。低矮的土橋上，台灣佳人乘轎走過。
海天都被夕陽染紅的海濱，南支那來的戎客放下風帆，浮盪水
面的竹筏中，島人與孩子進入漁寮。

常夏之國台灣。沒有文化壓迫的微塵阻塞，美麗的夢之國。[92]

文學性作品的出現意謂著除了日常交通與物品運輸的實用面向，鐵道
部已留意到如何利用「風土想像」召喚讀者的臺灣憧憬。這本官製手
冊發行的一九三〇年，適逢社會運動團體「臺灣地方自治聯盟」成
立，主張採取合法手段爭取政治自由與地方自治；左翼色彩強烈的
《伍人報》、《洪水》、《明日》、《赤道》、《臺灣戰線》也陸續發刊；同
年年底，臺中州能高郡因不滿日籍警長期苛待與多方管制而爆發霧社
事件，總督府的理蕃政策面臨重大挑戰。然而，旅行案內卻無視島內
社會運動與武裝抗日的起落變化，策略性地將殖民地臺灣「樂土化」，
把地域色彩當作全島特色，以風土之美粉飾殖民地的各種社會矛盾與
衝突。

　　另一方面，為消除日本來臺旅客的疑慮，又以日本為參照解釋地

---

92 〈常夏の島〉，臺灣總督府交通局鐵道部《臺灣鐵道旅行案內》，臺北：臺灣總督府
交通局鐵道部發行，1930年7月，頁44。原文為：「基隆には珍らしいお天氣ださう
で灼けつく樣な太陽が照る。椰子の綠濃い木蔭の竹椅子に涼を納れて冷した木瓜
を匙ですくふ味は內地の想像外である。／旅館では蚊帳を釣る。驛でも車中でも
煽風機が快よい唸を立て、ゐる。車窗から見る水田は尺にも近い青田となつてふ
つ、かな蛙の聲を聞く。巨大な角の水牛が三つ二つと來るのも珍しい。南下し
て嘉義停車場を過ぎると北緯二十三度二十七分四秒東經百二十度二十四分四十五
秒の北回歸線標を越ゆる。／愈々熱帶地に入のである。棕櫚、椰子、芭蕉、ゴム
樣々の美しい花卉、香り高い果物、まことに自然の溫室を行くといつた感じであ
る。／白日の下を徒跣で行く蕃人もゐる。そこの低い土塊屋の橋を轎に乘つた臺
灣の佳人が行く。空も海も真紅な夕映の海濱に南支那から通つて來たであらう戎
克が帆を下す。さながら水の上を匐ふ樣な竹筏を漕ぐ島人、子供は桶の中に入つ
てゐる。／實に臺灣はゆたかな常夏の國である。行詰つた樣な文化の壓迫の微塵
もない、美しい夢の國である。」筆者自譯，黑色標記為筆者所加。

方風土與人種特色。例如,「台灣的夏天並不可怕,與內地夏天相比,只不過是暑期更長罷了。」[93]、「山地有蓊鬱森林,水田一年兩穫,近年來開始生產與內地米相似的蓬萊米,台灣米的聲譽全然不同以往,現今已能對母國的糧食有所貢獻。」[94]、「(按:花蓮港附近蕃族)近來因與內地人及本島人接觸日增,文化逐漸受到影響,日常生活用品也悉數偏向內地人或本島人的樣式,有些人乍看之下與內地人無異。」[95]

　　觀諸「氣候與日本相去不遠因此並不可怕」、「稻米栽種因為近似日本故能改善聲譽」等臺、日風土評比的議論,執筆者渲染臺灣風土之美、內臺近似處的同時,卻也一再強化臺、日間的社會階序與潛在鄙視。臺灣總督府發表這一系列言論,可以說是來自甲午及日俄戰爭中戰勝的巨大自信。然而,同一案內中對臺灣的表述何以時而貶抑,時而歌詠呢?筆者認為,這樣的矛盾或許和日本的移民政策與殖民地經營有關。領臺之初,日本便已確立對臺移民政策,目的在於鞏固臺灣的統治、為日本往熱帶發展預作準備、調節母國過剩人口、彌補母國農民土地過少之弊病、加速臺灣人同化。[96]故不論是向內地宣傳來

---

93 臺灣總督府交通局鐵道部《臺灣鐵道旅行案內》,臺北:臺灣總督府交通局鐵道部發行,1927年10月,頁3。原文為:「台湾の夏と言つても少しも恐る、事はなく唯だ內地の夏に比して暑い間が比較的に長いと云ふに過ぎない」,筆者自譯。

94 臺灣總督府交通局鐵道部《臺灣鐵道旅行案內》,臺北:臺灣總督府交通局鐵道部發行,1927年10月,頁5。原文為:「山地は鬱蒼たる森林に富み、水田からは年に二回の收穫がある、殊に近年は內地米に似た蓬萊米の產出あり、台湾米の声価は昔と全然一変し今日は母国の食糧問題に対し大なる貢獻をしてゐる」,筆者自譯。

95 臺灣總督府交通局鐵道部《臺灣鐵道旅行案內》,臺北:臺灣總督府交通局鐵道部發行,1927年10月,頁250。原文為:「最近內地人及び本島人に接すること多く、漸次文化の惠澤を蒙り日用調度品の如きも、総て內地人又は本島人風に傾き一見內地人と異ならざる者がある。」筆者自譯。

96 張素玢〈台灣的日本農業移民——以官營移民為中心(1909-1945)〉,臺北:國史館,2001年9月,頁45-46。

臺短期旅行或招募移民，將臺灣塑造成一個憧憬的夢土實屬必要，因此出現了可稱為「不徹底差異化」的風土表述差異。

在旅行案內的詩意文字與華麗裱裝下，呈現的並不只是臺灣地方實景，更是統治政績，以及吸引內地遊客的「異國情調」。如果說案內手冊上展示的空拍全景寫真及遠山攝影，顯現的是一種視覺意義的占領；那麼，通過一連串調查、勘測、淘選、標記、詮釋、圖解、分門別類，將各地風土建構成「辭典化」的介紹，則具體而微地說明了殖民者在象徵意義上對臺灣的占有。日本眼中的臺灣，是氣候不同於內地的常夏之島，也是資源富庶的南方樂土；富有異國情調，又與母國風土相近；是理當否定的外地，又是必須美化的移民適地。及至一九三〇年之前，官製系列旅遊手冊《臺灣鐵道名所案內》、《臺灣鐵道案內》、《臺灣鐵道旅行案內》中的臺灣風土論述反覆在「觀看他者」或「宣傳自我」之間游移擺盪。

一九三一年九月，滿洲事變發生，日本提出「北滿移民計畫」，內地對臺灣的關注逐漸被新占有地滿洲取而代之。以下兩小節將依序分析滿洲旅行指南，以及一九三〇年代之後臺、滿案內書的內容變化。

圖十一　新高山遠望（1927）

圖十二　高雄市全景（1930）

圖十三　花蓮港街（1930）[97]

二　滿洲之旅：從「未開地」到「新天地」的形象轉換

　　日本國民前往海外旅遊的開端，由新潟至海參崴的「浦潮遊航船」、兵庫縣立豐岡中學校前往滿洲和朝鮮、長崎商業學校前往上海、關西中學校前往美國、三重四日市商業學校前往釜山等，明治中期出現的零星海外修學旅行為最早見諸文獻的紀錄。[98]但規模較大、受到社會矚目者當屬一九〇四年的「滿州丸」觀戰之旅。

97　臺灣總督府交通局鐵道部《臺灣鐵道旅行案內》，臺北：臺灣總督府交通局鐵道部
　　發行，1927年10月；1930年7月，未標頁數。圖說文字括弧內為出版年。
98　參見，上田卓爾〈明治期を主とした「海外観光旅行」について〉，《名古屋外国語
　　大學現代国際學部紀要》6，2010年，頁57-62。齊藤啟介〈《台灣鐵道旅行案內》塑
　　造的台灣形象〉，頁11。

滿州丸是為了將俄國勢力逐出滿州而開戰時，率先擄獲的俄國汽船。擄獲之後計畫用這艘滿州丸載運國內外貴賓前往滿州觀戰，讓賓客陶醉宛如置身詩中。將刻在船首的俄文「Manchuria」塗黑遮蓋，以日文寫上金色大字「滿州丸」，被遮蓋的俄文只留下些微痕跡。金色的日文字看來燦爛奪目，襯托出國運昌隆的情趣，堪稱詩歌題材。近來有不計其數的變化、不為人知的重大歷史事件，維繫著世界興衰、事關今古消長，足可當作流傳千秋萬世的詩歌題材。[99]

圖十四　《大役小志》所附「滿州丸」船首

上述充滿軍國思想的引文，出自志賀重昂〈滿州丸日記〉第一則。志賀重昂（1863-1927），身兼眾議院議員、地理學者、大學講師、評論家、政治評論團體「政教社」召集人等多重身份。[100]一九〇四年六月十二日，他與貴族院和眾議院議

99　志賀重昂〈滿州丸日記〉，《大役小志》，東京：博文館，1909年11月，頁1-2。原文為：「滿州丸は、露國の勢力を滿州より驅逐する為め開戰するに當り、先づ捕獲したる露國汽船なり、而して此の捕獲せし滿州丸に內外の貴賓を載せて滿州に觀戰せんとす、人をして恍として詩中の感あらしむ、特に舳頭に露字にて『マンチゥリア』と刻せるもの黑く之れを抹し去り、金字にて邦語『滿州丸』と大書し、抹されたる露字の面影朧氣に殘り、邦字の金色頓に燦爛とし、國運の隆昌と映發する概ある處、全くの詩料なり、此間に無限の變遷あり、不言の大歷史あり、世界の興廢に繫がり、今古の消長に關す、以て千歲の詩料となすに足れり。」筆者自譯。

100　參見，佐々博雄〈志賀重昂〉，《朝日日本歷史人物事典》，東京：朝日新聞社，1994年。1894年，志賀重昂於甲午戰爭爆發三個月之際出版《日本風景論》，書中藉由歌頌國土之美，強調日本風景優越論，形塑「國民地理」概念，影響所及，使得向來追步歐美的國民自卑心理日漸獲得解放。

員、外國公使、軍事通信員、新聞記者、學者、畫家、作家一行近百
人，接受日本海軍邀請，搭乘軍艦滿州丸自橫須賀港出發，目的是觀
戰及巡航日俄戰爭期間的日本海軍根據地。日記文字流露出優勝國民
的狂妄自滿，志賀重昂作為觀戰貴賓登船的那一刻，應當強烈意識到
了船頭俄文刻字「Manchuria」被金色文字「滿州丸」覆蔽的象徵
性。文字符碼更迭代表著俄、日帝國勢力此消彼長，而「滿州」除了
是軍艦名號與戰場，更是日本當時亟欲掠奪之地，日俄開戰四個月
後展開的這趟觀戰之旅，其政治意味不言可喻。六月十二日至七月十
九日間，滿州丸就這樣載著期待日本勝戰的政要、媒體與文化人，航
向甲午戰爭遺跡，眺望日俄戰爭中被擊沉的俄艦殘骸，親臨戰地感受
「日本帝國的威力」。

　　旅程結束後，深受戰場氛圍鼓舞的志賀重昂為「振興國民敵愾」，
以觀戰體驗進行了五十七回演講，單場聽眾曾多達二五〇〇人[101]，而
眾、貴兩院議員組成的觀戰旅行團又於隔年出航。在當時盛行的國粹
主義旅行文化推波助瀾下，《讀賣新聞》於一九〇五年初揭載的一篇
社論直接表明大眾的觀戰期待，該文聲稱為數千萬學生請命，強調滿
洲戰跡的教育價值，希求教育現場的師生也能享有前往戰地修學旅行
的權利。[102]該文顯示，軍方授予特權階級至前線觀戰一事引發了關
注，大眾對滿洲的想像已由軍事要地與國防邊境，轉變為旅遊景點乃
至國民教育的道場。不久之後，教育界的響應使得帶有政治意涵的觀
戰結合了教學與觀光面向，參與者身份也由政要擴增至中學師生，
「外地旅行」逐漸朝「國民旅行」轉化。

　　根據劉建輝的研究，早在日俄戰前，日本政府多次派遣士兵與浪

101　志賀重昂〈講演〉，《大役小志》，頁403-620。

102　高媛〈観光の政治學：戰前・戰後における日本人の「滿洲」観光〉，東京大學人
　　文社會系博士論文，2005年2月，頁29-41。

人至中國東北探險踏查[103]，加以戰爭期間的觀戰之旅及多種滿洲利源指南，如《富の滿州》（1904）、《滿州案內：東亞の大宝庫》（1904）、《実業の滿州》（1905）、《最近調查滿韓之富源》（1906）、《滿韓利源調查案內》（1906）、《滿州富源案內》（1906）……等讀物出版，「勝戰地滿洲」及「富源滿洲」的形象一再被強化。其中，松本敬之的《富の滿州》透過早稻田大學的中國留學生譯介，在上海、天津、鹽城等地發行中譯本，目的在「使我國人知日本對於滿洲用意之所在。而又欲使我當局者知消化滿洲之法。能盡其地之利。」[104]

　　上述旅行指南中，今井忠雄於日俄戰爭期間調查撰寫的《滿州案內：東亞の大宝庫》一書，讚歎滿洲地廣物豐：「從長白山、興安嶺兩大山脈蜿蜒而下，沖積出平原的松花江、嫩江、黑龍江、遼河沿岸，有著平坦開闊的土地，不愧是東亞的一大寶庫。（中略）集上天所賜資源於一身，獨一無二的珍貴之地，是能讓我國國民雄飛盡情一展抱負的所在。」[105]他聚焦大河流域沿岸市鎮的經濟利益分析，認為河岸都會是將來「日本國民奮進之地」，又在介紹地域風土時一一附註評價，如第三章「山の國、水の國〔富源此裡に在り〕（富源在其中）」，第四章「四季の氣候〔本邦人に適す〕（適合本國人）」，第五章「多望なる地域〔新日本の創建地〕（充滿希望的地方〔新日本的創建地〕）」，第十八章「無限の大森林〔滿洲最大の富源〕」，第十九

---

103 劉建輝〈「滿州」幻想──「楽土」はかくして生成される〉，《国際研究集会報告書》第10集，1997年3月，頁189-203。

104 引自，蔣智由〈序〉，收入松本敬之著；馬為瓏譯《富之滿洲》，政治傳輸社，1907年1月。

105 今井忠雄《滿州案內：東亞の大宝庫》，東京：實業之日本社，1904年11月，頁26。原文為：「長白山、興安嶺の兩大山脈が蜿蜒低下して平原を為せる松花江、嫩江、黑龍江、遼河の沿岸の如き、平坦にして開豁なる土地は、實に東亞の一大寶庫たるに耻ぢざる、（中略）天輿の富源は一として之あらざるはなく、我國民雄飛の場所として遺憾なき所なり。」筆者自譯。

章「鴨緑江の伐木事業〔十六割の純益〕」；遼河流域成了「盛京省金庫」，哈爾濱是「理想的產業大都市」，吉林是「滿洲的中央市場」，琿春是「滿洲東北方的咽喉」，小白山脈「作為移民地充滿希望」，完達山脈「土地廣闊便於殖民」。書末除指出各季節常見疾病及衛生注意事項，還附錄「滿洲渡航心得」提醒旅行者秘密攜帶手槍防身，以及務必攜帶便壺以免夜間至屋外解手時遭猛犬追咬。[106]作者認知的滿洲是個氣候多變、衛生堪慮、馬賊橫行的未開世界，在他將地方階序化、資源有價化的表述下，該地宛如一處巨大的物產陳列場，激起殖產興業的雄心，而書中對於土地與利源的覬覦也在在反映日本人企圖通過移民滿洲解決內地人口膨脹問題的焦慮。[107]

坂本箕山在日俄戰爭從軍期間實地考查執筆的《実業の満州》，先於《東京日日新聞》連載，一九〇五年集結成書，首章即表明「滿洲是東洋人種的共同殖民地」[108]之觀點，藉此合理化日本的移民政策與資源掠奪。接著從地理、氣候、面積、物產等面向說明該地適合移民的理由，長篇詳述各種實業的地域分布、設備、價格、利潤、市場、成本、從業人口、風險評估、物產面積與產額，及日本移民職業與人數統計。書中一方面努力為讀者呈現在滿洲營生的要點，另一方面又以日本風土輔助說明，日本再次被當作理解外地的基準。[109]再者，《実業の満州》封面與卷首展示多幅繪圖，它們分別是採摘菸草的農

106　今井忠雄《満州案内：東亞の大宝庫》，頁303-308。

107　作者多次表示日本人口快速膨脹，擁有無盡富源的滿洲正待日本前來開拓。（頁7）尚未鋪設鐵路的廣大內陸地區，不便於日本國民開發，因此將來應朝向大河流域沿岸奮進。（頁27）現今正值日本國民海外事業興起、增進國家財富之際，別忘了滿洲的大森林。（頁138）政府將針對渡航滿洲者給予獎勵。（頁295）參見，今井忠雄《満州案内：東亞の大宝庫》。

108　坂本箕山《実業の満州》，大阪：集成堂，1905年10月，頁1。

109　例如，第一章即表明滿洲的氣候猶如日本最溫暖的九州，一般日本人均能適應。參見，坂本箕山《実業の満州》，頁2。

圖十五　坂本箕山《実業の滿州》卷首插畫舉隅

忙身影、盲驢推磨、高粱秋收、運肥的農民與輪車、屋簷下張掛獸皮
的的皮革鋪、農人家屋、雁行長空與野地鴨群、養豬人家、群牛漫步
草原、長辮子滿人聚集的露天食攤、蹲踞街角的水果販。透過農家日
常的篩選，將滿洲風土定格為多幅「被觀看」的靜態畫，然而這些被
當作整體滿洲縮影的畫作，已然失去寫實性意涵成了某種想像的再
現，實業指南在實用之餘，也為懷抱移民憧憬的讀者添加了某種想像
的浪漫元素。

　　大抵而言，日俄戰爭期間的滿洲案內著重利源與物產踏查，以風
土的實用性為殖民暴力辯護，這些富源論述既是實業指南，更是移民
指南，它們為日本國民提供了一個渡航外地的新圖景。在戰爭記憶與
移民欲望的支配下，滿洲風土成了一個個被標價的「浪漫」地標，我
們從書上看到了開拓外地富源、在新天地創建「新日本」的狼子野

心，也看到了日本國民將滿洲作為「青山埋骨」[110]之地的迷思。

　　一九〇五年五月末，日俄兩國的海軍艦隊在朝鮮半島和日本本州之間的對馬海峽展開激烈砲戰，歷時兩年的日俄戰爭最後以日本艦隊重創俄國波羅的海艦隊告終，總計日軍陣亡人數八二八四七人，俄軍四二六二八人。犧牲「十萬英靈，二十億國庫」的戰爭記憶，就此深植日本大眾心中，形成一種複雜的滿洲情結與「鄉愁」。日俄戰爭前後開始流傳的「大陸雄飛」精神意象，又使感傷的滿洲印象，增添開拓新天地的幻想，持續觸發更多人的「滿洲夢」。[111]

　　日本戰勝俄國後，獲得關東州租借權和滿鐵沿線諸多權益，朝日新聞社深諳日本國民對於新領地的憧憬，企劃「滿韓巡航船」行程，將平壤、奉天、遼陽、大連灣、仁川港等甲午及日俄戰爭地點規劃為避暑勝地，並以「空前壯舉」為題大舉宣傳，鼓吹：「戰勝國民應有戰勝國民的豪快之舉，新興國民需有相應新興國民的勇壯避暑之道。」「滿韓巡航船」於一九〇六年六月展開的處女航，締造了三七四人「滿員」出航佳績。出發當日，《朝日新聞》社論〈送滿韓巡遊船〉刊出煽動性文句：「前進吧！我也要前進！我國日本費盡兩年辛勞開啟的新天地。」日本軍方與國策產業會社也針對滿韓旅客提供優惠或旅遊便利，如火車搭乘折扣、造船廠開放自由參訪、大連棧橋免費使用等等。《讀賣新聞》提議，日本政府當局應授予前往滿韓或臺灣等外地修學旅行的學生更多便利，私人鐵道及航運業者也應提供特惠方案。[112]在官民多方推波助瀾下，「滿韓旅行熱」日益發酵，當年

---

110 參見，松本敬之《富の滿州》，東京：言文社，1904年5月，頁212。

111 參見，劉建輝〈「滿州」幻想──「楽土」はかくして生成される〉。

112 參見，有山輝雄《海外観光旅行の誕生》，東京：吉川弘文館，2002年1月，頁18、31、35、61。引文段落摘自頁18，原文為：「戦勝国の民には戦勝国の民にふさはしかるべき豪快の挙なかるべからず、新興国の民には新興国の民に相応しつべき勇壯なる消夏の策なかるべからず」，筆者自譯。

夏季前往滿洲修學旅行者已逾三千。

　　除此之外，日本政府投資的國策會社「南滿洲鐵道株式會社」（以下簡稱「滿鐵」）於一九〇六年十一月在東京創立，設中國總部於大連，除經辦鐵路，也經營礦產開發、移民、畜牧、港灣、船舶、旅館等事業。[113]一九〇九年起，滿鐵總局及其下組織為宣傳鐵路旅行，陸續編印了《南滿洲鐵道案內》、《南滿洲鐵道旅行案內》、《滿洲旅行案內》、《滿洲旅行の栞》、《滿蒙と滿鉄》、《朝鮮滿洲旅の栞》、《鮮滿支旅の栞》、《滿洲風物帖》、《簡易滿洲案內記》……等地域、篇幅、形式、內容、用途不一的旅行指南。

　　然而，日本從俄國接營長春至旅順間的鐵路設立滿鐵後，不同於此前利源指南中以大河流域市鎮為踏查重點，滿鐵發行的旅行案內皆依鐵路主幹與支線介紹沿線都市。以一九二四年版《南滿洲鐵道旅行案內》推薦的兩個大連視察行程來看：

> 一、埠頭－油房－苦力收容所－大廣場－中央試驗所－星星浦
> 　　－沙河口工場－支那町小崗子－露天市場－窯業試驗工場
> 　　－地質調查所－老虎灘
> 二、電氣瓦斯作業所－屠畜場－重要物產取引所（交易所）－
> 　　錢鈔取引所－株式商品取引所－自働式電話交換局－大連
> 　　神社－本願寺－表忠碑－西公園－電氣遊園－春日池－露
> 　　西亞町埠頭－車夫合宿所－豆油タンク（儲油廠）－支那
> 　　芝居（戲劇）－支那風呂（澡堂）－信濃町市場－浪速町
> 　　通－小森匈雅堂[114]

---

113 南滿洲鐵道株式會社編，《滿洲鐵道旅行案內》，大連：大連市立商工學校印刷，1924年9月，頁7-9。

114 南滿洲鐵道株式會社編，《滿洲鐵道旅行案內》，大連：大連市立商工學校印刷，1924年9月，頁19-20。

路線中的景點多數屬於代表日本勢力的重要產業機構、信仰中心，或春日池、信濃町、浪速町等重新命名的街區，放射狀道路環繞的大廣場更是日本仿照巴黎都市計畫而建，附近匯集了民政署、市役所、郵局、銀行等行政、經貿中心，至今仍是大連的標誌性景觀。

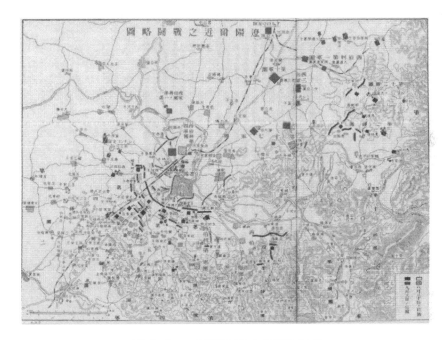

圖十六　遼陽附近之戰鬥略圖

到了一九二九年版《南滿洲鐵道旅行案內》，甚至附上多幅戰鬥略圖的彩色摺頁，詳解日俄戰爭時的軍隊佈署與動線（如「圖十六　遼陽附近之戰鬥略圖」）[115]。為使旅客能夠在乘車途中「從車窗望見矗立田中的導標與山頂的紀念碑」、「緬懷我等父祖輩胼手胝足的遺跡，深思他們窮盡人力所留下的功績，滿洲的山林原野過去留存至今的一草

115　南滿洲鉄道株式會社編《南滿洲鉄道旅行案內》，大連：南滿洲鉄道株式會社發行，1929年4月，書中摺頁。

一木，全都應滿懷感激悉心珍視。」[116]書中還編列了多種戰蹟導標調查表（如以下「圖十七　戰蹟導標調查表」[117]），供乘客沿站索驥，摩天嶺、鴨綠江等自然地理，也被導覽為輝煌戰役的發生地，風土成為戰績的註解。[118]由此觀之，滿鐵規劃的旅行路線包含了幾項主要元素，除中俄情調、現代化日本，「聖地」巡禮也被標舉為觀光重點。另外，如前所述，一九一〇年代以前的富源案內已針對農林礦產的經

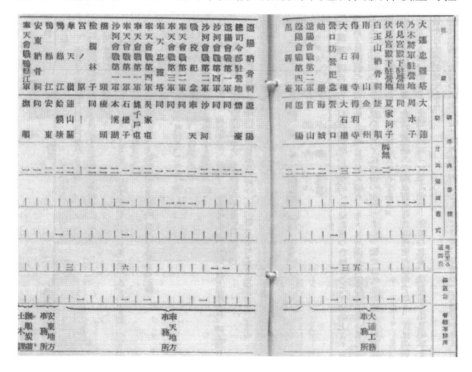

圖十七　戰蹟導標調查表

---

116 南滿洲鐵道株式會社編，《滿洲鐵道旅行案內》，大連：南滿洲鉄道株式會社發行，1929年4月，頁301-302。筆者自譯。

117 同上，頁302-303。

118 此部《南滿洲鐵道旅行案內》內，附有「遼陽附近之戰鬪略圖」、「奉天附近之戰鬪略圖」、「旅順之總攻擊戰鬪略圖」、「鴨綠江第一軍戰鬪略圖」多種。

濟利益初步探查，到了一九二〇年代末期旅行指南中則更清楚呈現依照農作年產量將地方分色、分級的滿洲地圖，如「圖十八　滿洲大豆生產狀況圖」可見，依照大豆年產量二十萬石以上、十萬石以上、十萬石以下，將全滿洲區分成紅、藍、黃三種色塊。

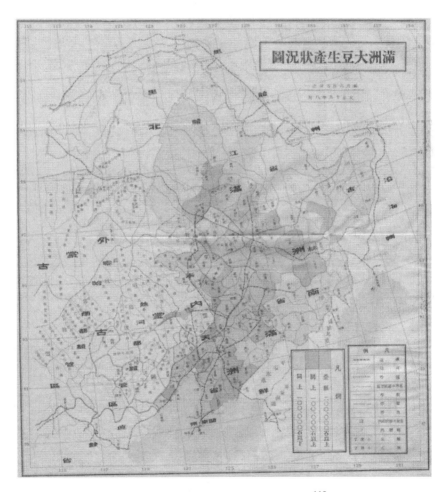

圖十八　滿洲大豆生產狀況圖[119]

---

119 南滿洲鉄道株式會社編《南滿洲鉄道旅行案內》，大連：南滿洲鉄道株式會社發行，1929年4月，書末摺頁。

　　概括而言，始於富源調查與觀戰的滿洲之旅風潮，在日俄戰爭前後形成，這個因觀看外地戰場欲望而擴張的旅行空間，催生了日本國民「進出」、乃至「領有」的想望。透過文獻統計可知，日俄戰爭後至二戰結束前，日本共出版了將近兩百種對滿洲的調查報告與史地研究著作。（參見「附錄一　1906-1944年間日本研究滿洲相關調查報告與史地著作」）日本攫取了鐵路沿線資源後，運用層級化風土的方式所建構的滿洲論述，反映了殖民資本主義的價值觀；觀光指南介紹的對象從河岸市鎮到鐵道節點，滿洲也由邊境與軍事要地，變身為國民教育的道場以及移民拓墾的新天地。

　　這樣的滿洲風土論述對日本當時的東亞政策起了什麼效應？「滿洲國」成立乃至中日戰爭爆發後，日本國民旅行滿洲的情形有何變化？與同一時期的臺灣之旅相較，又有何異同呢？

三　外地風土與國民性塑造

> 火車在一望無際的荒野中發出轟轟巨響奔馳著。或者是開車時、駕著馬車行走於崎嶇不平的道路時，在路旁、大平原旁所見的景象，簡直就是由滿洲農民忠實再現了米勒的名畫「晚禱」、「拾穗」。他們早出晚歸，大部分甚至連燈都不點，平時吃的是自己耕種的高粱、豆子、玉蜀黍，生活有如台灣的蕃人。甚至與台灣東部的平地蕃相較，生活水準恐怕還在其下。而且，他們一心一意孜孜不倦地工作，始終如一，對於四季變遷渾然不覺。
>
> ——加納久夫《臺灣から滿州へ》[120]

120　引自，加納久夫《臺灣から滿州へ》，臺北：作者自費發行，1932年12月，頁65。

在這幅被比擬為米勒名畫的構圖中，作者以「觀看／被觀看」的相對
位置，描述滿洲風土與農民生活，刻劃出臺灣勝於「滿洲國」的優劣位
階。這段敘述節錄自《臺灣經世新報》記者加納久夫[121]集結自己的中
國見聞，於一九三二年歲末自費發行的《臺灣から滿洲へ》（從臺灣到
滿洲）一書。書序強調，撰著視角是立足於日本第一個殖民地臺灣而
關注「新大滿洲國」議題。書中常見作者以新聞報導方式呈現臺、滿
兩地的比較，他認為兩地具有許多共通點，「滿洲國」建國應當效法
日本的臺灣統治。[122]但時又語帶羨慕地指出「撫順的市區發展因特殊
理由呈現出如此樣貌，若與既有市區的都市計畫進展牛步的台灣都市
相較，不論理由為何，都讓人不得不對台灣貧弱的現狀感到悲觀。這
不就像僅是為了小學生而蓋出一座豪華溜冰場一樣嗎？」、「從奉天往
北，再從新京更往北，四處皆有鮮明的戰跡。這裡的戰跡在規模上與
台灣有些不同。這規模的不同或許也讓世人在心中對於台灣與滿洲國

原文為：「涯しなき曠野のたゞ中を列車は轟々と音たてゝはしる。若しくはドラ
イヴする時、馬車で凸凹の道を難行する時、その路傍、その大平野の傍らに於て
見るものはミレーの名画そのまゝなる滿洲農夫の『晩鐘』と『落穗拾ひ』の姿そ
のまゝのものである、彼らは星に起き月にいぬる。大部分は燈火さへ灯さない。
自作の高粱と豆とそして玉蜀黍位を常食とする。彼らの生活は臺灣の蕃人にも等
しい。否東部臺灣の平地蕃などに比較したらそれ以下であるかも知れない。而か
も彼ら明けても暮れても唯だ孜々營々として働く。花咲けども春来れるを知ら
ず、月清けれども秋來れるを知らず。」筆者自譯。引文標記為原文所示。

121 加納久夫（1885-？），原籍日本岡山縣，一九一三年二月渡臺，擔任《臺南新報》
記者，後任職《臺灣經世新報》，多次受臺灣總督府委託，擔任通信助手、通信
手、調查課事務囑託等短期雇員。一九三二年五至七月間，加納久夫獲派出差調
查華南地區經濟制度，行程共計三十五日，途經廈門、福州、上海、青島、大連
等地。參見，〈通信助手加納久夫任總督府通信手〉、〈通信手加納久夫（賞與、免
官）〉、〈加納久夫（中華民國南部地方ニ於ケル制度並經濟調查ニ關スル事務ヲ囑
託ス；一時手當；勤務）〉，臺灣總督府檔案。〈加納久夫囑託ノ件〉，臺灣總督府
專賣局檔案。加納久夫〈序〉，《臺灣から滿州へ》，未標頁數。
122 加納久夫《臺灣から滿州へ》，頁77。

的價值給了不同評價。滿洲國被稱作我等生命線的緣由也就在此。」[123]

從中可見，在臺日人對於「滿洲國」的建設超越殖民歷史更久的臺灣時，所產生的失落與羨慕感受；以及日本人對於以八萬多條人命換來的滿洲，既看重又蔑視的複雜情結。

加納久夫踏上滿洲土地時，「滿洲國」甫告成立，前往滿洲的宣傳口號「滿洲へ、滿洲へ」（去滿洲、去滿洲）價響，內地、臺灣、華南地區的求職者蜂擁而至。[124]加納如同多數對這片新天地抱持期待的人一樣，將滿洲建國當作「王道政治的象徵」[125]，滿蒙為「日本的生命線」[126]，至於他對戰跡的虔敬心情，正反映了官方旅遊手冊的「聖地」論述如何深刻影響讀者的外地認識。

高媛在研究日本一九三〇年代開展的「國際觀光」事業時指出，一九三〇年代爆發的滿洲事變、中日戰爭等，並未波及日本觀光產業，又引用了當時主導觀光政策的社會學者小山榮三所說：「日本軍事力在中國大陸的滲透必然伴隨著日本觀光路線半徑的擴大」。[127]誠

---

123 引自，加納久夫《臺灣から滿州へ》，頁29、114。原文為：「撫順の場合は特別の理由によつて斯くの如き市街形成を見たのであるが、既成市街に對し牛步遲々たる市區計畫を行つてゐる臺灣の都市と比較する場合その理由の如何を問はず臺灣の餘りにも貧弱なる現狀に對し悲觀せざるを得なくなる。小學生のためにのみ設けられた壯麗なるスケート場まであるではないか。」、「奉天から北へ、新京から更に北へ、そこには生々しい戰跡が到る所にある。臺灣の戰跡とは聊か桁が違ふ。戰跡の桁違ひは臺灣の價值と滿洲國の價值との正札になるものかも知れない。吾らの生命線と稱せらるゝの所以即ちこゝに存す。」筆者自譯。

124 加納久夫《臺灣から滿州へ》，頁37。

125 加納久夫《臺灣から滿州へ》，頁69。

126 加納久夫《臺灣から滿州へ》，頁68。

127 高媛〈「兩個近代」的痕跡：以1930年代「國際觀光」的展開為中心〉，收入蘇碩斌編《旅行的視線：近代中國與臺灣的觀光文化》，臺北：陽明大學人文與社會科學院，2012年7月，頁145。小山榮三的論點出自，小山榮三〈觀光政策と民族認識〉，《国際観光》，1938年10月；小山榮三《戰時宣傳論》，東京：三省堂，1942年，頁297。

如其言，日本於一九三〇年四月創立了國際觀光局，「謀求招攬外客相關設施的統一聯絡及促進」，在此一官設的中央機關策劃引領下，日本的國際觀光圈逐漸從「日鮮」、「日滿」，擴大到「日滿支」與「東亞」。一九三三年，退出國際聯盟後，國際處境陷入孤立的日本，認為須向世界顯示「滿洲國新興的真實情況」以樹立「正義日本」形象，因此，將滿洲作為「觀光樂土」向世界各國展示的方向就此底定。[128]

　　比起招攬海外遊客的滿洲觀光，臺灣缺乏形成國際連絡運輸的跨境鐵路，從日本前往臺灣的旅客人數因此遠不及赴滿、鮮旅客。[129]國際觀光局成立的同一年，臺灣總督府鐵道部內設立了「日本觀光聯盟臺灣支部」。除了發行「臺灣遊覽券」，也將臺灣加入鐵道省普通遊覽券及東亞遊覽券的發賣範圍，提升日本到臺灣觀光的便利性。而由臺灣前往日本、朝鮮、滿洲的遊覽券，也在一九三四年提案通過許可發行。[130]此外，車站紛紛推出記念戳章，一九三五年版《臺灣鐵道旅行案內》便將之作為內頁設計元素，包含以總督府為地標的臺北驛；以新高山與登山者為地標的水裡坑驛；以芭蕉樹為地標的屏東驛；以神社、鳥居、溫泉為地標的宜蘭驛等等。研究者呂紹理與李峛德皆認為，紀念戳圖像符號之選用，除了反映臺灣地景，也關乎殖民統治形象塑造、集體認同與地方認同建構、地景符號化與文本化的企圖。[131]

---

128 高媛〈「兩個近代」的痕跡：以1930年代「國際觀光」的展開為中心〉，頁146。

129 根據一九三九年統計，日本前往朝鮮旅客達471,086人次，前往「滿洲國」則有314,094人次，遠超過前往臺灣的49,879人次。參見，《日本國有鐵道百年史》第10卷，東京：成山堂書店，1997年，頁906。白井進〈近代日本的旅行國家化：日本旅行協會、雜志《旅》與台灣形象的建構（1924-1943）〉，頁246。

130 蔡龍保《推動時代的巨輪：日治中期的臺灣國有鐵路（1910-1936）》，頁249。

131 參見，呂紹理〈日治時期臺灣旅游活動與地理景象的建構〉，收入黃克武主編《畫中有話：近代中國的視覺表術與文化構圖》，臺北：中央研究院近代史研究所，

圖十九　臺灣鐵道相關紀念戳章[132]

　　事實上，自一九三五年起，《臺灣鐵道旅行案內》即明顯可見增加許多誘導旅遊的宣傳元素，例如，一九三五年卷首照片是一名年輕臺灣女性自列車窗臺向外張看，照片下方註明「急行列車に乘つて」（搭乘快速列車）。及至一九四〇、一九四二年，手冊上出現更多仕女寫真，有的泳裝少女手持海灘球於淡水海岸遠眺，有的站在臺中神社的鳥居下抬頭仰望，有的蹲踞草山溫泉旁歇息，有的著高女水手服

2003年12月，頁316。李羿德〈日治時期紀念戳章之視覺圖像符號研究〉，高雄師範大學視覺傳達設計研究所碩士論文，2007年。

132 臺灣總督府交通局鐵道部《臺灣鐵道旅行案內》，臺北：臺灣總督府交通局鐵道部發行，1935年10月，封面內頁。

走在臺南銀座街頭，有的穿著中國旗袍佇立臺北孔廟及臺中公園一隅，有的戴上遮陽帽在新埔果園採摘因日照而發亮的椪柑，也可看見走在臺北植物園椰林道上的和服女子背影。一反先前將地景照與人物照個別獨立的編排，人物也不再只有木然的勞動者或面露張惶的原住民，這些擁有豐富表情並附註拍攝地點的照片非僅止於輔助文字敘述，而是藉由不同族群、年齡、階層女性在不同景點的活動形塑觀光意象，吸引讀者以照片中的符號化風土來建構想像，再透過觀光行為完成確認。

圖二十　搭乘急行列車　圖二十一　臺中公園　圖二十二　發光的　　　　　　　　　　　　　（臺中）　　　　椪柑（新埔）

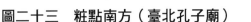 

圖二十三　粧點南方（臺北孔子廟）　圖二十四　植物園（臺北）

　　除了巧妙運用宣傳策略，登山活動的積極推展也是一九三〇年代後的核心方向。臺灣自一九三〇年霧社事件後，總督府對於山區的控制力大為加強，順應當時日本內外高漲的觀光熱潮及藉觀光達成「國際親善」的目的，在一九三二年八月成立「阿里山國立公園協會」，此後陸續成立了「臺灣國立公園協會」、「大屯山國立公園協會」等組織。一九三五年手冊已刊有〈臺灣に於ける登山の注意〉，詳細介紹臺灣山岳特色、登山時節、登山計畫、攜帶用具、入山手續及心得、經費規劃。一九四〇年，進一步規劃了十五種登山日程表，包含「大霸尖山・高山縱走」、「奇萊主山連峰縱走」、「能高越」、「八通關越」、「關山越」等，正文附上「新高登山路略圖」。發行一九四二年版時，雖受紙張供應不足影響，減少描寫對象數，但於登山一項卻增加十一頁篇幅列表示範詳細登山日程。

圖二十五　　《昭和十五年滿支旅行年鑑》的滿鐵廣告[133]

133　ジャパン・ツーリスト・ビューーロー（日本國際觀光局）滿洲支部編纂《昭和十五年滿支旅行年鑑》，東京：博文館，1940年4月，卷首、頁94。左圖中的人物裝扮為滿蒙開拓義勇軍。

中日戰爭爆發後，漸不推展以遊覽為目的之旅行，為配合國策，改為獎勵登山或健行等徒步旅行強化後方國民身體，涵養戰時體制下的國民愛國心。[134]從《臺灣鐵道旅行案內》後期推薦登山文化的編排來看，可以說隱含了灌輸愛國心、塑造國民性的戰爭動員意涵。

在日本刻意營造的「觀光樂土」「滿洲國」[135]，特急列車「亞細亞號」於一九三四年三月一日開始行駛於國都新京（長春）至大連間，一九三五年九月後向北延伸至哈爾濱。[136]當年滿鐵刊行的簡要觀光指南《滿洲旅行の栞》封面便是行過田間的亞細亞號蒸汽火車，照片下方搭配廣告文案「大連新京間八小時半快速抵達，流線型特急『亞細亞號』的空氣調整裝置讓旅途愉快舒適。」[137]一九三八年十月起，作為「日滿支最快捷徑」的大陸特急列車也開始運行「釜山－奉天－北京」之間。中日戰爭後，「躍進滿洲國」不僅成了日本面對歐美遊客的展示窗，更是讓中國欽羨日本的最佳模範，滿洲觀光可謂適時地抓住了「聖戰」的新機運。[138]滿鐵在一九四〇年發行的《滿支旅行年鑑》上便毫不避諱地以「在現地看見大陸國策」、「前往躍進的滿洲」、「滿洲事變十週年是向大陸現地前進一步的時代」為廣告標語，召喚讀者前往「理想國家」、開拓「理想風土」。

---

134 參見，曾山毅《植民地台湾と近代ツーリズム》，頁255。白井進〈近代日本的旅行國家化：日本旅行協會、雜誌《旅》與台灣形象的建構（1924-1943）〉，頁93、188。

135 1935年2月，在東京召開「日滿觀光會議」，「為將日滿的天地打造成完美的觀光樂土」，日滿決定攜手企劃製作導覽書、觀光電影，讓各國人感受「日本正確的對滿政策和滿洲發展的雄姿」。參見，高媛〈「兩個近代」的痕跡：以1930年代「國際觀光」的展開為中心〉，頁151。

136 （日）滿洲國史編纂刊行會編；東北淪陷十四年史吉林編寫組譯《滿洲國史分論》下，長春：東北師範大學印刷，1990年12月，頁335。

137 南滿洲鐵道株式會社《滿洲旅行の栞》，1935年，封面。原文為：「大連新京間快速八時間半、流線型特急「あじあ」の空氣調整裝置は旅を快適にする。」筆者自譯。

138 參見，高媛〈「兩個近代」的痕跡：以1930年代「國際觀光」的展開為中心〉，頁152-155。

　　《滿支旅行年鑑》的發行單位是日本國際觀光局滿洲支部，具有相當濃厚的官方色彩，年鑑之外還發行綜合性刊物《觀光東亞》。為順應國策，一九四〇年六卷十號的《觀光東亞》印有一本三十二開的附錄，題名《徒步旅行：体位向上》，選出六十六個適合徒步旅行的滿洲景點，每一地名旁標記景點屬性（一般／家族／健腳／男性／夜行）、行程類別（日歸／夜泊），及步行距離和時間。其中與戰跡、神社、日本相關的景點多達三十處，包含滿洲開拓青年義勇隊訓練所、日本皇族休憩處、日俄戰爭及滿洲事變戰場、忠靈塔等等。舉例說明如，適合日歸行程的「土爾池哈驛－白土山」，被標註為「非常時局下特別推薦的行程」，首先緬懷此處是日俄戰爭時富拉爾基鐵橋爆破事件所在地，六名潛入敵營的日軍遭捕陣亡，接著說明在雅魯河支流形成的丘陵白土山上設有紀念碑供人憑弔。[139]再如哈爾濱市郊被命名為「聖域健康路」的景點，所列行程是：「顧鄉屯驛（二千公尺，步行二十五分）－護路軍碑（一五〇〇公尺，步行十五分）－若松聯隊紀念碑（三千公尺，步行三十分）－市立苗圃（三千公尺，步行三十分）－王兆屯「忠靈塔・志士之碑・二烈士之碑」（二五〇〇公尺，步行二十五分）－通道街（電車・巴士）－市內」。[140]

　　《徒步旅行》以強身健體名義協助日本的國民性塑造工程，透過步行路線規劃，對旅行者的意識形態進行設計，並集合多處軍碑創造景點，於是風土退位、聖跡上綱，這本愛國思想教化手冊所企圖操作的，其實關乎地方風土的消逝與再造。

　　一九四二年二月，距日本發動珍珠港事變不久，日本對外軍事宣傳畫報 "FRONT"（前線）於東京創刊，由陸軍參謀本部直屬出版社

139　《徒步旅行：体位向上》，日本國際觀光局滿洲支部發行，《觀光東亞》6卷10號附錄，1940年，頁42。

140　《徒步旅行：體位向上》，頁33。筆者自譯。

東方社發行，第一至四期的外國語版本多達十五種，包含中、英、德、法、俄、泰、西、波蘭、蒙古語等等。創刊前東方社規劃的第一年度十二期預定主題中，日本的三個主要殖民地與「類殖民地」臺灣、朝鮮、「滿洲國」皆在列，但原定第九期的「朝鮮・台灣號」最終並未出刊。[141]這份訴求映像修辭，以大砲、機翼、工場器械、士兵與大眾臉部特寫為核心的攝影刊物上，罕見地在第五至六期「滿洲國建設號」登載一張手繪滿洲地圖。然而，該圖不見任何經緯、行政區劃、城鎮位置或地勢高低，只見大豆、高粱、小麥、粟、玉米、豬、牛、馬、羊、煤、鐵、銅、金、砂金的產地分布。

　　圖中的英文敘述以如下重音合理化日本的對滿掠奪——滿洲具有十分重要的戰略位置和豐富天然資源，為了挽救在腐敗的滿洲政府和猖獗土匪爭逐中惡化的產業，日本必須再次崛起。[142]

　　承上所述，從戰爭末期日本官方策劃發行的多種臺、滿旅行指南中，我們讀到風土表述逐漸被視覺化、文本化、商業化、教養化和政治化，看見鐵道部與觀光組織如何整備風土資源，鼓勵徒步旅行「聖域」以擴張國民旅行空間、涵養忠君愛國理念，達成提升國民意識的目的。我們也從中看見殖民者如何透過觀光國策的推動，動員媒體進行國際宣傳，並抹消外地風土的原有意涵，在其詮釋下外地風土因而成了「正義日本」的展示窗。

---

141 參見，多川精一〈対外宣伝誌『FRONT』の記録〉，《FRONT復刻版　解說I》，東京：平凡社，1989年8月，頁26-36。

142 參見，"FRONT"第5-6期，東京：東方社，1943年，未標頁數；復刻版由東京的平凡社於1989年10月發行。

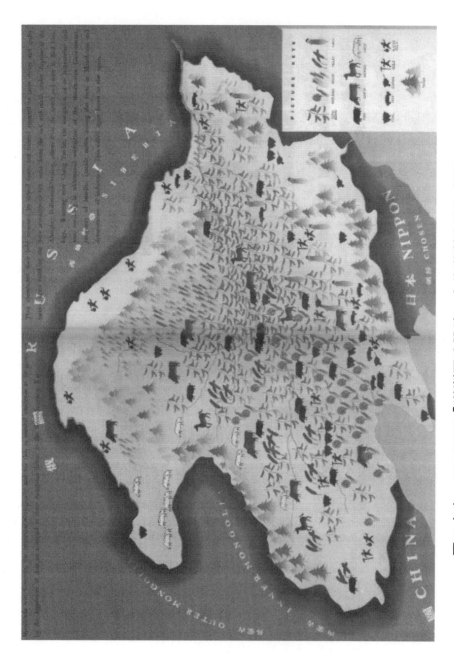

圖二十六 "FRONT"「滿洲國建設號」中的滿洲物產示意圖

結論

　　本節以日治時期官方發行的臺灣與滿洲旅行指南為研究範疇，分析它們的生產背景與編輯策略，藉此了解這兩個日本的外地如何被帝國觀看、認識及表述。筆者試圖說明，外地旅行指南隸屬殖民地風景文本化的巨大網絡，其中的風土再現是「被選擇」與「象徵性」的理想風土，而非現實風土。

　　在臺灣觀光方面，日治初期的官製系列旅遊手冊援用「不徹底差異化」的敘述觀點，將臺灣塑造成一個令人嚮往的地方，同時也通過殖民前後的風土變遷，展示帝國的統治政績，將臺灣風土建構成一套「辭典化」的知識。

　　日本的滿洲觀光始於富源調查與觀戰之旅，其後日本攫取鐵路沿線資源，對當地風土進行層級化的觀看與表述，觀光指南所再現的滿洲，由邊境與軍事要地，轉變為國民教育的道場以及移民拓墾的新天地。

　　文中也指出，二十世紀初日本透過戰地之旅顯揚勝戰意識，到了戰爭末期，「聖域」戰跡更被當作陶冶國民性的重要場域。此外，為了涵養忠君愛國情操，臺灣與滿洲觀光指南都規劃了徒步行程，意在強健後方國民身體來支援前線軍事，這雖使戰爭末期的旅行文化找到出口，但外地風土卻在國民性的塑造過程中受到漠視、擠壓、改造、重新編碼，甚至被政治符號覆蓋。

　　有鑒於除了殖民治理政策、醫學衛生、觀光旅行之外，建構殖民地風土的最大場域為文學藝術，故而以下第三、四、五章都將集中在這個範疇進行風土表現、風土論述與風土建構的觀察和比較。

第三章
臺灣小說中的風土書寫

第一節　南方憧憬與風土政治：臺灣文學中的華麗島情調

前言

　　日治時期臺灣文學作品中的東方主義問題亟待清理，Edward Said 提出的東方主義理論如何應用在此一課題上，藉此展開更多殖民地時期的文本研究與意識形態分析，無疑是一個值得嘗試的工作。本節首先將從 Edward Said 的東方主義理論及包括 Arif Dirlik、James L. Clifford 等人對此一理論的深化，簡介何謂東方主義及自我東方主義。其次，由於臺灣的東方主義現象實為日本東方主義現象的延伸及變異，故將擇例簡述明治後期到大正時期出身日本內地或曾有臺灣短暫居住經驗的日本作家，如何模仿東方主義視線，以此生產南蠻趣味（南蠻趣味）、南方異國情調（エキゾチック）及臺灣殖民地題材小說。第三，日治時期長住臺灣的日本人作家，為了進軍中央文壇而思索臺灣題材的表現時，和內地作家或曾有短暫居住臺灣經驗的日本作家有何不同；再者，他們在「外地文學」和「臺灣文學」分庭抗禮的臺灣文壇，以何觀點導致臺灣人作家與之爭鋒相對，其作品中的東方主義視線又對臺灣作家產生了哪些追隨或抵抗的效應。最後，總結全文討論，以日治時期臺灣題材作品中的異國情調為中心，說明東方主義與自我東方主義在臺灣文學創作與研究上引發的錯綜複雜現象。

一　東方主義與自我東方主義

　　Edward Said 在《東方主義》卷首開宗明義揭示「東方主義」
（*Orientalism*）的本質：「東方」（the Orient）幾乎就是歐洲的一項發
明、是一個歐洲觀點的再現。[1]又說明東方主義是指幾個相互重疊交
叉的領域：

> 首先是指歐洲和亞洲之間不斷變化的歷史和關係，一段具有四
> 千年歷史的關係；其次是指發端於西方19世紀早期、人們據以
> 專門研究各種東方文化和傳統的科學學科；最後是指有關世界
> 上被稱作東方的這個目前重要而具政治緊迫性地區的意識形態
> 上的假定、形象和幻想。[2]

如上所述，東方主義中的「東方」兼具想像性與實存性的意涵。前者
是一種基於東西方二者差異作出本體論、知識論區隔的思想風格，這
個面向的東方是個如今氣數已盡，但曾經「充滿浪漫、異國情調、記
憶和場景縈繞、令人驚艷」的地方。後者是指東方並非一個純粹虛構
的存在，它委實是組成歐洲物質文明的一部分。歐洲人在文化與意識
形態層面上將東方再現為一套論述模式，自十八世紀末期以降，「東
方主義便是為了支配、再結構並施加權威於東方之上的一種西方形
式」[3]，歐洲人藉此陳述對東方的看法、提出相關的權威觀點、對東

1　Edward Said（著）；王志弘等（譯）〈緒論〉，《東方主義》，臺北：立緒文化公司，
　　1999年9月，初版，頁1-2。

2　引自，Edward Said（著）；曹雷雨（譯）〈東方主義再思考〉，收入羅綱、劉象愚主
　　編《後殖民主義文化理論》，北京：中國社會科學出版社，1999年4月，頁4。

3　Edward Said（著）；王志弘等（譯）〈緒論〉，頁4。

方進行描述、教授與統治，毋寧說東方與西方的分界來自人為製造與建構，Said 稱此為「想像的地理學（imagined geography）」。

在空間上，西方依據「想像的地理學」觀點，漠視社會內部的個別差異，賦予東方社會一個名為「東方」的共性標誌；在時間上，無視於時間的文化本質，東方被表述為停滯的、僵化的、歷史殘餘物的社會，它因文明成就而獲得欣賞，但同時又作為已經風化的遺跡而遭貶至過去。[4] 依此邏輯推演，東西方社會被置於時間連續中的不同點，因而產生「後進的東方」與「先進的西方」之世界觀。Said 採用傅柯的話語理論進一步界定東方主義，其觀點為：

> 如果不將東方主義作為一種話語，我們就不可能明白歐洲文化在後啟蒙時代從政治的、社會學的、軍事的、意識形態的、科學的和想像的方面控制——甚至生產——東方的大量系統的知識。[5]

將東方主義視為一種話語，這是 Said 後殖民理論區別於此前殖民主義批評的獨特處，[6] 他所討論的對象是西方世界的「東方」話語建構。James L. Clifford（詹姆斯‧克利福德）認為，傅柯的理論僅聚焦於歐洲思想，並未「比照任何其他的意義世界」，Said 則將傅柯的話語概念擴展到異國文化的構建領域，使之分析包含了和他者相關的「從外部限定文化秩序的方法」。《東方主義》的任務在於拆解「『東

4　參見，阿里夫‧德里克（著）；陳永國（譯）〈中國歷史與東方主義問題〉，收入羅鋼、劉象愚主編《後殖民主義文化理論》，頁73-74。

5　Edward Said（著）；王志弘等（譯）《東方主義》，頁33。

6　趙稀方《後殖民理論與台灣文學》，臺北：人間出版社，2009年5月，頁36。

方』只為西方而存在」的話語邏輯，暴露存在其間的壓迫系統。[7]

綜上所述，Said《東方主義》旨在研究上述現代歐美文化中意識與無意識的組成部分，並進一步思考：東方主義如何再現他者文化？他者文化所指為何？西方對東方的再現何以削弱東方再現自身的能力？

針對 Said 闡釋的東方主義，長期致力於中國近代史研究的美國歷史學家 Arif Dirlik 提出如下辯證：東方主義究竟是歐美獨立創造再向「東方」拋擲的一個自製產物？抑或是東西方兩者間同謀的關係產物？[8]透過這些提問，Dirlik 論述了 Said 略而未談的面向，此即西方社會建構東方話語過程中「東方人」的參與。

Dirlik 指出，東方主義這個術語應引申於亞洲人對亞洲的看法，用以說明成為東方主義組成部分之「自我東方化」（self-Orientalization）傾向。他將東方主義視作東西方接觸後，孳生於「接觸地帶」（contact zones）[9]的一種產物。Dirlik 關注的是西方的東方觀點如何影響亞洲社會，歐美人眼中的亞洲如何融入亞洲人自我形象的認知中。當東方主義者擇取某些特點當作東方民族的象徵，以之換喻東方，發明出某種「偽傳統」並被東方人接受後，影響了東方對自我形象的建構。較顯著的例子如，耶穌會「對儒學的發明」使得儒學成為中國社會的一個象徵化符碼。無論是歐美或中國皆存在著無視儒學的複雜歷史，而籠統鬆散地將儒學當作「中國文化的同義語」之現象，更有甚者，儒學已脫離了中國源頭，成為東亞和東南亞社會的整體特徵。[10]這同時也意味著無論是東方或西方，對「真正中國」的理解已

7　詹姆斯‧克利福德〈論東方主義〉，收入羅綱、劉象愚主編《後殖民主義文化理論》，頁31。

8　參見，阿里夫‧德里克（著）；陳永國（譯）〈中國歷史與東方主義問題〉，頁76-77。

9　阿里夫‧德里克（著）；陳永國（譯）〈中國歷史與東方主義問題〉，頁89。

10　阿里夫‧德里克（著）；陳永國（譯）〈中國歷史與東方主義問題〉，頁86。

日趨模糊。此外，當「東方」被物化且加以行銷，那些宣傳及文化產品中的意象便逐漸替代現實的東方社會被認識。

　　上述危機正是 Dirlik 意圖批判的，東方成為能動參與者並不意味著東方主義的終結，而是東方與西方間的權力關係產生了變化，如此一來，那些存在於「東方」話語中的意識形態已不再容易辨別出究竟來自東方或西方，也不再能將「東方」的消費者清楚地劃分為「東方人」或「西方人」。

　　關於「自我東方化」現象在東方社會的觸發，日籍學者岩淵功一曾以「日本特性」、「日本學」的建構為例，說明日本的自我東方化過程。他認為，「西方對日本的東方論述和日本對自身的論述這兩者的關係，可以說是一種淵深的共謀」[11]，因為前者支持「日本特性」的建構和維繫，而日本又透過利用與西方的差異，自我建構並強化了「日本特性」。然而，由於西方所述及的是他者，而日本述及的是自己，因此即便日本社會發展出自我東方主義，卻仍然缺乏支配西方的力量。另一方面，依據上述理論與共犯結構，作為唯一非西方的帝國主義國家，日本在面對其他非西方國家時，未加批判地接受由「東方論述」建構的文明等級，並利用這套東方的「東方論述」等級化、差別化其他非西方國家。

　　以上簡述了學界對東方主義及自我東方主義理論的相關詮釋，接下來筆者將以日治時期臺灣文學中的風土書寫為範疇，梳理含藏其中的東方主義視線及自我東方化問題。

---

11 岩淵功一（著）；李梅侶、何潔玲、林海容（譯）〈共犯的異國情調──日本與它的他者〉，《解殖與民族主義》，香港：牛津大學出版社，1998年，頁196。

二　華麗島情調與熱帶神經衰弱

　　楊智景指出，日治初期日本人書寫臺灣的作品多半來自甲午戰爭的參戰者、接收臺灣的軍隊、調查探險隊的成員，作品內容偏向地理、人種、風俗之調查紀錄，成為同時代及其後不具有臺灣經驗的作家在創作時的參考素材。然而，作品中的「臺灣」元素，有時作為象徵主人公自我放逐的場所，有時則僅僅見於人物對話中的引述，反映當時日本的言論、文化或社會潮流，非關作家對新領土的深刻思考。[12]一九二〇年代起，日本盛行海外觀光風潮，在臺灣總督府制定宣傳策略招攬內地文人來臺旅遊的推波助瀾下，出現了書寫殖民地臺灣、記錄臺灣之旅的作品類型，佐藤春夫的小說可視為其中先驅。他寫於一九二五年的〈女誡扇綺譚〉，被島田謹二譽為成功描繪了日本傳統美學以外的心境、風物與人物[13]。佐藤的作品日後更影響了中村地平對臺灣的憧憬而決定渡臺升學，並因此開啟了中村一系列的「南方文學」[14]；此外，到了一九三〇年代，日本內地文藝刊物陸續揭載多位短期居留臺灣的作家創作。以下試舉真杉靜枝、中村地平為例，說明其中蘊含的東方主義視線。

　　真杉靜枝的文壇處女作〈站長的少妻〉（1927），是她依據自身十數年居住臺灣經驗的創作，內容講述車站站長的日籍少妻美那子的苦

---

12 楊智景〈解題──帝國下的青春大夢與自我放逐〉，收錄於《華麗島的冒險：日治時期日本作家的台灣故事》，臺北：麥田出版社，2010年1月，頁234-236。

13 井上健〈作為幻想小說的佐藤春夫之《女誡扇綺譚》〉，收錄於《後殖民主義──台灣與日本》，臺北：臺灣大學日本語文學系，2002年4月，頁63。

14 參見，蜂矢宣朗《南方憧憬：佐藤春夫與中村地平》（臺北：鴻儒堂書局公司，2010年6月）；河原功〈中村地平的台灣體驗：其作品與周邊〉（《台灣新文學運動的展開：與日本文學的接點》，臺北：全華圖書公司，2004年3月，頁23-46）；賴玲秀〈中村地平之南方憧憬：台灣關連作品為主〉（高雄第一科技大學應用日語系碩士論文，2004年6月，頁22-38）。

悶日常與內心情感。故事舞臺架設於島嶼南端一個有著小型車站的濱
海廢城：

> 幾百年來受盡風吹雨打的中國廢城，紅土色的廢墟上面披著濕
> 濕的青苔，矗立在車站後面的荒煙蔓草堆中，除此之外，放眼
> 望去，這個小小的車站周圍就只有水田而已。幾乎已經自然崩
> 塌的圍牆，從高高的城門兩側，環繞著一座小山丘，中國海的
> 怒濤撞擊著廢城的後方。
>
> 這一帶在台灣也算是南端，六月時，白天就像盛夏一樣炎熱
> 了。從車站周邊的棟樹、合歡、椰子等樹叢中，傳出油蟬的鳴
> 叫聲。鐵軌上，騰起一大片熱氣。[15]

小說透過荒廢、潮濕、炎熱、耐旱樹木等風土，營造美那子居住的城
鎮風景。異鄉臺灣對美那子來說，是根「刺人的針」，盛夏酷暑、車
站同仁眷屬的擾嚷、年長無趣的丈夫、如影隨形的哀愁與寂寞，她新
婚數月的居臺生活猶如恐怖墳場，格格不入的環境讓她終日陷入「懶
散」、「胸口煩悶，甚至汗流浹背」，時而產生「瘋狂的幻想」。唯一能
安慰她百無聊賴生活的，是模仿《婦人雜誌》的時尚裝扮攬鏡自憐，
或耽溺戀愛夢想中。當她遇見丈夫的下屬沼田，這個來自帝都東京、
喜讀文學作品的俊美男子，令美那子枯槁的心再掀波瀾——「好像染
上熱病似地，頑強地面對沼田的幻影過日子」。即使這段出軌戀情因
美那子驚覺遭沼田利用而告終，但小說透過「殖民空間」、「帝都情
人」等符碼，映現出臺灣中下階層日本人的苦悶與困境，以及真杉如

---

15 引自，真杉靜枝〈站長的少妻〉，收錄於《華麗島的冒險：日治時期日本作家的台
　　灣故事》，頁40。

何利用這種社會問題與異國情調融合，築出自己登上中央文壇的階梯，這些問題已受到學者吳佩珍關注。[16]

中村地平因深受佐藤春夫的臺灣題材小說影響來臺就讀高等學校，畢業後離臺進入東京帝大求學，登載於文學雜誌《作品》的〈熱帶柳的種子〉（1932），是他發表於中央文壇的第一部小說。故事以倒敘展開，返回日本的中村收到室友來信，因而追憶他在臺灣度過的高校生活。小說並未安排高潮迭起的情節，作者意在塑造明亮開朗的南島氛圍，以之對比在臺日人的內心情境。作品中的臺灣風土被表現為：

> 待在房間裡也能輕易用手抓住亞熱帶樹木的香氣。那是因為空氣中漂浮著肉眼看不見的黃色花粉吧。雨過天晴，天空清澈，熱代柳的種子飛上天，一片又一片。[17]

前來租屋處幫傭的臺灣人少女是鄰近糖果工廠的童養媳，她善良開朗但言行粗鄙，出入日本人家庭令她「覺得很得意」，和她形成強烈對比的是，與隨風飄散的熱帶柳絮同樣精神縹緲的日人留學生。小說中如此描寫這些留學生：「住在殖民地的我們，思緒很容易陷入虛無之中吧」、「總覺得好像只有軀體還活著，用皮膚在呼吸。」與他們同感虛無的還有長時抑鬱的日籍房東夫人，有意思的是，作者幾度描述她的落寞寡歡時，總安排她倚靠在住所池塘邊的木瓜樹下，「它的樹幹像長矛一樣，刺向好像連海龍也會悠游其間的湛藍的晴空」。中村地平在中央文壇的影響力遠超過真杉靜枝，有關他如何利用殖民地題材、異國情調，以內地人自擬為西方人的角度再現殖民地土人的東方

---

16 吳佩珍《真杉靜枝與殖民地台灣》，臺北：聯經出版公司，2013年9月。

17 引自，中村地平〈熱帶柳的種子〉，收錄於《華麗島的冒險：日治時期日本作家的台灣故事》，頁64。

主義視線，增加自己在中央文壇的文化資本一事，歷來也是諸多學者們關注的重點。[18]

　　筆者想指出的是，〈站長的少妻〉與〈熱帶柳的種子〉兩作的共通點在於，同樣設置「典型」的熱帶殖民地空間，小說人物都遭遇了壓抑、窒悶、憂愁，乃至瘋狂的某種情緒症狀，且他們的神經衰弱皆與熱帶風土有所連結。據巫毓苓、鄧惠文的研究，「熱帶神經衰弱」的概念，源起西方國家用以解釋西方白人移居熱帶殖民地後，產生的各種精神與身體不適。此一詮釋模式，使得「神經衰弱」成為個人或國家文明進步的象徵。[19]

　　在上述真杉靜枝、中村地平以殖民地臺灣為主題的成名作品中，他們以賤斥的眼光塑造刻板的臺灣地理與人種形象，藉此形塑南方殖民地想像。另外，作品又以熱帶意象與精神衰弱結合，強調臺灣風土對來臺日人身心狀況的影響。從作家對臺灣風土的貶抑，以及熱帶神經衰弱連帶的社會階層意涵來看，可以說，兩位作家對殖民地臺灣投出的視線，依然是東方主義與自我東方主義式的。

　　透過以上短暫居住臺灣的日本作家案例，我們可以看見作家以某些特定的臺灣符號，作為進軍中央文壇的書寫策略。受他們啟發、具有競爭意識、同樣希望成為臺灣意象代言人的，是另一批居留臺灣時間更長、有建構「外地文學史」志向的作家和學者。他們便是下一小

---

18 參見，蜂矢宣朗〈中村地平と濱田隼雄——「霧の蕃社」と「南方移民村」〉，《台灣日本語學報》13，1998年12月，頁411-417。阮文雅〈憧憬與嫌惡的交界——中村地平「熱帶柳的種子」〉，《東吳日語教育學報》25，2002年7月，頁279-307。吳佩珍《真杉靜枝與殖民地台灣》，前揭書。簡中昊〈大鹿卓の『野蛮人』：植民地時代における二元対立論への挑戦〉，《日本研究》47，2013年3月，頁109-126。

19 參見，巫毓苓、鄧惠文〈氣候、體質與鄉愁：殖民晚期在台日人的熱帶神經衰弱〉，收錄於李尚仁主編《帝國與現代醫學》，臺北：聯經出版公司，2008年10月，頁55-100。高嘉勵《書寫熱帶島嶼：帝國、旅行與想像》，臺中：晨星出版社，2016年1月。

節筆者所要討論的西川滿及島田謹二。

三　我們到底還是臺灣的作家：西川滿、島田謹二的地方主義論述

　　以上檢討了以日本為畢生創作場域或有短暫居住臺灣經驗的日本人作家作品，接下來將焦點轉移到曾在臺長期居住的日本人作家對臺灣題材的表現。日治時期長住在臺、希望埋骨臺灣、以樹立「南方文學」為職志的日人作家，不若缺乏臺灣經驗的日本人那樣有著強烈的內地中心主義，也不同於以短暫臺灣經驗作資本、行銷臺灣題材的旅臺內地人作家，他們雖然同樣重視臺灣題材與異國情調，但是比起前述兩者往往有更長遠而完整的文化思考。這些「在臺日本人作家」，他們其中的活躍者，如西川滿、濱田隼雄等如何思索外地文學與中央文壇的關係，在作品中的臺灣題材與東方主義的關係又是如何？

　　臺灣位處日本帝國的南境，這樣的地理位置從內地中心主義的觀點來看，原本意謂著邊陲、疏離和落伍，但是經過數十年的殖民統治以後，隨著在臺日本人知識階層與文化圈逐漸成形，在臺日本人社會意識與外地認同也逐漸增強。在這樣的背景下，相對於「內地」和「北國」等概念，「外地」和「南方」等概念與詞彙也逐漸流行，並隨著南進政策展開以及太平洋戰爭開戰，被賦予新的文化與政治意涵。簡要地說，「南方」論述成為一種新的政治話語和文化策略，西川滿與島田謹二的地方主義論述，提供了思考此一議題的路徑。

　　無論是日本內地或臺灣，「鄉土」一詞皆是一九三〇年代的重要關鍵字。然而依據橋本恭子的研究，日、臺流行的「鄉土主義」（régionalisme），其來源分屬德、法兩個不同系譜。德國鄉土藝術運動始於對自然主義、新浪漫主義的批判，最終目的在藉由「回歸鄉

土」、「回歸田園」來培育健全的國民文學，引進日本之後，結合尋求
農村文化及田園文藝價值的反文明論、農民文藝運動、農本主義及日
本浪漫派，形成日本式的「鄉土主義」。興起於法國南部普羅旺斯的
文藝復興，則是以法國國內的南北問題為契機，由南部「地方」向北
部「中央」施行的語言統一與文化壓抑，提出抵抗與自治訴求。此舉
的成功帶來普羅旺斯語言及文學復甦，也引領南部居民重拾榮耀。當
時留學法國的吉江喬松，深感普羅旺斯文藝復興精神與「南方之
美」，將此「地方主義」（régionalisme）經由日本農民文學通路引進
日本後，間接影響了構思外地文學出路的西川滿與島田謹二。[20]

　　前述直接連結到日本法西斯主義、國家主義的「鄉土主義」，也
在一九三〇年代初期影響臺灣；另一方面，同樣以「鄉土」為核心概
念，民間知識界卻在日用需求及其他思想與論述資源匯流下爆發了鄉
土文學論戰與臺灣話文運動。中日戰爭爆發後，日本政府倡議內臺一
體化，在人數日增、二代逐漸成長的在臺日人間，鄉土意識、灣生意
識逐漸抬頭，如何定義立足臺灣的日本人、發展中央文壇之外的文藝
與論述模式，成了他們的迫切關懷。除了較早強調「以臺灣基礎出
發」的俳句界，以西川滿為中心的現代文藝界也訴求「創作這片土地
獨自的文學」、「絕不能成為中央文藝之亞流或其附庸品」、「不能用旅
行者的眼光來看。我們應牢記我們到底還是台灣的作家」[21]。時任臺
北帝大法國文學講師的島田謹二，也秉持相同使命感著手研究「在臺
日人文學的出發點」[22]。

20　橋本恭子〈在臺日本人的鄉土主義：島田謹二與西川滿的目標〉，收錄於吳佩珍主
　　編《中心到邊陲的重軌與分軌：日本帝國與臺灣文‧文化研究（中）》，頁341-342。
21　鬼谷子〈気魄の貧困〉，《臺灣時報》，1935年5月，頁164；轉引自，橋本恭子，〈在
　　臺日本人的鄉土主義：島田謹二與西川滿的目標〉，頁368。
22　橋本恭子《島田謹二：華麗島文學的體驗與解讀》，臺北：臺灣大學出版中心，
　　2014年10月。

　　西川滿曾引恩師吉江喬松的贈詞：「南方為光之源／給予我們秩序／歡喜／與華麗」，高喊「以嶄新的南方寫實主義獲取勝利！以芬芳的南方浪漫主義為光榮！」[23]誠如橋本恭子所言：西川以「南方憧憬」取法吉江「南歐憧憬」，他與島田鼓吹的「地方主義文學」構想，其實是企圖複製普羅旺斯文藝復興的成功經驗，「將巴黎與普羅旺斯的關係類推為內地與臺灣的統治、被統治關係」[24]。她認為，他們透過詩歌、小說、文學史、文藝理論勾勒的南方文學理想藍圖，固然並非依據臺灣的現實鄉土，因而遭到當時臺灣作家及當代臺灣文學研究者的批判，但是他們借鑑南歐的文學精神，希望藉此對抗德國的國家鄉土主義，乃至北歐價值觀支配的內地中央文壇，此舉實具有不可忽略的地域自主性與革命性。橋本恭子的研究，旨在辨別當時日本境內與外地被混為一談的各種「異國情調」、「鄉土主義」文學傾向，她強調內地與外地的這些流派不應被簡單統括為同等強度的國策文學。譬如，西川和島田的文藝主張就含有從殖民地臺灣的日本人現實處境出發而與中央抗衡的考量。

　　然而，我們也不能忽略，西川和島田等以《文藝臺灣》雜誌為中心的一群作家與學者，對於上述外地文學理論的具體實踐，實乃從日本人對臺灣社會投出的東方主義視線產生，這種視線或可稱之為「南方憧憬」，──把臺灣風土標識為「南方」符號，並加以刻板化、浪漫化、政治化的過程。陳藻香〈西川滿與媽祖〉[25]以及邱雅芳〈向南延伸的帝國軌跡──西川滿從〈龍脈記〉到《台灣縱貫鐵道》的台灣

23 鬼谷子〈気魄の貧困〉，《臺灣時報》，1935年5月，頁164；轉引自，橋本恭子〈在臺日本人的鄉土主義：島田謹二與西川滿的目標〉，頁361。

24 橋本恭子〈在臺日本人的鄉土主義：島田謹二與西川滿的目標〉，頁368。

25 陳藻香〈西川滿與媽祖〉，收錄於《後殖民主義──台灣與日本》，臺北：臺灣大學日本語文學系，2002年8月，頁15-36。

開拓史書寫〉[26]、〈西方繆思與東方繆思：《文藝臺灣》的美學走向與東亞色調〉[27]等論文，不約而同指出西川滿如何透過臺灣風俗與歷史改寫、書刊插圖、裝幀各方面，將「臺灣」符碼當作「異國」情調加以再現、轉述、變形、誇大乃至商品化，並將這些帶有濃厚異國情調的符碼表徵「日本統治下的臺灣現況」，向內地文壇投稿、推銷。這種以南方、異國情調作為工具和策略的外地文學運動，其中隱含了殖民主義與東方主義思維。

　　總體而言，以上現象及前行研究提示了我們應從跨域的角度，檢證法國「鄉土主義」經日本引進在臺日人社會之經過，及其過程中所產生的變化與意涵，同時對比日本內地鄉土主義的發展，以此重新評價一九三〇年代末島田謹二與西川滿企圖在臺灣樹立地方主義文學的歷史意義。

四　南方文學的追隨者：邱炳南、葉石濤

　　上一小節我們追溯了在臺日人作家的東方主義視線對其臺灣題材作品的影響，這一節將探討在臺灣的殖民地情境與文學場域中，受到《文藝臺灣》集團影響的臺灣青年作家如何仿擬在臺日人作家的異國情調，以之進行創作主題或素材的選擇？在臺日人文藝領袖西川滿與島田謹二倡言富有「臺灣風土」特色的「地方主義」文學觀，對臺灣作家帶來何等刺激或啟發？以下將透過邱炳南與葉石濤的作品進行說明。

26　邱雅芳〈向南延伸的帝國軌跡——西川滿從〈龍脈記〉到《台灣縱貫鐵道》的台灣開拓史書寫〉，《臺灣史研究》7，2009年1月，頁77-96。

27　邱雅芳〈西方繆思與東方繆思：《文藝臺灣》的美學走向與東亞色調〉，收錄於陳芳明、吳佩珍主編《東亞文學的實像與虛像》，臺北：聯經出版公司，2003年11月。

　　透過垂水千惠研究得知，一九三九年五月，署名邱炳南編輯兼發行的詩刊《月來香》於臺北出版，邱炳南即作家邱永漢本名。《月來香》應是當時就讀臺北高等學校的邱炳南與同學共同創辦的同仁雜誌。[28]該誌刊登的長詩〈四面月光〉是目前可見邱炳南最早發表的作品，內容描述大雨滂沱、水患成災的黑夜裡，主人公於泥流中載浮載沉，意識朦朧間呼喊媽祖聖號求救，醒來只見四周盈滿月光，若有月琴聲傳來，主人公感動落淚，最後他的祈禱「化成月光，化作蟲聲，漫遊水草間，響澈夜空」[29]。

　　邱炳南筆下的媽祖雖未在詩中顯影，卻透過意象的經營，賦予她唯美如同月光女神的形象，甚至一度與主人公童年記憶中「彈著月琴，吟唱著悲戀曲的新娘」重疊，雖然他歌頌的是法力無邊、護佑眾生的媽祖，卻全然不同於臺灣民間祭祀活動中天上聖母所呈現的莊嚴肅穆之感。垂水千惠認為，「與其說是台灣民間信仰中的媽祖，倒不如說近似異國情調的聖母像吧？」[30]邱炳南所塑造的海神毋寧是抽象甚於寫實的。

　　〈四面月光〉發表的同年十二月，由西川滿、北原政吉等人籌組的「臺灣詩人協會」成立，發行機關誌《華麗島》；同月，協會改組為「臺灣文藝家協會」，以《文藝臺灣》為機關刊物正在就讀高校的邱炳南獲邀加入，成為該誌最年輕的執筆作家。《華麗島》及《文藝臺灣》上皆可見邱炳南的詩作發表。缺乏情節推演的〈廢港〉（1939）、〈戎克〉（1940），延續邱炳南對於浪漫頹廢氛圍的捕捉，以

---

28 垂水千惠〈年輕的日本語詩人〉，《台灣的日本語文學》，臺北：前衛出版社，1998年2月，頁33。

29 邱炳南〈四面月光〉，《月來香　二》，1939年5月；轉引自，垂水千惠〈年輕的日本語詩人〉，頁35。

30 引自，垂水千惠〈年輕的日本語詩人〉，頁35。

血、寂寥、神祕與酩酊、象牙戎客船、瘋女、銅鑼聲、蝴蝶花、阿拉曼達花、墳場、白骨、有應公廟、魔法、棺材店⋯⋯等迷魅詭譎的語彙及象徵手法烘托南國廢港情調。無獨有偶，垂水千惠指出，這樣的頹廢氛圍，亦是貫穿《華麗島》及初期《文藝臺灣》之特色。[31]

在日治時期臺灣文學史上，西川滿是將臺灣意象塗上南方色彩，以之抗衡強勢中央文藝政策並反向輸入帝國的重要媒介人物。但同樣須注意的是，他導致臺灣文藝界發展出「南方文學」特風尚色的，不啻是一種「物化」臺灣、迎合帝國視線與讀書市場的消費操作，其所描繪的風土與民俗，並非真實臺灣的再現，借用 Said 對東方主義的理論分析，那僅是西川滿對他認定為「臺灣」之物而產生的自我東方主義意識形態上的假定、形象和幻想。西川懷著浪漫憧憬面對臺灣的歷史文化，由「異國情趣」之視角展開書寫，臺灣成了一個神祕的、被抹除現實社會脈絡與現實處境的地域，散發著既華麗又頹廢的情調，邱炳南的早期詩篇以及西川的追隨者葉石濤的初期創作明顯受其影響。

根據彭瑞金的研究早在發表〈林君的來信〉初登文壇之前，葉石濤便曾以〈媽祖祭〉、〈征台譚〉為題，分別投稿張文環主編的《臺灣文學》及西川滿主導的《文藝臺灣》[32]，雖然因稿件未獲刊登而無法讀見，但仍可由作品篇名窺知葉石濤響應西川氏的以臺灣風俗及歷史為題材的傾向。投稿失敗並未使葉石濤放棄，於一九四二年以〈林君的來信〉二度投稿《文藝臺灣》。此後不久，葉石濤在一場文藝座談會上結識西川滿，西川告知作品已被錄用，並邀請他於中學畢業後到《文藝臺灣》任職編輯助理，此因緣使葉石濤正式成了西川的學徒。

---

31 垂水千惠〈年輕的日本語詩人〉，頁39。
32 彭瑞金〈為臺灣文學點燈、開路、立座標〉，收錄於《葉石濤全集》1，高雄：高雄市文化局，2006年12月，頁18。

一九四三年四月，文壇處女作〈林君的來信〉發表；同年六月，被認為是為討好西川滿而作的第二篇小說〈春怨──獻給吾師〉也同樣在《文藝臺灣》登出。戰後九〇年代開始，這兩篇小說歷來被視為葉石濤「浪漫主義時期作品」而飽受批評。[33]

〈林君的來信〉[34]敘述主人公葉柳村收到好友林文顯來信請託前往林家慰問祖父，後與文顯之妹春娘墜入愛河。小說中的林家祖厝位於距離府城稍遠的龍崎庄，是棟中國風情濃郁二層樓建築，「感覺非常有土財主的土氣」，屋內擺設雕刻仙姑圖騰的供桌與神佛塑像。小說主要人物被設定為兩個世代，一是「漢語世代」，如手持煙管吞雲吐霧、身著領臺前服裝的林家祖父；以及同樣穿著舊時服裝、纏足、滿頭插滿金銀色髮簪的幫傭「秋婆」。另一則是「跨語世代」，代表人物是通曉日語且能以臺語吟唱唐詩、同時涉獵洋漢書刊與當代小說的春娘；以及幼時曾在漢書房習詩、但至今已不解漢語的葉柳村。漢語、煙管、八仙桌、前朝服飾、纏足老婦等前世代象徵，形同「老臺灣」的換喻、現代化日語世代之對比物；而葉柳村所傾心戀慕的生長於古老宅邸的春娘，則委實是日本同化政策主義下漢語及日語世代美德之體現與化身。林君的來信成就了一場懷舊之夢的追尋。

筆者發現，上述日治時期「老臺灣」情調的裝置，到了以雲林為故事舞臺的〈春怨──獻給吾師〉再次復現。小說中的敘述者「我」與相戀的表姐「春英」在詩人「西村氏」帶領下，共同拜訪雲林望族樟里氏的古風舊宅。雲林是西村創作的靈感來源，「每次只要去了一趟雲林，西村氏就會得到嶄新的歌頌的力量歸來。」[35]西村的作品多

---

33 參見，彭瑞金《葉石濤評傳》，高雄：春暉出版社，1999年1月；陳明柔《我的勞動是寫作：葉石濤傳》，臺北：時報文化出版企業公司，2004年7月。

34 葉石濤〈林君的來信〉，《葉石濤全集》1，頁15-26。

35 葉石濤〈春怨〉，《葉石濤全集》1，頁43-44。

次將純樸的雲林鄉間農村描繪為充滿詩意與懷古幽情的浪漫之都，時常耽讀作品的「我」與春娘因此十分嚮往該地。到了雲林之後，「我」過往的閱讀感受一再被召喚出：

> 感覺這是個精緻、宛如潔淨的詩人的肌膚般的小鎮街道。
>
> 桔色木棉花也令人驚艷，讓人聯想到萬葉詩歌。淡淡的潮濕的風景，羞答答地在眼前延展開來。並且在我們心底不知怎麼的悄悄地留下莫大的憧憬和淡淡的旅愁。（略）所有的一切都是那麼的清新帶有淡淡的田園情趣。[36]

臺灣人敘述者對雲林風土的認識，來自於日籍詩人的引領和建構，「我」接受並內化日人所形塑的田園情趣，以之想像、凝視地方風景。「臺灣」在這樣的觀看下，已非我族母土，而是日本文學的附屬或註解，是洋溢著異域情調但卻次等的他者。因此，地方風景令人神往，在地住民則令敘述者卻步厭惡：

> 那裡有一群鄉下的在談笑著一些俗惡和無知識的話題、穿著暴露、亂七八糟群集在一起的年輕女孩子。她們一邊很爽朗似地貪婪地談笑著一邊有趣地注視著我們這方。特別是春英好像引起了她們的敵愾心的樣子。[37]

東方主義的結構往往將人二分為「我們－他們」的對立，此篇與前作〈林君的來信〉相比，「他者化」的臺灣人形象更顯後進鄙俗。筆者

---

36 葉石濤〈春怨〉，《葉石濤全集》1，頁44-46。

37 引自，葉石濤〈春怨〉，《葉石濤全集》1，頁46。

認為，葉石濤投主編西川滿所好，以類同的文學風格進行創作，在小說中將臺灣風土賦予日本化的想像，可謂「自我東方主義」，也是在日治時期臺灣人作家上衍生的一種變異，那也可說是日本人西川滿所無法達至的「自我日本化」的文學再現。[38]

小結

綜合以上討論，隨著日本躋身帝國主義國家、臺灣殖民統治體制的成立，而出現在臺灣的日本人中心主義、內地中心主義與東方主義思維，已成為當時籠罩殖民地文化界的一種強勢意識形態。這種意識形態支配了臺、日之間廣大地域內的臺灣題材書寫與臺灣意象生產，使臺灣這片新領土成為滿足日本帝國的凝視下，成為異國情調客體與承受帝國欲望的符號。一九四〇年代現實主義文藝典律與臺灣文學主體性的成熟，有一部分即是得自於日本外地文學中東方主義思維的刺激和反動，因此東方主義理論對臺灣文學研究的啟示也就更加不能忽略。過去臺灣文學研究多從臺灣人民族運動、新文化運動、社會主義運動的脈絡進行把握，這種角度能夠掌握整體的概況，然而，當時臺灣人抵殖民、脫殖民的追求，觸及意識形態鬥爭、話語鬥爭、意象鬥爭，卻非從社會體制面的探討所能照應，而這些正是後殖民理論擅長的領域。有鑑於從社會體制面出發的相關研究數十年來已有豐厚累積，筆者因此嘗試從後殖民理論、特別是從其中的東方主義與自我東方主義現象進行清理。

本節論文分層考察日本帝國範疇下，幾種東方主義與自我東方主

---

38 余昭玟的研究曾指出，葉石濤有意藉〈春怨——獻給吾師〉中的「西村」側寫西川滿，以此作附和、追隨業師。參見，余昭玟〈葉石濤及其小說研究〉，成功大學歷史研究所碩士論文，1990年。

義的文藝現象。透過討論發現，日本的東方主義與自我東方主義文藝現象，在明治維新文明開化政策達到一定程度後開始出現，首先出現於日本國內，而後隨著明治到大正期日本國土在臺灣、朝鮮、樺太、「滿洲國」、中國及南洋占領區的擴張，以及日本作家的海外旅行、移住和世代繁衍而出現各種變異。臺灣作為日本的第一個海外殖民地，在日本的東方主義與自我東方主義文藝擴張現象中，扮演了重要的南方的位置，也因此臺灣被當作帝國新領有的一名他者，以異國情調被再現，這種特意製造的文藝現象，在日本國內讀書市場上自一八九五年之後就受到注意。臺灣風土題材比起其他後續領有的殖民地等，更早成為一種新鮮商品攫取日本讀者的目光。同時，這種帝國讀書市場上的他者再現潮流又反身過來，刺激臺灣旅日作家和島內作家不滿，因而強化了臺灣文學現實主義典律和臺灣文學主體性的追尋，而別具意義，這也是本章第二、三節所要繼續討論的。

第二節　故鄉的啟示：張文環的山村敘事與鄉村價值觀

前言

前一小節討論了西川滿及其模仿者帶有濃厚自我東方主義特徵的風土論述，這種類型的創作觀點與文本激起臺灣作家怎樣的回應？臺灣作家又如何書寫臺灣風土？筆者將以張文環為例，探討在外地文學東方主義思維的刺激下，反動的臺灣作家如何將現實主義文學與臺灣文學的主體性推向成熟，如何透過山村敘事演繹地方文化變遷，其文藝策略為戰爭期臺灣的風土論述注入怎樣的話語資源？

一　山村少年的文學心思

> 我誕生的故鄉深山部落，以持有和平家庭、跟部落的人們親
> 近，當作人生最大的希望。另外，覺得能夠在安寧的地方安定
> 生活，才是人倫的命運。春天有春天的祭典，秋天也有秋天的
> 祭典，部落的人們好像被這些行事追逐著拚命工作。
>
> ——張文環〈我的文學心思〉[39]

臺灣日語作家張文環，一九〇九年生於嘉義小梅大坪村（今梅山鄉太
平村）的地主之家。父親張察曾在大坪入山約半小時路程的出水仔山
上經營麻竹、筍乾、竹紙工廠，這個鄰近阿里山且有著廣大竹林和猿
猴的山村，成了張文環的兒時樂園，他在多篇自述裡屢屢提及對家鄉
及山村生活的依戀，「出生在鄉村的人，縱使都市生活是何等有趣，
出於本能的，卻還是時常會產生眷戀鄉村的感覺。」[40]、「如今童年時
代的生活，仍然深刻地烙印在我的腦海裏。」[41]由於山居交通不易，
已逾入學年齡的張文環就近在部落私塾學習漢文，也看歌仔簿或吟千
家詩，十三歲左右才進入梅仔坑公學校就讀。「拿今天的國民小學來
比較，就會覺得當時的小學設備不足。即使如此，卻還是令人深感懷
念，（中略）。我口袋裏經常都裝滿糖果、瓜子，邊吃著零食，邊耽讀
戀愛故事。」[42]這個純樸快樂的山村少年，公學校畢業後便穿上

---

39 張文環〈我的文學心思〉，收於陳萬益主編《張文環全集》卷6，臺中：臺中縣立文
　　化中心，2002年3月，頁164-169；日文原作〈私の文學する心〉，發表於《臺灣時
　　報》1943年9月15日，頁73-77。筆者根據譯文稍加潤改引文語句。

40 張文環〈媽祖娘娘的親事〉，收於陳萬益主編《張文環全集》卷6，頁71-73；日文原
　　作〈媽祖さまの緣談〉，發表於《民俗臺灣》1卷3號，1941年9月。

41 張文環〈我的文學心思〉，頁164-165。

42 引自，張文環〈小學的回憶〉，收於陳萬益主編《張文環全集》卷6，頁146-149；日
　　文原作〈公學校の思ひて〉，發表於《興南新聞》，1943年4月4日。

久留米碎白點花紋禮服，手拿提籃赴日就學。[43]爾後，從岡山的金川
中學至東京的東洋大學哲學科，來自殖民地的少年張文環在帝都接受
了現代知識的洗禮，也見證了一九二〇年代後期至一九三〇年代初日
本無產階級運動勃興、領導人遭虐殺、共黨成員轉向等思想震撼。一
九三〇年自大學退學後，他常流連上野圖書館，創作、自修、研讀中
外文學作品，魯迅、巴金、老舍、屠格涅夫、托爾斯泰、梅里美、雪
萊、拜倫等，皆是他喜愛的大家。他回憶留學期間的閱讀體會時進一
步說道：

> 在我的腦海裏滲進了各種的雜音，我就越來越對啄木的詩或金
> 色夜叉那樣的作品感到不能滿足。常常閱讀雜誌，而時常看到
> 寫台灣的記事，看完就會覺得很不耐煩。因為從來沒有看過寫
> 台灣人生活的嘆息，或台灣人感情微妙的記事。[44]

自覺過去耽讀的戀愛故事與通俗文學無法滿足，此時張文環雖尚未在
文壇嶄露頭角，然而他的文學世界已逐漸傾向現實主義與社會關懷。
　　一九三二年三月，張文環加入左翼組織「東京臺灣人文化同好
會」，但展開具體活動前，便隨同其他核心成員遭日警取締拘禁。約
莫此時，結識了日本左翼作家平林彪吾（1903-1939），在創作上常受
其鼓舞及提點。[45]隔年三月，同巫永福、吳坤煌等人成立「臺灣藝術
研究會」，創刊文藝雜誌《フォルモサ》（福爾摩沙），主張寫出「真

---

43 張文環〈小學的回憶〉。張文環〈荊棘之道繼續著〉，收入陳萬益主編《張文環全
　　集》卷6，頁162-163；日文原作〈茨の道は續く〉，發表於《興南新聞》，1943年8月
　　16日。
44 引自，張文環〈荊棘之道繼續著〉。
45 參見，柳書琴《荊棘之道：臺灣旅日青年的文學活動與文化抗爭》，頁347-352。

正的台灣純文學」，張文環負責該刊第二、三號編務。[46]一九三五年元旦，以「轉向」小說〈父の顏〉獲日本《中央公論》徵文的選外佳作，是當時繼楊逵〈送報伕〉之後，另一得到日本文壇肯定的臺灣作家作品。張文環自敘，寫作原本只為傳達臺灣人生活實情，獲獎後才認真思考創作問題。[47]返臺前他尚有〈落蕾〉（1933年7月）、〈みさお〉（貞操，1933年12月）、〈父の要求〉（1935年9月）、〈過重〉（1935年12月）、〈部落の元老〉（1936年4月）、〈豚のお產〉（1937年3月）等短篇小說發表，除了〈父の要求〉為得獎小說〈父の顏〉改作，其餘多以兒時山居經驗為題材。

　　一九三六年秋，日本政府掃蕩人民戰線運動關係者，多名中日進步人士被捕，張文環受到牽連再度身陷囹圄。[48]出獄後，他體認到日本社會動盪不安、在東京從事文化活動處境日艱，於一九三七年春攜眷歸臺並定居臺北，曾短暫任職《風月報》日文欄主編與電影公司。[49]一九四〇年於《臺灣新民報》「新銳中篇創作集」連載〈山茶花〉，佳評不斷，時任《朝日新聞》臺北支局記者的藤野雄士以「我通往文學唯一的窗口」盛讚之[50]；郭水潭在總結臺灣文學年度表現時，稱許該

---

46 參見，柳書琴、張文薰〈張文環研究綜述〉，收入封德屏總策畫《臺灣現當代作家研究資料彙編6　張文環》，臺南：臺灣文學館，2011年3月，69-84。

47 張文環〈荊棘之道繼續著〉，前揭文。

48 參見，柳書琴〈張鋭漢先生訪談錄〉，收入氏著《荊棘之道：旅日青年的文學活動與文化抗爭》，頁545-555。

49 參見，蔡佩均《想像大眾讀者：《風月報》、《南方》中的白話小說與大眾文化建構》，臺北：花木蘭文化公司，2013年9月，頁144-146。張文環在《風月報》擔任日文欄主編的工作僅維持三個月，後因理念不合求去。

50 藤野雄士〈關於張文環和〈山茶花〉的備忘錄〉，收於黃英哲主編《日治時期臺灣文藝評論集》雜誌篇‧第三冊，臺北：行政院文化建設委員會，2006年10月，頁6-7；日文原作〈張文環と〈山茶花〉についての覺え書〉，發表於《臺灣藝術》1卷3號，1940年5月，頁63-64。

作是《臺灣新民報》的最大收穫；詩人北原政吉也認可〈山茶花〉是
提升臺灣文藝水準的力作；[51]好友呂赫若更以「能夠創造出這樣的文
學絕非憑理論，或者書桌上的死讀書；而是生活中所生出的力量、從
體內自然湧動的血潮，是浪漫，是天才方能產生的。」推崇〈山茶
花〉所展現的生命力。[52]

　　柳書琴則歸納指出，自〈貞操〉開始，張文環小說常見的敘事手
法，是以一名青年及周遭少女的成長與情感為主軸，在山村生活中刻
劃人物悲喜，長篇〈山茶花〉推出，更加確立其小說的主要風格。[53]
自〈父の顔〉時展開的創作方向長考，至此愈見明晰，故鄉、山村、
傳統社會人物、凝視故鄉的知識青年、接受書房漢學教育的女性等等，
成為張文環作品中常見的系列符碼。

　　連載〈山茶花〉隔年，張文環深感臺灣文化貧瘠苦悶，西川滿主
持之《文藝臺灣》又偏離自己的理想，決定與文友組織啟文社、籌辦
《臺灣文學》雜誌。他曾自豪地表示，戰爭末期文藝雜誌全面遭受統
制前，《臺灣文學》成績斐然，除發行部數較《文藝臺灣》高出三倍，
更獲臺北帝大教授、臺陽展畫家、《朝日新聞》及《讀賣新聞》臺北
支局等不同勢力支持。[54]終戰前他接連發表了〈部落の慘劇〉、〈論語
と鷄〉、〈夜猿〉、〈閹鷄〉、〈地方生活〉、〈土の匂ひ〉（土地的香味）

51　《臺灣藝術》編輯部〈回顧昭和十五年度的臺灣文壇〉，收於黃英哲主編《日治時
　　期臺灣文藝評論集》雜誌篇・第三冊，頁55-62；原刊於《臺灣藝術》1卷9號，1940
　　年12月。

52　呂赫若〈想ふままに〉，《臺灣文學》創刊號，1941年5月，頁106-109；中譯文〈我
　　見我思〉，收入黃英哲主編《日治時期臺灣文藝評論集》雜誌篇・第三冊，臺北：
　　行政院文化建設委員會，2006年10月，頁134-138。

53　參見，柳書琴《荊棘之道：臺灣旅日青年的文學活動與文化抗爭》，頁345-346。

54　參見，張文環〈難忘當年事〉，收入陳萬益主編《張文環全集》卷6，頁45-60；原刊
　　於《臺灣文藝》9，1965年10月。

等短篇小說，故鄉的人事倥傯與風土變遷為其反覆書寫的創作母題，小梅在作品中化身 RK 庄、SS 庄、K 庄、R 部落、R 町，成了構築張文環生命經驗和文化歸屬的具象空間，其故鄉書寫日益成熟穩健。

葉石濤曾以「接近自然主義的寫實」，為張文環的小說風格定音。[55]張恆豪認為，他以小梅山村與臺灣人生活常習為經緯，在皇民化與同化政策施行期間，以書寫保存地方淳厚風俗，於人道關懷中蘊含民族意識。[56]張文薰提出，張文環筆下的故鄉具有「牧歌式的背景與醇美人情」及「現代化巨輪下利欲薰心的變調民心」之兩義性。[57]多數研究都揭示了故鄉描寫是這位臺灣文化運動旗手的作品特色，在此基礎上筆者嘗試探問，對張文環而言，渴望讀到「台灣人生活的嘆息，或台灣人感情微妙的記事」[58]、但離鄉求學後再也不曾回鄉長住，則故鄉母土對他的意義為何？他的文學心思何以獨鍾此一主題，致力描寫故鄉情調？閱讀素養如何啟蒙他的創作？以得獎作〈父の顏〉為界，故鄉書寫的特色有何階段性變化？除了傳達臺灣人生活實情，又寄寓了怎樣的現實關懷？以下兩小節擬就這些疑問進行探討。

二　魯迅〈故鄉〉的啟示

要考察上述問題，可從張文環旅日時期的學思歷程進行理解。前一小節提及，張文環留日時透過閱讀汲取中外文學思想，其中，魯迅

---

55 參見，葉石濤〈張文環文學的特質〉，收入氏著《臺灣鄉土作家論集》，臺北：遠景出版公司，1979年3月，頁105-106。

56 參見，張恆豪〈張文環的思想與精神〉，《臺灣文藝》81，1983年3月，頁58-68。

57 參見，張文薰〈「故鄉」：記往與想像的敘事學──論張文環文學之梅山地區書寫〉，收入封德屏總策畫《臺灣現當代作家研究資料彙編6　張文環》，頁339-364。

58 張文環〈荊棘之道繼續著〉，前揭文。

對他的影響尤值注意。張的長子張孝宗受訪時曾透露，父親十分喜愛魯迅的小說，尤以〈故鄉〉為最，「他在東京時曾因為太愛那篇小說到逐字抄錄的地步。」[59]這篇深受張文環喜愛的小說，也開啟了魯迅被日本文化界認識的契機。

　　一九二一年五月，魯迅〈故鄉〉初刊於上海的革命雜誌《新青年》。一九二七年十月，武者小路實篤主編的文藝雜誌《大調和》刊行「亞細亞文化研究號」，登出譯者不詳的〈故鄉〉譯文，並以「中國的第一流短篇小說作家」介紹魯迅，魯迅的作品自此流傳日本。[60]一九二八年，日本進步文化人山上正義在《新潮》雜誌發表〈魯迅を語る〉（談魯迅），提及魯迅對共黨革命受挫的激憤之情，據劉柏青及徐秀慧考證，該文是日本雜誌的首度魯迅專論。一九三一年十月，魯迅委託山上翻譯的《支那小說集：阿Q正傳》作為「國際普羅列塔利亞叢書」之一在東京出版。[61]隔年，佐藤春夫於一九三二年的《中央公論》「新年特輯號」發表〈故鄉〉日譯，同時撰寫〈關於原作者的小記〉，將魯迅譽為「中國最大的小說家、中國左翼作家聯盟的盟主」；同年十一月改造社以「中華現代左翼作家第一人的全部力作出版！」為廣告標語，推出日文版魯迅小說集，收錄《吶喊》及《彷

---

59 柳書琴〈張孝宗先生訪談錄〉，收入柳書琴《荊棘之道：臺灣旅日青年的文學活動與文化抗爭》，頁555-560。

60 參見，魯迅〈故鄉〉，《大調和》1卷7號，1927年10月1日，頁313-320。劉柏青《魯迅與日本文學》，長春：吉林大學出版社，1985年12月，頁186-193。

61 參見，魯迅（著）；林守仁（譯）《支那小說集：阿Q正傳》，東京：四六書院，1931年10月。林守仁即山上正義的中文筆名。此珍貴文獻為橫地剛先生贈予徐秀慧教授，拙論撰寫時曾向徐教授請益，並蒙賜正，僅此致謝。相關研究參見，徐秀慧〈跨國界與跨語際的魯迅翻譯（1925-1949）：中、日、臺反法西斯的「地下火」與臺灣光復初期「魯迅戰鬥精神」的再現〉，收錄於紹興文理管理學院等編《魯迅：跨文化對話：紀念魯迅逝世七十周年國際學術研討會論文集》，鄭州：大象出版社，2006年10月。

徨》，〈故鄉〉一作再度與日本讀者相見。但因魯迅其人其文在日本尚
未廣為人知，故即便在社會主義思想高漲的當時採取左翼傾向的宣
傳，相關討論及反響仍屬有限。此後，由於日本對中國的侵略逐年升
級，刺激新聞出版界加深對中國文化現象的關注，魯迅在這種氛圍下
成了中國左翼作家的代表人物。[62]

　　一九三五年佐藤春夫與師從魯迅的增田涉共同編譯的「岩波文
庫」《魯迅選集》，收錄了〈孔乙己〉、〈故鄉〉、〈阿Q正傳〉、〈藤野
先生〉在內的九篇小說與二篇演講稿。[63]另一重要出版因緣，始於一
九三六年春改造社社長山本實彥的《魯迅雜感選集》編譯計畫，始料
未及的是該書譯成前，魯迅於一九三六年十月離世，引發了日本知識
界震撼。[64]山本實彥於是調整出版規劃，決意全面翻譯魯迅著作，定
名「大魯迅全集」，委請茅盾、許廣平、胡風、內山丸造為顧問，佐
藤春夫、增田涉、鹿地亘、小田嶽夫、井上紅梅、日高清麿瑳、山上
正義等人參與翻譯。[65]一九三七年二月至八月間，在改造社宣傳造勢
下，由郁達夫撰寫推薦序文的精裝七卷本《大魯迅全集》陸續刊印，
全集面世後一紙風行，不只在日本形成閱讀風潮，「滿洲國」的文藝
刊物《明明》也揭載了此項出版消息。[66]

　　綜上，自一九二七年《大調和》雜誌首次刊登、一九三二年《中

---

62 該書雖名為《魯迅全集》，但實為小說選集。王中忱〈《改造》雜誌與魯迅的跨語際
　　寫作〉，《作為事件的文學與歷史敘述》，臺北：人間出版社，2016年6月，頁107-
　　133。

63 黃英哲〈〈藤野先生〉到臺灣：戰後初期中日友好的符碼〉，收入氏著《漂泊與越
　　境：兩岸文化人的移動》，臺北：臺灣大學出版中心，2016年6月，頁75-104。

64 近藤龍哉〈胡風と矢崎彈——日中戰爭前夜における雜誌『星座』の試みを中心
　　に——〉，《東洋文化研究所紀要》151，2007年3月，頁55-95。

65 黃喬生《魯迅像傳》，貴陽：貴州人民出版社，2013年7月，頁321-325。

66 〈文藝消息——日本刊行「大魯迅全集」〉，《明明》1卷3期，1937年5月1日，頁36。

央公論》重譯到一九三七年《大魯迅全集》出版，從文藝雜誌到規模
不一的各種日譯選本或全集，〈故鄉〉多次被收錄。張文環負責編輯
的《福爾摩沙》第二號（1933年12月）曾轉載魯迅悼念「左聯五烈
士」的詩作〈無題〉：「慣於長夜過春時，挈婦將雛鬢有絲。夢裡依稀
慈母淚，城頭變幻大王旗。忍看朋輩成新鬼，怒向刀叢覓小詩。吟罷
低眉無寫處，月光如水照緇衣。」[67]姑且不論此舉是為刊物補白或另
有深意，由此來看，張文環對這位中國現代文學的先行者應不陌生。
那麼，他又是在怎樣的機緣與心境下接觸該作呢？是〈故鄉〉初登日
本《中央公論》，他以文化同好會成員身份遭捕的一九三二年；或他
和文友忙於臺灣藝術研究會及《福爾摩沙》編務期間；抑或一九三五
年〈父の顔〉在《中央公論》獲獎後，他開始思索創作方向時；還是
受左翼同人雜誌《ズドン》牽連入獄[68]、同時也是魯迅病歿引起作品
閱讀熱潮的一九三六年秋天呢？

　　雖然相關線索已難求證，不過，一九三七年《大魯迅全集》刊印
時張文環已返臺，他讀寫的理應早於此版本。除此之外，歸鄉前夕他
與平林彪吾相約銀座小酌，席間他談及臺灣鄉下生活狀況：

　　　　松本先生聽後勉勵我加油，激勵我應再進一步努力才行。不過
　　　　我是覺得不但是一步、連二步、三步都還是努力不夠。「不，
　　　　你就照剛才講給我聽的一樣寫就好！」他的話就這樣不可思議
　　　　地縈迴在我耳裏。[69]

---

67 引自，魯迅〈無題〉，《フォルモサ》2，1933年12月30日。
68 柳書琴《荊棘之道：臺灣旅日青年的文學活動與文化抗爭》，頁352-359。
69 張文環〈懷念平林彪吾〉，收入陳萬益主編《張文環全集》卷6，頁49-52；日文原作
　〈平林彪吾の思ひ出〉刊於《臺灣日日新報》，1940年4月13日。

引文中平林的表述，勉勵了在創作上舉棋不定的張文環應專注描寫臺灣鄉村，這番鼓舞，激勵了旅日十年回到臺灣的張文環，重整旗鼓後交出令人驚艷的長篇佳作〈山茶花〉。柳書琴指出，平林對張的創作具有某些刺激或引導作用。[70]筆者則認為，如以〈山茶花〉為界進行觀察，可發現雖然自創作伊始小梅即為其靈感與取材來源，但此前的故鄉書寫，多為再現街庄部落生活的直觀敘事，故鄉只為片段、瑣碎的鄉里軼聞提供舞臺，於情節推演及內容構造上較不具作用，如〈落蕾〉、〈貞操〉、〈部落的元老〉等；〈山茶花〉及之後的故鄉書寫，則能結構性地呈現山村沒落及其經濟崩潰的根本原因，故鄉小梅除了是故事展演空間，更是那些在時代激流裡滯後不前、終而滅頂的臺灣村庄縮影。筆者在此想探問的是，魯迅〈故鄉〉究竟給予失鄉之人什麼啟示而能引起張文環共鳴？兩者的故鄉描摹又有何異同呢？

在〈故鄉〉中，當敘述者「我」回到久別經年的故里，與母親談及兒時相熟的玩伴閏土，小說這樣描述：

> 我的腦裡忽然閃出一幅神異的圖畫來：深藍的天空中掛著一輪金黃的圓月，下面是海邊的沙地，都種著一望無際的碧綠的西瓜，其間有一個十一二歲的少年，項帶銀圈，手捏一柄鋼叉，向一匹猹盡力的刺去，那猹卻將身一扭，反從他的胯下逃走了。[71]

呈現在敘述者眼前的農村現實是，記憶中的美麗故鄉如同那幅遁逃了猹的沙地畫像般，變成失去靈氣的寂寞景色，「幾個蕭索的荒村，沒

---

70 柳書琴《荊棘之道：臺灣旅日青年的文學活動與文化抗爭》，頁352。平林彪吾的另一筆名為松本實，故引文中張文環稱其「松本先生」。

71 魯迅〈故鄉〉，收入《魯迅全集》第一卷，北京：人民文學，1981年初版，1998年12月五刷，頁477。原作發表於《新青年》9卷1號，1921年5月。

有一些活氣」，往昔伶俐的「小英雄」閏土成了貧困拘謹的木偶人，
對孩提時稱兄道弟的敘述者打拱尊稱「老爺」；端莊的豆腐西施成了
順手牽羊的鄙俗村婦，以做官當道臺、娶三房姨太、出門乘八抬大轎
等封建價值觀阿諛敘述者。最終「我」在舊居易主、舊識成陌路、
「四面有看不見的高牆，將我隔成孤身」的感慨中賣掉老屋，無甚留
戀地告別故鄉與故友。

　　將張文環的故鄉書寫與之相較可發現，他們皆在文本中呈現了兩
個截然相反的故鄉圖景：一個是遠離塵染的鄉村世界，那裡淳善至美，
鄰里和睦、雞犬相聞，日常作息遵從傳統禮俗與祭儀，孝悌之德猶存，
忠義之道尚行，這類故鄉多存在於主人公的回憶中或重大變故發生前，
如〈論語と雞〉裡文武兼重、「被四方的山像屏風般包圍著」的山上
部落；〈夜猿〉裡與群猴為伍的竹林農家；再如〈地方生活〉裡父輩
兒時將四書五經視若「萬能書」的阿里山 T 部落。另一種故鄉的樣貌
則發展停滯且思想封建，那裡的精神世界比物質更加貧困，生活其中
的人愚昧無知、自私敗德，階級上升無望的他們只能在優勝劣汰的社
會進化法則中無所目標地隨波逐流，如長篇〈山茶花〉裡婚戀無由自
主的守舊家庭；〈論語と雞〉裡失德瀆職讓書房形同娛樂場所的夫
子；〈閹雞〉裡投機謀利將兒女婚約當作籌碼的漢藥之家。兩種故鄉
的對比再現，可謂張文環小說世界常見的核心結構，時而表現為過去
與現在的對峙，藉此傳達精神故園的失落感；時而讓故鄉的兩面性同
時並存，透過返鄉知識份子或成長中的少年視角審視母土變化。

　　其次，張文環小說中經常以人物移動串連起三個發展程度不一的
地方：一是，日常生活慣行日語的現代化都市／街市；二是，小說主
人公曾經居住的鄉村，通常位居聯繫都市與山村的中介，雖保有部分
傳統文化，但也難敵日本文明滲透；三是，生活更為原始閉塞、交通
不便的深山部落。〈山茶花〉、〈論語と雞〉、〈夜猿〉、〈地方生活〉等

作都可看見此三段式空間構造，這也與魯迅〈故鄉〉的結構方式若合符節——敘述者及母親搭船和火車前往的「異地」；敘述者兒時聚族而居的小城；閏土和農民生活的濱海農村。〈故鄉〉裡那看不見卻將人孤立的高牆、無有發展而日趨頹敗的故里，從張文環作品中也能找到類似指涉。

下一小節中，筆者將繼續分析他如何以小說應答臺灣鄉村崩解的緣由，以及鄉村的獨特價值。

三 生活在鄉村是一種恩惠：鄉村價值觀的建構

前一小節指出，張文環的小說經常呈現「都市／街市——鄉村——深山部落」之三段式空間結構，但綜觀其作，未見對於城市空間的細密描繪，不過這並非意謂著他對城鄉之間的價值衝突，以及日本現代文明入侵山村缺乏敏感。長篇〈山茶花〉便藉由少年主人公「賢」搭火車前往臺北參加修學旅行的體驗，突現了山村學童的都會文化洗禮。

〈山茶花〉的故事舞臺架設於會社線鐵路行經的 R（RK）庄，屬於三段式結構中的第二階層空間，從該地搭乘會社線小火車約一小時才能抵達縱貫線的 TA 車站。[72]RK 庄即張文環故鄉梅仔坑（一九二〇年後改稱小梅），而不停靠快車的 TA 站據食野充宏推測，應為「大林」站簡稱。[73]賢與 RK 公學校師生自庄內搭會社線火車至 TA 站，再轉乘縱貫線的普通慢車北上，第一天晚上直抵臺北。隔日上午在城內

---

72 小說中出現R庄及RK庄兩種不同地名，疑為作者筆誤，參見，張文環《山茶花》，頁71、139。

73 食野充宏〈張文環作品論——「山茶花」の構造〉，東京大學文學部中文研究室學士論文，2000年1月，頁8。

參觀，下午乘淡水線火車遊淡水、至士林芝山巖參拜。第三日走訪港
都基隆及鄰近港口的仙洞窟，第四日清晨搭快車南下彰化，住了一宿
後於次日啟程返鄉。五天四夜的行程如下所示：

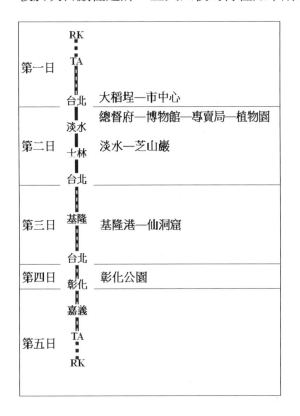

圖二十七　〈山茶花〉主人公修學旅行行程簡圖

由上圖可知，參訪地點集中在鐵道沿線的北部觀光勝地。小說先以
「祭典」比擬學童出門遠行前的慎重心情，「有彈著衣裾砂塵的孩
子，也有用紙慎重地擦拭新華盛頓靴的孩子」[74]；不能如願旅行的
「娟」因「感到某種知識還有弱點」，無法忍受不如同儕的恥辱甚至

---

74 張文環〈山茶花〉，陳萬益主編《張文環全集》卷4，頁69。

為此退學[75]。不過，相較於出發前對旅行的期待、乘坐火車的興奮雀躍，城市實地考察似乎未賦予這群學童較為正向的收穫。

抵達臺北首夜，沒有見過馬的部落孩子們，從大街上的馬感受到都市的官僚性，「確實鄉下人和都市人，看馬的感受不一樣，把馬與官吏聯想在一起看的。（中略）能夠看到馬，孩子才感覺接觸到都市的風景。」[76]臺北之行也使他們得以驗證讀物出版品塑造的島都印象，「台北不如圖畫明信片所看的那麼漂亮，但是莊嚴的總督府令人驚嘆。（中略）人類的偉大建設真令人佩服」[77]，宏偉建築讓他們感佩人類偉大，而非讚嘆總督府島都建設之卓越。小說中的都市敘事少見對於現代化事物的瞻仰，反倒常圍繞著城鄉比對進行觀察：

> 從會社線的車站來到縱貫線的車站，但是這個車站反倒比村裏的沒有生氣：屋頂蒙上了塵埃，有平地的感覺，卻沒有潤澤，看起來不稀罕，沒有什麼好感。不過，風景不錯，月台上鋪著砂礫，刺桂樹的枝葉，像用理髮店的剪刀剪過一樣，整齊而美麗，這是 R 莊沒有的。（頁71）

> 在這當中感到不愉快的是常有市街的孩子嘲笑鄉巴佬而看不起他們。為甚麼市街的孩子都那麼狡猾而心術不良？（頁87）

> 芝山巖的安靜，像回到自己的山裏似地令人懷念。開著各種各樣的花，掉滿枯葉的地面也散亂著佛桑花。（中略）從密林走出來，夕陽染紅了整片田園。老鼠賊模仿了新娘哭的聲音讓大家哄然大笑。（頁82）

---

75 張文環〈山茶花〉，頁108。

76 張文環〈山茶花〉，頁81。

77 張文環〈山茶花〉，頁81。

引文段落展現的是整齊美觀卻毫無生命力的現代化建築、城鄉間的矛盾互斥、將城市風土類比山村的思鄉感觸。

　　另一方面，士林芝山巖作為日治初期臺灣總督府民政局學務部及芝山巖學堂所在地，一八九五年學堂成立伊始以招募「國語」傳習生為務，一八九六年初，六名日籍學務人員在當地遭武裝抗日份子包圍劫殺。爾後，此事件被殖民政府詮釋為新領地教育者「犧牲奉公、死而後已」的「芝山巖精神」，又在事發處設立內閣總理大臣伊藤博文手書「學務官僚遭難之碑」，臺灣總督及轄下各級官員、各級學校師生每年皆前往參拜。[78]一九二〇年代後期又在周圍闢建參道、鳥居、神社，公學校國語讀本亦加入〈芝山巖〉一課，以學童視角描繪參加祭典、憑弔遺物的感想。[79]由總督府鐵道部發行的《臺灣鐵道旅行案內》也將該地編列為淡水線的觀光景點之一，並以「本島新教育發祥地」加以介紹。[80]在官方刻意塑造、渲染下，芝山巖儼然成為臺灣教育的「聖域」。然而，在〈山茶花〉的情節安排中，並未見公學校師生們流露對於教育史蹟的思古追遠，反倒在此懷念故鄉景色，又以同學間的笑鬧互動結束參訪，「一行人像祭典的行列般，邊走邊說笑，歡聲不斷。」[81]

　　除了基隆仙洞的奇特海蝕景致讓賢深感興趣，在熱鬧的臺北城內、大稻埕、博物館等景點，孩子們掛心的是「參觀的沒有辦法記下來，考試會不會出這些問題？」當旅程畫下句點時，他們心裡既有歸

---

78 翁聖峰〈芝山巖事件爭議與校史教育〉，《國民教育》49卷5期，2009年6月，頁21-31。

79 臺灣總督府《公學校用國語讀本　卷十二第一種》，臺北：臺灣總督府發行，1932年8月，第8版，頁81-84。

80 臺灣總督府鐵道部《臺灣鐵道旅行案內》，臺北：臺灣總督府交通局鐵道部發行，1935年10月，頁131-132。

81 張文環〈山茶花〉，頁83。

鄉的喜悅，也不乏失落，「想要回去安靜村莊的強烈心情，對都市偉大的感覺卻毫無一點懷念，只有一些情景慎重地淤塞在腦裡。被嘲諷為土包子的言語，還在耳邊徘徊不去。」[82]

不曾旅行的娟及出發前的山村孩童，都將鐵道都市之旅當作一種知識陶冶，但完成體驗後的賢卻徒增幻滅，城市秩序在其中遭到質疑、犧牲奉公的殖民教育史被輕忽、島都建設政績未獲突顯。他們觀看城市的同時，也成了被看的對象，城市孩子直呼他們為「鄉巴佬」、「土包子」，但嘲諷話語並未讓山村學童轉化為自我批判，反讓他們益加歸心似箭。可以說，這趟占據甚多篇幅的旅程，其作用在於透過「看」與「被看」的結構，為主人公賢確立了「城不如鄉」的價值觀。

此後，小說繼續演繹鄉村如何「遭遇」現代與文明。當巴士開始奔馳於 RK 庄和 K 庄之間，村民的價值取向也隨之改變，「鄉下姑娘們都看上了巴士的司機，經常出來，站在門口向司機送秋波。那個英俊的司機的弟弟，為了教姑娘們從事編織襪子的副業，便帶來了編織機器販賣。」[83]年屆適婚的「娟」，家人為她籌劃的理想婚事，「是一家雜貨店的兒子，在錦雲婆家再過去兩個車站的會社鐵路線上，而有縱貫鐵路經過的一個小都市。」[84]從山村到城市旅行、連結村庄與街市的巴士、鄉下姑娘對都會青年的憧憬、自城市輸入鄉村的手工業生產、由會社線邁進縱貫線的婚約企圖，讀者得以發現，作者屢次描繪第二階層人物往第一階層的空間移動，或第一階層向第二階層的文化滲透，以及由此位移產生的諸多影響。這樣的觀察並非全然虛構，張文環曾目睹隨著交通形態不同而改變的故鄉，「過不久，村裡卻有了

---

82 張文環〈山茶花〉，頁89。
83 張文環〈山茶花〉，頁252。
84 張文環〈山茶花〉，頁273

公共巴士作為交通車。有巴士來來往往，村裡就有了令人瞠目的變化，富人可能變為窮人，窮人也可能一變而成有錢人。」[85]

　　須注意的是，鐵路／火車／巴士等現代交通媒介在文本中，不僅僅是單純的物理空間，更是作為一種象徵，一種身份識別或價值評判標準，有時甚至是牽動小說情節發展最為關鍵的載體。短篇〈閹雞〉，便講述了一個因家父長錯估鐵路延長局勢導致發財夢碎、家道衰微的故事。

　　除此之外，因發展地方建設造成的風土變遷也是張文環的評判對象。〈地方生活〉中如是針砭：「還好 K 庄是在盆地，周圍的風景不像縱貫鐵路附近那樣單調，而比較有變化，使得從城市回來的澤的心得到了安慰。」[86]一九四四年，臺灣文學奉公會和總督府情報課為了「如實描寫要塞臺灣的英姿」，派遣張文環、呂赫若、龍瑛宗、西川滿、長崎浩、新垣宏一等十三名作家至各生產現場視察。[87]被派至宜蘭太平山的張文環在活動結束後召開的「從軍作家座談會」上，如下陳述了林場見聞：

> 我去過阿里山，所以去太平山時，在內心裏還邊描繪著阿里山的風景。阿里山為吸引觀光客作了宣傳，太平山卻沒有，最近，平時甚至連客車都不通。所以，阿里山用伐木招來觀光客，我看見砍倒樹木時的樣子，深深感覺人類的品位實在低劣。在砍伐五、六百年，乃至千年大樹時，先用鋸子，砍到正

85　張文環〈小學的回憶〉，頁148-149。

86　張文環〈地方生活〉，收於陳萬益主編《張文環全集》卷3，臺中：臺中縣立文化中心，2002年3月，頁51-52。

87　中島利郎〈日本統治末期臺灣文學：臺灣總督府情報課編《決戰臺灣小說選》的出版〉，收錄於吳佩珍主編《中心到邊陲的重軌與分軌：日本帝國與臺灣文學文化研究（上）》，臺北：臺灣大學出版中心，2012年9月，頁259-305。

中央時，再用斧頭，而喊三聲「往左，倒」讓我產生無限痛惜
的心情。近千年的古木在一瞬間被砍倒，那飽經風暴的漫長歷
史也在一剎那間被摧毀得無影無蹤。[88]

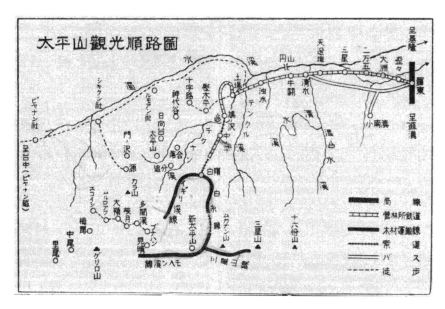

圖二十八　太平山觀光順路圖[89]

臺灣總督府交通局自一九一二年建成阿里山森林鐵路，隨即展開大規
模伐木，太平山林場和八仙山林場也分別在一九一四、一九一六年進
行開發，它們是日治時期臺灣三大官營林場，二戰結束前三林場的立
木伐木量總計六六三〇一四二平方公尺。[90]伐木造材之餘，營林所也

---

88 引自，〈從軍作家座談會：真正忍耐貧困的生活、一心一意增產、山中的勞動者〉，
　　收於陳萬益主編《張文環全集》卷7，臺中：臺中縣立文化中心，2002年3月，頁
　　212。日文記錄原刊於《臺灣新報》，1944年7月22日。

89 日本旅行協會臺灣支部編纂《臺灣鐵道旅行案內》，1940年5月，頁156。

90 李沂臻〈日治末期臺灣林業政策之官民營伐木事業：三大林場為例〉，東華大學公
　　共行政系碩士論文，2015年。

利用森林鐵道發展林場觀光，遊客可沿線欣賞不同林相的珍樹奇木，一九二五年起太平山林場更在鳩之澤站與太平山站之間，架設索道節省運材的人力物力，兼及搭載登山遊客。[91]太平山雖不若阿里山吸引眾多遊客前往，但同樣名列鐵道部出版的觀光手冊中，從一九四四年張文環的發言來看，客車停駛應與決戰期資源緊縮、木材輸送量加大有關。

　　張文環被派往太平山訪視增產奉公現場，但不知是有意或無意，座談一開始他便將阿里山與太平山並比聯想，之後發言失焦地談論自幼熟悉的阿里山，尖銳撻伐名為觀光、實為資源劫掠的山林開發政策，同場與會的日籍詩人長崎浩提醒他「似乎有些超越討論的主題」。饒富意味的是，這場發言與張文環後續因應情報課要求「以這段期間的見聞體驗為題材創作」的小說〈雲の中〉，兩者針對砍伐林木資源呈現出截然相反的觀點。

　　〈雲の中〉的背景為決戰期的宜蘭太平山，以伐木工之妻阿秀的視角，描述她前往高山林場與丈夫相聚的心境變化。揹著幼女搭乘索道客車上山的阿秀，起初在流籠裡蜷跼不安，但高山峻嶺和機械運作帶給她的恐懼，在親見林場作業後頓時消失：

> 以為是寂寞的深山，不過集材機的響音，機動車奔跑的聲音，倒伐木材的轟音，製材的切鋸聲，尤其千年的巨木倒下的姿影是極悲壯的。千年的歲月受盡風雨吹打淋浴，勁忍颱風的侵蝕屹立不動的古木在一瞬間，為了人類或國家而犧牲，那種尊嚴的感受以及神聖的使命感打動人的心。當巨木要倒下的時候，樵夫所喊「左邊倒山」的聲音又像念經一樣，阿秀只聽丈夫所講心中就會湧起合掌的心情。

---

91 引自，日本旅行協會臺灣支部編纂《臺灣鐵道旅行案內》，1940年5月，頁155。

> 阿秀的生活每天溢滿了喜悅。像玩具般的火車載著巨大的木
> 材……一輛一輛連環底走在山谷間的景觀加添了雲中世界的美
> 觀。聽到在雲中的世界與遙遠的太平洋上戰鬥的軍艦有密接的
> 連環關係，不無覺得壯觀，連開在院子裏的黃色火理花也像冰
> 淇淋般令人懷念。[92]

張文環的「從軍作家座談會」發言及〈雲の中〉，皆以森林伐木工事為核心，千年巨木為了觀光與經濟利益，也為了太平洋上的戰火而倒下，但前者究責人類的卑劣行徑，後文卻強調為國犧牲的神聖使命。張聽見鋸樹吆喝聲心生痛惜，小說人物阿秀卻當作誦經聲而合掌祈求。張在座談會上感慨耗竭式砍伐對森林的摧毀，阿秀則思及木材與軍艦的緊密聯結而洋溢喜悅。

何者才是張文環真正的微言大義呢？學者考察其戰爭末期言論時指出，張文環常在兩種場合以不同觀點表述同一主題，這是他被指派發表奉公言論時的迂迴策略，且公開場合的言談往往較創作更顯「積極明朗」。[93] 不過，上述兩文本雖也屬於相同題材的「孿生文稿」，卻是作風穩健的張文環公開抨擊官營事業的少述例外，而作為戰爭動員宣傳小說的〈雲の中〉雖時局色彩顯著，卻也非全面歌頌侵略戰爭。小說充滿對比的意象，寂寞森林和機械轟響、千年和一瞬間、雲中和太平洋、念經和戰鬥、玩具火車和巨大木材，在在呈顯著戰爭的荒誕。更為諷刺的是，珍貴的山林資源為了成就遙遠海戰飽經風暴，帝國擴張的新頁竟是建構在千年歷史的摧毀上。當阿秀意識到在龐大的

---

92 張文環〈在雲中〉，收於陳萬益主編《張文環全集》卷3，頁179；原作〈雲の中〉，發表於《臺灣文藝》1卷5號，1944年11月。

93 參見，柳書琴《荊棘之道：臺灣旅日青年的文學活動與文化抗爭》，頁425-426。書中稱此為張文環戰爭末期言論的「孿生現象」。

國家集體動員中，個人的存在如同螞蟻般渺小，只得無可如何地下定
決心：「像水來（丈夫名）也是那樣一隻螞蟻，而自己也是一隻螞蟻
而已。像螞蟻一樣微小的憂慮都沒有用。不要掛慮也好。投入國家的
大行動，任其行動就可。」[94]筆者認為，張文環有意透過兩種言論並
比，陳明臺灣山林的歷史性意義，以及國家權力施作對個人生命、地
方風土乃至悠久歷史的操控與毀滅。

　　以上簡述了張文環作品中對國家意識形態的思辨，那麼，與此相
對的、屬於地域的價值和精神是又什麼？小說如何表述兩種價值觀的
對壘呢？

　　不同於魯迅將閏土的困頓歸因於「多子，饑荒，苛稅，兵，匪，
官，紳」，張文環時常透過三段式構造進行具有道德涵義的城鄉對比：
有著現代文化魅力的第一階層空間，以日語、西裝、新式教育、商品
經濟、便捷交通工具等形式，強勢入侵第二階層，誘引著住在鄉村的
吳萬壽（〈部落の慘劇〉）、源仔（〈論語と鶏〉）、鄭三桂（〈閹鶏〉）等
人，一旦無法緊跟時代脈動，第二階層傳統社會長時積累的淳樸道德
觀、群體認同感又已質變，鄉村原有秩序便因此進退失據、土崩瓦
解。張文環藉此揭示在鄉鎮發展過程裡遇挫，層級翻轉無望終而沒落
為「蕭索荒村」的鄉里悲劇。而遠在塵囂之外，屬於第三階層的山村
部落，則是一切正面價值的根源，那裡的人們與自然風土保持著相對
和諧的關係，遺世獨立的純淨景致成為現世風暴的絕緣之所。[95]

94　張文環〈在雲中〉，頁182。

95　例如，〈夜猿〉以細緻的素描展示了一幅恬靜山林圖景，在枝丫間穿梭跳躍的猿
　　猴、風吹過樹林掀起白色葉背、傳自遠方的阿里山鐵路火車汽笛聲、夕陽燒焦了山
　　峰染紅了家屋院子、盛開山茶的部落、善於講古的阿婆……又如〈地方生活〉
　　裡，高山密林給予從東京歸鄉的大學畢業生「澤」的浪漫感受，「長滿了青苔的石
　　階之間，高山植物的雜草蔓延著，紫色的山菫菜也開著花。來到這裏，操心大學或
　　就職的煩惱都消失了，反而產生了浪漫的許多念頭，像小鳥般在心胸裏自由飛躍起

　　根據訪談，張文環雖眷愛家鄉，但因不願捲入祖產繼承紛爭，與故居親友來往不多，幼年的美麗回憶與現實糾葛讓他對故鄉存有複雜情感[96]，他多次藉由小說人物的想法，批判漠視義理人情卻貪財爭利者。前行研究曾指出，張文環作品對故鄉的懷想姿態來自於他離鄉定居城市的悵惘。[97]筆者則認為，毋寧說因為記憶中的故鄉早已變貌，故而只能選擇漂泊他鄉，張文環行諸筆墨的故鄉並非永恆美好，而是正走向無可逆返的壞毀之途。

　　魯迅並未細述故鄉為何失去活氣，僅如下告解：「希望本是無所謂有，無所謂無的。這正如地上的路；其實地上本沒有路，走的人多了，也便成了路。」[98]論者有謂，〈故鄉〉的敘述者歸鄉是為了賣掉老屋舉家遷移外地，其回鄉的目的在於告別，小說是對「故鄉」及其象徵的傳統中國文化意義之否定，〈故鄉〉一作實為「反故鄉」敘事。[99]

　　不論是兩個故鄉的再現、階層式的空間結構，都可看出張文環創作過程中受到魯迅及平林彪吾的影響。雖然張文環的故鄉書寫同樣可見對封建思想的批判，但更多的是對於沒落鄉土的哀憫，以及臺灣鄉村現實難題的揭露。作為〈故鄉〉的愛讀者，張文環的作品既有寫作結構上的效仿，也有獨到的關懷面向，他試圖在城鄉道德對峙中，肯定鄉村的倫理規範、強調土地與人的親和性。

　　另一方面，當時日人作家異國情調作品中的文化偏見與審美傾

来。」參見，張文環〈地方生活〉，收於陳萬益主編《張文環全集》卷3，臺中：臺中縣立文化中心，2002年3月，頁55。

96　參見，柳書琴〈張孝宗先生訪談錄〉。

97　參見，張文薰〈「故鄉」：記往與想像的敘事學——論張文環文學之梅山地區書寫〉。

98　魯迅〈故鄉〉，收入《魯迅全集》第一卷，頁485。

99　此觀點參見，逄增玉〈啟蒙主義與民族主義的訴求及其悖論：以魯迅的《故鄉》為中心〉，《文藝研究》2009年第8期，2009年8月，頁35-41。

向，也激發了臺灣作家對本土文化建設的自覺。張文環曾在糞現實主
義文藝論戰中對西川滿及追隨他的臺灣本土作家進行暗諷，他更擅長
於小說創作中揭露異國情調的假象，譬如〈論語と鷄〉暗諷殖民教育
導致漢學崩壞；〈夜猿〉緬懷素樸山居生活；〈閹鷄〉批判新興資本主
義令傳統社會崩解。而他於決戰時期發表的短篇〈地方生活〉與〈土
地的香味〉[100]，借助返鄉知識份子思辨抉擇，一再頌揚的正是在艱難
世道中亦不曾動搖的「鄉村價值觀」。[101]

　　即便山村缺少發展機遇，即便鄉里之人在時代淘選中異化，即便
傳統社會的倫常在現代化過程中日漸解體，張文環未改初衷。他以培
育不全的菜花為喻，肯定資源有限但質樸淳善的鄉村傳統，如同〈山
茶花〉裡賢的婚戀想像，是以「鄉村的花」的意象比擬戀愛對象：「賢
把自己戀愛的對象，放在鄉下姑娘的意象裡，而自己的新郎實影是站
在鄉村裡陌生的新娘家的院子裡，院子的角隅盛開著美人蕉和山茶花
讓新娘觀賞的場面，（中略），聰明伶俐的妻好像鄉村的花般純真，迎
接他的新娘有織女一樣的容貌。可是像那樣的鄉村在哪裡？」[102]

---

100 張文環〈土地的香味〉，收於陳萬益主編《張文環全集》卷3，頁162。日文原作
　　〈土の匂ひ〉發表於《臺灣文藝》1卷3號，1944年7月。

101 舉其例如，「做生意沒有根。而耕農有土地，種下的東西都會萌芽。（中略）要在
　　俗世跟人家爭利而生活，寧可過著與自然為對象的生活才能快樂。土地是不背叛
　　人的，假如被背叛了也較容易想得開。」（〈地方生活〉，頁7）；「鳶鳥飛在高高的
　　藍天，照著夕陽的菜花，毫無憂慮地盛開著。培育不周全的菜花，卻健美地盛開
　　著，時機一到必會結成果實吧。」（〈地方生活〉，頁41）；「山河的草木都受了自然
　　的恩惠，讚美著萬古的生機。為甚麼做一個人，有必要與人之間，互咬著不願放
　　開的煩惱與憤怒而苦惱？他深愛故鄉的風物，而後悔自己為甚麼不做農夫。」
　　（〈土地的香味〉，頁160）；「掘開新的泥土播種的感受，是別的地方得不到的悅樂
　　啊！那伸長的植物的力量，是促此人類活下去的力量，也就是對大自然的生機的
　　留戀。」（〈土地的香味〉，頁162）

102 引自，張文環〈山茶花〉，頁203-204。

即使鍾情故鄉的作者張文環，即使耽戀鄉村姑娘的賢，也深知「像那樣的鄉村」難以復現，賢仍舊一往情深地對嚮往城市的戀人「娟」說：「我想生活在鄉村是一種恩惠，故鄉還是要在鄉村。」[103] 魯迅以〈故鄉〉「反故鄉」、批判了封建鄉村；張文環則以故鄉敘事建構鄉村價值觀，小說多次透過鳶飛花開、掘土播種等等風土之喻，一再強調人地關係的重要性，在揭露陳舊固陋的同時，也肯定了鄉村的強韌生命力。自〈山茶花〉以降，他的作品反覆傾訴的便是對故鄉的依戀與哀輓、對鄉村價值的確信。

小結

本節以張文環的故鄉書寫為討論範疇，說明故鄉風土對作家的意義，以及故鄉書寫的階段性變化。

故鄉小梅一直是張文環的創作靈感及取材來源，但寫作初期的故鄉除了作為故事舞臺，並未具備推進情節發展的關鍵作用，然而以〈山茶花〉為界，後期的故鄉書寫已能結構性地呈現山村沒落及經濟崩解的根本原因。筆者認為，魯迅的短篇小說〈故鄉〉及日本左翼作家平林彪吾，給予了思索創作方向的張文環一定程度的啟示或刺激，從而促使其故鄉書寫日益成熟穩健。

論文指出，在空間上，張文環以縱貫線、森林鐵路，及城鎮巴士、高山索道為例，檢視了因交通形態改變而產生的文化位移與地方變貌。在時間上，他關注生態浩劫，洞察帝國擴張進程中，在集權者欲望擺弄下覆滅的殖民地歷史。從中可見，身為官方委派作家的張文環，他的發言並非單純地複述戰爭動員邏輯，而是策略性地以對照式

---

103 張文環〈山茶花〉，頁198。

言論呈現他對戰爭及地方風土的思考。其次分析,「兩個故鄉」與「三段式空間」是小說常見的核心結構,張文環藉此審視母土變遷、關切臺灣鄉村的困境,並多次以風土為喻,從中肯定了鄉村原有的倫理秩序與獨特價值。

第三節　熱帶的椅子:龍瑛宗的另類南方策略

前言

　　臺灣文學中的南方論述具有一個漫長的發展系譜。自日據初期的臺灣風俗調查紀錄,一九二〇年代之後內地作家的「殖民地之旅」小說,一九三〇年代西川滿與島田謹二主張培育臺灣的「地方主義文學」,以樹立「南方文學」為職志。及至一九四〇年代戰爭末期,在臺日本人想將臺灣的「地方主義文學」發展成「南方文學」的訴求,日漸走上附和日本國策中南方文化建設的歧途。然而,筆者認為,南方論述與異國情調,其實存在許多詮釋空間,對此有所洞察的臺灣作家以不同形式回應了南方論述。本節將以龍瑛宗為例進行分析。

　　筆者無意藉由龍瑛宗作品考察作家本人的傳記式歷史軌跡,我所欲關注的是,風土與文學理想,以及知識人的自我意識處於怎樣的關係?龍瑛宗對「南方」投射了怎樣的視線或作出何種程度的批判,藉以回應當時日本帝國南進政策、在臺日本人作家的異國情調書寫?筆者希冀通過此研究,對龍瑛宗的戰時文學表現提出另一種解讀。

一　〈植有木瓜樹的小鎮〉裡的殖民地社會構圖

　　甲午戰後,在「米糖經濟」政策實施下,日本與臺灣形成「帝國

－殖民地」南北體系。一九三六年八月起，日本將「南方問題」列為國策，殖民地臺灣也因此面臨「南進基地化」的社會體制改編之衝擊，除了地域經濟分工及重點產業調整，知識份子也將他們對於自身文化位置的思索反映在作品中。[104]一九三七年四月，龍瑛宗的〈植有木瓜樹的小鎮〉獲選日本《改造》雜誌懸賞創作獎佳作，與楊逵〈新聞配達伕〉（1934年10月）、呂赫若〈牛車〉（1935年1月）同為中日戰爭爆發前臺灣最受矚目的日語小說。在〈植有木瓜樹的小鎮〉中，龍瑛宗以物產豐饒的臺灣中部村莊「埔里」作為小說舞臺，一方面呈現帝國計畫性經濟開發對地方文化及常民生活的影響，一方面又假借風土話語的象徵意涵批判殖民主義。筆者認為，這部小說正是龍瑛宗以風土論述替代殖民主義體制批判，藉此探討殖民地困境的代表作。

　　龍瑛宗，本名劉榮宗，一九一一年生於臺灣新竹北埔，客家人。日文流利的他，大量閱讀日本翻譯的英、美、德、法、俄作品，累積文學素養[105]，是同輩日語作家中，少數未曾赴日留學者。一九三〇年自臺灣商工學校畢業後，進入臺灣銀行，先後任職於南投及臺北兩地。一九三七年因為短篇小說獲獎的機緣，前往日本領獎並展開他的初次帝都之旅。此後陸續在黃得時主編的《臺灣新民報》文藝欄及日本內地刊物投稿，一九三九年加入臺灣詩人協會、臺灣文藝協會，一九四一年起擔任《文藝臺灣》編輯委員，作品多發表於該誌。一九四一年四月，被銀行派任至花蓮分行，後為繼續追求文學志業，辭職返回臺北，任職隸屬臺灣總督府的臺灣日日新報社。一九四二年十月，

---

104 柳書琴〈殖民都市、文藝生產與地方反應：「總力戰」前臺北與哈爾濱都市書寫的比較〉，《戰爭與分界：「總力戰」下臺灣・韓國的主體重塑與文化政治》（臺北：聯經出版公司，2011年3月），頁77-79。

105 王惠珍《戰鼓聲中的殖民地書寫：作家龍瑛宗的文學軌跡》（臺北：臺灣大學出版中心，2014年6月），頁78-79。

與西川滿、濱田隼雄、張文環一同被選派代表臺灣出席第一回大東亞文學者大會，此為他二度前往東京。一九四四年八月後，任職《旬刊臺新》編輯。[106]龍瑛宗戰前的居住足跡遍及臺灣的北（臺北、新竹）、中（南投）、東部（花蓮），其寫作以「在文本中創造各地的地方感」[107]著稱，〈植有木瓜樹的小鎮〉便取樣於他居住過數年之久的南投。[108]

小說首先藉由甫就任鎮公所職員的陳有三視線，帶領讀者一覽小鎮的市井空間。仰賴製糖會社小火車聯通外界的這個小鎮，擁有典型的南國氣候，九月底依然悶熱異常，巷道雜亂骯髒，孩童的便溺因熱氣蒸騰散發惡臭，工廠的巨大煙囪矗立在廣闊甘蔗田中俯瞰小鎮。小說刻意引用地誌沿革告訴讀者，當地久為「蕃族」占據，自清領開墾以來成了農產豐饒的物資集散地，到了日本統治之後，因臺灣總督府行政區域劃分變動、推行「理蕃政策」的基地遷移，小鎮歷經從「廳」降級為「郡」、從理蕃要地到沒落的過程，加上經年豪雨成災，路毀橋斷，最終成了「患病的小鎮」，「燃燒的太陽像要咬住這個小鎮似地照著。籠罩著濃綠的這個小鎮，像懾服於強烈的自然般，邋遢地蹲踞著。」[109]

然而，小鎮表面上看似受地勢制約走向凋零，實則肇因於日治初期臺灣縱貫鐵路開通，鐵路沿線的鄰近市鎮成為新興交通要衝與物資集散中心，現代化建設帶動區域此消彼長，影響所及，鄰庄富裕且開

---

106 有關龍瑛宗生平簡介，參見，王惠珍《戰鼓聲中的殖民地書寫：作家龍瑛宗的文學軌跡》，頁37-40。

107 王惠珍《戰鼓聲中的殖民地書寫：作家龍瑛宗的文學軌跡》，頁180。

108 龍瑛宗〈植有木瓜樹的小鎮〉，《龍瑛宗全集》中文卷第一冊（臺南：國家臺灣文學館籌備處，2006年11月），頁1-48；日文原作〈パパイヤのある街〉發表於東京《改造》19卷4期，1937年4月1日。

109 龍瑛宗〈植有木瓜樹的小鎮〉，頁47。

放進取，小鎮風氣則保守畏縮。依據作品敘述，伴隨小鎮日漸蕭條
的，尚可見於車站前的磚樓成了花柳大街，群集著來自臺灣北部、日
本、朝鮮等外地賣春婦；市場周邊街道形同廢墟，樑柱焦黑、屋檐腐
朽、雜貨凌亂擺放，攤販鎮日面無表情地呆坐或打盹；即便是最熱鬧
的市場，也被小說描述為人聲嘈雜、肉骨內臟橫陳的油膩食攤。這個
被時代摒棄的地方，除了少數日本人家庭之外，多數本島人依然採用
傳統的農曆計時過節，此一現象透露的，與其說是臺灣人對日本文明
或現代生活秩序的消極抵抗，不如說是地方被殖民權力的空間政治排
除在外的邊緣化，以及政府的無所作為。

相應於時間上因行使新舊曆制呈現的兩種步調，小鎮在居住空間
上也區隔出日臺分野。首先是內地人住宅區：

> 走到靠近街口，右邊被連翹籬笆圍著的內地人住宅舒暢地排列
> 著，周遭有很多木瓜樹，在沉穩的綠色大葉子下的樹幹上，纍
> 纍重疊著的長橢圓形果實，被那時的夕陽微弱的茜色抹上光
> 彩。（頁6）

此處居住者的身份條件有二，一是內地人，二是任職鎮公所、擁有中
學以上學歷的本島人社員。小說人物洪天送的自白，揭示了部分本島
人社員夢想在此安居落戶的心境：「在這世上唯一的希望，就是靠幾
年的忍耐升上一定的地位，住在內地人式的家屋裡，追逐著過內地人
式愉快、得意的生活。」

與上述日本人住宅截然相反的，是臺灣人家屋：

> 街道變得狹窄，好像被壓扁的房屋醜陋地排列著。似乎吃過晚

飯了，在狹隘的亭子腳[110]裡，半裸體的男人們聚集在一起坐著。看得見栗色肋骨的年輕漢子以老練的手拉著二胡。尖高銳利的旋律像錐子鑽切進黃昏裡。（頁6）

衛生設備低下的臺灣人家屋雖然租金便宜，部分臺灣人社員卻顧及體面不願入住，因此，他們既無法和日本人、高級社員並列，又不願屈就臺灣人家屋，唯恐被視為同類，只得躋身破舊日式房屋：

> 牆壁和牆壁之間，有著僅容一人通過的小路，走過那裡就約有三家壁板快要腐朽的陳舊日式房屋，前後左右都被房屋包圍著，角落的小空地彷彿是垃圾場，東西發餿得厲害，惡臭撲鼻。（頁7）

上述壁壘分明的等級化世界，具體而微地呈顯殖民地社會的縮影，在這幅雜杳構圖中庸碌營生的，正是小說集中描寫的一群屬於「新中間層」的知識青年，他們同時也是鎮公所的小吏員。[111]像家畜般卑屈討好內地人上司的黃助役；早婚以至為了養家活口形容憔悴的蘇德芳；內地大學畢業但求職不順，屈居鎮公所擔任下級職員，寄情酒精和女人尋求安慰的雷德；一邊感慨「社會這個無可動搖的命運就像巨岩一般壓下來」、「把知識丟給狗吃吧」，一邊吹噓擺闊，佯裝高級社員的廖清炎。還有敘述者陳有三，中學畢業的他立志通過文官考試翻轉階級，雖住在廉價土房，卻經常穿上和服單衣散步，「覺得那些有著像被石頭壓扁的雜草似的生命力的人們，和自己在某處有所不同，有所

---

110 引文中的「亭子腳」為臺灣的建築特色之一，正式名稱為「騎樓」，意指建築物一樓臨街部分，打通為行人走廊，以因應熱帶及副熱帶地區的多雨、炎熱氣候。

111 王惠珍《戰鼓聲中的殖民地書寫：作家龍瑛宗的文學軌跡》，頁101-103。

距離，暗自感到一種優越感」，當立身出世與戀愛的夢想紛紛受挫，他也和其他同事一樣成了失去生活目標的虛無主義者。

　　小說有意將底層吏員的理想幻滅與小鎮風土結合，彷彿他們的困境皆來自環境造成的決定性影響。例如，陳有三對讀書用功漸生倦怠，是因「小鎮慵懶的性格逐漸滲透入陳有三的肉體裡。它恰如南國猙獰的太陽和豐富的自然侵蝕著土人的文明，寂寞而慵懶的小鎮空氣對陳有三的意志開始發生風化作用了。」[112]他畏懼而厭惡地想像著未來，在沒有奇蹟發生的熱帶地方，結婚生子、憔悴勞形、孩子因營養不良萎縮得像猴子，感覺自己被「陌生的巨大力量」囚困住。同事林杏南的長子也若有所感，「這個小鎮的空氣是很可怕的，變得像腐爛的水果。青年們徬徨在絕望的泥沼裡。」[113]龍瑛宗曾在隨筆〈熱帶的椅子〉中自陳對自然環境的看法，他認為即便風土形成外在制約，為避免沉淪更應與環境搏鬥：

> 就算有什麼樣的自然制約，就算自覺到終究比不上北方，但要像北方人和苛刻的自然鬥爭過似地，南方人也應該和壓倒性的氣候風土戰鬥。除此而外，人生別無他途。[114]

在此基礎上，〈植有木瓜樹的小鎮〉反覆強調的光與熱、蔗田、椰子、木瓜樹等熱帶景觀，無疑是為了使小鎮風土更加典型化、更能代表位於日本帝國南方的臺灣。誠如王惠珍指出，小說選用「木瓜」為

---

112 龍瑛宗〈植有木瓜樹的小鎮〉，頁29。
113 龍瑛宗〈植有木瓜樹的小鎮〉，頁42。
114 龍瑛宗〈熱帶的椅子〉，《龍瑛宗全集》中文卷第六冊，頁185。日文原作〈熱帶の椅子〉發表於《文藝首都》9卷1期，1941年4月。

題，應有營造鮮明異國情調的考量。[115]但是相對於多數在臺日人文學浮泛利用「臺灣」意象，這篇小說的創作動機在於，「把本島人現實的生活面向內地介紹」[116]。因此，如何借助異國情調手法，善用南方風土營造真實感，可說是龍瑛宗為取得日本中央文壇敲門磚的策略性抉擇。

　　除此之外，如同前文分析，小鎮沒落的主因並非僅止於受地形局限，知識青年的敗北也絕非全部來自風土制約或環境決定論，在小說中設法揭破此論述盲點的人物便是林杏南的長子。他的告解，無疑是作者為殖民地知識青年的苦悶心靈開出的一帖藥方：

　　　　横阻在我們眼前的黑暗絕望時代會永遠那個樣子嗎？還是我們以為烏托邦的快樂社會將會以其必然性出現呢？這只有不挾雜感傷和空想的嚴正科學思維，才能給予我們明確的答案吧。

　　　　我認為我們面對這個陰鬱的社會，就要以正確的知識來看清歷史的動向，不要陷入徒然的絕望和墮落，必定要正直地活下去。（頁42）

小說裡，氣候與風土被當作民族歧視的依據，以及確立殖民主義論述合法性的重要工具，林杏南的長子借助「不挾雜感傷和空想的嚴正科學思維」，來抵抗腐爛絕望的生活，以探究歷史動向及歷史法則迎擊陰鬱的社會，從中點出了風土制約論的非科學性。施淑的研究從思想層面指出，這個早夭的無名青年，是透過閱讀社會主義思想著作針砭

---

115 王惠珍《戰鼓聲中的殖民地書寫：作家龍瑛宗的文學軌跡》，頁99。
116 未著撰者〈中央文壇之彗星：訪問〈植有木瓜樹的小鎮〉之作者龍瑛宗君〉，《龍瑛宗全集》中文卷第六冊，頁197。

現狀的批判者。[117]筆者則從風土論述的角度切入，說明這個角色在小說中的槓桿作用。

龍瑛宗〈植有木瓜樹的小鎮〉透過熱帶意象來塑造南方情調，揭示了地方風土變異與殖民主義間的結構性關係，以及人的價值取決於環境決定論的悲哀。筆者嘗試指出，小說藉由建構一個擁有典型南方氣候的小鎮象徵臺灣，廣泛地展示資本主義擴張衍生的問題，其書寫策略乃是以風土制約來體現殖民壓迫，以底層公務員的集體困境來檢視殖民地知識份子的共同命運，最後更企圖藉由科學思維搖撼非科學的風土論述，從「環境腐爛＝生活無望」的集體迷思中突圍。

二 帝都之旅與「南方」想像的變化

這一小節將聚焦龍瑛宗的東京之旅和隨筆〈東京的烏鴉〉，分析潛藏其中的風土及文化象徵意涵。

根據王惠珍研究，一九三七年六月一日，龍瑛宗啟程前往日本領獎，為期一個月的旅行期間，除了拜訪知名文化人、出席文藝座談會、與雜誌社交流，他也多所關注日本風土。[118]隨筆〈東京的烏鴉〉一文，可以看見龍瑛宗透過臺灣及日本的烏鴉聯想，突顯兩地風土差異。[119]文中描述他在東京聽見烏鴉啼叫而引發的鄉愁：

---

117 關於林杏南長子的角色分析，參見，施淑〈書齋、城市與鄉村：日據時代的左翼文學運動及小說中的左翼知識份子〉，《兩岸文學論集（一）：文學星圖》（臺北：人間出版社，2012年5月），頁66-67。

118 王惠珍《戰鼓聲中的殖民地書寫：作家龍瑛宗的文學軌跡》，頁141-178。

119 龍瑛宗〈東京的烏鴉〉，《龍瑛宗全集》中文卷第六冊，頁114-118。日文原作〈東京の鴉〉刊於《文藝首都》5卷8期，1937年8月1日。

　　家裡會不會發生不幸？村裡會不會有人死亡？而想起在南國的
　　森林裡，畏縮著衰微的翅膀而蹲著的村子。（頁114）

　　我會耽於這些冰寒的空想，或許是因為東京的氣候吧。我從台
　　北出發的時候，台灣還是眩目的夏天，但是東京是梅雨季節的
　　低氣溫，早晚涼寒的空氣威脅了熱帶製的肉體和思惟了。（頁
　　115）

從熱帶臺灣到溫帶日本，烏鴉從少見、不祥，到習以為常、不以為
意，龍瑛宗藉此象徵為前導，陸續寫下他的異地體驗。例如，漫步高
樓林立的丸之內感受外國城市氣氛，在新興咖啡館捕捉「新宿的情
緒」，在臺灣人經營的茶廊聆聽臺灣音樂一解鄉愁，在大阪與京都看見
「台灣沒有的山紫水明的風景」、「美麗的曲線性風土」等等見聞與文
化衝擊。旅日經驗使他體認到，同一物種在不同風土環境中產生的不
同文化象徵，對於南北風土差異也有更深刻的領悟，他往後的創作中，
因此更能嫻熟地運用風土營造地方感。一九四一年十月，龍瑛宗應雜
誌《日本の風俗》邀稿，發表的短篇小說〈貘〉[120]，便具有如上特
徵。小說選擇臺、日傳說中的神獸作為小說篇名與主要意象，從臺灣
文壇常見的家族書寫出發，披露臺灣封建傳統的陋習，再以象徵手法
表現人物命運、烘托神祕氛圍，由此既可在作品中傳達臺灣色彩[121]，
兼能超越多數家族題材小說的寫實主義技法。

---

120 龍瑛宗〈貘〉，《龍瑛宗全集》中文卷第一冊，頁239-251。日文原作〈貘〉刊於
　　《日本の風俗》4卷10期，1941年10月1日。
121 龍瑛宗曾在作品中感慨古老臺灣色彩日漸消失，參見，龍瑛宗〈對陽光的隱忍〉，
　　《龍瑛宗全集》中文卷第六冊，頁190。日文原作〈光への忍從〉發表於《週刊朝
　　日》39卷27期，1941年6月15日。

　　另一方面，一九三〇年代末期以降，在臺日人將「異國情調」當作「外地文學」的主要課題[122]，偏重美感與趣味性的追求，雖然這未嘗不是外地文學的突圍之道，卻容易流於意象華麗但內涵空洞化的缺失。龍瑛宗對此現象曾嚴正抨擊：「他們不是在彫刻人生。他們為要尋找美麗的語言，穿著薔薇之履，在南海的華麗島上做著溫和的文學散步。是美麗的浪漫主義的祭典。」[123]他認為，雖然西川滿的文學「充滿了南方之光與幻想」，但是他「並非跌坐於人生之地弄得一身泥濘，以粗獷之聲唱出人間哀歌的作家。」[124]當文學淪為浪漫祭典，身為臺灣作家，龍瑛宗不斷探尋的是，南方／臺灣該如何寫？寫什麼？如何創造另類的南方策略，從人間泥濘裡唱出哀歌？

　　龍瑛宗調職移居花蓮期間（1941年4-1942年1月），迥異臺灣西部的東部邊緣地理環境，也帶給他不小震撼：

> 這個小鎮，叫做花蓮港的小鎮，是個古怪的城鎮。它讓我想起一八〇〇年代西部美國的寂寞城鎮之一。那淘金熱，那追逐利權的，夢想巨富的粗魯漢子，流浪的人們，出賣青春的年輕女郎，新開拓地的酒色生活，花蓮港的城鎮也有那樣的氣氛。牛車代替馬車轆轆地經過城鎮上。阿美族替代著印第安人以異國情調點綴著城鎮而去。花蓮港是愛慾的韻味濃烈的城鎮。[125]

---

122 橋本恭子《島田謹二：華麗島文學的體驗與解讀》（臺北：臺灣大學出版中心，2014年10月），頁192-197。

123 龍瑛宗〈熱帶的椅子〉，《龍瑛宗全集》中文卷第六冊，頁186。

124 龍瑛宗〈《文藝臺灣》作家論〉，《龍瑛宗全集》中文卷第五冊，頁64。日文原作〈「文藝臺灣」作家論〉刊於《文藝臺灣》1卷5期，1940年10月1日。

125 龍瑛宗〈在沙灘上：從波濤洶湧的小鎮〉，《龍瑛宗全集》中文卷第六冊，頁196。日文原作〈沙上にて──波荒き町より〉刊於《文藝臺灣》2卷4期，1941年7月20日。

來到阿美族棲息的花蓮，令他想起美國西部相似的移民社會，異國情調所連結的風土想像，提供他豐富的寫作素材。此後以「杜南遠」作為敘述者的〈白色山脈〉[126]、〈龍舌蘭和月亮〉[127]、〈崖上的男人〉[128]、〈海邊的旅館〉[129]都是以花蓮為背景的系列小品。這些小說缺少完整的故事情節，形式上更接近於札記，它們的場景描寫經常表現為異域化的風土、圖像式的地誌，這些略帶奇幻的即景素描中不乏桔梗色天空、陽光、南海、濱千鳥、螺旋槳、移民村、阿美族等花蓮海港意象，也驚見將白雲類比為白色山脈與白骨的現代主義意象。這些短篇小品饒富意味地呈現龍瑛宗南方想像的變化，但更完整的「南方策略」須見於決戰時期發表的小說〈蓮霧的庭院〉[130]。

三　〈蓮霧的庭院〉:「南方」作為一種策略

　　一九四二年六月的「文藝臺灣獎」座談會上，龍瑛宗與濱田隼雄、西川滿進行對談，龍瑛宗當時即表明「想要紀錄內地人和本島人的心理交流之類的問題，還有這個時代本島人們的生活和心理。」[131]

---

126 龍瑛宗〈白色山脈〉，《龍瑛宗全集》中文卷第二冊，頁1-12。日文原作〈白い山脈〉刊於《文藝臺灣》3卷1期，1941年10月20日。

127 龍瑛宗〈龍舌蘭和月亮〉，《龍瑛宗全集》中文卷第二冊，頁81-86。日文原作〈龍舌蘭と月〉刊於《文藝臺灣》5卷6期，1943年4月1日。

128 龍瑛宗〈崖上的男人〉，《龍瑛宗全集》中文卷第二冊，頁87-89。日文原作〈崖の男〉刊於《文藝臺灣》5卷6期，1943年4月1日。

129 龍瑛宗〈海邊的旅館〉，《龍瑛宗全集》中文卷第二冊，頁115-125。日文原作〈海の宿〉刊於《臺灣藝術》5卷1期，1944年1月1日。

130 龍瑛宗〈蓮霧的庭院〉，《龍瑛宗全集》中文卷第二冊，頁91-111。日文原作〈蓮霧の庭〉刊於《臺灣文學》3卷3期，1943年7月3日。

131 濱田隼雄、龍瑛宗、西川滿〈鼎談〉，《日治時期臺灣文藝評論集》雜誌篇‧第三冊（臺南：國家臺灣文學館籌備處，2006年10月），頁310。原刊於《文藝臺灣》4卷3期，1942年6月20日。

一九四二年十一月，龍瑛宗受到官方指派參加第一回大東亞文學者大
會，會中曾討論「以文學促進民族國家間思想和文化融合的方法」，
返臺後陸續參與了十一場次的演講與座談，但他鮮少主動討論文學以
外的話題，一旦被指名發言，則用「八紘一宇」、「融合文學」等官製
詞彙進行表態。[132]在這樣的氣氛下，「內臺一家」、「內臺融合」似乎
成了難以迴避的文學命題。發表在《臺灣文學》上的〈蓮霧的庭
院〉，便是龍瑛宗在上述時局氛圍下作出的辯駁與回應。

　　這篇作品以戰時本島青年與日本移民家庭間的跨民族友誼為主
軸，小說架設的時空，是一九三〇年代距離州廳所在地相當遙遠的村
鎮，以一處街郊舊宅為主要舞臺。房屋是臺灣鄉間常見的凹字型，四
周有半塌土牆圍繞，庭院裡的蓮霧樹繁茂生長，「這個長得像蒲桃的
果樹，一到夏天，枝葉間便垂吊著染紅了的、無花果一般的果實。黃
綠色的葉子，在南國的碧空中搖曳著。」院落裡分別住著單身的敘述
者「我」、藤崎一家、郭姓家族三戶人家。舞臺似的院落中，這幅日
臺和睦雜居的整體構圖，有別於殖民地移民社會的真實面貌，充滿著
過度理想、不自然的符號化痕跡，它無疑是篇時局要求下意念先行的
作品。雖然作者刻意調度大量南方風土，來營造小說世界的真實感，
但文本所呈現的「日臺親善」卻是態度曖昧的。

　　小說中對於風土的展現，尚可見於以下幾個方面。首先，是兩度
登場的日本古調「荒城之月」。

　　　藤崎君尤其常吹奏「荒城之月」。談到「荒城之月」，總讓人想
　　　起內地的老松、皎潔的月光以及老歷史的堆積，但是，藤崎君
　　　吹起這曲子，比起那些情景更讓人為南國的情緒所吸引。（頁
　　　92）

---

132 參見，王惠珍《戰鼓聲中的殖民地書寫：作家龍瑛宗的文學軌跡》，頁238-247。

那樣的月夜裡，在崩壞土牆邊有著蓮霧的庭院，聽到「荒城之月」，叫人被捲入一種獨特的氣氛裡去。（頁93）

文中所謂獨特的氣氛是指，「灣生」少年在熱帶風景中用口琴吹奏日本民謠，但北地情調卻被南國風土挪換所觸發的奇異違和感。「荒城之月」的第二次出現，是藤崎父子與「我」、本島人朋友，在南國月色下一同哼唱俗曲「都都逸」（どどいつ）、跳起傳統舞蹈「撈泥鰍」的時候，藤崎少年又吹奏起「荒城之月」。這個經驗讓「我」再次體會到奇妙又有趣的心情。

小說借用這些日本家喻戶曉的傳統歌舞，描繪內地文化的越境移植，曲風哀婉動人的「荒城之月」構成小說主旋律，烘托出別有韻味的異域氛圍，藉此召喚出讀者對日本的記憶或想像。至於南方風土與北方文化交會、異族友人跨越隔閡同歌共舞的場景，則寄寓了作者心中新移民社會的理想藍圖。

除此之外，在主要角色的形象塑造方面，也透露了些許龍瑛宗對熱帶風土的想法。

「灣生」的藤崎少年對內地一無所知，雖想回內地看看但不願長住，希望在臺灣度過一生或到更遠的南方去。被太陽曬出黝黑膚色的他，熱愛臺灣食物，最喜歡被稱作「甜粿」的臺灣年糕，就連一般日本人排斥的豬內臟也毫不顧忌，常和敘述者到市場點豬肚、豬腦來吃。藤崎少年前往南洋當兵後，給「我」的信上「一個字也沒提到戰爭的事情，也沒有談異域的珍奇異俗」，反倒「寫著和我一起生活時的回憶」，儼然已將「我」和臺灣當作故友與故鄉。

藤崎氏懷抱「到新天地去看看」的模糊動機，帶著妻子移民臺灣二十餘年，歷經破產、火災以致生活潦倒，只能住進外牆崩坍的本島人房屋，他即使遭逢巨變也不失意，一邊當工友一邊和本島人合資燒

木炭，期待東山再起。打算埋骨臺灣的他非但能說臺灣話，早已適應
臺灣氣候，身體健朗，甚至認為臺灣氣候比日本更好。

藤崎夫人多年來一直無法忍受熱帶的悶熱與日曬，心臟不好的她
來臺後更加虛弱，因此渴望回到內地，對日本的故人與風土念念不
忘，時常向敘述者談起內地事物：「現在這個時候，內地天氣非常
好。秋意盎然，滿山紅葉。」、「空氣那麼清爽，不像這兒這麼混
濁。」在她看來，日本風土擁有臺灣缺少的境界之美。她雖然欣賞敘
述者「我」，但認為將女兒嫁給本島人有失體面。藤崎夫人最後長眠
於她始終無法認同的臺灣，日本成了回不去的故鄉。

以上三個角色對於熱帶氣候的適應力，呈現由強而弱的階序。對
比龍瑛宗早前於〈熱帶的椅子〉表露「南方人應該和壓倒性的氣候風
土戰鬥」[133]的看法，來自北方的藤崎父子，可說是戰勝南方環境的勇
士；而藤崎夫人無法放下成見與歧視，體弱多病的她終究不敵熱帶氣
候敗陣下來，長眠異鄉。從藤崎一家的命運安排似可看出作者對熱帶
風土的認同，以及肯定藤崎父子克服現實難題的強韌性格、和本島人
真誠交往的開放態度。

一九四一年六月，龍瑛宗於花蓮創作的隨筆中，流露對日本移民
的關切，「滿洲移民村在社會上被極力宣傳，但東台灣移民村的人們
卻不為人所知，同時那裡還埋藏著好多移民悲慘的歷史呢。」[134]花蓮
經驗為龍瑛宗帶來新的創作養分與關懷視野，開啟了他南方論述的另
一面向。〈蓮霧的庭院〉一方面透過藤崎一家的遭遇傳達移民社會的
真實處境，另一方面，又描繪異民族間的平等交流，省思應當被跨越
的民族藩籬，將決戰下的美好想望投射在新世代的跨民族友誼上。如

---

133 龍瑛宗〈熱帶的椅子〉，頁185。
134 龍瑛宗〈對陽光的隱忍〉，《龍瑛宗全集》中文卷第六冊，頁191。日文原作〈光へ
　　の忍從〉發表於《週刊朝日》39卷27期，1941年6月15日。

同小說篇名以心型的紅色蓮霧象徵愛情，敘述者「我」也在小說末尾陳述：「說是民族啦什麼啦，總之，不就是愛情的問題嗎？不管什麼事，讓我們結合起來的就是愛情。講理由是無聊的。主要就是愛情。」（頁111）對平凡大眾而言，民族大義過於抽象，唯有愛能打破藩籬，讓異民族真正結合；缺乏真心誠意的政策，充其量只不過是言不及義的口號罷了。這番正言若反的含蓄話語，或許便是龍瑛宗於決戰時期的由衷表態。龍瑛宗原定在一九四三年出版小說集《蓮霧的庭院》，後因臺灣總督府的檢閱官認為此書出刊無利於「聖戰」，而未予通過。[135]此事多少可證明這篇作品在決戰期間的不合時宜、政治不正確。

　　筆者想指出的是，在文學被要求奉公的年代裡，〈蓮霧的庭院〉對「青年前進南洋從軍」的事實僅止於陳述，並未聲言贊成，對南洋戰事也刻意略而不提。相反地，小說在許多地方揭露了日本帝國統合與同化政策的破綻，包含新開拓地神話幻滅、內臺通婚淪為宣傳口號、日語並未全面普及等等情節，更翻轉了皇民文學或身份認同小說中「臺灣人如何成為日本人」的常見模式，改為「日本人如何適應臺灣風土」的故事。龍瑛宗援用風土營造抒情氛圍，隱藏小說對政策的尖銳批判，對風土的適應能力成為決定人物命運的關鍵，這篇反映部分現實但並非全然寫實的小說，因此得以在風土的包裝下，進行對日本殖民主義的解構，傳達多元文化體系共存的理想。

小結

　　本文聚焦龍瑛宗〈植有木瓜樹的小鎮〉、〈東京的烏鴉〉、〈蓮霧的

135　參見，龍瑛宗〈憶起蒼茫往事：「午前的懸崖」二三事〉，《龍瑛宗全集》中文卷第七冊，頁161-163。王惠珍《戰鼓聲中的殖民地書寫：作家龍瑛宗的文學軌跡》，頁267-268。

庭院〉等小說與隨筆，針對作品中再現臺灣／南方的策略，進行多層次分析。

龍瑛宗曾語帶感傷地評論臺灣作家的精神惰性與文化荒蕪：「內地人就照內地人的樣子，本島人就照本島人的樣子，老早就找出適當的安樂椅來，深沈地坐了下去，沈入百年之眠。」[136]他既不贊同日本人作家的異國情調描寫手法，對本島人的文化貧瘠又深感焦慮。為了克服環境制約，推翻陳舊的安樂椅，龍瑛宗借鑑並修正異國情調與風土論述的框架，其作品常以南方風土為題，例如：木瓜樹、烏鴉、蓮霧、龍舌蘭、貘、熱帶，題目本身即帶有符號性。筆者認為，龍瑛宗意識到了風土、文化象徵和殖民主義論述之間的關係，因此取徑風土，讓風土不僅成為故事背景，更是推動情節發展的主要動力。

從他發表於中日戰爭前夕的〈植有木瓜樹的小鎮〉，第一次旅日後完成的〈東京的烏鴉〉，再到決戰時期〈蓮霧的庭院〉，我們可以發現他援用風土再現臺灣／南方的階段性變化。首先，他透過熱帶風土塑造南方情調，建構一個典型的殖民地臺灣文本，藉此獲得中央文壇的關注與肯定。接著，他體認到同一物種在相異的風土環境下，將形成各自的文化象徵。最後，讓臺、日風土在小說中交會，以之探討民族融合問題、呈現移民社會的現實處境。我們也從中看見，他以科學思維擊破缺乏理性的熱帶物種衰頹與環境制約論述，以風土解構殖民主義、省思多元文化體系共存之道的企圖。這個另類南方書寫策略，是他為臺灣文學打造出的「熱帶的椅子」，也是他對於自身文化位置的思索、追尋，與定位。

---

136 龍瑛宗〈熱帶的椅子〉，《龍瑛宗全集》中文卷第六冊，頁187。

第四章
滿洲小說中的風土書寫

第一節　「發現」滿洲：拜闊夫小說中的
　　　　　密林與虎王意象

前言

　　清末中國面臨內憂外患之際，李鴻章交涉簽署的《馬關條約》（1895）與《中俄密約》（1896），常被視為其外交履歷中的兩大敗筆。中日互換的《馬關條約》形成臺灣歷史轉捩點，至於甲午敗戰後中國為「聯俄制日」與主張「借地修路」的俄國訂定《中俄密約》，則賦予俄國在中國東北修築大清東省鐵路（又稱東清鐵路、中東鐵路）及租借鐵路的特權，演變為其後「滿洲問題」的導火線。

　　一八九八年，中東鐵路公司在聖彼得堡設立，公司派員至中國東北進行路線勘察；隔年五月，鐵路全線以哈爾濱為中心，分東、西、南三線動工啟建。綏芬河至哈爾濱之間的東線路段，於一八九九年十二月完工，但因遭受義和團事變波及，延至一九〇一年三月才舉行接軌儀式宣布通車，是三線中最早結束工程者。一九〇一年十一月，鐵路全線接通後，西、南線也接連展開臨時營運，一九〇三年初鐵路附屬建物、設施陸續竣工，同年七月正式展開商業營運。[1]

　　總長約二四〇〇公里的中東鐵路建設，除了增長俄國在滿洲的經

---

[1] 有關中東鐵路修建經過，參見，譚桂戀《中東鐵路的修築與經營：俄國在華勢力的發展1896-1917》，臺北：聯經出版公司，2016年2月，頁111-177。

濟勢力，也帶動鐵路總樞紐的哈爾濱，由松花江沿岸小漁村，躍升為
交通重鎮及現代化的國際大都會。鐵路建成後，在中國東北擔任「中
東鐵路護路隊」的俄國人數超過千名，移居哈爾濱謀求發展的俄國人
也逐年遞增，根據一九〇三年的統計，哈爾濱的俄人占全市總人口的
百分之三十五。[2]當時遠在俄國高加索的步兵上校 H・A・拜闊夫，也
在因緣際會下前往鐵路東線服役，這個跨越國境的勤務調任成了影響
他一生志業與命運的關鍵。

　　本節將以拜闊夫最具代表性的小說《大王》、《牝虎》進行分析，
探討他如何藉由書寫東北密林，辯證式地回應官方及日系作家意欲建
構的「滿洲國」歷史。

一　作為滿洲「他者」的俄僑作家拜闊夫

　　H・A・拜闊夫（Байков, Николай Аполлонович, 1872-1958），筆
名「鼻眼鏡」、「外阿穆爾人」、「跟蹤捕獸獵人」、「狩獵人」、「自然科
學家──狩獵者」、「漁人」、「流浪者」等，[3]譯名另有「巴依科夫」、
「巴依闊夫」、「拜克夫」等。一八七二年十二月出生於沙皇亞歷山大
三世統治下的俄國基輔市，擁有世襲貴族身份。十歲時考入基輔第二
中學，後轉讀軍事學校。一八八七年夏，陪同父親拜訪親友的拜闊
夫，結識了著名的地理學者兼探險家 H・M・普爾熱瓦利斯，獲贈著
書《烏蘇里探險記》（1869）。[4]拜闊夫形容和普爾熱瓦利斯的相遇是命

2　參見，李萌《缺失的一環：在華俄國僑民文學》，北京：北京大學出版社，2007年
　　11月，頁4。

3　杜曉梅〈滿洲自然書寫第一人：俄僑作家巴依科夫東北寫作考〉，上海：華東師範大
　　學中國語言文學系、《探索與爭鳴》雜誌社主辦，「東亞殖民主義與文學國際學術研
　　討會」論文集，2015年12月27-28日，頁50。

4　H・M・普爾熱瓦利斯（Никола́й Миха́йлович Пржева́льский, 1839-1888），帝俄時

運之約，「他的書和贈言決定了我的命運，只不過，我沒有去烏蘇里邊區，而是去了滿洲國。這位偉大旅行家的話永遠激勵著我。」[5]一八八九年，拜闊夫隨同軍務調動的父親移住彼得堡。一八九二年，他先後進入新特洛克斯後備營和高加索的齊夫利斯軍校[6]。一八九六年，任職步兵連期間，透過連長介紹，在高加索博物館長 Г・И・拉特指導下，進行自然科學研究及學習動物標本製作。一九〇一年，拜闊夫攜眷啟程前往滿洲，穿越西伯利亞大陸後，一九〇二年四月抵達位於哈爾濱的外阿穆爾軍管區[7]國境警備隊報到，當時中東鐵路已將近全線竣工。[8]

　　初履滿洲的拜闊夫，堅決推辭上級安排的在哈爾濱的司令部勤務，選擇進入距哈爾濱約四百公里遠的綏芬河第三旅團，勤務範圍東自綏芬河，西至二層甸子，他在滿洲的初期任務便是管理兵器。這段期間他也接受聖彼得堡學士院委託，考察滿洲生態，因此他利用執勤餘暇組織探險隊，徒步踏查阿穆爾至朝鮮國境一帶、精密測量鏡泊湖地形、前往鍋盔山與大頭頂子等老虎棲息地觀察。一九〇四至一九〇五年間，他參與了日俄戰爭。一九一〇至一九一四年間，改任駐石頭

代的世界探險旅行家，足跡遍及烏蘇里、外蒙古、西藏等地，於五度前往西藏旅行途中染病過世。參見，Ｈ・バイコフ（著）；新妻二朗（譯）〈プルジェウリスキイの遺言〉（普爾熱瓦利斯的遺言），《ざわめく密林》（喧囂的密林），東京：文藝春秋社，1942年3月，頁105-119。

5　譯文轉引自，左近毅（著）；葛新蓉（譯）〈俄國作家Ｈ・Ａ・巴依科夫在哈爾濱〉，《西伯利亞研究》28：1，2001年2月，頁50。

6　軍校位於現今喬治亞共和國首都提比里西。

7　俄國政府將整個中東鐵路地帶劃為軍區，設立外阿穆爾特別軍區，並於哈爾濱成立總司令部，其下編制「中東鐵路特別護路軍」，負責地方防衛、郵件傳遞、電信安裝與軍事偵查工作。參見，譚桂戀《中東鐵路的修築與經營》，頁407-429。

8　拜闊夫到達中國東北的時間，參見左近毅的考察，〈俄國作家Ｈ・Ａ・巴依科夫在哈爾濱〉，頁50。

河子的後黑龍步兵聯隊中隊長，統管二五〇名士兵，因中隊常出任務獵虎，「虎中隊」的別名不脛而走。[9]此外，他因蒐集動植物資料有功，獲沙皇尼古拉二世賜予烏蘇里江畔國境五百俄頃土地[10]進行研究。

一九一四年，拜闊夫將多年來對滿洲原始森林的探察札記、插畫、紀實攝影集結成《滿洲森林》一書，在彼得堡付梓，隔年再版。此處女作多達四六四頁，含三十二幀踏查照片，內容細緻描繪了烏蘇里江流域的泰加林[11]風俗、野生動物、獵戶的生活哲理與烹飪飲食，也講述了獵虎技巧和馴蛇經驗。研究者李萌指出，這本踏查筆記是較早向俄國讀者介紹中國東北森林的專著。[12]

第一次世界大戰爆發後，拜闊夫野放他設置在橫道河子、石頭河子飼育場內的動物，結束勤務與研究，出征西班牙的加利西亞戰線，遍歷轉戰、負傷、晉階、獲頒勳章。俄國於一九一七年爆發十月革命，拜闊夫效力白軍，與布爾什維克黨領導的紅軍奮戰，翌年因感染傷寒被移送君士坦丁堡。約莫此時，與第二任妻子相戀結婚，於一九二〇年二月攜眷搭船前往埃及的收容所療養，此後兩年間在英軍保護下輾轉漂泊於非洲、印度、印度支那等地[13]，苦候反俄時機。一九二一年，拜闊夫一家自海參崴登陸西伯利亞，當時正值日本海軍為支援

9　H・バイコフ（著）；新妻二朗（譯）〈虎中隊〉，《ざわめく密林》，頁155-165。

10　俄制面積單位1俄頃相當於1.0925公頃，一九〇五年俄國的人均份地僅有1俄頃，由此對照可知當時拜闊夫獲賜土地500俄頃之豐厚。參見，朱蓓〈1861年後俄國土地問題和農民福利狀況〉，《西伯利亞研究》33：4，2006年8月，頁89-91。

11　泰加林（taiga）一詞來自俄羅斯語，指極地附近與苔原南緣接壤的針葉林地帶，也泛指寒溫帶的北方森林。Sayre, April Pulley, *Tagiga*, New York: Twenty-First Century Books, 1994.

12　早於拜闊夫在俄發行作品介紹中國東北者，是一名畫家的旅行筆記《到中國去！一個畫家的旅行素描》，書中對中東鐵路和東北的描述僅占一小部分。參見，李萌《缺失的一環：在華俄國僑民文學》，頁40。

13　H・バイコフ（著）；新妻二朗（譯）〈山鷹〉，《ざわめく密林》，頁89-105。

俄國白軍推翻布爾什維克政權，派兵協助「臨時全俄羅斯政府」[14]反共，臨時政府垮臺後，日軍遭蘇維埃紅軍擊退撤兵，拜闊夫因此被迫向滿洲逃亡。

　　拜闊夫於一九二三年再度前往滿洲時已年逾五十，處境和以往大相逕庭。十月革命前移居中國東北的俄國人，以中東鐵路的修建職工、服役軍人及其眷屬為主，由於俄國透過條約取得鐵路沿線與哈爾濱的行政管理權，除在心態上隱含軍事與經濟略奪企圖，在社經地位上，俄人也較其他族群居民優裕。拜闊夫能夠從容遊獵山水、調察動植物生態，自是受惠於當時中俄之間的政治情勢與鐵路利權。然而，十月革命與俄國內戰後，歷經波折遷徙至滿洲的拜闊夫，已成了前帝俄時代的失勢貴族、無法見容於新政權的敗戰軍官，以及時局變幻下喪失祖國的政治難民。

　　重返中國東北的拜闊夫，先在哈爾濱俄僑首富葛瓦里斯基（Владислав Ковальски, 1870-1940）開設於橫道河子的林場當監工員。[15]一九二二年，多名中東鐵路管理局的俄僑學者倡議在哈爾濱設立博物館，經中國政府批准，首先成立以中國地方官員為主的學術團體「東省文物研究會」。[16]博物館設於哈爾濱一處商場大樓內，拜闊夫於一九二三年加入，被選為博物館建館委員之一，且為「東省文物研究會」終身名譽會員。研究會下設多個研究單位，進行北滿地區生物

---

14 Provisional All-Russian Government，又稱「沿海州共和國」，建立於西伯利亞南部。

15 參見，中田甫編〈バイコフの步んだ道と著作〉，《バイコフの森》，東京：集英社，1995年9月，頁343。

16 參見，徐雪吟〈俄國皇家東方學會與東省文物研究會〉，《哈爾濱史志》50，2009年4月，頁34-35。文中亦說明，一九二三年五月二十一日，東省特別區行政長官公署致電濱江道尹公署稱：「滿洲文化研究會名稱不當，應即改為駐哈爾濱東省文物研究會」，此後該會即通稱「東省文物研究會」。故據此推測，多數文獻提及拜闊夫加入「滿洲研究會」，應為「東省文物研究會」之誤。

學、歷史學、民族學、文物考古調查，建立了博物館、圖書館、植物
園和松花江生物站，是近代黑龍江地區成立的第一個全面研究北滿的
機構。[17]拜闊夫在此期間撰寫的調查手冊，如《鹿與飼鹿》（1925）、
《生命之根：人參》（1926）、《遠東之熊》（1928）等，皆由東省文物
研究會出版。[18]

　　一九二五年，拜闊夫回到哈爾濱，進入中東鐵路公司負責森林利
權林區的監督工作。一九二八年起，在鐵路公司開辦的中學講授博物
學課程，直到一九三四年離職後才專志寫作，相繼出版《滿洲密林》
（1934）、《大王》（1936）、《四處流浪》（1937）、《喧囂的密林》
（1938）、《篝火旁》（1940）、《夢境般的真實故事》（1940）、《牝虎》
（1940）、《我們的朋友》（1941）、《滿洲獵人日記》（1941）、《樹海》
（1942）、《密林小徑》（1943）、《憂鬱的大尉》（1943）等俄文創作。[19]
雖然戰後尚有《獸與人》（1959）、《一個外阿穆爾人的筆記》（1997）、
《中東鐵路》（1998）出版[20]，但上述於「滿洲國」時期完成的十二冊
文集是他被廣大讀者認識的重要著作。從內容和主題來看，作品包含
帶有地方志與科學研究性質的風土調查筆記、回憶錄，以及體現生態
思維的小說，其中尤以首部中篇小說《大王》最廣為人知。據李萌考
察，《滿洲密林》問世後，拜闊夫積極地郵寄作品到歐洲各地俄僑文
化中心商請撰寫書評，希望推廣著作[21]，及至四〇年代以前，其作品

---

17 同前註。論文中提及，一九二九年二月東省文物研究會由東省特別區教育廳接管，
　研究會中的「俄國東方學家協會」因此解散。雖未能考察具體名單，但筆者推測，
　包含拜闊夫在內的多數學者俄僑學者應是在此時結束研究工作，離開研究會。
18 三本手冊目前皆收藏長崎大學附屬圖書館經濟學部分館內。
19 參見，中田甫編〈バイコフの歩んだ道と著作〉，頁347-348。編者說明，書中附錄
　的著作年表乃根據拜闊夫遺族提供之資料整理而成。
20 此三部作品，筆者尚未得見，相關作品分析參見，杜曉梅〈滿洲自然書寫第一人：
　俄僑作家巴依科夫東北寫作考〉。
21 參見，李萌《缺失的一環：在華俄國僑民文學》，頁54。

已被翻譯成德、英、法、捷、義、波蘭等多種語文，在歐洲享有極高評價，評論界將他的文學成就與吉普林、屠格涅夫並比。[22]

　　以上是拜闊夫文學「走向世界」的經過，那麼，「滿洲國」和日本對其作品的接受情形又是如何呢？一九三九年七月，《喧囂的密林》的〈マーシユカ〉一文，於《滿洲浪曼》日譯刊出，這本在新京發行的文藝雜誌應是將拜闊夫介紹給日文讀者的最初推手，在滿日人間藉此認識了拜闊夫的生態書寫。[23]一九四〇年五月，拜闊夫座談會在新京召開[24]，同年年中《滿洲日日新聞》連載了長谷川濬翻譯的《虎》（即《大王》），連載結束後在大連出版日文單行本，造成極大迴響。[25]

　　這位多年來依附於中東鐵路服役、研究，乃至執教的白俄作家，並非以鐵路城市的書寫聞名於世，他鍾情的始終是遠離鐵路幹線與塵囂的密林世界。筆者想加以釐清的是，從舊俄時代的學術勘查員，到蘇聯政權成立後的流亡僑民，作為滿洲「他者」的拜闊夫，究竟以何角度觀看並詮釋滿洲？以下將分析拜闊夫最具代表性的小說《大王》、《牝虎》，進一步探究上述問題。

22　H・バイコフ〈自序〉，收於H・バイコフ（著）；長谷川濬（譯）《偉大なる王》，東京：文藝春秋社，1941年4月，二版，頁4-5。北青（譯）〈拜闊夫傳〉，《青年文化》1：3，1943年10月1日，頁44-45。

23　H・A・バイコフ（著）；大谷定九郎（譯）〈マーシユカ〉，《滿洲浪曼》第3卷，1939年7月23日，頁26-31。標題「マーシユカ」為文中出現的母熊名。

24　疑遲〈拜闊夫先生會見記〉，《讀書人》，「讀書人連叢1」，1940年7月20日，頁22。

25　左近毅（著）；王希亮（編譯）〈翻譯俄國作家巴依科夫作品的日本人〉，《西伯利亞研究》27：5，2000年10月，頁50-54。

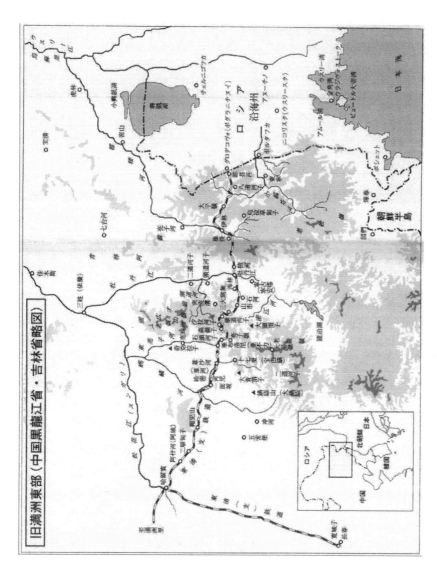

圖二十九　舊滿洲東部略圖（摘自中田甫編《バイコフの森》）

二　生態中心主義：《大王》與《牝虎》的「去政治化」書寫

> 大概是讀初中三時，一個秋天的星期日，在中國東北長春市的
> 一間書店裏，我看到一本剛出版的白俄作家拜克夫的《虎
> 王》。現在依稀記得淡橘紅色封面上，印著黑色粗粗的「虎
> 王」兩個中國字，書名上方還有一幅年幼臥虎的繪圖，據說是
> 出自作者的手筆。

> 我一口氣把《虎王》讀完，然後在下一個星期裏，我利用課後
> 的時間，又讀了第二遍。（中略）我對故事中許多場景，到今
> 天仍有一種身臨其境的感覺，久久不能忘懷。[26]

《虎王》一書，即拜闊夫《大王》別名，這是該作第一代中文讀者金
仲達的自述，既可看出她溢於言表的熱愛，同時也是《大王》曾發行
中文單行本的珍貴證言。更重要的是，金仲達因難忘《虎王》魅力而
向純文學出版社的創辦人林海音自薦翻譯，促成了中譯本散逸半世紀
後在臺灣重行出版的機緣。金仲達，本名金琦，長春大學畢業，為作
家司馬桑敦之夫人，譯有夏目漱石〈少爺〉、〈琴音幻聽〉及〈玻璃門
裡〉、拜克夫《虎王》。金仲達於《虎王》的〈譯序〉表示，林海音曾
與她協商，將《虎王》濃縮節譯為十萬字，編列為「純美家庭書庫」
的青少年讀物出版。[27]
　　這部被菊池寬評為「滿洲的密林奇譚」、保存滿洲風土的特異小

---

26 引自，金仲達〈譯序〉，收於拜克夫（著）；金仲達（譯）《虎王》，臺北：純文學出
　　版，1987年，頁3-4。
27 參見，金仲達〈譯序〉，《虎王》，頁7-8。

圖三十　拜闊夫手繪〈虎〉插圖

說[28]，究竟為不同國籍、年齡、學養的讀者開展何等宏闊視域而廣受喜愛呢？一九四〇年六月二十五日至十月三日間，由長谷川濬日譯的〈虎〉連載於《滿洲日日新聞》夕刊，報紙以頭版新聞小說的形式分八十五回刊登，每回皆附有拜闊夫手繪插圖。

依章節標題來看，小說共三十三節，第一節〈引子〉交代故事地點發生在東滿大禿頂子（又稱大頭頂子）密林深處，一頭待產的母虎為了孕育後代，尋找了一處遠離走獸猛禽與人類威脅的安全巢穴。第二至九節講述幼虎成長、學習捕獵、為躲避人類干擾而遷居的經驗，以及在雲天之外、同鷲鷹為鄰、永恆寂靜的原始森林生活。第十節透過一則民間傳說，賦予虎王先祖來自偉人聖靈轉世投胎、死後靈魂化為黃色蓮花的神祕色彩；又以歷史故事舉證，即便是滿清皇帝誤捉虎王，最後也恭敬地將之放歸山林。藉由回溯中國人的老虎崇拜，說明虎王所代表的「威嚴的自然力量」。[29]此節最後以幼虎初長，「寬平的額頭上顯示出一個『王』字，頸背的厚毛皮上現出一個『大』字」[30]，象徵「群山和林海的統治者」——新一代大王即將登場。

第十一至二十節，寫仲夏的林海富饒繁茂，育養無數動植物；寫

---

28 菊池寬〈序〉，收於《偉大なる王》，頁2-3。

29 尼古拉・巴依闊夫（著）；馮玉律（譯）《大王》，李延齡主編《興安嶺奏鳴曲》，哈爾濱：北方文藝出版社、黑龍江教育出版社，2002年10月，頁32。

30 引自，金仲達編譯《虎王》，頁68。

年輕虎王離巢獨立，和黑貂、野豬、熊、馬鹿鬥勇相爭，強者生存的
自然規律；也寫虎王的伴侶誤蹈陷阱身亡，憤怒哀痛的虎王決心履行
「蠻荒世界的法則」，撲殺獵戶嚴懲不義。第二十一至二十四節是重
要轉折，北行的虎王雄踞黑龍江岸懸崖，俯視興安嶺支脈的雲杉樹海
與江水翻滾滔滔，目睹輪船拖著滿載木材的平底船沿江駛過：

> 外來人正從北面修建一條鐵路，穿越了群山和林海。新生活的
> 激流注入了蠻荒之地。新來的人們興建起城市和村鎮，砍伐木
> 材，清理原始森林。
> 在過去野獸可以自由自在地轉悠、馬鹿可以大聲吼叫的地方，
> 現在從早到晚都有一條巨大的火蛇沿著鋼軌奔跑、閃光和發出
> 轟隆的聲響。它那驚天動地的呼嘯打破了森林的肅穆，把林中
> 的野生居民趕到難以攀登的荒山野嶺和遮天蔽日的密林。[31]

前所未見的「新生活」、「新景象」令虎王困惑，他憂傷地走回故鄉螞
蟻河河谷，但見夜裡的家鄉矗立著震耳欲聾的鋸木廠，軌道上爬行的
怪物「兩只如眼睛似的聚光燈用耀眼的強烈光線劃破了黑暗」，「原始
森林在呻吟痛哭」。虎王意識到林中統治權已遭奪走，對伐林建路、
破壞棲地的「外來人」生起不可抑制的敵意。

> 車站燈火煌煌使明月無光，機械的噪音壓倒他熟悉的密林喧囂。
> 他站起身來仰天長吼，這陣吼聲像控訴，也像對強敵的威嚇。
> 但是車站和村落裡的人，並沒有聽到這陣咆哮，大型火車頭汽
> 笛的尖叫和工廠鍋爐的呼嚕聲，壓倒了他的怒吼。他感到意氣

---

31 引自，尼古拉・巴依闊夫（著）；馮玉律（譯）《大王》，頁80。

沮喪，便悄然走向密林深處去。[32]

為了發洩怒氣，虎王襲擊一名上山打獵的俄羅斯哨所士兵，當地獵戶並未因此事心生恐懼，反倒感激「大王為他們主持公道，對那些破壞古老森林神聖的安寧、糟蹋狩獵場所的外來人進行了報復。」書中的「外來人」，泛指修建中東鐵路的俄羅斯職工與執勤士兵。須留意的是，此處對「外來人」的批判並非異例。書末第二十五至三十二節中也提及，幾個老獵人商議將無視森林法則、盜取獵物的獵戶獻祭虎王，彰顯虎王才是山林中古老法律的執行者，接著虎王襲擊巡邏隊，向「所有災難和痛苦製造者」的「外來人」宣戰。

第三十三節〈尾聲〉是全書高潮。被「外來人」獵槍擊中胸口的虎王，強忍劇痛緩步走回山中，用盡最後力氣攀上頂峰，將頭枕在腳掌上，雙眼瞪視遠方，紋絲不動仿如熟睡。尾隨虎王上山的老獵人佟力，被這一幕震懾住而呆立著，直到日落月昇，繁星閃爍，遠方傳來新年鐘響。佟力方始回神長跪祈禱：「我來自遠方！懷著至誠之心為服從山神的意旨而來！醒來吧，大王！」然而，虎王始終安詳地伏臥崖邊，他生命裡的最後時光如此莊嚴肅穆，深山老林一片緘默。佟力於朝陽初起時走下山，消失在蒼茫林海。小說最後以「山神大王在老爺嶺頂峰長眠而石化」的傳說作結：

> 有朝一日，大王要醒來。它的吼叫聲會隆隆地響徹群山和森林的上空，引起一次次的回聲。蒼天和大地均會受到震動，神聖而又燦爛的蓮花將會展瓣怒放。[33]

---

32 引自，金仲達編譯《虎王》，頁142。
33 引自，尼古拉・巴依闊夫（著）；馮玉律（譯）《大王》，頁145。

長谷川濬自述，當他翻譯原著，讀到大王過世的段落，他也彷彿失去生命般久久不能自已，徹夜在桌前呆坐直至黎明[34]，作品發人深省由此可見一斑。《大王》主要以野生動物的視角進行敘述，這在戰前文學作品中十分少見，菊池寬稱其為「特異的新聞小說」、「滿洲的密林奇譚」，應屬允當評價。作家在書中對現代化發展進行質疑與提問，但因為動物視角的設定，使得作品挑戰的對象由相繼在東北展開現代化建設的俄、日政府，擴大至人類中心主義。

此外，小說雖然缺少紀年標識，但按照書中提示，小說故事的開始，當早於中東鐵路興建，即十九世紀末葉。那時東滿密林蠻荒未開，群獸依循自然法則生活；那時沒有劃地而築的鐵路、房舍和鋸木廠，拜闊夫尚未接獲調職令前來。職是之故，《大王》的故事並非全然來自作者的真實體驗，那些原始森林的吉光片羽既包含鐵路開通後拜闊夫的實地考察，也來自他的部分想像，而親歷視點不足或許也是他採用動物視角講述故事的原因。唯有將故事建構在未及參與的時空裡，才能透過虎王之眼，對照呈顯資本主義入侵對於風土變遷產生的巨大影響；藉由自小在密林生長的虎王經歷，帶出鐵路建設前、中、後的密林環境變化。從這個意義上說，拜闊夫並未將自己排除在「外來人」之外，他對於俄國名為借地修路，實為利權掠奪與自然資源開採的行為有所覺察並作出自省。

到了小說尾聲，十五歲的虎王[35]佇足高崗怒視中東鐵路叱吒橫行滿洲大地，據此線索推測，這時的故事時間約莫是鐵路全面啟動營運的一九〇三年，而老獵人佟力感慨「再過一二十年，那些美好的原始

---

34 長谷川濬〈「虎」を譯して——バイコフの眼に就て〉，《滿洲日日新聞》夕刊第12423號，1940年10月3日，頁4。

35 關於虎王當時的年紀，可參見，尼古拉·巴依闊夫（著）；馮玉律（譯）《大王》，頁87、97。

森林將會消失，不留下一個樹墩。再也沒有什麼美麗的景色、廣闊的空間和自由自在的生活。」[36]對照日俄戰爭後，鐵路的南滿鐵路段割讓日本，日本勢力正式進入東北；[37]一九一〇至一九二〇年代，日本獲得多項鐵路修築權與礦產開採權；「滿洲國」建立後的大肆推展林業政策，佟力的話宛如一則隱語讖言。歷史文獻記載，「滿洲國」政府為了確保軍需用材和重要產業資材，大舉開發東北滿森林，在山麓設置木材加工場，並陸續鋪設總長超過一千公里的森林鐵道，以增加木材輸送效益。[38]從上述特點分析深具人道關懷的《大王》，筆者認為，拜闊夫於一九三六年完成的這部中篇小說，含藏了挑戰人類威權的生態中心主義、以環境倫理議題包覆反帝思維的寫作策略。《大王》透過神化虎王提出的詰難，在時隔四年出版的《牝虎》中有了更為曲折多元的思索。

　　《牝虎》主要講述四個俄羅斯人在泰加林的生活和遭遇，四人分別為有「密林之熊」稱號的勇士巴保新、「滿洲最優秀的一人狩獵家」谷利哥里、巴保新譽為「牝虎」的谷利哥里之妻娜絲達霞，以及被巴保新暱稱為「鼻眼鏡」的至交敘述者我。小說由敘述者以第一人稱觀點展開敘述，故事舞臺和《大王》同樣位於老爺嶺山脈的大頭頂子一帶，該地山麓為中東鐵路東線路段沿線車站所在地，如小說中出現的一面坡、葦沙河、橫道河子、山市、海林等站。故事開始之際，敘述者的家眷因故暫時搬回俄羅斯，根據前後情節推測，故事時間當介於中東鐵路全面營運通車，至俄國十月革命爆發前，即一九〇三至一九一七年間。十月革命之前，許多為了服役、狩獵、研究、從商的

---

36 引自，尼古拉・巴依闊夫（著）；馮玉律（譯）《大王》，頁124。

37 王曾才《中國外交史要義》，臺北：五南圖書出版公司，1997年11月，頁181-184。

38 參見，（日）滿洲國史編纂刊行會編；東北淪陷十四年史吉林編寫組（譯）《滿洲國史（分論）下》，長春：東北師範大學，1990年12月，頁165-169。

俄國人頻繁往來中俄邊境，但革命與俄國內戰接連發生後，俄僑越境
遷徙中國已不若以往便利。

**圖三十一　東北師範大學圖書館藏，曲舒譯《牝虎》書影（左）；
同書所附拜闊夫自畫像與簽名（右）**

　　《牝虎》中，巴保新一登場，敘述者便向讀者交代此人的外貌、
性格和事蹟。巴保新體態魁梧，自俄國御林軍退伍，受妻子出軌打擊
而離鄉至中東鐵路擔任搬運護衛兵，此後長住滿洲，庚子拳亂時護送
金幣有功，後以狩獵為生，與敘述者曾踏遍東滿各地。巴保新雖身負
奇技，但輕財好酒、不拘小節，由於他曾獨自擊斃十餘隻猛虎，在東
滿的密林世界中，極受愛戴，更有甚者，中國人獵戶將他視若虎神供
奉廟裡，顯見其崇高地位：

　　　　老爺嶺的山巔之上有座廟，廟裏燃著氣味很好的蠟燭的祭壇

上，描著巴保新的像，是一個虎頭模樣的幻想巨人，並且還用
漢字寫著——俄羅斯人巴保新為虎之御者，樹海中最力強偉大
之人，有豪放之膽魄與靈魂。[39]

　　娜絲達霞本是個強悍的美麗姑娘，她拒絕屈從家人為其婚配的木
材商，與谷利哥里私奔至二道海林河高岸邊的窩棚定居，是處是紅松
與落葉松、柞林交界，人跡罕至，每逢狩獵有成，谷利哥里才將獵物
攜往車站兜售。遠離塵囂的兩人世界原本怡然自得，但平靜生活漸起
變化，先是娜絲達霞為了解救虎口餘生的愛人，耗盡心力、形容枯槁
幾近殘廢，接著是谷利哥里康復後難敵誘惑而出軌、最後死於獵虎行
動。娜絲達霞為常伴丈夫靈魂，執意寡居密林以母乳哺育兒子與幼
虎。巴保新感佩其為愛奉獻的精神及不凡的堅韌意志，稱她「牝虎」
以示敬意，此亦書名由來。
　　然而，娜絲達霞最終並未與愛慕她的巴保新終老密林，她隨同心
儀對象傅魯西柴夫走出窩棚，丈夫和取得林木利權的俄國商人合作，
包攬鐵路沿線的密林開發事業。密林於她，變異為營生工具，那段徘
徊山林、眺望自然之美以尋求心靈慰藉的山野生活終成遙遠回憶。數
年後敘述者與她偶遇，她已是一面坡車站旁氣派大宅的女主人了，如
同她對敘述者自嘲，過往倍受獵戶敬重的「牝虎」，早已「變成了一
個平凡的母親、主婦和保姆了。」
　　至於未能成功贏得佳人芳心的巴保新，決意離開心有他屬的娜絲
達霞，臨行前遙指北大洋山脈[40]，呼喊「那就是我底故鄉，密林在招
呼我，我欲換取那密林的幸福之幻想」[41]。以「密林之子」自豪的巴

39　拜闊夫（著）；曲舒（譯）《牝虎》，長春：新京書店，1943年11月，頁10-11。
40　北大洋又稱北極海、北冰洋。
41　拜闊夫（著）；曲舒（譯）《牝虎》，頁206。

保新，未因情傷捨離密林，反倒將幸福的企望寄託在更偏遠幽深的山谷。書末以來自北大洋之頂的虎王呼嘯，烘托和虎王同在的巴保新即將遠行歸來：

> 幽玄月夜的靜寂之中，從遠處傳來萬獸之聲，那音響像雷鳴似的，或激昂或消滅於山峽的深處。
> 古老的密林，恬靜地在吟著天賦無情的歌曲，同時有野獸的反復咆哮。
> 在野獸的咆哮聲裡，令人感到夾雜著像巴保新那強大低音的人類之聲。[42]

敘述者「像著了魔似的兀立於幽暗的密林之端」，他久違的老友巴保新果真自磅礡的密林呼嘯裡現身，為這部泰加林狩獵故事畫下句點。巴保新也是直到故事末了，依舊與世隔絕遊獵密林的唯一主角。對比前作《大王》尾聲盼望虎王重生的祈願：「有朝一日，大王要醒來。它的吼叫聲會隆隆地響徹群山和森林的上空，引起一次次的回聲。蒼天和大地均會受到震動。」作者彷彿藉此暗示，超凡英雄般在獸吼中御風歸來的巴保新，便是虎王再臨——「大王」雖死，紹繼者猶在，密林之歌將繼續傳唱。

　　《牝虎》表面上側重女性成長的素描，看似安排了女性的種種自我實踐，但娜絲達霞無論是和谷利哥里在密林相守，或伴隨傅魯西柴夫遷移至鐵路新市鎮，其自身存在的意義始終仰賴男性來界定。她不堪密林孤苦嫁作商人婦，自陳「現在的幸福不是我自己的，而是我底丈夫和孩子們的」，走出密林、走入家庭為人妻母，藉此獲得新的自

---

42 拜闊夫（著）；曲舒（譯）《牝虎》，頁220。

我定位和生命意義。可以說，「女性」並未成為瓦解男性主體的力量，也並非解讀這部作品的主要切入點，小說中表現的是女性面對命運的無法自主、女性之於男性的從屬狀態，《牝虎》實為一部「偽女性文體」的作品。筆者認為，《牝虎》中的「女性」是被作者放在帝國主義經濟掠奪、原始森林生態遭破壞等「大寫」議題下的輔助角色，透過一個遭現代化的腳步驅逐出密林、遭鐵路經濟牽引著命運的女性成長史，帶領讀者窺見帝國主義與現代化的共謀關係，以及在新興產業發展下隨波逐流的無奈個體。作為一種邊緣位置的書寫策略，女性的身體與命運為觀察風土變異提供了批判視角。這方能解釋何以小說題名《牝虎》，但直到最後仍以山林為家的卻是「密林之熊」巴保新，而非「牝虎」娜絲達霞，相對而言，作者所認同的對象、更為嚮往的生活方式，顯然是將密林當作生命歸宿的巴保新。另一方面，現實生活中成為流亡僑民的拜闊夫，雖然渴望縱橫密林，卻只能將自己和家眷安頓在留有俄羅斯幻影的哈爾濱，若說娜絲達霞影射了作家的部分處境，那麼巴保新毋寧是他內心理想的投射了。

　　從《大王》以虎王為敘述視角，到了《牝虎》圍繞女性開展故事，拜闊夫未將寫作局限在描述白俄流亡知識份子境況，或「滿洲國」政府統治下的社會矛盾，而是觸及了反思人類現代文明、風土變遷等等生態中心主義的寬廣主題。兩書的寫作時間分別是一九三六、一九四〇年，但故事時間卻是十九世紀末至二十世紀初（推測是一八八七至一九〇三年間），以及一九〇三至一九一七年間；換言之，雖然故事時間相接續，但這兩部於「滿洲國」時代出版的著作，寫的都是建國前的故事，拜闊夫向讀者展示了日本帝國主義尚未涉足的滿洲密林。若把《牝虎》看作《大王》續章，前作《大王》以生態寓言的形式反思了人類欲望如何危及自然環境，致使森林法則崩毀、萬獸之王殉難；及至《牝虎》，人地關係的改變愈加急進，不僅動物繁殖棲

地遭破壞，多數人也不願安身林地。就地景而論，《大王》聚焦邊地風土，於原始世界遭遇文明撞擊之際戛然而止；《牝虎》呈現文明開發勢不可違，密林住民往鐵路市鎮移動的圖景。這兩部懷舊之作，帶有作家自省「外來人」共犯群體的責任、追憶難以復返的自然景觀的主觀想望。另一方面，或許是密林消逝、獵場不再的風土變遷，使作者無法將滿洲拓墾、鐵路建設理想化；抑或是將對於當代的否定轉化投射成對過去的緬懷，《大王》和《牝虎》以重述前代密林演變，取代直陳對當前政府大興土木建設城市的真實感受。因此，動物視角和女性視角的運用，都可視為一種委婉的去政治化的敘述策略。拜闊夫的風土書寫，不啻為「滿洲國」文學裡以曲筆批判帝國主義資本剝削，卻暢銷風行的異數。

三　「密林」與「虎王」的歧義解讀

追溯拜闊夫作品廣受日文讀者喜愛的緣由，須歸因於當時任職「滿洲映畫」宣傳課的作家長谷川濬翻譯了《大王》一書，論者有謂長谷川的譯文優美流暢，精確傳達了拜闊夫的文體節奏，與幽靜的森林餘韻，其後的拜闊夫譯作皆難出其右。[43]長谷川濬（1906-1973），自大阪外國語學校俄語科畢業後，於一九三二年渡滿工作，成為純文藝雜誌《滿洲浪曼》同人，一九三九年該誌登載短篇隨筆〈マーシユカ〉，是他初次閱讀的拜闊夫作品。那時，拜闊夫在「滿洲國」俄僑界已享有文名，哈爾濱高等檢查廳思想科的別役憲夫拜訪長谷川濬時，將俄文版《大王》送給他，但當時長谷川濬忙於創作及宣傳李香

---

43 參見，大島幹雄《滿洲浪漫——長谷川濬が見た夢》，東京：藤原書店，2012年9月，頁153。左近毅（著）；王希亮（編譯）〈翻譯俄國作家巴依科夫作品的日本人〉，頁53。

蘭電影，並未立即著手翻譯。直到一九四〇年初芥川賞作家及畫家富
澤有為男來訪，他翻閱《大王》時著迷於原著插圖，兩人因此一同前
往哈爾濱拜會拜闊夫。[44]此次會見令富澤更加景仰這位白俄作家的人
品，有感於他「多逢磨難卻未能普遍得到世人認同，……，至少要讓
日本人民認識這位作家，這是我目前的想法。」[45]經富澤奔走斡旋，
《滿洲日日新聞》社長迅即交涉譯權，商定由長谷川濬日譯，並將小
說改題為《虎》於夕刊的頭版連載刊登。

圖三十二　長谷川濬譯〈虎〉及拜闊夫手繪插圖

　　《滿洲日日新聞》為南滿洲鐵道株式會社出資發行的日文機關報
之一，素有「滿洲第一大報」之稱，該報以大連為中心，輻射中國東
北地區，自一九〇七年創刊，至一九四五年隨著日本投降終刊為止，
存續時間將近三十八年，除朝刊、夕刊、英文版之外，又以附錄型態
發行《小學生新聞》。根據一九二五年滿鐵庶務部統計，發行量達四一
八一二部以上。該報代表了滿鐵背後的日本官方立場，目的是宣傳對

---

44 參見，長谷川濬〈「虎」を譯して──バイコフの眼に就て〉。大島幹雄《滿洲浪
　　漫──長谷川濬が見た夢》，頁138-154。富澤有為男（1902-1970），日本畫家、作
　　家、記者，畫作兩度入選帝展，師從佐藤春夫，一九三六年以小說《地中海》獲芥
　　川賞，一九四二年起加入陸軍報導班，曾以從軍作家身份前往印尼戰場。參見，上
　　田正昭等監修《日本人名大辭典》，東京：講談社，2001年12月。
45 引自，富澤有為男〈哈爾浜の作家・バイコフ〉，《滿洲日日新聞》，1940年4月17-18
　　日，頁6。

華政策、加強輿論控制，許多中國東北地方報的新聞報導、社論觀點
皆以該報為據，其權威性和影響力固不待言。[46]從報紙銷售量與閱報
率來看，拜闊夫的日文長篇首發於此報，無疑大為提高了作品知名度。
以新聞小說連載為契機，一九四○年五月十五日，滿洲日日新聞社為
拜闊夫在「滿洲國」國都新京舉辦了座談會[47]，由「文話會」設宴款
待，除二十餘名滿、日作家與會，關東軍參謀長暨「滿洲國」協和會
中央本部長橋本虎之助、國務院總務廳弘報處處長武藤富男等政要也
赫然在列，會中就「如何透過相互介紹日俄現代作家作品達到文化啟
蒙」進行了討論。[48]值得一提的是，哈爾濱俄僑作家拜闊夫抵達新京
出席座談會的訊息，眾多新京的文藝刊物均未披露[49]，由此亦可窺
見，相對於文學界，政界對俄僑作家所擁有的文化資本及影響力顯然更
為敏感。

　　不僅如此，一九四○至一九四一年間，滿洲日日新聞社將拜闊夫

46　《滿洲日日新聞》原為東京印刷株式會社社長星野錫以個人名義創刊，一九一三年
　　後原《臺灣日日新報》社長守屋善兵衛出任第三任社長，將報社改組為株式會社，
　　幷由滿鐵全額出資。參見，李相哲《滿洲における日本人經營新聞の歷史》，東
　　京：凱風社，2000年5月，頁83-101。榮元〈『滿洲日日新聞』の創刊と初代社長森
　　山守次〉，《Intelligence》15，2015年3月，頁185-194。榮元〈租借地都市大連にお
　　ける『滿洲日日新聞』の役割に關する一考察──「大連彩票」の內容分析から〉，
　　《總研大文化科學研究》11，2015年3月，頁45-69。谷勝軍〈《滿洲日日新聞》研
　　究〉，東北師範大學日文系博士論文，2014年6月。

47　疑遲〈拜闊夫先生會見記〉，《讀書人》，「讀書人連叢1」，1940年7月20日，頁22。

48　參見，エヌ・バイコフ〈日本作家の印象〉，《藝文》創刊號，1942年1月1日，頁
　　55。「文話會」即「滿洲文話會」，由住在大連的日系作家發起結成，一九三七年六
　　月成立於大連，同年八月，新京的日系作家成立「新京文話會支部」，一九三九年
　　本部遷至新京後開始得到「協和會」資助，往滿洲各地派遣會員；一九四○年六月
　　改組，與政府間的連繫更為強化並致力參與國策活動。參見，岡田英樹（著）；靳
　　叢林（譯）《偽滿洲國文學》，長春：吉林大學出版社，2001年2月，頁21-28。

49　當時曾有滿系作家匿名撰文嘲諷此事，參見，〈我們的毒舌：二人匿名對談互錄
　　1〉，《讀書人》，「讀書人連叢1」，頁40-41。

作品及其捕獲的老虎標本在哈爾濱、新京、奉天、大連、北京、名古屋、東京等地巡迴展出。[50]此時恰逢菊池寬為執筆滿鐵外史而到滿洲蒐集資料，這股「拜闊夫熱潮」引起了他的關注，他先與拜闊夫相約懇談，希望促成拜闊夫訪日之行，又撰寫推薦序文、提案將書名《虎》更改為《偉大なる王》（偉大的王），由東京的文藝春秋社於一九四一年三月出版單行本，次月隨即再版。[51]《偉大なる王》可謂拜闊夫文學登上日本中央文壇的開端，奠定了他以寫虎蜚聲日文讀書界的地位。

同一年，《小學生新聞》連載了〈滿洲の密林〉，據大連某日籍小學教師宗像英雄回憶，班上學童閱讀連載後手繪老虎畫像送給拜闊夫，他們與作家持續通信四年餘，直到二戰結束。[52]此外，拜闊夫的《ざわめく密林》（喧囂的密林，1942）、《北滿の樹海と生物》（1942）、《牝虎》（1943）、《滿洲獵人の手記》（滿洲獵人日記，1943）、《我等の友達》（我們的朋友，1943）也接連日譯出版。一九四二年五月十二日，在「哈爾濱藝文協會」委員長、同時也是哈爾濱特務機關員香川重信[53]主持下，哈爾濱藝文協會假鐵道會館舉辦「拜

---

50 參見，エヌ・バイコフ〈日本作家の印象〉。石田仁志、早川芳枝、小泉京美〈日本近現代文學文化における〈森〉の表象——橫光利一、ニコライ・バイコフ、中上健次〉，《東洋大學人間科學總合研究所紀要》13，2011年，頁138。左近毅（著）；王希亮（編譯）〈翻譯俄國作家巴依科夫作品的日本人〉，《西伯利亞研究》27：5，2000年10月，頁54。

51 菊池寬〈序〉，收於《偉大なる王》，頁2-3。中田甫編〈バイコフの步んだ道と著作〉，頁344。大島幹雄《滿洲浪漫——長谷川濬が見た夢》，頁154。

52 清水惠〈函館で見つかったニコライ・バイコフ資料〉，《函館・ロシア——その交流の軌跡》，函館：函館日ロ交流史研究会，2005年12月，

53 「哈爾濱特務機關」的正式名稱為「關東軍情報部」，香川重信於一九三五年加入，主要工作為收集蘇聯情報、偵查蘇滿國境的防衛情報、指導在滿的白俄人士。參見，〈対談・ハルビン特務機関——夢破れた異邦人工作　香川重信vs筑紫平藏〉，收入平塚柾緒編集《目擊者が語る昭和史》第三卷，東京：新人物往來社，1989年5月，頁185-198。

闊夫文學活動四十周年紀念會」。[54]是年年末，第一屆大東亞文學者大會於東京召開，經菊池寬強力推薦，拜闊夫獲選為「滿洲國」代表作家之一，由特務香川重信擔任隨行口譯陪同前往日本風光赴會，菊池寬年前對拜闊夫的邀約就此兌現。[55]

　　不論是代表官方意識形態的《滿洲日日新聞》，或接受政府補助、以輔弼建國理想為宗旨的綜合性文化團體「滿洲文話會」，抑或是身兼日本文學報國會理事的文壇泰斗菊池寬，如果說拜闊夫在滿、日文壇華麗登場得自官方奧援，應該不算言過其實。其獨特的俄僑身份、文學成就深受「滿洲國」及日本政府青睞與注目，他也因此被迫出席「大東亞文學者大會」。

　　拜闊夫追悼生態探險先驅普爾熱瓦利斯時寫過：

> 恆長歲月中，俄羅斯也好，全世界也好，總有許多變動。唯一不變的只有繁茂的密林。密林依舊喧嚷，唱著古老的歌曲……。[56]

日本文藝評論家尾崎秀樹認為，「生息在大自然中的動物和樹海的沙沙聲給予了巴伊科夫創造的喜悅」[57]，這位流亡作家因此能在無視

---

54 參見，王勁松〈流寓偽滿洲國的白俄「虎人」作家拜闊夫〉，《新文學史料》2009年第4期，2009年11月，頁139-146。中田甫編〈バイコフの步んだ道と著作〉，頁344。

55 〈大東亞文學者大會──東亞文藝復興の　滿・支へ招待狀發送〉，《日本學藝新聞》140號，1942年10月1日，頁1。大久保明男〈大東亞文學者會議與「滿洲國」的「文學報國」〉，《中日文化學比較2015》，長春：吉林出版集團，2015年11月，頁63-84。

56 H・バイコフ（著）；新妻二朗（譯）〈プルジェウリスキイの遺言〉，《ざわめく密林》（喧囂的密林），頁119。原文為：「それからの永い歲月！そしてロシヤにも、全世界にも多くの變動があつた。ただ變らないのは繁茂してゐる密林だけである！依然として密林はざわめいてゐる。古い歌を歌ひながら……。」筆者自譯。

57 尾崎秀樹（著）；陸平舟、間ふさ子（譯）〈「滿洲國」文學諸相〉，《舊殖民地文學的研究》，臺北：人間出版社，2004年11月，頁129。

「滿洲建國」神話的立場上塑造著自己的文學。然而，對建國精神和文學統制的喧嚷置若罔聞，始終專注聆聽密林的拜闊夫，何以能夠見容於當代的滿、日文壇，他筆下的東北風土如何被理解和接受？作者的書寫視角和讀者的閱讀理解之間有何差異？日本政府究竟從拜闊夫的密林世界看見了什麼風景，在什麼樣的脈絡下將他視為滿洲文學的代表，透過刻意操作使其走向「大東亞文學」？

拜闊夫自述，《大王》書中的滿洲虎描寫，源自他多年前至東滿狩獵探險時，依生態學角度調查以及採擷密林生活者口述傳說所得到的資料[58]，長谷川濬及新妻二朗也表示曾在拜闊夫家中見到他所射殺的「大王」頭部標本[59]。戰後有日本研究者指出，拜闊夫採取科學方式克服未知自然的學術調查與狩獵，體現了達爾文「進化論」興起以來現代主義者的支配野心，這顯然牴觸了他意欲傳達的原始森林秩序遭現代文明崩解的批判精神，作者的立場因此面臨兩義性的撕裂。[60]筆者認為，這樣的說法過於簡單，必須參照作家的生命歷程，方能對作品中原始自然與現代文明的對立關係提出更為全面的解釋。

《大王》採取擬人化手法賦予虎王情感與思考能力，乃至透過「虎王死後靈魂化為黃色蓮花，唯有德行高潔者能看到」的傳說神化滿洲虎，將虎神信仰視為中國民間的獨特風俗：「就像我們尊奉聖尼古拉那樣，他們尊奉虎大王！」[61]拜闊夫作品有個有趣的觀念──虎王是屬於中國民族的神獸，地位與龍王相當，至於俄羅斯的野獸則是熊，中俄神獸的區別在《大王》及《牝虎》多次提及，而被中國獵戶

---

58 H・バイコフ〈自序〉，收於《偉大なる王》，頁4-5。

59 參見，長谷川濬〈「虎」を譯して──バイコフの眼に就て〉；新妻二朗〈あとがき〉，《ざわめく密林》，頁288-290。

60 石田仁志、早川芳枝、小泉京美〈日本近現代文學文化における〈森〉の表象──橫光利一、ニコライ・バイコフ、中上健次〉，頁138-141。

61 引自，尼古拉・巴依闊夫（著）；馮玉律（譯）《大王》，頁123。

塑造為虎頭人身的「密林之熊」巴保新，或許可視為中俄信仰的融合展現。

　　讀者跟隨大王腳蹤走過東滿大地，飽覽興安嶺、肯特阿嶺、大禿頂子、老爺嶺、鋼盔山、長白山脈的重巒疊嶂，牡丹江谷地、松花江平原的無邊遼闊，一同在俄羅斯人心中的「母親之河」黑龍江汛游、聆聽山吟海嘯，經歷出生、成長、獨立、爭逐、戀愛、漫遊、歸鄉、復仇、死亡等生命階段，讀者也與這位統馭東滿林野的王者，見證了四季遞嬗與地景變遷。形同中國民族借喻的滿洲虎「大王」向外來者發出的怒吼與反撲，何嘗不是中國的悲鳴。

　　除了通過擬人、神話尊崇虎王，拜闊夫筆下的密林，更是具有靈性的存在。例如，《大王》如此描述林海：「吉林省渺無人跡的原始森林。它有著自己的歷史，自己獨特的生活，自己的習俗，自己的法則和自己的同遠古傳說相聯繫的故事。」[62]到了《牝虎》，密林甚至等同「神的世界」：「密林的住民，雖然不過是些簞食瓢飲的簡陋百姓，但是他們離『自然』和『神』很近，因此他們的精神是純潔的，頭腦決不污濁。」[63]刊登於《華文大阪每日》的隨筆〈不變的千古之規律　順「樹海」者生逆者死〉，更露骨地贊同密林樹海支配萬物的至高權威，以及不因強權而動搖的嚴酷密林法則：「到了滿洲國成立，對這個密林加上了新的力量。開拓了一部密林，敷設了鐵路，這樣的『林之海』變成了『林之湖』了，又野獸橫行的林區也成了移住農民的村落。但是，密林的表情與規律是沒有改變。」[64]文中揭示森林鐵路鋪設，致使林海面積縮減，昔日的動物棲地成了日本移民村，這篇譯文雖不甚

---

62 引自，尼古拉・巴依闊夫（著）；馮玉律（譯）《大王》，頁36。
63 拜闊夫（著）；曲舒（譯）《牝虎》，頁10-11。
64 引自，H・拜闊夫〈不變的千古之規律　順「樹海」者生逆者死〉，《華文大阪每日》7卷8期，1941年10月15日，頁29-30。

流暢，卻是拜闊著作中夫少見的對「滿洲國」開拓政策的直言批判。

　　青春時代馳騁東滿山林，在那裡住了超過十年、親見密林之美的拜闊夫，終其一生都對那片祕境眷戀不已，《大王》與《牝虎》出版時拜闊夫已年近七十，和妻小住在流亡俄僑群聚的哈爾濱馬家溝教堂街，屋小家貧，執教寫作維生，祖國和密林成了上一世紀的追憶。筆者認為，借助文學話語在形象建構和心理描寫的特長，其密林和虎王表徵的是一種「消失的風景」，密林既是現實意義上曾經存在的自然世界，也是作家孤絕精神狀態的象徵性空間，更是一道「擬鄉愁」裝置，拜闊夫建構出一個永恆的密林世界，藉此遙想回不去的故國、變易的風土，密林和虎王因此也是反現代文明的符號。

　　滿系作家疑遲參加拜闊夫座談會後，語帶激動地發表了後記，「在那眼看頹敗下去的哈爾濱市裡，竟住著一位名聞世界的作家。」疑遲認為拜闊夫作品「把握住了北滿地方特有色彩」，讓讀者「看見滿洲的未經開墾的處女地的壯麗」，他期許北滿東部密林的狩獵事蹟能經由《大王》永遠傳留人間。[65]一九一三年生於遼寧省鐵嶺北關的疑遲，在北滿荒原度過年少歲月，因精通俄語，曾翻譯過高爾基作品，自中東鐵路站務員離職後，進入「滿洲國」國務院統計處工作。[66]和拜闊夫擁有部分相似履歷的他，透過閱讀看見已然消失的風景，「發現」了未被開墾的滿洲處女地。

　　綜上分析，密林擁有制裁侵犯者的靈性，那裡是大王生息於斯的故鄉，大王是滿洲山林的統治者。那麼，外來人與侵犯者所借喻的對象是誰呢？是漠視自然法則的貪婪獵戶、興建鐵路的俄國職工，還是在中國東北引爆戰火的關東軍，或是滿蒙開拓政策下前進滿洲的日本

65　疑遲〈拜闊夫先生會見記〉，《讀書人》，「讀書人連叢1」，1940年7月20日，頁22。

66　小松〈夷馳及其作品〉，收入陳因編《滿洲作家論集》，大連：實業印書館，1943年6月，頁317-326。

移民呢？拜闊夫將《大王》與《牝虎》的故事時間架構在鐵路開進密林前後以迴避敏感時局，但在文明與反文明、外來人與原住民、殖民者與被殖民者之間，他的立場顯然傾向後者。

　　《偉大なる王》的〈自序〉中有段意味深長的話：

　　　　我並不希望我的書博得日人好評，也不希望作品在日本的名聲
　　　　勝過歐洲。不過，假若此書能夠獲取佳評，那是因為作品具備
　　　　了現代文學前所未見的主題和題材。[67]

《大王》原著以帶有異國情調的東方神話和純淨壯麗的滿洲風土，成功在歐洲取得銷售佳績，但作品深受日文讀者喜愛卻非拜闊夫所願，翻譯《大王》的長谷川濬，和為之撰寫推薦序文的菊池寬，未必沒有讀出作品對現實境況的隱喻性指涉。然而，如同《喧囂的密林》譯者新妻二朗表露的想法：

　　　　老先生闡述身為作家的深奧想法，並指出現代青年的時弊。而
　　　　我則談起日本的青年義勇隊、滿洲開拓，告訴老先生以前他狩
　　　　獵的地方因為北滿振興政策，如今正要興盛發展起來。[68]

---

67 H・バイコフ〈自序〉，收於《偉大なる王》，頁4-5。原文為：「私の本が日本人間に
　　好評を博されん事を私は希望してゐる。その名聲が歐洲よりも日本に於て大なら
　　ん事を願ふ次第である。本書が好評であるとすれば、それは現代文學に於て前例
　　ないテーマと題材の獨創性が保證し、說明してゐると敢て申上げる。」筆者自譯。
68 新妻二朗〈あとがき〉，《ざわめく密林》（喧囂的密林），頁288。原文為：「翁は翁
　　の深遠なる作家的意圖を語り、現代青年子女の時弊を指摘する。私は私で、日本
　　の青年義勇隊を語り、滿洲の開拓を語り、滿洲国の北邊振興政策に依つて往時バ
　　イコフ翁が猛獸狩りした地方が、如何に逞しい發展をなしつつあるを紹介し
　　た。」筆者自譯。

頗負盛名的翻譯家、同時也是轉向作家的大內隆雄也表示，在建設大東亞新文化的當前，《牝虎》的出版是「民族協和的表現」。[69]外務大臣谷正之強調，《偉大なる王》富有教育意義，受到許多日本讀者喜愛。[70]拜闊夫自許作品具有獨創性，是現代文學中前所未見的主題和題材，但這些特點在日本讀者眼中卻有另一番解讀，虎王的王者氣度和巴保新剽悍的意志力，被當作鍛鍊日本青年武勇精神的楷模；密林狩獵成了荒地開拓物語；拜闊夫文學被挪用為「滿洲國」「北邊振興計畫」[71]的宣傳文本；作家自身則被塑造成有功於民族協和的「白俄英雄」，以巨星姿態登上「大東亞文學」舞臺。拜闊夫以去政治化的書寫策略寄寓他對人類文明過度開發、掠奪自然資源的批判，卻被日本軍國主義挪用為政治化的思想教化文本，這恐怕是他始料未及的。

大東亞文學者大會結束後，拜闊夫在菊池寬創辦的《文藝春秋》上發表了遊記〈日出づる國に旅して〉（日出國之旅），文章表面上不著邊際地歌頌東亞新秩序建設和日本風土之美、感謝菊池寬善意款待，肯定外務大臣谷正之和內閣情報局次長奧村喜和男對日本文化的貢獻，但話鋒一轉卻寫道：

> 當我散步在箱根國立公園的茂密樹林裡，不禁回想起在滿洲密林的自在時光。在高聳入天的老杉下，用力吸一口山中精氣，置身常綠樹林的沙沙聲響中，宛若聽見密林喧嚷。如果說將其與密林作聯想有什麼不足之處，那就是野獸，尤其是這裡沒有

---

69 大內隆雄〈序〉，《牝虎》，長春：新京書店，1943年11月。

70 Ｈ・バイコフ（著）；香川重信（譯）〈日出づる國に旅して〉，《文藝春秋》21卷2號，1943年2月1日。

71 一九三七年起「滿洲國」開始執行「產業開發五年計劃」經濟統制政策，一九三九年五月又推出「北邊振興計劃」，目的在於強化北邊國防。參見，解學詩《偽滿洲國史新編》，北京：人民出版社，2008年4月，頁541-546。

偉大的王存在。[72]

　　拜闊夫以密林書寫開啟歐洲文化界的滿洲認識，二戰末期又因這些作品被徵召走上「大東亞文學」之路，當中既有時勢下的不得不然，也有作家自身難以全然迴避的責任。然而，即便日本官方刻意忽略拜闊夫作品對帝國主義暴力侵害的批評，將之演繹成彰揚大東亞精神的教材，但上文引述中「沒有偉大的王存在」的感慨，無異是對日本天皇制國家主義最鞭辟入裡的嘲諷。拜闊夫文學的創作理念及其東亞傳播，終究只是一場同床異夢的各自表述。

小結

　　白俄作家拜闊夫在他視為第二故鄉的滿洲生活了五十年，他的風土書寫提供了一種理解滿洲的獨特話語。本節以其代表作《大王》與《牝虎》為分析範疇，筆者發現，在時間上，兩作以中東鐵路開通的前、中、後為故事發展時間軸，在空間上，小說展示了荒漠初開但生機盎然的滿洲原始森林生活。建國前的滿洲通過拜闊夫的生態寓言被重新憶述，那個未被破壞的生態環境，提供了一個永恆的想像歸宿，在某種程度上形成了與殖民拓墾政策背反的邏輯。作者塑造了統治東滿山林卻遭外來者槍殺的「大王」、在現代化過程中出走密林的「牝

---

72 引自，H・バイコフ（著）；香川重信（譯）〈日出づる國に旅して〉，頁106。原文為：「箱根國立公園の木の茂みの中を散策してゐると、いつとはなしに滿洲密林の逍遙を想ひ出してならなかつた。然に聳える老杉や樅の下で、胸一杯、山の精氣を吸込むと、その常綠樹のざわめきの中に、密林のざわめきを聞く思ひがした。ただ密林を想像するため、不足したものがあるとすれば、それは野獸、とりわけ、偉大なる王が居ないこと位であつた。」筆者自譯，引文中黑色標記為筆者所加。

虎」、託喻作家心志的「密林之熊」等具有象徵性的角色，強烈地傳達，純淨的原始森林因人為開發而消失，自然界的法則被入侵者破壞，從心所欲的泰加林生活被開進來的帝國主義火車碾碎了。就此意義而言，他所建構出的密林世界與虎王傳說，是「滿洲文學」，而非「滿洲國文學」，他以森林法則批判了假借文明條款掠奪資源的侵略者，以「去政治化」的風土書寫揭示殖民主義計劃性經濟開發的不正當性。

此外，筆者也嘗試探討拜闊夫作品中的「密林」與「虎王」這兩個多義性意象在不同語境中產生的歧義解讀。論文提出，密林世界是拜闊夫小說的「擬鄉愁」裝置，藉此再現一種「消失的風景」，讀者通過閱讀作品「發現」滿洲。對失去祖國的作者和滿系作家來說，小說中的密林封存了他們真實生活過的、尚未變易的風土。然而，日本軍國主義者卻挪用上述意象，鼓吹皇道精神與大東亞文學理想，密林成了履踐「滿洲國」建國精神的「王道樂土」，可說與拜闊夫的創作宗旨完全背道而馳。

在日本政府刻意操作下，化身「民族協和」大使的拜闊夫，曾作過言不由衷的發言，但他戰前也曾企圖出版反戰小說《憂鬱的大尉》未果[73]，這位遭受時代擺布的流亡作家，其畢生文學心志可見諸二戰結束後他從滿洲出逃，接受國際聯盟「難民委員會」援助滯留香港期間的絕筆：

　　滿洲那般豐饒的、無所抱怨的、一切都富足的、恣意生活和活

---

73 上脇進〈後記〉，《牝虎》，東京，中央公論社，1990年2月，頁276-278。上脇進表示，寫於一九四三年的《憂鬱的大尉》內容著重描寫軍隊內部軍紀敗壞，拜闊夫希望作品能在日本及「滿洲國」出版。然而，當時不論日文或俄文出版社皆因害怕特務機關查緝而沒有接受委託。

動的地方，已逐漸荒廢了。不久之後，所有事物都會從這個豐美之地消失吧。年輕的人們知道昔日的滿洲有過怎樣的生活嗎？無法知道那是何等自由自在吧。不過，如果有人能將曾縱橫滿洲狩獵、年老的森林漂泊者拜闊夫的著作，偶爾拿在手裡翻閱的話，就能從中得知北滿民族得天獨厚的生活吧。[74]

　　拜闊夫有意識地以遠離鐵路主幹的密林生活作為描寫對象，進行批判論述，這與同樣擅寫邊境風土的滿系作家彼此互文，形成了一種時代話語。下一節將透由疑遲的作品，對此加以申論。

第二節　荒原流民圖與林墾群像：疑遲的風土話語

前言

　　在這一節中筆者將由殖民主義風土論述的觀點，以滿系作家疑遲（1913-？）的風土書寫作為分析對象，考察下列議題：其風土敘事透過哪些基本議題與文學形式，對生態資源與人文資源進行再現？作品中的風土如何成為一種象徵符碼，承載作家對帝國計畫性經濟開發論述的批判與回應？

---

74 引自，N・A・バイコフ〈絕筆──回想〉，《バイコフの森》，頁324。原文為：「滿洲のような、あの豐かな、いまだかつて生活の苦しさをかこつ者もなく、何もかも足り、それぞれが意のままに暮らし、意のままに振る舞ってきた地域が、しだいに荒廢してしまったということである。やがてはこの豐かな地から何もかも失せてしまうことであろう。若い人たちは、昔の滿洲ではみんなどんな暮らしをしていたのか、どんなに自由であったのかを知ることすらできなくなるであろう。ただ、全滿洲を縱橫に涉獵した、年老いた森の漂泊者のである作家バイコフの書物を、たまさか手にする者がいて、これを讀み終えたならば、北滿の全民族の惠まれた生活に思いを馳せ、これを知ることができるであろう。」筆者自譯。

一 疑遲與〈山丁花〉

疑遲，原名劉玉璋，後改劉遲，筆名劉郎、疑遲、夷馳、疑馳、遲疑，一九一三年生於遼寧省鐵嶺北關，漢族人，卒年不詳。幼時遷居哈爾濱，曾於中蘇兩國合營的中東鐵路扶輪學校及車務專科學習所就讀，通曉俄語，譯有契訶夫以高加索為創作背景的短篇〈決鬥〉，及高爾基描寫西伯利亞大陸的〈書〉，文學理念亦深受俄羅斯文學影響。[75]畢業後任職北滿的中東鐵路站務員，直到中東鐵路讓渡予日本後才離職。一九三五年七月起，因具備俄文能力進入「滿洲國」國務院統計處，參與北滿的俄僑人口普查工作，也因此在首都新京結識許多文藝愛好者，逐漸對創作產生興趣，與古丁、滕更（外文）創立「藝術研究會」，成為《明明》、《藝文志》同人，陸續發表三十餘篇小說，集結出版短篇小說集《花月集》（1938年5月）、《風雪集》（1941年7月）、《天雲集》，長篇小說《松花江上》（1941）、《同心結》（1943）等。一九四一年六月後，與小松[76]共同主編通俗文藝雜誌《麒麟》、《滿洲映畫》。

疑遲開始創作的一九三七年，正值「滿洲國」言論及新聞全面受到統制、多位較有影響力的作家出走流亡的階段。古丁以「衝破大寂寞，馳騁大荒原」[77]呼籲知識份子共同振興文藝，疑遲也在首部出版

---

75 小松〈夷馳及其作品〉，收入陳因編《滿洲作家論集》，大連：實業印書館，1943年6月，頁317-326。劉慧娟《東北淪陷時期文學史料》，長春：吉林人民出版社，2008年7月，頁90-93。

76 小松，一九一二年生，遼寧黑山人，本名趙孟原，又名趙樹權，另有筆名夢園、白野月、MY。著有小說《蝙蝠》、《人和人們》、《苦瓜集》、《野葡萄》、《鐵檻》、《無花的薔薇》、《北歸》，詩集《木筏》，與古丁、爵青同為「藝文志派」代表作家。參見，劉慧娟《東北淪陷時期文學史料》，頁40-42。

77 史之子（古丁）〈大作家隨話〉，《明明》1卷5期，1937年7月1日，頁14。

的小說單行本《花月集》序文以「荒原般的寂寞」形容當時的苦悶，他回溯與文友合作創立「藝術研究會」的緣起：「我們是一團有著健全官能的畸零人。我們都是聰明的，我們知道，倘不在吶喊裡覓生，便只好在沈默裡尋死。」[78]筆者認為，作為他「驅逐荒原般的寂寞」的文學試金石，便是其筆下以邊境風土為題材的小說。一九四〇年五月，疑遲會見了心儀已久的白俄流亡作家拜闊夫之後，稱許其作品「把握住了北滿地方的特有色彩」，使讀者「看見滿洲的未經開墾的處女地的壯麗。也可以知道那長年在北滿寂寞的森林裡馳騁著的勇士們是如何地生活著！」[79]疑遲從拜闊夫作品獲得的啟發，也充分展示在他的風土書寫中。

　　一九三七年五月，疑遲的短篇〈山丁花〉[80]揭載於「滿洲國」文藝刊物《明明》，小說以伐木工在高山林場開荒的故事為主軸。故事場景東山里隸屬今黑龍江省慶安縣一帶山區[81]，該林場由南滿鐵道株式會社出資經營，故事透過來自各地的勞動者被剝削勞力與金錢的遭遇，鋪陳日本資本進入後引發的經濟型態及自然環境變遷。疑遲筆下幾經胡匪洗劫的貧困農村已不復見過往自給自足的景象，與缺乏工作機會的農村相對照的，則是需材孔急的林業公司每年招攬大量苦力投入伐木行列。趙永順的先祖官職顯赫，但目不識丁的他徒具手藝卻無處施展，面臨「窮得這樣太對不起老祖宗」的困境；鄰居張德祿雖略懂文字，但因為鄉間「活計少，閑人多」，不得不跟隨趙永順腳步出

78　疑遲〈關於我的創作——代序〉，《花月集》，撫順：月刊滿洲社，1938年5月，頁3。

79　參見，疑遲〈拜闊夫先生會見記〉，《詩歌人・讀書人連叢第4本》，頁22。

80　疑遲〈山丁花〉，《明明》1卷3期，1937年5月，頁74-85。

81　滿鐵自一九〇八年後，陸續在中國東北及中韓邊境投資許多森林採伐、木材加工事業，每年從山區廉價取得大量坑木、電杆、枕木和一般木材，採伐季節常雇用數百至數千名工人從事採伐、造材和運送作業，東山里為當時主要的伐木林區之一。參見，蘇崇民《滿鐵史》，北京：中華書局，1990年12月，頁318-335。

走家鄉，共同踏上販賣勞力的長途。這群離鄉在酷寒林場賣力伐木的難兄難弟們，一心期盼來春山丁花開的時節能夠領錢回到故里。然而，他們先是為租賃斧鋸繳納高額款項，而後遭無預警取消休假，掘獲人蔘也被監工脅迫繳出，升火取暖卻不意引起燎原大火、導致工資被苛扣，年節支薪又在監工勸誘下輸得精光。等到返鄉前夕結算帳目，張德祿發現酬勞餘款僅夠支付回程旅費，但考量繳納不起房租的家境，只好步行回鄉。

隨著季節與時序推進，小說幾次點描林場中遍生的山丁樹，從結籽到開花，象徵伐木工人對未來美景的想像，並以花開暗喻歸期，「等過年春天，這堆山丁樹開花的時候，咱們就該算帳下山了。」、「最晚到穀雨，山裡就完活了。年年到那兩天，這院裡的山丁花開的香呢。」但令他們始料未及的，卻是公司管理者不曾間斷的壓榨與剝削，花開時節反諷地對比伐木工希望幻滅的終局。因此，「棚欄外頭白胡胡的一片山丁花，開得正香，但是他們誰也沒心鑑賞，邁大步地走向了前頭亮堂的地方」，對期待落空且歸心似箭的他們來說，林場成了亟欲擺脫的黑暗世界。上述情節，除了呈現代表林業公司的基層管理者「劉把頭」不斷苛扣下層工人以外，也突顯出更為龐大的、作為殖民主義經濟事業體縮影的林產掠奪現象。

在偏遠車站實習的疑遲，曾遇見幾個身穿破舊衣褲背著行李的苦力，因付不出車資而選擇徒步啟程：「此後我屢次看見些和他們類似的行旅們，穿的是一樣的破，背上也都背著行李和斧子」、「他們都是些打了大半年的木頭，沒剩多少錢，或是有著一行手藝而沒場地施展，看歷年的辛苦，結果都是白幹，沒可奈何中，再回到他們灰色的故鄉去。」[82]這篇自白加上故事中那無法逆轉的階層宰制、無可抗衡

---

82 疑遲〈我怎樣寫的山丁花〉，《滿洲報》，1937年7月16日；轉引自小松〈夷馳及其作品〉，收入陳因編《滿洲作家論集》，大連：實業印書館，1943年6月，頁317-326。

的勞資關係，帶領讀者窺見一個寂寥濕冷、全無光亮的東北密林世界。「我覺得數十年如一日的東山里，最近的情況許能好些？不過徘徊在候車室裏的張德祿型的朋友，怕還是有的是吧，我感到有些出來的必要。」[83]而那群被新時代推擠到社會邊緣的勞動者身影，也多次出現於疑遲的其它作品。

二　鄉土文藝論爭

圖三十三　疑遲〈山丁花〉原刊、山丁〈鄉土文藝與「山丁花」〉、山丁樹
（筆者攝於內蒙）（由左至右）

〈山丁花〉刊登時，雜誌「編輯後記」讚賞疑遲的筆致凝鍊，肯定此篇題材特殊，「是前人所未取過的新的境地」[84]；同時代作家山丁視〈山丁花〉為鄉土文藝的代表作，他呼籲作家、評論家、讀者應「把握著時代的意識，在我們的國度裏（圈子裏）進行人類歷史所負

---

83 疑遲〈我怎樣寫的山丁花〉，同前註。
84 朝二路〈編輯後記〉，《明明》1卷3期，1937年5月，頁86。

的正確任務」、「滿洲需要的是鄉土文藝」[85]，在作品的意識與寫作技巧都應側重現實的觀點下，山丁將疑遲譽為「現在滿洲文壇的拓荒者」。針對山丁的鄉土文藝觀，作家古丁（1909-1960）[86]則提出了批判。當時任職「滿洲國」國務院總務廳統計處的古丁，與疑遲為職場同事，兩人都是《明明》同人。古丁在〈偶感偶記竝餘談〉中提及，山丁高度評價疑遲作品是為販賣鄉土文藝而將〈山丁花〉予以標籤化，「文學不該是那樣偏狹的東西，我不主張文學局限在一個小的天地裡。」在諷喻山丁的鄉土文藝觀只是新瓶裝舊酒的論述後，古丁接著意有所指地暗示倘若評論者一味替作品貼上鄉土文藝的標籤，「非

---

85 山丁〈鄉土文藝與「山丁花」〉，《明明》1卷5期，1937年7月1日，頁27。山丁，一九一四年生於遼寧省開原縣。原名梁夢庚，又名鄧立，筆名梁山丁、菁人、小倩、梁倩、梁茜、茅野、阿庚、馬庸、岳進、武拾遺。一九三九年，山丁與文友秋螢、吳瑛、梅娘、冷歌、戈禾、楊葉等人在新京籌組「文叢刊行會」，於一九四○年後又接續發行純文學雜誌《文選》、《文叢》、《文穎》系列雜誌，此同屬一個系列的社群在文學史上的定位以提倡「鄉土文學」著稱。山丁在「滿洲國」出版的作品有小說《山風》（1940）、《鄉愁》（1943）、《綠色的谷》（1943），詩集《季季草》（1941）、散文集《東邊道紀行》（1942），1943年後因遭列入特警黑名單而流亡華北。參見，劉慧娟《東北淪陷時期文學史料》，長春：吉林人民出版社，2008年7月，頁31-33。白長青《遼寧文學史》，瀋陽：遼海出版社，2005年7月，頁245-255。

86 古丁，原名徐長吉，又名徐汲平，筆名有史之子、史從民、尼古丁等。一九一四年生於吉林省長春市，一九六四年病逝。幼年就讀於日人所辦學堂，故精通日語。一九三二年就讀北京大學中文系期間參加「北京左翼作家聯盟」，撰文於左翼刊物《紅旗》、《四萬萬報》，北京左聯遭破壞後，於一九三三年返回東北，任職「滿洲國」國務院總務廳統計處，一九四○年離職創辦「藝文書房」，出版「駱駝文學叢書」。古丁返回新京後的文學活動始於參與日人城島舟禮出資的中文文藝刊物《明明》，《明明》停刊後又與小松、外文、疑遲、爵青等人組織「藝文志事務會」，一九四三年十一月創刊《藝文志》。古丁共有《奮飛》、《平沙》、《原野》、《一知半解集》、《浮沉》、《新生》、《竹林》、《譚》八部著作在「滿洲國」時期出版，一九四二至一九四四年間三次「大東亞文學者大會」召開時，皆以「滿洲國」作家代表出席，被「滿洲國」政府視為滿洲中國人作家的領軍人物。參見，李春燕編〈古丁小傳〉，《古丁作品選》，瀋陽：春風文藝出版社，1995年6月，頁657。

特殺了自己的批評，而且也殺了被評的作者」，真正適合滿洲文壇的
創作路線，應是放棄鮮明的口號標語，採取「沒有方向的方向」，以
及大量「寫與印」。評論末了，古丁重申並非反對鄉土文藝的內涵，
而是「並無所謂『路』，同時也不願意有『導師』給指『路』」。[87]此
後，以古丁、外文等作家為首的《明明》、《藝文志》作家群，便與山
丁、秋螢、吳郎等人代表的《文選》、《文叢》派，就創作的形式與內
容展開歷時四年的論辯。

　　根據黃萬華及孫中田等學者的研究，早在鄉土文藝論爭形成之
前，《文選》、《文叢》派訴求的「暴露鄉土現實」便已逐漸成為滿系
作家的共識，蕭軍、蕭紅出版的單行本《跋涉》（1933），以及山丁的
短篇〈跑關東〉，皆是對此路線的探索，用以作為應對「滿洲國」高
度言論統制下的寫作策略。[88]一九三六年九月，關東軍籌畫設立了統
轄「滿洲國」境內所有新聞及通訊機構的弘報協會，統一支配各通訊
社和報社，包含報紙和新聞製作材料。一九三七年七月，由弘報協會
全額出資的「滿洲國」通訊社成立，藉由撤銷、合併與新設等規劃，
淘汰弱小報社，日文報紙發行量激增。[89]中日事變後，協會擴大為弘
報處，具體任務有控制輿論、控制文藝、管理出版物、影片及其他宣
傳品等九項。此外，一九三七、一九三九年分別設立了滿洲圖書株式
會社、滿洲書籍配給株式會社，壟斷教科書發行、編輯國策圖書，並
大量進口日本出版物。[90]另有統計資料顯示，自一九三五至一九三八
年間，禁止發行的報紙達七四四五份，雜誌二三一五份，普通出版物

---

87 引自，史之子（古丁）〈偶感偶記竝餘談〉，《新青年》，1937年10月30日，頁17-20。
88 孫中田、逄增玉、黃萬華、劉愛華《鐐銬下的繆斯──東北淪陷區文學史綱》，長
　　春：吉林大學出版社，1999年11月，頁21-26。
89 解學詩《偽滿洲國史新編》，北京：人民出版社，2008年4月，頁380-391。
90 解學詩《偽滿洲國史新編》，頁610。

三五〇八冊。期間日本內地大量傾銷圖書與影片，以一九三六年為例，共進口五十八萬七千餘冊書籍，一九三七年增至三八〇萬冊，一九三八年達一千餘萬冊。[91]許多前行研究已指出，上述期間的文藝體制、言論檢查和取締，重挫滿洲文壇[92]，蕭軍、蕭紅、羅烽、白朗、舒群、駱賓基、端木蕻良等人陸續逃往關內。戰後疑遲也向文友轉述，他在警察廳機密檔案上看見許多作家皆名列黑名單[93]。血腥鎮壓左翼文化人士的六一三事件（1936）、口琴社事件（1937）發生後，文藝創作環境益加受限。

　　《明明》的後身《藝文志》發刊於一九三九年十月，創刊辭表明如下宗旨：「藝文為文化的最具象的東西，滿洲作為藝文的素材，不失為絕好的寶庫」、「藝文之事，端在寫與印」[94]。《文選》、《文叢》派的小說家吳郎也撰文說明近似的看法：「在豐富的滿洲自然界裏，立定多方面的搜集，結集滿洲人文的特色的精萃，但趨向於真正大眾層的手法，在原則上是不同情於『異國情調』，而注重於『文化體的』」[95]。由此可見，鄉土文藝論爭的兩方陣營皆不反對「鄉土」作為一種文藝的表現形式，但《明明》、《藝文志》派認為面對緊肅的文化統制，摘

91 楊志和〈東北文藝大事記（1919年-1948年）〉，《東北現代文學史料》第9輯，1984年6月，頁140-178。

92 參見，岡田英樹著、靳叢林譯《偽滿洲國文學》，長春：吉林大學出版社，2001年2月，頁21-45；徐迺翔、黃萬華《中國抗戰時期淪陷區文學史》，福州：福建教育，1995年7月，頁69-73；劉曉麗《異態時空中的精神世界——偽滿洲國文學研究》，上海：華東師範大學出版社，2008年9月，頁10-18；李文卿《共榮的想像：帝國·殖民地與大東亞文學圈（1937-1945）》，臺北：稻鄉出版社，2010年6月，頁359-373。

93 參見，馬尋（口述）；柳書琴、蔡佩均（整理）〈從「冷霧」到《牧場》：戰時東北文壇回眸——馬尋訪談錄〉，《抗戰文化研究》第四輯，2010年12月，頁297。

94 城島舟禮〈藝文志序〉，《藝文志》創刊號，1939年10月18日。

95 吳郎〈我們的文學的實體與方向〉，《華文大阪每日》第6卷第2期，1940年1月15日，頁4。

除較敏感且立場鮮明的口號無疑是更為務實的做法。筆者認為，屬於此陣營同人的疑遲，其作品能夠在反覆論爭中受到雙方認可並讚賞，原因在於疑遲既以寫實筆法描摹底層生活，更透過人物對白、情節安排，營造鮮明的北地風光及生活型態，刻劃出獨特的地方風土。換言之，論爭中真正的爭執點並非「鄉土」是否值得書寫，而是「鄉土」應該如何描寫？如何理解或擴充「鄉土」的內涵，乃至將它轉化為具有地域色彩的「風土」。

這場起始於疑遲小說評論，而後圍繞文藝創作理念展開的論爭，引發多位滿系及日系作家的關注[96]，包含「風土」在內的「鄉土」一詞，因而成了一九三七至一九四〇年間「滿洲國」現代文學最重要的關鍵詞彙，其內涵成為不同陣營的作家們試圖定義及書寫的對象。在某些作家筆下，風土甚至成為一種家國寓言的書寫。

Prasenjit Duara 曾在論著中討論「鄉土」一詞的政治意涵，指出「現代政治是以認同為基礎，而領土的控制亟賴主觀產生的空間認同」，「滿洲國」政府便從鄉土文學作品中，擇取有利於建國宣傳者，加以大力鼓吹和運用。[97]又以山丁《綠色的谷》為例，指出小說中的白山黑水、森林、農村等東北風土，被描述為逐步消逝的中國傳統的儲藏所，取代了日人眼中此地域的邊疆性格。[98]Duara 的觀察揭示了風土環境對於形塑地域認同的重要，此外，這部長篇小說自一九四二

---

96 日系作家的相關評論，可參見，《詩歌人・讀書人連叢第4本》（藝文志事務刊行會，1940年）整理登載的「日系如是說」專題，包含日向伸夫〈滿系雜誌與滿系文學〉（頁114-115）、大內隆雄〈滿系文學人之一傾向〉（頁115）、古長敏明〈對於滿系作家底對立〉（頁115）、古長敏明〈惜滿系作家底對立〉（頁116）。

97 相關分析請參見，拙論第二章第二節〈外地案內：台灣與滿洲旅行指南中的理想風土〉。

98 Prasenjit Duara, *"Sovereignty and Authenticity: Manchukuo and the East Asian Modern,"* Lanham: Rowman & Littlefield Publishers, 2003.

年五月起連載於長春《大同報》夕刊頭版，旋即由日系作家大內隆雄譯成日文在《哈爾濱日日新聞》刊登，一九四三年由長春文化出版社發行單行本時，部分內容遭刪除。[99]無論是向來被論者視為「滿洲文壇發祥聖地」的《大同報》副刊[100]，抑或是素有「日本帝國主義在哈爾濱的主要喉舌」之稱的《哈爾濱日日新聞》，《綠色的谷》經由不同語文、在屬性互異的報刊登載，不啻說明了作品中的風土情感與認同，透過媒介傳播、被召喚、被建構的過程。

綜上所述，在文藝創作空間逐漸緊縮的環境裡，滿系作家藉由論爭，往復辯證創作的形式與內容，其中能夠傳達現實、含納滿洲人文特色的風土書寫，是滿系作家同樣認可但不便聲張標舉的一個方向。

三　東北風物誌與風土寓言

滿系作家對於描寫鄉土、風土的討論，開啟了單向的文藝政策訴求下，文學者表現社會現實與文藝精神的有限空間，然而，這樣的空間並無法長期存在戰爭時期，風土書寫的內涵也非恆久不變。面對迎合國策，創作拓墾及增產文學的要求，究竟該如何以文學向體制決戰？或是無可避免地被納入決戰文學體制？意識到文學者只能以作品來決戰的滿系作家，此時仍舊以風土書寫為核心，繼續在文藝的狹路上跛行著。

這一小節中，筆者將以疑遲的風土書寫作品為例，分析疑遲如何在有限的創作空間內書寫風土，透過風土書寫又彰顯了何種文化關懷與現實問題？

99　參見，陳隄等編《梁山丁研究資料》，瀋陽：遼寧人民出版社，1998年3月。

100　蔣蕾《精神抵抗：東北淪陷區報紙文學副刊的政治身份與文化身份──以大同報為樣本的歷史考察》，長春：吉林人民出版社，2014年9月。

　　根據作品所表現的議題來看，疑遲的小說大約可分為幾類，其一，刻劃東北民情風俗，包含底層工農困境及僑民遭遇的作品，如〈山丁花〉、〈塞上行〉、〈東山記事〉、〈長烟〉、〈雪嶺之祭〉、〈鄉仇〉、〈北荒〉、〈拓荒者〉、〈江風〉、〈夜車〉、〈月亮雖然落了〉、〈雁南飛〉等。其二，關於知識份子的思想問題，如〈西城柳〉、〈失了熱的光〉等。其三，關於由鄉進城者的迷失與破滅，如〈浪淘沙〉、〈回歸線〉等。其四，寫於大東亞戰爭末期，具有翼贊傾向的小說，如「凱歌」三部曲〈曙〉、〈望〉、〈明〉，以及〈祖孫之間〉等。由執筆及發表時間觀之，可知疑遲初期的寫作重心為描述東北風土的作品，此類小說亦是本文主要的分析核心。

　　〈北荒〉[101]是這類作品中最早發表者，敘述一個貧工家庭在工作與地方戰火中罹難的慘劇。小說開場架設的時空，是日本取代沙俄勢力大舉擴建大連市的期間，「這才是幾年的工夫，誰想到城西這片荒涼的曠野上，竟會動起偌大的建築工程來。」胥昌是這一波城市建設工程裡不斷被監工壓榨的揹磚苦力，意外身亡後，妻小領得微薄撫恤金，在缺乏謀生能力且遭受其他工人覬覦的多重壓力下，妻子「憧憬著北荒未來的光明」，因此攜子返鄉。但是當她回到松花江南岸的故鄉鳥兒河，這才發現，經歷水災、鬧胡子、跟毛子打仗後的家鄉景況已不復當年，這對母子接受礦工濟助勉力維生，兒子卻在胡匪與警衛隊互相攻擊的戰事中喪命，鄰近礦區的這片荒原終究奪去了他們的一切希望：「北荒是一片枯寂死沈的地場，黑糊糊地沒有一點光亮」。

　　〈江風〉[102]藉由松花江下游荒僻地帶的「拉幫套」[103]陋俗，鋪陳

---

101 疑遲〈北荒〉，《明明》1卷2期，1937年4月1日，頁64-71。

102 疑遲〈江風〉，《花月集》，撫順：月刊滿洲社，1938年5月，頁51-65。

103 根據作者疑遲原註：「拉幫套為松花江下游民間陋俗之一種，源於塞外之一妻多夫制度。故於一定之時期，納相當之租金，一妻可伴二夫，夜宿自有通融，二夫絕

漁民夫婦無力償還高額借款，導致丈夫接受高利貸業者一妻二夫制提議的荒謬悲劇。然而，橫暴的階級社會，並未給予這對無產夫妻一個平穩終局，身懷六甲的妻子划船捕魚時，在大型輪船掀起的巨浪衝撞下失足落水，但「火輪船早經去遠，驕傲地放幾聲得意的汽笛。」小說的最後一節，主人翁福子在徹底絕望之餘立定決心：「他覺得：如今算是毀壞了他生活的助力，過去一切的希望都成了破滅的泡沫。他覺得：他已經不能繼續過著這江上的生活，因為這地場窒悶得使他不能呼吸。他覺得：他應當到另一個所在，用極積的手段去謀取他的生存。」結局所揭示的「謀取生存的積極手段」，以更明確的方式呈現在〈月亮雖然落了〉裡。

〈月亮雖然落了〉[104]故事場景位於鐵嶺地區施家堡（今鐵嶺開原市三家子鄉施家堡村）。吳村長與自衛隊馬團長於過年前夕假借推動地方公益之名，進城租影片公開在村內播映，再按丁收款納糧，強迫村民觀影。那些原本只看過「驢皮影」的村民非但無法增廣見聞，反倒為此挨餓受凍，而馬團長家則在活動後風光辦喜事。識破階級壓迫實質及其欺瞞性的小農金升，思及家人貧病無援和無數弱者呻吟，「如同有一種力量，推動了他細瘦的身軀」、「好像在迷路的困窘裡，發現了道路」。小說末尾暗示起身抗暴的金升遭到擒捕，並以「月亮雖然落了，天亮還得一會子呢。」象徵小人物在革命前夜的覺醒過程、成功仍有待更大的力量。

〈塞上行〉[105]，以漠北邊疆台門溝（今蒙古呼倫貝爾草原一帶）的牧人與馬販為主角，描述一群刻苦勞動的異鄉人聚居邊塞草原的故

不衝突。惟最近此風已漸衰，然三江省一帶之荒僻地方，此風猶在盛行。」引自，疑遲〈江風〉，頁58。

104 疑遲〈月亮雖然落了〉，《花月集》，頁177-208。

105 疑遲〈塞上行〉，《風雪集》，新京：藝文志事務會，1941年，頁189-234。

事。那裡的日常聲音只有鞭響與馬鳴,「連電燈都還沒見過」的居民對自己來歷三緘其口,只期望有天能衣錦榮歸。但這份與世隔絕的平靜,卻遭身穿綢衣、抽化學煙嘴的外來馬販破壞了,他巧取豪奪、強占民婦,在婦人羞愧自縊後潛逃。小說在決意為伙伴復仇的牧人劉進策馬追向塞上荒原的身影中結束。

　　翻譯家與文藝評論家大內隆雄曾指出,疑遲作品經常描寫北滿雄偉壯闊的自然,「並且在他的作品中,這個雄偉大自然的作用是與作品之間產生密切關係的」。[106]小松則如此評價:「夷馳的一支筆,刺穿了社會,流露出來的不是瓊漿而是苦水。(略)以強有力的筆調,粗擴的線條,簡單的輪廓,構成一幅荒原的流民圖。又以冰冷和熱力,交織的血流,點染了一幅墾林群像。」[107]

　　筆者將以上作品進一步與〈山丁花〉並置觀之,發現這類作品的結構,多為描述一個被孤寂籠罩的邊地世界中底層人物處境,故事地點皆遠離都市塵囂,封閉且自絕於外地散布在北陲的冰川雪原上,如〈北荒〉的烏兒河、〈山丁花〉的東山里、〈塞上行〉的蒙古荒原、〈長烟〉[108]的烟筒山、〈雪嶺之祭〉[109]的張廣才嶺……等饒富意味的空間設定。疑遲的風土書寫刻意擇取這些地域為場景,其邊境風土敘事遠離南滿鐵路與中東鐵路主幹道,遠離殖民主義開發的節點(nodes)都市,小說人物或久住塞外,或流徙荒原,他們有的遭逢以日本帝國

---

106 大內隆雄〈滿系文學の展望〉,收入田邊澄夫編《滿洲短篇小說集》,東京:滿洲有斐閣,1942年3月,頁341-355。中譯文〈滿系文學的展望〉,收入大久保明男、岡田英樹、西原和海、代珂、牛耕耘《偽滿洲國日本作家作品集》,哈爾濱:北方文藝出版社,2017年1月,頁216-226。

107 引自,小松〈夷馳及其作品〉,前揭文。

108 疑遲〈長烟〉,《華文大阪每日》4卷5期,1943年3月1日。

109 疑遲〈雪嶺之祭〉,《東北現代文學大系》5,瀋陽:瀋陽出版社,1996年12月,頁574-632;原刊於《學藝》第2輯,1944年1月。

為後盾的「滿洲國」資本主義驅逐，有的面臨現代化進程中的陣痛；有些人成了外力襲擊下的受害者，有些仍以傳統生活方式迎戰惡劣環境。那些偷拐搶騙、擎槍決鬥、騎馬長奔、雪山圍獵的人物境遇與塞外荒原融合、聯繫在一起，邊地風土形構其苦難，也賦予他們韌力與啟示。以上主題經常交叉或重疊出現，呈顯了一個現代制度與帝國律法、殖民資本鞭長莫及的小說世界。

除此之外，小說對白以東北方言為主，間雜部分俄語，情節推演時帶入許多地域性的民情風俗，在章節末尾處，疑遲又特意以白話文對這些方言與風俗加以註解，茲舉數例如下：

> 祭山：是在伐木工作沒開始以前，工人們對「山神」行的一
> 　　　種許願。（〈山丁花〉）
> 山丁花：山丁又名山櫻桃，春日開白花，結紅色果，酸味，可
> 　　　食。（〈山丁花〉）
> 幫辦：是副站長的土稱。（〈夜車〉）
> 里皆拉：是俄語小票車的意思。（〈夜車〉）
> 　　　跑腿子：是單身在外謀生者土稱。（〈夜車〉）
> 吃勞計：即傭工之謂。（〈月亮雖然落了〉）
> 魚子：是大馬哈魚的子，鹹熟後，呈紅色，狀如櫻桃，乃俄
> 　　　人長備菜之一種。（〈雁南飛〉）
> 槽子船：是用一塊樹幹作成的船，狀如槽形，故名。（〈江風〉）
> 底鈎：是松花江上捕魚法最普通之一種，取鋒利的鈎，狀如
> 　　　鐵筷，直豎江中。魚性好奇，觸之輕傷鱗膚，即不能
> 　　　動，漁者以布兜取之。（〈江風〉）

經筆者翻查發現，作品集結出版後，疑遲甚至針對部分註解進行增補

或修改，由此可見疑遲對小說註解內容的重視。[110]滿系作家吳郎曾讚譽疑遲「善用了鄉語和方言」，具有「土語作風」的特點。[111]古丁在前引〈偶感偶記竝餘談〉一文中亦指出，〈山丁花〉的選材和小說中添加註解的形式皆獨具新意。[112]

　　由方言詞彙的運用來看，疑遲小說應是有意識地將能夠讀解方言或中國白話文的人作為預期讀者，以此觀之，其作品不僅是單純展演故事情節的小說，更形同一篇篇描繪荒原流民圖與林墾群像的東北風物誌。筆者認為，這種以文學為主要形式、風物誌為次要形式的小說，傳達了對殖民主義及「滿洲國」計劃性經濟開發的隱微批判。疑遲曾藉由〈拓荒者〉裡正直樂觀、殉身防堵堤壩潰決的農人姜坤，傳達「保守自己祖宗打下的江山，本來是遲不容緩的事情」之信念；在這個面向上，刻劃漂泊東北曠野的流民、以風土書寫回應帝國話語的滿系作家疑遲，除了是山丁所讚譽的「滿洲文壇的拓荒者」，無疑也是東北風土的保衛者，他透過風土寓言投射了歷史的災厄、現實的矛盾與心中願景。

小結

　　本節分析滿系作家疑遲的風土書寫，筆者認為，疑遲筆下那些場

---

110 以〈山丁花〉為例，作品於《明明》發表時，篇名的註解較為簡略：「山丁又名山櫻桃，春日開白花，結紅色果，酸味，可食。」小說收入《花月集》出版後，該筆註解改為：「山丁又名山櫻桃，落葉灌木，高至七八尺，嫩莖生密毛。葉橢圓或長橢圓形，有鋸齒，互生，春日開白花五瓣，略似梅花，實為小圓形之核果，熟則色紅，味甘酸，多液，可食。」

111 吳郎〈八年度的創作（續）〉，《盛京時報》11393號，1942年1月14日，頁3。

112 古丁〈偶感偶記竝餘談〉，頁19。此外，在疑遲之後，另一滿系作家田兵也曾仿照此一形式創作，參見，田兵〈麥春〉，《東北文學研究叢刊》2，1985年10月；原刊於《新青年》，1940年5、6月合刊。

景座落於鐵路主幹道之外的風土寓言，含納了對於現實問題的挖掘與批判，同時也包含著他以書寫保存東北民俗風物的思考。文中歸納指出，日本殖民主義風土論述與「滿洲國」本土風土論述相互競爭，在符碼層面企圖將扶植政權收編為帝國裡的一個「地方」；而「地方」則以傳統風土敘事作為抵抗，於符碼層面回應來自帝國的話語壓力。

第三節　廢墟與新都：爵青筆下的滿洲新人試煉場

前言

　　本節欲以爵青的小說為具體案例，探討他如何採用現代主義文學的形式，糅合封建家族風俗與都市文化批判，描繪「滿洲國」統治下新世代男女對現代人身份與意識形態的苦思及追求。

　　筆者嘗試分析爵青筆下兼重象徵主義和批判意識的〈哈爾濱〉（1936）與〈麥〉（1940），闡明這兩篇帶有自傳性色彩的小說如何致力思辨「現代人」主體，爵青如何是一個徹底的現代主義者？此外，筆者也將考察作品中的都會如何成為一種殖民主義現代文明的代碼，在其「現代人」主體思辨過程中產生關鍵性影響？爵青筆下的都會又是如何形成一種對殖民主義的批判論述，藉此呼應其他滿系作家的風土書寫。

一　從「殖民都市批判」到「封建家族批判」

　　爵青（1917-1962），原名劉佩，筆名有遼丁、阿爵、劉爵青、可欽，一九一七年十月生於長春。一九三三年新京交通學校畢業後，就

讀奉天美術專業學校，直至一九三五年畢業，同年前往哈爾濱[113]，先後在滿鐵哈爾濱鐵道局佳木斯公署、哈爾濱鐵道局附屬醫院擔任祕書和翻譯。分別於一九三五、一九三七年加入《新青年》與《明明》雜誌，與兒時玩伴古丁重逢[114]。一九三九年後爵青成為《藝文志》同人，是年末，辭去哈爾濱工作返回新京，一九四一年進入「滿日文化協會」擔任職員。[115]曾出版小說集《群像》（1938年5月）、《歐陽家的人們》（1941年12月）、《歸鄉》（1943年11月）。爵青是「滿洲國」現代主義代表作家，由於文風多變詭譎，被當時的批評家百靈譽為「鬼才」，創作屢獲大獎肯定，中篇〈麥〉得到第二回「滿洲文話會獎」，為滿系作家首度獲頒該獎項。一九四一年，〈黃金的窄門〉獲第一回「大東亞文學賞」次選。一九四二年，〈歐陽家底人們〉獲第七次「盛京時報文藝賞」，同年被選派代表「滿洲國」作家，赴日參加「大東亞文學者大會」。除了創作，爵青也常署名「可欽」發表日、法等外國文學譯作。

　　一九三五年，爵青初到哈爾濱這個東北最早的殖民都會，殖民語境及城市風土帶給他許多殊異感受。他曾在短文〈異國情調〉裡寫道，由於耽讀哈爾濱出身的作家靳以短篇集《聖型》，書中「以世紀末精神讚美的手腕所描寫出的地方色彩」，如賣淫窟、地下室酒場、賭場、亡命天涯的白俄人等等，使他對素未謀面的城市產生「病態」聯想。抵達哈爾濱後，他並未震懾於多國勢力交會的城市景觀，也未沉迷在殖民者大力推動的現代化建設，反倒語帶批判地指陳：「在這

113　阿爵〈異國情調〉，《哈爾濱五日畫報》9卷31期，1937年2月15日。

114　古丁〈麥不死：讀「麥」〉，收入陳因編《滿洲作家論集》，大連：實業印書館，1943年6月，頁357。

115　爵青的生平參見，柳書琴〈魔都尤物：上海新感覺派與殖民都市啟蒙敘事〉，《山東社會科學》222，2014年2月，頁43。蔡鈺淩〈文學的救贖：龍瑛宗與爵青小說比較研究〉，清華大學臺灣文學研究所碩士論文，2006年8月，頁56。

裡我看不見美國的新文化，新俄的野性建設，或啟蒙民族的原始文化，而是黃金時代消失的落寞的頹廢美。」[116]「東方巴黎」哈爾濱在他眼裡成了畸零文化聚集的陰鬱國度，中世紀的強大民族如今卻連生活溫飽都遭遇困難，但葬送了黃金時代的民族又豈止白俄，沒落白俄實為喪失主權的中國東北之借喻和隱語。這股「頹廢的落寞的異國情調」衝擊著爵青，形成他早期都市書寫的重要意境，爵青自述：「在這些作品裡，我時時看出了我的少年時代的官能和感覺，為了紀念我的快樂的、惡魔的少年時代，我樂於把他們收在這裡。」[117]

　　一九三六年二月，爵青在《新青年》發表了殖民都市批判小說〈哈爾濱〉。隨著中日戰爭爆發與文壇統制強化，這篇創作初期具里程碑意義的小說，卻成為他「滿洲國」時期創作中殖民主義批判尺度的極限。往後，由都市文化省思轉向封建家族批判，出現〈麥〉、〈歐陽家底人們〉一類的優秀作品，乍看之下，創作越發精熟，主題卻予人日趨保守之感。然而，主題的保守，是否即為思想的保守？主題上失去先鋒性的封建家族批判小說，與其殖民都市批判小說之間存在怎樣的關係？皆是筆者欲探討的重點。

　　根據黃萬華及柳書琴研究，哈爾濱都市書寫是爵青對上海新感覺派文學的借鑑與仿作，「以其在現代主義藝術多個層面上的探索、呼應，補充著從劉吶鷗、穆時英到徐訏、無名氏的中國現代派小說」[118]、「把上海新感覺派典故化，含蓄表現滿洲國獨特的社會困境，同時也

116　阿爵〈異國情調〉，前揭文。

117　爵青〈輯後〉，《歐陽家的人們》，新京：藝文書房，1941年12月初版，1943年11月改定版。

118　黃萬華等著《鐐銬下的繆斯：東北淪陷區文學史綱》，長春：吉林大學出版社，1999年11月，頁159。

傳達他對上海新感覺派缺乏殖民主義批判觀點的都市意識。」[119]由此看來，爵青的初期創作即表現了異議的、前衛的思想特質。

　　不過，爵青透過都市啟蒙小說針砭「滿洲國」現代性的創作取向，到了一九三〇年代末期卻出現變化。一九三九年六月，爵青在大型文學季刊《藝文志》創刊號上發表〈蕩兒歸來的日子〉，這篇小說宛如分界，他習用的敘事模式自此有所轉換，「外來青年的都市啟蒙之旅」改以「蕩兒歸鄉後再度出走」的故事呈現，此後陸續創作的「歸鄉小說」，皆可看出一再重複的模式化情節及總體隱喻。王確認為歸鄉小說「隱藏著與殖民者的衝突和對殖民者的警惕」[120]，是掌握作家精神世界非常重要的一個系列。

　　我們雖然無法由現存文獻確切得知其主題轉變的具體考量，但帶有自傳色彩的〈廢墟之書〉（1939）裡敘事者的追問，或許可視為其「都市書寫」的總結以及調整創作方向的宣言：

> 我們由舊的廢墟裡走出後，所創造的世界為什麼會也使之成了廢墟，在一個長期間，我曾苦惱於這問題的解釋。

> 拆了父祖留下的卍字迴廊，這迴廊的舊跡裡就能生出新的鐵筋士敏土的現代建築嗎？[121]

---

119 柳書琴〈魔都尤物：上海新感覺派與殖民都市啟蒙敘事〉，《山東社會科學》222，2014年第2期，頁49。

120 王確〈殖民地語境與爵青的身分建構〉，頁141-146。

121 引自，爵青〈青春冒瀆之二〉，《爵青代表作》，北京：華夏出版社，1998年8月，頁95。小說原名〈廢墟之書〉，發表於《藝文志》第2輯，1939年12月17日。後更名為〈青春冒瀆之二〉，並修改部分內容收入《歐陽家的人們》一書。

顯然，爵青的答案是否定的。故而，筆者必須提問，究竟爵青主張出走和回歸的必要性及策略為何？他用哪些作品進行這個「新生問題」的思辨？

和爵青同時代的作家對他的作品呈現兩極化評價。王秋螢嚴厲批判其創作缺乏現實關懷：「始終是帶著小市民（小資產階級）的態度，用一種觀念論的看法，表現出他極端自我的意識，一種超現實的神祕怪誕的夢幻，極力逃避眼前的現實，……，所以作者的作品沒有一篇能表現出社會中人生的高度」、「所表現的東西都是一種傾頹的廢墟」。[122] 巴寧則認為爵青的文筆樸實洗鍊，適度刻劃了不同階層的人物性格和苦悶，使人從中感到「一股要吶喊的力」。[123] 爵青作品在藝術特徵上究竟具備了哪些先鋒性？創作內容又迴避了哪些現實？都市書寫展現了怎樣的思辨性與左翼色彩？為何引發截然不同的評價？殖民地語境對其作品的題材選擇與意義生成起了何種作用？上述問題或可由他創作取向的轉換一窺究竟。

就讀奉天（原名瀋陽）美專的時期是爵青的文學起步階段。時年十六、十七歲的他成為《奉天民報》文藝週刊「冷霧」撰稿者，屢有詩作揭載，當地發行的《盛京時報》、《泰東日報》、《滿洲報》、《新青年》等報紙文藝副刊或雜誌也有創作發表。大抵而言，爵青在此階段嘗試了超現實主義和新感覺派的寫作，如同王確的研究所指出，爵青出自「審美的選擇」的文學追求一直是前衛的，他關注遠離社會現實性的「人類生活的現實性」，卻也由此遭受乖違現實的評論抨擊。[124]

---

122 光（秋螢）〈論劉爵青的創作〉，收入陳因編《滿洲作家論集》，大連：實業印書館，1943年6月，頁339-343。

123 巴寧〈妓街與船上〉，收入陳因編《滿洲作家論集》，大連：實業印書館，1943年6月，頁344-350。

124 王確〈殖民地語境與爵青的身分建構〉，《社會科學戰線》，2011年第9期，頁142。

他曾苦惱於作品在「暴露文學」的點評中失去價值[125]，也曾思考如何尋求「人類生活的現實」與「社會現實性」之接合。這類思索在他轉往哈爾濱任職後，已漸能在創作中落實。

　　以一九三六年發表的短篇小說〈哈爾濱〉為起點，爵青的都會書寫取材於一九三五至一九四〇年間在哈市的生活見聞，包含〈哈爾濱〉、〈斯賓賽拉先生〉、〈某夜〉、〈巷〉、〈男女們的塑像〉等作，此類小說大多經由主人公從都市獲得啟蒙、新生的過程，針砭「滿洲國」現代性。筆者稱此類作品為「都市批判小說」。到了一九三〇年代末期他返回故鄉長春後，其創作取向再度出現變化，舉凡〈蕩兒歸來的日子〉（1939）[126]、〈廢墟之書〉（1939）、〈麥〉（1940）、〈歐陽家底人們〉（1941）等，皆可看出爵青在帶有知識青年「歸鄉－出走」模式化情節的小說中，不斷以一個蒼白、虛弱、低能、游蕩的主人公與周遭不同性格男女，辨證並存於「滿洲國」的社會性與精神性「廢墟」。以下分析稱此類作品為「封建家族批判小說」。他在作品中用怎樣的手法進行考辨，解剖現代人身份認同？從奉天、哈爾濱到長春，創作歷經超現實主義、都市批判、封建性批判的階段變化，究竟爵青主張從何出走，為何出走，又歸向何方？正是筆者企圖處理的論題。

　　以上述兩類題材中的代表作品〈哈爾濱〉（1936）與〈麥〉（1940）為例，筆者認為，爵青透過互文手法，在〈麥〉中暗示讀者其與〈哈爾濱〉的血緣性。在創作時間上，〈麥〉發表於〈哈爾濱〉之後；但在故事時間上，〈麥〉卻早於〈哈爾濱〉。發表時間與故事時間的顛倒，提醒我們注意「封建家族批判小說」與「都市批判小說」之間共享某種脈絡。〈麥〉是〈哈爾濱〉故事的前史，「封建家族批判小說」

---

125 爵青〈關於〈關於滿洲文壇〉〉，《滿洲報》，1936年9月4日。轉引自，王確〈殖民地語境與爵青的身分建構〉，頁142。

126 此作原於一九三九年六月發表於《藝文志》第1輯，後更名為〈蕩兒〉，收入《歐陽家的人們》一書出版。

是「都市批判小說」不能向前延續時的延續。換句話說，在「滿洲國」文壇日漸緊肅之後，〈哈爾濱〉那樣的內容已經成為禁忌。受到工潮領袖「孫國泰」啟蒙而激動衝出工廠的「穆麥」之後情，已是作者和讀者永遠寫不得、讀不見的絕響。在故事不能與時俱「向前進」的情況下，爵青給予「碰壁的文壇」上「絕響的故事」的解套方案，就是讓故事「向前寫」。總之，〈麥〉是〈哈爾濱〉的前史，封建家族批判小說是都市批判小說「前史補敘」策略的實踐，「封建家族批判」是「滿洲國」裡言論尺度碰了壁的文學透過主題幻術的一個繞道。

爵青透過互文方式勾連前期作品，召喚讀者拼湊出他作品的完整世界，特別是召喚一個在一九四〇年代已失落的激進時期。惡化的時代，使爵青不得不把最激進的敘事停格在一九三六年，但是他的停格並非停滯，而是永恆化。〈哈爾濱〉是其文學批判的最高峰，「封建家族批判」則使此一都市批判論題向前辨證，持續、加深並加廣。有鑑於此，以下將依照故事時間的先後分析，首先討論的是中篇〈麥〉。

二　麥子如何不死：迎向現代

參照爵青的生平履歷，他約於一九三九年末由工作多年的哈爾濱回到家鄉長春（時為「滿洲國」國都新京），一九四〇年三月結婚後，進入日本對滿的文化統制機構「滿日文化協會」[127]擔任委員及祕

---

[127] 滿日文化協會於一九三三年十二月在新京成立，由「滿洲國」執政溥儀擔任總裁，其主要工作為，「在各領域的調查研究外，還通過創建援助博物館、圖書館，以及對古跡保存事業的支援，日滿文化的介紹、各種文化編纂工作、出版等」，初期尚能維持純學術性色彩，至一九三五年溥儀訪日後逐漸加強其國策性。參見，（日）滿洲國史編纂刊行會編；東北淪陷十四年史吉林編寫組譯《滿洲國史　分論》，長春：吉林省內部資料，1990年12月，頁771；李文卿《共榮的想像：帝國・殖民地與大東亞文學圈（1937-1945）》，臺北：稻鄉出版社，2010年6月，頁344-345。

書。[128]自一九三九年十二月發表短篇〈廢墟之書〉，爵青開始了「封建家族批判小說」的系列創作。由於爵青的創作方向轉變恰與生活異動若合符節，返鄉、成家、轉職等空間移動的體驗，促使他採取多重視角，辯證性地思索「現代」與「故鄉」的象徵意涵。因此，我們或可將他在〈廢墟之書〉中的「新／舊廢墟」批判，理解為即使舊時代符碼被推翻，取而代之的新興城市卻未必能建構出進步的文化秩序。其次，我們也可由此窺知，即便進入「滿日文化協會」任職後創作主題愈趨保守謹慎，爵青面對無從選擇的新政體、新國都卻絕非完全認可，只是採取更加曲折隱晦的寫作策略，將故事架構在新舊文化折衝的封建空間，藉以呈現不同面向的批判。

　　〈麥〉的主角陳穆離家四年，在異鄉求學的他大病初癒後，為走出孤獨低潮及感念叔父[129]年事已高，決意回到久別經年的家鄉。然而，往昔盛極一時的門第，如今已頹敗不堪，飄滿陰森氣氛，成了「夜間有蝙蝠，白天有癩貓」的廢園。家門上引為治家格言的木刻對聯搖搖欲墜：「掃門前雪我盡我分故知者行其所無事／看天上月時缺時圓若君子名之必可言」[130]。陳穆對舊宅裡的人與物事經常投以陌生化的凝視：

> 這裡所有的只是悠然，使世間一切事物的秩序都要弛緩起來的悠然，……。偌大的客廳裡便塞滿著悠然的氣氛，……，話題也便這樣來往於詩詞，紅卍字，戰爭軼聞，風流韻事，性病及其療法，麻雀和美食，官場與鴉片，甚至於書畫鑑定中間。

---

128 關於爵青生平，參見筆者於二〇一〇年夏天在長春訪問爵青之女劉維聰的訪談筆記。
129 小說中，陳穆稱父親為叔父，本文進行分析時沿用此稱謂。
130 爵青〈麥〉，頁373。

　　由地上也發出腥惡的濕味來，這色調，這氛圍，這聲音，這味
息使他起有了如躺在棺柩裡的窒息感。[131]

　　更令他懊悔難堪的是，叔父新娶的嬸母竟是多年前奪去他童貞的「朱
婉貞」。小說以徘徊宅邸的癩貓隱喻這個好食魚鮮的「魔女」，歸鄉之
旅使陳穆再次受到魔女威脅糾纏，欲望試煉與背德罪愆將他牢牢綑
綁。至於朱的舊識「高摯每」，表面上受叔父重用協助公司事務，私
下卻與朱暗通款曲，最後更竊走巨款漏夜潛逃。同一時間，叔父接受
朱婉貞提議勸誘陳穆與朱家姪女結婚。面對嬸母蓄意謀畫的亂倫婚
約，陳穆再也無法承受叔父的昏昧懦弱與封建桎梏，決定再次離家，
社會輿論因此將他視為竊盜共犯，小說至此達到了衝突的高峰。

　　陳穆由廢墟出走後如何解決思想與價值的衝突呢？關於這個問
題，小說安排了另一位「新女性」——表妹「蘭珍」作為對照。蘭珍
是一名鄉村小學教師，她曾啟發陳穆思索，侵吞工人殉職金致富的承
包商以及窮困勞動者間的因果關係。當陳穆茫然無緒向她求援，視她
為情感浮木及「能使他得到大解脫大覺悟的偶像」，蘭珍卻痛斥陳穆
的無能與依賴：「一切不能存在的，在其末路的盡頭，便將滅亡，你
的家第也是如此。……。你的家第將你養成一個脆弱的小少爺，你的
教育將你變成一個無能的大學生。」、「你是會得救的，而救主卻唯有
你自己。」[132]

　　如果說叔父代表的是母土傳統與封建文化，使叔姪兩人背負亂倫
罪惡的嬸母朱婉貞象徵被現代性浸透的新價值，而蘭珍的論斷和責
難，則透顯出社會主義思想傾向。藉由「舊父」之愛與「新母」誘
惑，乃至社會主義思想的刺激等情節，小說訴說的正是由城返鄉的知

---

131 爵青〈麥〉，《藝文志》第3輯，1940年6月15日，頁378、382。
132 爵青〈麥〉，頁416-417。

識青年，如何回應母土傳統的召喚，如何在倫常及欲望的網羅、新舊
文化折衝的時代裡抉擇「現代人」主體。陳穆終能覺察自己身為新世
代的使命：

> 假若我依然依存於父代，讓那藉諸父代而傳來的幾千年的傳統，
> 再來侵蝕我，我即將滅亡，否則因不甘於這滅亡，即將反抗，
> 我的不安和失寧，<u>縱不是反抗，也絕非屈服，我絕未甘屈服</u>。

> 這新的世代也許就是在這狹路上涉跋一代的命運。不過這<u>新的
> 世代是必要往大道上去了</u>。[133]

他決定背棄已然去勢的家族廢墟、拒絕父愛的恐嚇與哀求，因為他清
楚洞見「此生永守那即將歸為殘磚斷瓦的舊宅，惋惜那曇花一現的歷
史，究竟不是我這肉與色的身子所被賦與的命運」。那麼，新世代的
命運與責任又該如何體現呢？小說透過穆麥的去向給出了解答──穆
麥高喊著「縱不是反抗，也絕非屈服」，揭下招考小學教師的廣告前
往省城應徵，矢志成為人師。

　　陳穆抉擇與家父決裂、切斷母土臍帶，表明了當文化母體將死／
僵死，懷抱理想的新世代唯有出走尋求救贖，才能開創新局，設若裹
足不前，將與母土一同淪喪。〈麥〉的前言引述《聖經》文句：「一粒
麥子，不落在地裡死了，仍舊是一粒。若是死了，就結出許多子粒
來。」[134]棄絕家族的陳穆就像脫離母株的麥粒，母體雖亡，但新生可
期。誠如古丁所論，〈麥〉是「不能生欲生」的青年拷問自己的筆

---

133 爵青〈麥〉，頁419。引文底線為筆者所標示。
134 爵青〈麥〉，頁365。

錄，也是爵青的自傳詩篇。[135]

小說末尾有段饒富意味的敘述，那是出走後的陳穆前往省城 C 所看到的城市景觀：

> 出了小街，便是一條擺滿銀行和官署的大路。窗飾豪麗的商
> 店，以同樣大的建築，逗引著行人的視覺。在大路盡頭的廣場
> 上，屹立著一座記念某殊勳者的石碑，每當他走進那裏，常是
> 仰望不止。最近他對於目覩耳聞的一切，往往妄自加以批評，
> 常仰望這石碑，眼睛也被這塊巨大的死石頭截住，便覺得這石
> 碑或也將像自家底舊宅一樣，終有一天會坍倒下去。於是便大
> 踏步地走開來，走過廣場。便是這縣裏唯一的公園。鑿山濬
> 河，極不自然地構成著人造風景，公園下面是座架在河面上的
> 橋，橋那邊便是不很整齊的舊市街，望去那轅輕雜亂的屋簷，
> 似乎是一處貧民窟……[136]

省城 C 應為「滿洲國」國都新京（原名長春）的代稱，小說似乎有意藉由林立著銀行、官署、商店、石碑、廣場、公園、人造河、貧民窟的都市風土來象徵一個殖民都會空間。早熟而急進的經濟結構與城市建設，使殖民地都會呈現新舊市街錯落的混雜景觀，上述引文也從歷史進程思考城市地景與國家秩序的意義，歷史巨輪前進不息，任憑是多麼宏大的偉業總有坍毀的一刻，殖民地都會所標舉的「現代」、「文明」與「進步」建設，彷彿就在這樣的嘲諷下土崩瓦解了。取而代之的是，賣淫者、嫖客、賭徒、苦力、富商、貴婦蝟集的拼裝風景，而這樣的特寫正是在「滿洲國」此一現代文明的試煉場中，折射出的現

---

135 古丁〈麥不死：讀「麥」〉，頁351。
136 爵青〈麥〉，頁420。

圖三十四　新京‧大同廣場，摘自《朝鮮滿洲旅の栞》
（南滿洲鐵道株式會社東京支社發行，1938年8月）

實發展矛盾。小說揭示了現代陰鬱籠罩下新世代的精神面貌，讓讀者
了解「滿洲國」的「現代」是怎樣一個時代。

　　綜上所述，〈麥〉以封建家族批判小說的形式，進行「現代人」
主體的思辨。主人公陳穆在追尋現代人身份認同的過程中，經歷了三
重試煉，分別是父愛代表的封建體制，朱婉貞代表的感官欲望，以及
由表妹蘭珍表現的社會主義意識形態。陳穆藉由與叔父、嬸母對決，
與表妹進行意識形態辯證，完成對自我欲望的認識、和解及超越。他
既沒有降服於家族溫情和欲望，其思辨也並非完全仰賴他人助力，而
是經過反覆思維與抉擇，終能脫卻封建體制和風俗因襲的枷鎖，確立
其滿洲新人的認同。

　　小說以家族崩解為主題，背景裡的城市風土著墨不多卻有重要隱
喻，影響著陳穆的「現代人」主體思辨，乃至成為激發他通過試煉的

關鍵。不斷盤旋在他心中的探問是：「富家子是什麼？大學生是什麼？叔父是什麼，嬸母是什麼？家財是什麼？而這自己又是什麼？」[137]，以及麥子究竟如何才能不死？這場試煉最終提煉出的答案便是——不計一切代價，脫離廢墟，成為一個現代人／滿洲新人。這是他對個人生存價值的確認，也是他對自己現代主義文藝信念的確認。作品終了時，主人公在內心獨白：「那些孩子們能聰明得和城裏底孩子一樣，聽懂我這口由大學教室裏練來的一套話？」[138]爵青意在言外所欲對讀者表露的是，含藏高度隱喻和象徵的作品寓意能夠被讀者理解嗎？在寂寞嚴峻的時代裡能否尋覓知音？這些深沉而艱澀的提問在〈哈爾濱〉中以更為繁複的形態呈現。

三 魔女的超克：擁抱現代性的多張面孔

古丁的書評中提及，〈麥〉據爵青所說是部未完之作，是新世代青年的「第一課」人生讀本。[139]筆者認為，爵青較早發表的〈哈爾濱〉便是〈麥〉的「第二課」讀本。在都市批判書寫中，〈哈爾濱〉是較全面呈現他對於都會文明和現代性思索的一部作品。故事時間描寫的一九三四年，正值日人積極推動「大哈爾濱都邑計畫」（1932-1934）之際，該都市計畫乃是「從地理特點出發，以逐步推行（日本）帝國對北滿諸項政策為基點」，哈爾濱被定位為北滿的經濟、軍事及物資集散地，成為日本在中國東北殖民計畫的資源掠奪中心。[140]

---

137 爵青〈麥〉，頁400。

138 爵青〈麥〉，頁422。

139 古丁〈麥不死：讀「麥」〉，頁355。

140 哈爾濱市地方志編纂委員會《哈爾濱市志　城市規劃　土地　市政公用建設　4》，哈爾濱：黑龍江人民出版社，1998年12月。

爵青將小說舞臺架構於此，採全知觀點，由站在高崗的外地青年「穆麥」俯瞰市景揭開序幕：

> 由高崗望下去，建築物群恰如擺布在灰色的盆地中的絕崖，被夾在建築物與建築物之間的街路，形成著縱橫的脈狀河流。人馬、車輛、錯亂的步伐就像迅速奔流著的液體似的。遠處屋頂尖上端的廣告燈，隨著落日劃出花文字來。哈爾濱的都市風景沉沒在黃昏的紫霧中了。[141]

為了驅逐令人疲倦的市井塵囂，登高瞭望成了穆麥每日的偷閒時光。這個始於逃離的故事，開篇第一段即從制高點捕捉都市節奏，以快筆點描哈爾濱的資本主義色彩與主人公對物質文明的拒斥。

　　走出學校便面臨失業的穆麥接受資產家聘任，成為五個孩子的家庭教師，但是他剛到哈爾濱一個月便若有所感：「一個剛接近的都市，就給他如此不良的印象，這都會是不能久住的。」、「這都市的氣壓過低，他想要個爽朗愉快的高空。」除了經濟結構快速轉變的新興空間令他感到壓迫，似乎有個更巨大、不便言明的、超出知識青年穆麥經驗範圍的哈爾濱，使得來到大城謀生的異鄉人倍感困惑與畏懼，危機彷彿一觸即發。由高處俯視之外，穆麥更多時候把觀看目光投向街道人群，小說多次透過穆麥搭車的移動路徑及視線，描摹都市景觀、推動情節發展。

　　第一次的車上城市漫遊，出現在穆麥看完電影後被迫與資產家的三姨太「靈麗」共乘返家。對穆麥而言，陪同擁有「妖冶的身子、危險的腦袋」、並且熱烈追求自己的尤物女郎搭車，無異是個嚴峻考驗。內心的焦慮促使眼中所見汽車、櫥窗、建築皆幻化成「從山岳橫

---

141 爵青〈哈爾濱〉，《爵青代表作》，頁1。

斷面中露出來的太古化石層」，行人和廣告失去實像，喧囂車聲恰如
海洋中的巨響怒濤，令他暈眩。陷入歇斯底里的穆麥「眼前出現了一
片黑光來，搏住了自覺」，那一片讓穆麥暈眩的黑光，其實是以右臂
溫柔靠近他的靈麗。小說經由敘事者的意識流動轉換虛實場景，以變
形景物反映主人公侷促難安的心理狀態，兩人之間的情欲潛流暗潮湧
動。這一次的觀看，將大城市予人的精神壓迫及主人公對摩登女性的
迎拒猶疑合而為一，後續情節中靈麗對穆麥的強勢追求、兩人共度春
宵後穆麥如獲「重生」，也因此同樣帶有城市寓言色彩。

　　穆麥的第二次城市漫遊，起因於在酒館偶遇靈麗的舊情人「孫國
泰」，孫對他娓娓道來靈麗的複雜情史，並形容這位來自外地、入主
富裕之家的歡場女子，「血管裡老爬著遊戲男性的血霉」、「放在都市
裡，決是個危險的東西」。穆麥與孫國泰一席長談後墮入迷惘，大醉
酩酊的兩人在酒後共同搭車轉往孫國泰住處。車行自市中心駛向道外
區，穆麥從朦朧中甦醒後發現自己置身腐屍惡臭瀰漫的街區：

> 兩個人正走過一家髒污的飲食店，暗色的矮屋裡，透出下級烹
> 調的餘味來，那個穿著油膩長衫的廚師，瞪著一雙劊子手才有
> 的眼睛，罵著在門外用黑手擺弄著包子的禿孩子；接著是一家
> 鮮果鋪，在門外竹簍堆中，本該為鼠類繁殖區的陰苔的，坐著
> 個顏色棕灰的山東婦人，把粽形的足露在外面。……；再過去
> 一處窪地，灰白的炊煙裡露出陰濕的小木屋來，木屋的屋脊參
> 差不齊，有的屋脊上還飄著洗完的破亂衣褲，木屋隙間的小路
> 上，有半面陰影搖曳著，在木屋群的盡頭，是個髒綠色的水
> 潭，上面漂著貝色的浮藻和青苔，不知道是哪一只窗子裡，飛
> 出來一支下流的流行民謠。[142]

---

142 爵青〈哈爾濱〉，《爵青代表作》，頁11-12。

當穆麥意識到自己站在全哈爾濱最黑暗的妓館街時,「木屋群就在眼前一齊坍毀滅了」。小說再度運用心理描寫,展示這座城市加諸於人的精神刺激,同時也以長段篇幅刻劃勞動者、山東移民、妓館街等底層敘事。在這些被刻意放大處理的畫面中,無論是貧民集聚的破陋木屋群或孫國泰居住的地下室,皆籠罩著幽暗陰鬱的色調,恰與商埠林立、廣告燈閃爍的明亮市街形成反差。從市中心到近郊,具體而微地呈現階級分化的都市景觀,穆麥彷彿走過明與暗、豪奢與寒傖對立的兩極化世界。第一次漫遊時的「觀看」讓他領略城市的聲色欲望,第二次「觀看」則穿越城市內裡,目睹了物質條件低下、如地獄般幽暗的貧民聚落,那是新興都會刻意隱蔽的內部差異,也是爵青意圖在前後兩次觀看中對照呈現的現代性想像。

　　值得注意的是,延續前兩回觀看時的暈眩與酒醉,穆麥第三度乘車瀏覽市景時,同樣是精神恍惚的。小說描寫漫步街頭而遭靈麗擄獲、陪同留宿旅館的穆麥,「完全是一具失了理智的軀殼」,他既無法全然推拒「半獸主義」靈麗的威脅與誘惑,也無法理解「為什麼五十萬的人們能天天敷衍下去而沒有痛苦呢,為什麼這個都市沒有毀滅的命運呢?」在困惑之餘他又似乎有所領悟,因此,「像願意丟失一件東西似的,把菸尾巴由嘴上摘下來,扔到窗外去」,他的童貞隨即被靈麗奪去。翌晨醒來,穆麥回想昨夜春宵,竟而暗喜,「走在浴於朝氣中的鋪道上了。由清冷的建築物隙中掠過來的風,像輕快的肥皂沫似的灑在身上。」[143]

　　穆麥的城市漫遊,從第一次面對誘惑的畏懼,第二次發現城市內在實相,到第三次歷經疑惑、妥協、接受而重獲「新生」。他對於城市的觀看,也從接受靈麗前的意識朦朧,至兩人發生關係後轉而清

---

143 爵青〈哈爾濱〉,《爵青代表作》,頁15。

醒、輕快。小說彷彿藉此暗示，穆麥在與都會／魔女的磨合過程中，
肆應、接納了現代性的多張面孔，乃至在超越後獲得某種新生。

　　小說最後一次描寫穆麥觀看哈爾濱，出現在場長要求穆麥前往工
場談話的途中。坐在馬車裡的穆麥，「走過高大的建築物的陰影，走
過矮小的商店街，漸漸跑入郊外人家零星的地方。……在車身中，看
著那些郊外更矮小污髒的貧民窟和土木工人的天幕，由一列護路樹旁
的瀝青大道跑去，一轉彎就停在場門前了。」[144]伴隨穆麥視景的快速
移動，一個由城至郊、由商而工、建築由高大至矮小、景物從繁華到
荒涼的階層世界再次重現。故事尾聲，趕赴工場的穆麥發現場內正進
行工潮抗爭，而工人代表竟是變裝後的孫國泰，小說就在穆麥大受震
撼、顫慄奔逃的吶喊聲中戛然而止。[145]這個以逃離現代都市開始的故
事，在見證現代性的激烈姿態後，於高潮時刻劃下句點。

　　爵青透過新世代青年穆麥從高處俯瞰與穿街走巷，將新女性作為
新興都會的隱喻，以對比手法刻劃殖民都市的社會矛盾，用「邊
緣」、「底層」與工潮逆寫都市，揭示現代的多樣性。因此，〈哈爾
濱〉既是都市邏輯內在矛盾的呈現，更是爵青對於「何謂現代？」的
理解和重新詮釋。

　　在命名上，〈麥〉的標題與主人公「陳穆」，是由〈哈爾濱〉主人
公「穆麥」的名字拆解而來。對讀〈哈爾濱〉與〈麥〉，明顯可見爵
青在兩作中特意突顯的親緣性。首先，在人物的互文方面，以知識青

---

144 爵青〈哈爾濱〉，《爵青代表作》，頁16。

145 根據柳書琴考察，爵青〈哈爾濱〉共有四種版本，分別是一九三六年一至二月
　　間，爵青以中文發表於《新青年》10、11、12期合刊號的原作；一九三六年十一至
　　十二月由在滿日人作家大內隆雄翻譯於《滿洲行政》的日文譯作；一九四一年十
　　二月將原作收入小說集《歐陽家的人們》出版；以及，一九四三年十一月推出的
　　小說集改訂版。由於中文原作難以查閱，筆者此處討論的小說結尾乃是根據大內
　　隆雄的日文譯作。參見，柳書琴〈上海新感覺派文藝在「滿洲國」的傳播：兼論
　　爵青的版本問題〉，頁10-11。

年為敘述者的這兩篇小說，主人公皆遭都市尤物（魔女）情欲吞噬，同樣經歷一位地下革命者或精神導師的啟蒙（工潮領袖孫國泰、同情勞農階級的鄉村教師蘭珍），也陷入亂倫泥淖（場長的妻女皆愛上穆麥、朱婉貞對陳穆父子的糾纏），又在自我價值混亂的危機中尋求新生曙光。在主題闡述上，〈哈爾濱〉的資產之家雖不同於〈麥〉的傳統封建家庭，然而從覺醒者的角度觀之，其以妻妾成群的老爺、腐化懦弱的少爺、姨太女兒們的亂倫、岌岌可危的家業所顯露的無可救藥的封建性格，卻是一致的。兩作透過敘事上的互為表裡、先後銜承，引導讀者產生聯想。〈麥〉將都市當作背景、留在結尾，讓故事集中在封建家族的宅第，致力剖析其封建性，披瀝覺醒者之「新人」如何斬斷此一封建臍帶的決心。〈哈爾濱〉則將都市當作前景，藉由無以名狀的殖民都市風土、觀念、亂象對一個資產階級家庭的侵蝕沖刷，作為推動故事的主要力量。兩篇小說的互文性如下表所歸納：

表三 〈麥〉與〈哈爾濱〉的互文性

小說	主人公	魔女	地下革命者或精神導師	家	亂倫
〈麥〉 一九四〇	陳穆 （大學生）	朱婉貞 （孀母）	蘭珍 （鄉村教師）	封建家族	父、子 v.s 姨太
〈哈爾濱〉 一九三六	穆麥 （知識青年）	靈麗 （雇主姨太）	孫國泰 （工潮領袖）	資產家庭的封建性	姨太、女兒 v.s 家庭教師

除此之外，筆者更發現，被爵青用來當作小說標題及主人公名字的「穆」與「麥」，隱含了耐人尋味的線索。「穆」的發音近似法文

「moi」，意指「我」；「麥」則與英文「my」的發音雷同，即「我的」。廣泛閱讀且時常翻譯英、美、法、日等世界文學作品的爵青，對「moi」、「my」的意涵自不陌生，因而將之作為小說中的重要隱喻，其意在借「穆／moi」與「麥／my」的寓意探索「我－現代人－滿洲新人」的未來何去何從。

筆者認為，〈麥〉描寫的是主人公如何在多重價值夾擊下，不惜一切代價迎向現代性，堅持作為一個「現代人」的心路歷程。〈哈爾濱〉則透過從封建大夢中掙脫的覺醒者，一位滿洲新人的漫遊，見證現代性在不同世代、階級、族裔、性別、生存現實、政治想像作用下產生的多張面孔，進而在現代性的多元價值與可能中解放了封建性壓迫與現代性襲捲的焦慮。這既是堅持作一個「現代人」的爵青的救贖之道，也是他現代主義文學的成熟過程。另一方面，從拙論的分析概念來看，爵青小說將場景架構於鐵路沿線的節點城市，但不以歌詠，而是逆寫殖民都邑、描繪現代陰鬱籠罩下新世代人物的頹廢與浮浪，揭示都會空間的現實發展矛盾和腐敗內裡，預言它的毀滅，成為批判殖民主義現代性的「反都會論述」。

小結

一九一七年出生的爵青，從十五、十六歲的青年期開始，即被襲捲於中國東北翻天覆地的時代，見證急遽變化的殖民主義現代性在極短暫時間鋪天蓋地而來。他以新世代之姿，首當其衝面對如何在異民族統治的激烈變化下，接受現代性為歷史進化的必然，以及自己如何以一個滿洲「新人」立身處世的課題。爵青將其苦苦思辨銘記於小說，以他整個創作期來看，其殖民都市批判小說、封建家族批判小說中，「如何現代？」、「怎樣設想新人？」，互為先後，互為表裡，構成

了小說世界的核心。他以擅長的象徵主義技法，繁複的象徵，高度的隱喻，進行封建性與殖民主義現代性之批判。

在〈麥〉中，他描繪如蝙蝠般晝伏夜出的新世代，如何對崩壞中的封建傳統打從內心拒斥又恐懼；也以臀部潰爛的癩貓隱喻嬸母一類自恃貌美的敗德惡女，如何使這個被現代化侵蝕的舊世界加速衰亡。在〈哈爾濱〉中，藉由靈麗與孫國泰兩人體現了現代性的多張面孔，前者媚俗張揚，後者具有先鋒思想，透過這些面孔，穆麥得以辯證地進行一場與現代都會的批判性對話。他的各種思辨，都由一個與舊社會或新都會格格不入的「大學生」來完成，特別是「從明朗的學校實驗室出來」的大學生。透過創造「大學生」這種新社會階級，表徵新世代中擁有西方現代性底蘊的新人，並暗示獨獨是這種新人，而非「滿洲國」意識形態陶塑的「新國民」，才是創造「現代滿洲」的能動主體。

爵青演繹了「富家子必須從家中死去，在社會中新生」的思路，也演繹了「道德必須在都市多元現代性中鍛鑄，才能淨化、開展、成熟」的信念。我們看見，他筆下那些傳統封建體制支配下瀕臨窒息的主人公，如何晝夜不息苦思、如何被吞食、如何割裂血族、如何捨棄家業，又如何在殖民都市的啟示中得到新生。我們更看見，他創造的滿洲新人如何斷除封建文化繫縛，如何繞過「滿洲國」「新國民」意識形態的俘虜，不斷蕩向更邊緣、更地方的未知地域。面對因外力而崛起的殖民現代體制與倫理變異，以冷澈的現代主義之眼，不斷回歸個體存在發出詰問與回答的爵青，他的堅持令人動容。

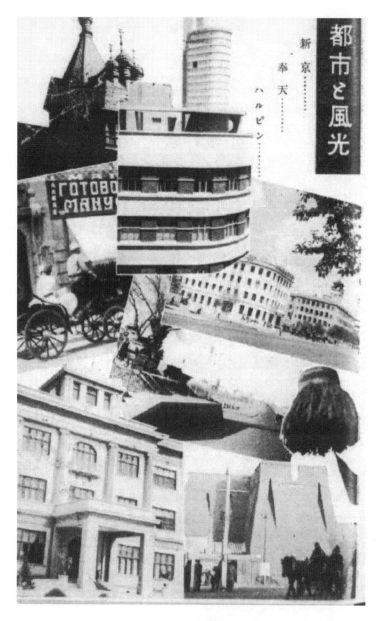

圖三十五　都市與風光：新京、奉天、哈爾濱
（摘自《滿支旅行年鑑　昭和15年》，東京：博文館，1941年5月）

第五章
風土論述影響下的地方文壇論述

第一節　風土不再是背景：從鄉土・話文論戰到
　　　　　地方文學

前言

　　戰爭期臺灣地方文化論述的出現，是推動臺灣文壇從中日戰爭開打後的「空白期」再度甦生之關鍵；而地方文化論述的構成，則是挪用「地方文化振興論」的臺灣本土知識人文化運動與在臺日人外地文化意識在總力戰體制下交互影響、激發的結果。[1]進入一九三七年以後，隱含民族主義、社會主義等意識形態的「鄉土文學」、「鄉土文化」受到壓抑，「地方文學」、「地方文化」形成一種替代論述，成為與戰爭期官方主流話語競爭的最重要策略，臺灣人作家的「地方文壇建設論」遂成了與在臺日人作家「外地文壇建設論」相互抗衡的戰

1　參見，垂水千惠《呂赫若研究》，東京：風間書房，2002年2月，頁197-203。張文薰〈從「內地」到「外地」：戰爭期臺灣文學之主題／主體轉換〉，「The Cultures of Emergency: Cultural Production in Times of Turmoil」國際學術會議，新加坡國立大學中文系主辦，2009年8月14-16日；張文薰〈帝國大學之文化介入：1940年代台灣文壇形成史〉，「交界與游移：近現代東亞的文化傳譯與知識生產」國際學術研討會，臺灣大學臺灣文學研究所、哈佛燕京學社，2009年9月10-11日。吳密察策劃《帝國裡的「地方文化」：皇民化時期臺灣文化狀況》，臺北：播種者數位公司，2008年12月。柳書琴〈文化徵用と戰時の良心：地方文化論、台湾文化復興と台北帝大文政學部の教授たち〉，收入王德威、廖炳惠、松浦恆雄、安倍悟、黃英哲編《帝国主義と文學》，東京：研文出版，2010年7月，頁314-338。

場。筆者欲指出，分析臺灣地方文化論述出現後所帶動的地方文學建設相關討論（包含外地文學、南方文學、臺灣文學等層面），將可發現以風景、鄉土、氣候自然、地方感等為特徵的風土論述在其中扮演重要角色，而該論述早在三〇年代臺、日作家的對話，或者鄉土‧話文論戰中已可看見其淵源和累積。

一　骯髒的大稻埕？：林芙美子遭批的「單眼」臺灣紀行

一九三〇年一月，在臺灣總督府邀請下，由日本《婦人每日新聞》、《女人藝術》同人與執筆者組成的「婦人文化講演團」抵臺，這大概是繼一九二〇年佐藤春夫來臺旅行之後，首次大規模的內地作家訪臺團。團員包含林芙美子、北村兼子、望月百合子、生田花世、崛江かどえ、山村やす子在內的多位女性作家，其中以長期連載日記體私小說〈放浪記〉而廣獲好評的林芙美子最受矚目。

一月五日抵臺當晚，講演團在臺北的鐵道旅館舉辦座談會，作家們侃侃而談，為期十一日、以啟蒙女性為主題的巡講就此揭開序幕。[2]此後，由總督府招待、臺灣日日新報社與臺南新報社策劃，這群內地作家走訪了臺灣神社、北投溫泉、大稻埕、萬華女工場、森林公園、新竹神社、商品陳列館、女醫師蔡阿信開設的清信醫院、霧峰林家、臺南神社、苓雅寮陳啟峰氏邸、臺灣製糖會社、屏東、基隆等多處。[3]

一行人除了集體參訪與演講，尚有官方行程之外的自由行動。林

2　參見，吳佩珍〈真杉静枝と林芙美子──「台湾」という記號をめぐって〉，《浮雲》第6號，2014年11月28日，頁2-4。

3　關於「婦人文化講演團」的行程整理，參見，楊智景〈日本領有期の台湾表象考察──近代日本における植民地表象〉，御茶水女子大學人間文化研究科博士論文，2008年3月，頁101-102。

芙美子曾記述，「觀賞所有的街道最好的方式限於自由行動」，直率說道：「走在台北城內的街上，到處可以感覺到官僚體質的氣息，一想到這裡就是台灣的首都，台灣的心臟，便令人感到一種似乎被關在教室裡的枯燥感」。[4]她在島都體會到的「官僚」與「枯燥」，緣於巡講過程不斷受到警察機關監視，同行講者甚至一度被要求更換講題[5]，團員甚至因而在札記中表露此行是趟「憂鬱之旅」。[6]

臺北城內的現代化建設與施政成效，似乎是總督府意欲透過導覽讓內地作家見證的島都風景，但此番殖民地現代體驗卻令林芙美子意興闌珊，而官方行程刻意迴避的髒亂「城外」空間，在她眼中卻形同「萬國旗一樣色彩斑斕的世界，臺灣的動脈在躍動」。[7]林芙美子抱持這樣的獨特觀察視角，在結束旅行返日後，透過不同文類的札記、小說、詩作，呈現旅途見聞。

東京《改造》雜誌於一九三〇年三月號揭載的〈台湾風景──フォルモサ縦断記〉，是林芙美子最早發表的臺灣紀行。[8]該文聚焦的臺灣大致體現為兩種面向，一類是對熱帶風土或農村景致的歌詠，例

4　林芙美子〈台灣風景──フォルモサ縦断記〉，《改造》12卷3期，1930年3月，中譯文轉引自，星名宏修〈複數的島都／複數的現代性：以徐瓊二的〈島都的近代風景〉為中心〉，收入邱貴芬、柳書琴主編《台灣文學與跨文化流動》，臺北：行政院文化建設委員會，2007年4月，頁178。

5　〈旧都臺南に新時代の風が吹く〉，《臺南新報》夕刊，1930年1月11日。

6　林芙美子、望月百合子、生田花世〈台湾たより〉，《女人芸術》3卷2號，1930年2月。

7　林芙美子〈台灣風景──フォルモサ縦断記〉，中譯文轉引自，星名宏修〈複數的島都／複數的現代性：以徐瓊二的〈島都的近代風景〉為中心〉，頁178。

8　參見，楊智景〈日本領有期の台湾表象考察─近代日本における植民地表象〉，頁93-99。林芙美子的其他旅台見聞尚有札記〈台湾を旅して〉（《女人芸術》3卷3號，1930年3月）；〈台湾のスヴニール〉（《海外》，1930年6月）；小說〈植民地で会った女〉（《彼女の履歷》，改造社，1931年8月）；詩作〈基隆水望〉、〈台中に遊ぶ〉（《面影・ボクの素描》，文學クオタリイ社，1933年8月）。

如：「萬里無雲的台北天空，柏油路兩旁裝飾著相思樹及綠意盎然的榕樹，正茂密地生長著，這就是殖民地。」、「在急駛的車窗外，紅土上的芭蕉園、甘蔗田，連綿地起伏著，從霧色朦朧的竹林間，可以看到稀稀疏疏帶有紅色支那風的農家屋簷，充滿詩意的景致。」[9]如同她在另一篇遊記所言：「比起在內地時所想像的台灣，實地參訪的景物，可以說是富有異國情調的美感」。[10]在異國情調的想像投射下，紀行文呈現了某些經過揀選的詩化了的臺灣風景。這些風景多半是觀者在半隔絕的空間（車廂或被官方導覽的情況），進行的遠觀和賞玩，其風景視野呈現的是一種無人地帶的傳統土著社會、田園牧歌狀態。

另一類，則是她較感興趣且擅長描寫的市井空間。對殖民地的獵奇捕捉與對底層階級的觀看構成此類描寫的核心，其中經常可見對殖民地街道與衛生環境的直觀式批評，例如：

> 大稻埕！大稻埕！簡直是污流。是變賣歷史的市場。（中略）那些極其污穢的東西和極其美麗的東西，是用言語無法形容的，此大稻埕，是在內地的任何地方都無法看到的，在歷史意義上也極為污穢的場所，似乎是在盜賊市場上看到的情形一樣，充滿了混沌，似乎是污水捲著漩渦。[11]

9　林芙美子〈台灣風景——フォルモサ縱斷記〉，頁144、149。中譯文轉引自，黃舒品〈帝國觀看下的「台灣」：日本文化人旅游紀行中的權力論述、地方與性別〉，中興大學臺灣文學研究所碩士論文，2009年2月，頁78-79。

10　林芙美子〈台湾を旅して〉，《女人芸術》3卷3號，1930年3月。中譯文轉引自，黃舒品〈帝國觀看下的「台灣」：日本文化人旅遊紀行中的權力論述、地方與性別〉，頁79。

11　林芙美子〈台湾風景——フォルモサ縱斷記〉，《改造》12卷3號，1930年3月。中譯文轉引自，星名宏修〈複數的島都／複數的現代性：以徐瓊二的〈島都的近代風景〉為中心〉，頁178。

林芙美子一方面肯定「色彩斑斕的世界」、「台灣的動脈在躍動」的城外臺灣人街區，另一方面又在處身當地時，被其傳統生活樣式中的污濁環境壓倒觀察，使其「美麗的東西」並未獲得平衡的論述。

此作發表後數日，《臺灣民報》隨即登出真實姓名不詳的「桃源生」〈林芙美子の「台湾風景」を駁す〉一文，予以回擊。桃源生首先表示，自己曾出席一月五日「婦人文化講演團」在鐵道旅館的座談會，聽聞林芙美子允諾「會好好介紹臺灣」而十分期待，但是拜讀了其成果〈台湾風景〉一文後卻大失所望。他指出：該文中以歧視性詞語「土人」稱呼臺灣人，「大稻埕（タイチウテア，tae-chiu-tea）」、「媽祖（ヘウソ，he-u-so）」等詞也有臺灣話讀音錯誤的問題，這些錯誤認知顯示林芙美子充其量只是一知半解的「偽臺灣通」。令他更為不滿的是，他認為〈台湾風景〉深受大眾傳媒塑造的臺灣刻板印象影響，是篇「只看到表象的遊記」，全然無法披露臺灣的實情。

桃源生指出，林芙美子「只用一隻眼睛看臺灣，而且那也只是臺灣的浮光掠影」，以及「列出一大堆像超現實主義的形容詞的中學生遊記」罷了。桃源生又質疑文中一些貶抑臺灣的描述，「您說：『臺灣有頹廢的城市，也有清新的城市……。』那何不多看看那些清新的城市呢？」、「光看您的描寫方式，內地人只會以為臺灣到處都是竊盜城和無賴漢市吧！」他的不滿還在於，紀行文清楚舉列臺灣之醜，卻不進一步剖析導致醜惡的政治因素，他甚至直言，「如果揭露臺灣的殖民政策，您應該也可以寫出和小林多喜二不相上下，有專業水準且好的無產階級普羅小說」。[12]

---

12 桃源生〈林芙美子の「台湾風景」を駁す（改造三月號）〉，《臺灣民報》303號，1930年3月8日，頁11；中譯文〈反駁林芙美子之〈臺灣風景〉〉，收入黃英哲主編《日治時期臺灣文藝評論集》雜誌篇‧第一冊，臺南：國家臺灣文學館籌備處，2006年10月，頁14-16。

桃源生的評論點出內地作家撰寫臺灣遊記的刻板臺灣印象，藉此批評林芙美子〈台灣風景〉也是對此類文本膚淺狂妄的踏襲與複製，未能揭露醜陋風景作為癥候所透露出的更多社會訊息。他也注意到〈台灣風景〉在描寫醜陋風景之餘也描寫了一些熱帶風土，但他認為那些只是「超現實主義式的形容詞」的堆砌。筆者認為，整體而言，在桃源生眼中，這位時年三十三歲，於《女人芸術》連載（1928年10月－1930年10月，共30回）個人底層生活經驗作品《放浪記》而聲名鵲起的女作家[13]，不僅不了解臺灣，也沒有了解的誠意，只是用職業作家的技巧狂妄發文而已。他以「只用一隻眼睛看臺灣」，強烈批評林芙美子面對臺灣時的右翼觀點、資本主義姿態及其以現代性獨尊的自恃。桃源生對經歷十餘年漂泊流離生活，曾掙扎於社會底層的這位「打工族」出身的新銳作家之期望，也因此幻滅。

星名宏修曾指出，〈台灣風景〉「執拗地強調『污穢』、『惡臭』的筆致中流露著一種類似殖民者的傲慢。」[14]楊智景也認為，該文流露的敵視性視線來自林芙美子作為旅行者的異國情調，以及作為日本帝國國民觀察帝國邊境的視角。[15]筆者極為同意這些觀點，此外我更認為，不論是殖民者的傲慢、獵奇者的異國情調或對殖民地的鄙視，林芙美子筆下或美或醜的臺灣風景都流於表象觀看，而她與其他圖書傳媒將臺灣符號化、文本化，形成臺灣意象的過程，恰恰是以「符號的臺灣」將「真實的臺灣」遮蔽起來的過程。桃源生正是從反抗這種意識形態的脈絡上，關注文學編碼過程中的風景書寫設計及其意識形

---

13 參見，吳佩珍〈真杉静枝と林芙美子──「台湾」という記號をめぐって〉，頁2。

14 星名宏修〈複數的島都／複數的現代性：以徐瓊二的〈島都的近代風景〉為中心〉，前揭文。

15 楊智景〈日本領有期の台湾表象考察─近代日本における植民地表象〉，前揭文，頁97。

態，期待內地作家能以無產階級文學的立場觀看殖民地，並以「風景」的描寫與闡述為契機，為臺灣的現實處境發聲。

〈台灣風景〉，以臺北為重點，把知名的臺灣人市街環境當作風景來瀏覽，並以混合美醜兩極性的大稻埕風景作為臺灣意象的縮影，在佐藤春夫膾炙人口的臺南、嘉義、霧社、臺中描寫之外，別開生面。但相比之下，林芙美子踏襲異國情調文學的外衣，卻無法達到佐藤如記者針砭社會問題的火候，其批判口吻也只有惡俗，而無諷喻的深度。桃源生寄望於內地「人氣作家」在中央文壇主流雜誌傳達殖民地社會實態的盼望無法實現，在他的觀點裡〈台灣風景〉於《改造》上的揭載，只是徒增一篇刻板的臺灣表象文章而已。

這一段沒有引起林芙美子回應的對話，是一場關於「風景詮釋的爭奪」。反映了一九三〇年臺灣知識界對臺灣如何被支配民族觀看、臺灣風景如何被編碼賦義、風景論述中的右翼觀點，已有認識。一九三〇年，臺灣進步知識份子已經有了以批判性視野去觀看風景再現的意涵，甚至以此去檢視充滿光環的日本作家之臺灣表象作品的視野。進步的臺灣讀者不滿足於被污名化、被賤斥的風景，也不滿足於空洞的、消費性的、炫奇性的異國情調風景。那麼，在自覺有左眼的臺灣作家心中，具有現實性的風景又是什麼呢？

二　風土作為批判資源：從鄉土・話文論戰到殖民地文學路線

一九二〇年代的臺灣人作家對風土描寫並沒有特別的意識，多數作品關注的是社會爭議、體制壓迫與命運。風土與人物、場景、情節……等其他小說創作元素一樣被等同思考，從無感的「背景」變成「前景」，並且形成一些方法論或批評標準，始自一九三〇年。

這個關鍵人物，是一位自覺有左眼的臺灣作家——黃石輝。其〈怎樣不提倡鄉土文學〉（1930）[16]一文的提出，使風土書寫問題，快速被納入文學者眼簾。此後，越來越多作家注意到風土描繪在作品構成、美學風格與意義營造上的作用。

黃石輝在該文中的名言：「你是台灣人，你頭戴台灣天，腳踏台灣地，眼睛所看的是台灣狀況，耳孔所聽見的是台灣的消息，時間所歷的亦是台灣的經驗，嘴裡所說的亦是台灣的語言，所以你那枝如椽的健筆，生花的彩筆，亦應該去寫台灣文學了。」誠如多數研究指出，這篇文章標誌著日治時期臺灣話文論爭及鄉土・話文論戰的起點[17]；事實上，它也標誌著臺灣新文學運動邁入一九三○年代之後，形式多元、表現成熟、意識形態激進、美學意識抬頭的轉折期。這篇文章連載於左翼色彩濃厚的《伍人報》，抨擊舊文學，強調文藝須以勞苦群眾為對象，提倡以臺灣話作為文學創作語言，深入描寫臺灣事物。這場由他發難，引發一些中文作家參與初期論爭，企望改革書寫工具的爭鳴，到了《フォルモサ》（1933年7月15日）、《臺灣文藝》（1934年11月5日）、《臺灣新文學》（1935年12月28日）（含《新文學月報》（1936年2月6日-1936年3月2日））等日文文藝雜誌創刊、日語作家加入討論行列後，對文學如何再現「真實臺灣」的探究愈見深刻，而其核心觀點就是——臺灣文學應該以臺灣人的語言，去書寫在臺灣特殊風土與歷史上形成的人文特性與社會百態。

在比黃石輝更強調指導理論的無產階級文藝運動者眼中，具有現

---

16 黃石輝〈怎樣不提倡鄉土文學〉，《伍人報》9、10、11，1930年8月16-18日。

17 相關討論可參見，施懿琳〈日治時期新舊文學論戰的再觀察：兼論其對臺灣傳統詩壇的影響〉，《從沈光文到賴和：臺灣古典文學的發展與特色》，高雄：春暉出版社，2000年，頁229-269。翁聖峰〈日據時期臺灣新舊文學論爭新探〉，輔仁大學中國文學研究所博士論文，2002年。陳淑容《一九三○年代鄉土文學・臺灣話文論爭及其餘波》，臺南：臺南市立圖書館，2004年12月。

實性的風景又是什麼呢？我們不妨從被稱為「非轉向作家」[18]的吳坤煌身上進行觀察。吳坤煌〈臺灣の鄉土文學を論ず〉是臺灣最早針對鄉土文學與現代社會、鄉土文化的承繼與批判、鄉土文化與民族文化的關係、鄉土文學論述的意識形態陷阱，以及鄉土文學的內容與形式等問題進行辯析的長篇論文。[19]文章反覆申明，不應將所有「以臺灣為舞臺，描寫臺灣人生活」的作品，一概視為鄉土文學，對鄉土文學運動中潛藏的保守性要有所警覺。他語帶諷刺地表示，「從無產階級文學的觀點勉強評定鄉土文學，它只不過是歷史所生產的過去的考古遺物」[20]，其目的在強調以左翼立場從事鄉土資源批判性的利用與改造之迫切，主張臺灣的鄉土文學應具備（追求殖民地解放的）「民族動向」與「豐富的地方色彩」，往社會主義之世界主義文藝邁進。

　　稍後，愛好新心理主義、新感覺派的現代主義者巫永福，則以〈吾々の創作問題〉，主張文學創作不可脫離人種、氣候風土、時代背景及政治的形塑。該文刊出後的次一期《臺灣文藝》上刊載了陳紹馨的讀後感，他指出巫永福一文深受法國文學批評家泰納（Hippolyte Adolphe Taine）的「種族、環境、時代」文學三要素影響。[21]巫永福確實受到泰納以實證的純客觀觀點探討藝術發展規律並以此構建出「三因素說」和「特徵說」之影響，然而巫永福自身在創作上與泰納

18 參見，柳書琴〈左翼文化走廊與不轉向敘事：臺灣日語作家吳坤煌的詩歌與戲劇游擊〉，「世界主義在中國（1600-1950）國際學術研討會」論文，美國：加州聖克魯斯，2012年9月7-8日。

19 參見，柳書琴《荊棘之道：旅日青年的文學活動與文化抗爭》，臺北：聯經出版公司，2009年5月，頁257-264。

20 吳坤煌〈台灣の鄉土文學を論ず〉，《フォルモサ》第2號，1933年12月，頁8-19。中譯文引自，吳坤煌〈臺灣的鄉土文學論〉，收入《日治時期臺灣文藝評論集》雜誌篇・第一冊，頁75-86。

21 SK生（陳紹馨）〈《臺灣文藝》創刊號讀後感〉，《臺灣文藝》2卷1號，1934年12月28日，頁112。

以文化歷史學為基礎的美學思想體系有相當距離。筆者認為，巫永福在一九三四年的此時提出這篇論文主要是為島內論戰提供思想資源。他有意提出創作方法的重要性，期望以此打開鄉土文學問題的討論。他認為文學發展的根本，既非論戰中爭執不下的文言一致、文藝大眾化之語言層面，也非吳坤煌等左翼作家堅持的無產階級文藝與殖民地解放戰鬥問題，而是如同泰納所言：如何在「社會歷史－文化精神－中心人物－藝術形式」的體系中，創造出「文學」的問題。因此，相較於臺灣話文論戰聚焦「用什麼語言創作鄉土文學」，巫永福更關注「鄉土文學的內容界定」、「如何樹立臺灣特有的鄉土文學」。在如何創造獨特性的「臺灣文本」這個問題意識上，巫永福借助外來理論，首度把文學藝術、社會歷史、在地文化和氣候風土之間不可分割的特質指出：

> 出生在平靜風光中的人，一開始就擁有和它相應的感情、生活意欲、能力；相反的，出生在荒廢風景中的人，就會有猛烈剛強的情感、生活意欲和習性。植物會被風土氣候左右，人也會受到它的影響。[22]

接著又以河川譬喻創作方法，「把自己當成一條河川向前流，客觀地測量自己和他人的距離」，對於印象、感覺、表現、詩韻之捕捉，須保有客觀的思索和判斷，方能「流向自己的極限，流向終點」。綜合其看法，如果說風土氣候塑造寫作者的感性內在，那麼客觀釐析自身、他者思維與感受間的關係和差異，「理解、選擇、斷定之後才下

---

22 巫永福〈吾々の創作問題〉，《臺灣文藝》創刊號，1934年11月，頁54-57。中譯文〈我們的創作問題〉，收入《日治時期臺灣文藝評論集》雜誌篇・第一冊，頁106-109。

筆描寫」，便可視為創作時的理性觀照。兼重感性與理性、主題與方法、內涵與形式，才有機會使臺灣的鄉土文學有別於其他地域和文化體系的文學。在此我們看見——風土優先於民族或語言，成為巫永福呼籲臺灣文壇重視的一種新視野。

　　一九三四年的當時，也正值吳坤煌、巫永福、劉捷等人隸屬的《フォルモサ》因經營困難停刊，與島內臺灣文藝聯盟匯流之際。一九三五年一月聯盟機關誌《臺灣文藝》創刊後，積極聯繫在島內外成立聯盟支部，營造環境，刺激和／漢文新文藝、新戲劇、文藝評論、文藝演講、圖書資訊各方面的發展。在文壇快速熱絡起來的期間，劉捷、楊逵、莊培初等左翼作家也紛紛加入有關「鄉土文學」、「鄉土色調」、「地方色彩」的討論。

　　有「臺灣的藏原惟人」之稱的文藝批評家劉捷，建議「採用鄉土文學的形式」、「掌握唯物辯證法的世界觀」，來建立臺灣文學。[23]信奉普羅文學路線的他，和吳坤煌同樣，對左翼作家認為是落伍形式的鄉土文學，在承認其階段性效益的前提下，認為「用臺灣做主題的鄉土文學並不是老調重彈，而是一塊尚未開墾的處女地。」[24]他曾舉出林輝焜《爭へぬ運命》（命運難違，1933）、賴慶〈女性の悲曲〉（1933）、楊逵〈新聞配達夫〉（1934）、吳希聖〈豚〉（1934）等最新發表的小說，肯定它們都是既能表現地方色彩又具有社會議題深度的佳作。他甚至以「具有臺灣特色的大眾文學」肯定兩位新人作家作品——林輝焜的《爭へぬ運命》和賴慶的〈女性的悲曲〉。[25]

23　郭天留（劉捷）〈創作方法に對する斷想〉，《臺灣文藝》2卷2號，1935年2月1日，頁19-20。

24　劉捷〈一九三三年の臺灣文學界〉，《フォルモサ》第2號，1933年12月30日，頁31-34。中譯文〈一九三三年的臺灣文學界〉，收入《日治時期臺灣文藝評論集》雜誌篇‧第一冊，頁99-103。

25　〈臺灣文藝北部同好者座談會〉，《臺灣文藝》2卷2號，1935年2月1日，頁1-7。

　　除了劉捷，我們可看見越來越多作家針對小說中鄉土色彩的運用發表評論。譬如：吳坤煌認為楊逵〈難產〉推翻了先前作品遭到「不像小說」的負評，字裡行間富有「臺灣色彩」，流暢而深入地描繪出臺灣特色。[26]同樣崇尚普羅文學的李禎祥，則批評翁鬧〈戇爺さん〉的字裡行間雖充塞了芭蕉、南洋鳳梨、魚乾店等鄉土色彩，但因缺乏深層的內涵，宛如細節過剩的東洋畫，他認為「真正的鄉土文學作品並不是東洋畫那樣的手法」。[27]從上面這些批評可知，隨著臺灣新文學運動日益進步，羅列扁平素材或演繹通俗題材，已無法符合新階段的啟蒙與革命訴求，以「風土」素材塑造鄉土文學的社會內涵與美學風格已成為共識，「風土」運用背後作者的意識形態，風土符號承載的美感、文化意涵及批判效用，都廣泛地受到重視。

　　風土如何能夠成為批判資源？楊逵又是怎樣回應這個課題呢？一九三五年末，楊逵創立《臺灣新文學》，在創刊號上，他設題邀請同人發表對臺灣新文學運動的感想。林快青提出希望確立「殖民地文藝」，他認為，充分描寫出「殖民地的特殊生活」，為臺灣文學的價值所在。[28]和這個論調呼應的是下列兩篇作品：楊逵〈水牛〉以臺灣農家常見的水牛借喻受殖者困境；張文環〈過重〉以山村蕉農母子受市場盤剝的經過，描繪一位殖民地青年的啟蒙之旅。這兩篇小說既結合階級問題與民族立場，同時也展現臺灣農民的日常生活與地方色彩，可謂「殖民地文藝」的實踐示範。

　　楊逵主編《臺灣新文學》期間，曾先後提倡「報告文學」、「殖民地文學」、「行動文學」等作為發展臺灣文學的路線，前兩者也相當重

26　〈臺灣文聯東京支部第一次茶會〉，《臺灣文藝》2卷4號，1935年4月1日，頁24。

27　李禎祥〈文藝短評〉，《臺灣文藝》2卷8-9號，1935年8月4日。

28　鄭定國、林快青等〈反省と志向〉，《臺灣新文學》創刊號，1935年12月28日，頁41-44。

視臺灣風土的效用。利用「報告文學」，他鼓勵作家們以簡練的文體和形式，報導臺灣當下的生活實情；在「殖民地文學」方面，他則說明其內涵是「構思並徹底描寫台灣式的自然、台灣式的性格、台灣式的生活」、「無論選擇什麼表現形式，都必須能傳達台灣式的現實，給人台灣式的印象」。[29]

在楊逵的鼓吹下，諸如張文環〈過重〉、翁鬧〈羅漢腳〉、楊守愚〈赤土與鮮血〉、賴賢穎〈稻熱病〉、吳新榮〈疾馳的別墅〉等不少有臺灣地方色彩又兼具社會深度的作品問世，與一九三三年後超現實主義詩歌形成兩股截然不同的風土描寫方式。《臺灣新文學》雜誌發行至第八號時，同人莊培初譴責某些「象牙塔裡」的小說家徒有技巧，完全脫離社會現實：

> 把自己關在藝術牙城裡，每天在朦朧的光線下，牽動病態一般美麗而纖細的神經。他們多半都在「神祕」四周徘徊，（中略）像是精神病患那樣執著於「□□」的可怕又奇異的腰部曲線和玲瓏剔透的乳房。

> 利用「台灣」這個特殊的氣氛，站在完全脫離政治或經濟的立場上，自視清高，就像我們看生蕃那樣懷著好奇心向下眺望。他們用「鄉土色彩」的面紗巧妙地遮蓋這一切。[30]

---

29 楊逵〈芸術における「台湾らしいもの」について〉，《大阪朝日新聞》臺灣版，1937年2月21日；中譯文〈談藝術之「台灣味」〉，收錄於《楊逵全集》第九卷，臺南：國立文化資產保存研究中心籌備處，1999年6月，頁476-477。

30 莊培初〈讀んだ小說から──臺新創刊號より八月號まで〉，《臺灣新文學》1卷8號，1936年9月19日，頁44-48。中譯文〈從讀過的小說談起：《臺新》創刊號到八月號〉，收入《日治時期臺灣文藝評論集》雜誌篇‧第二冊，頁157-163。

這是莊培初於一九三六年九月總結他自己泛讀的一些作品的傾向，藉此指責以獵奇視角扭曲地表現大眾的生存現實是「冷酷惡劣」的作法。莊培初的評論主要是反省風車詩社詩人[31]的藝術表現形式，但也包括一九三〇年代臺灣人作家內部其他風土描寫的內涵與形式的差異，譬如那些披覆風土外衣但內涵空乏的現實主義作品。他將這兩者都稱為「墳場文學」，他期待的是——摒除神祕耽美、不獵奇、不濫用鄉土色彩的小說。

《臺灣新文學》的「殖民地文學」路線追求「徹底描寫臺灣式的自然」，這和他們批評的「墳場文學」因意識形態與文藝理念相左，導致表現方法南轅北轍。「殖民地文學」路線並未否定作品中風土描摹的必要性，其排擊是針對停留在表層作消費性或東方主義式描繪者。在日本普羅文壇崩壞、臺灣共產運動遭肅清、超現實主義風潮進入島內、大眾文學開始流行的三〇年代前期，從黃石輝、吳坤煌、巫永福、劉捷、林快青、楊逵到莊培初，我們看見的是一波波關於創作與風土詮釋的爭奪。

除了作家之外，還有一位本土哲學家提出了有關風土的驚人論述。風土書寫與創作主體的關係如何，風土與文化特殊性的關係又為何？任職於臺北帝大文政學部的洪耀勳，是中日戰爭前唯一一位站在「風土－鄉土文學－臺灣文學發展」的關聯脈絡上，探究這個問題的人。林巾力曾對洪耀勳受到和辻哲郎影響的風土文化觀，進行詳細討論。[32]洪耀勳在〈風土文化觀：與臺灣風土的關連〉（1936）中提到：

---

31 參見，陳允元〈殖民地前衛：現代主義詩學在戰前臺灣的傳播與再生產〉，臺北：政治大學台灣文學所博士論文，2017年。

32 林巾力〈自我、他者、共同體：論洪耀勳〈風土文化觀〉〉，《台灣文學研究》創刊號，2007年4月，頁73-107。

圖三十六　洪耀勳〈風土文化觀〉

近來台灣的文藝運動十分蓬勃，其中，對於維繫台灣文學命脈的台灣地域之歷史，社會特殊性的關注與反省，也成為評論的焦點，（中略）然而由於最近有關風土的一般結構已有幾許明確的形象，尤其在鄉土問題備受熱烈討論之際，請容我在此提出個人的意見。[33]

---

33 洪耀勳〈風土文化觀——台灣風土との聯關に於て〉，《臺灣時報》，1936年6月號，頁20-27；1936年7月號，頁16-23。中譯文轉引自，林巾力〈自我、他者、共同體：論洪耀勳〈風土文化觀〉。

由此可見，洪耀勳不滿鄉土・話文論戰中未對核心概念的「風土」進行理論爬梳與基礎觀點建構，因此援引黑格爾與和辻哲郎等人的理論深入探究，他的風土論主要就文藝領域為對話對象。[34]和辻認為「風土」是時間與空間交互作用下形成的具體環境，也是理解人存在的基本結構。洪耀勳在其啟發上呼籲文藝界，面對臺灣風土不應僅流於印象式描繪，依憑自然科學式的外部認識也不足夠，應了解「主體」才是認識風土、感受風土、建構風土價值的最重要媒介，吾人是透過「主體來提出風土與人類、文化間的密切關係」[35]。因此，相較於巫永福受泰納影響的「風土－歷史－文化」三維思考，洪耀勳提出的是「風土－歷史－文化－主體性」的四維關係。他的貢獻在於第一次從主體（Subject）、主體性（Subjectivity）的角度，指出「風土」並非一種客觀事實，而是一種內面感知。客觀風土形塑主體的認知，內面風土又影響了主體對風土的詮釋與再現，由於主體在其中介入，社會歷史、自然風土與文化藝術的創造之間形成更為複雜有意義的關聯。他認為，臺灣的鄉土文學乃至整體的文學與藝術創造都必須理解這樣的創造關係，才能誕生真正的風土美學、真正的文化特殊性。

從「鄉土・話文」路線爭辯到一九三〇年代中期「殖民地文藝」的提倡，臺灣人作家不斷追索的，無非是社會現實議題如何利用本地人自主運用能力高的「臺灣語言」，在「臺灣地方色彩」中表現真實性、深刻性與特殊性，以此建立臺灣文學的社會文化內涵、美學面孔與符號體系。在這種需求下，風景描寫在作品構成中的重要性，臺灣風景和其他殖民地風景的差異化問題，還有如何塑造非商業消費性的

---

34 洪子偉〈臺灣哲學盜火者：洪耀勳的本土哲學建構與戰後貢獻〉，《臺大文史哲學報》81期，2014年11月，頁113-147。

35 洪耀勳〈風土文化観──台湾風土との聯関に於て〉，中譯文轉引自，洪子偉〈臺灣哲學盜火者：洪耀勳的本土哲學建構與戰後貢獻〉。

風景、非異國情調的風景，都成為作家關注和論辯的課題。在此認識下，風土逐漸成為臺灣文學書寫策略中的一個選擇、一種裝置，有關風土的討論、爭執或理論建構也成為殖民主義批判論述的一支，到戰爭期臺灣地方文化論述中仍可看見其影響。

　　一九三〇年代鄉土‧話文論戰中對風土的討論，與一九四〇年代興起的「地方文化」運動之間有何承繼與變異？風土書寫是在何種意義下繼續被關注，在不同文學路線競逐中，又如何成為論爭中的支點？下一小節擬就這些問題加以探討。

三　兩種「地方主義」

　　當臺灣人作家以「用臺灣人語言寫臺灣」為動力熱烈展開鄉土‧話文論戰的一九三〇年代前期，也是在臺日人作家深受德國鄉土主義、法國地域主義（régionalisme）啟發，企圖尋找外地文學出路之時。在這方面首開先河並持續產生重要影響的人物，便是西川滿。

　　一九三三年四月自日本返回臺灣的西川滿，一九三四年在臺出版了首部詩集《媽祖祭》，同年十月又在恩師吉江喬松鼓勵下主導創辦了文藝雜誌《媽祖》。取自海神信仰的這些雜誌和詩集，不論標題或內容都大量運用了臺灣民俗與風土素材。吉江喬松在收到詩集時，稱西川是「南方光之國的詩人」，讚賞他「把南方的異國情緒豐富地掀上來」。[36]島田謹二為《媽祖祭》寫讀後感時也表示，該詩集在日本詩史上具有無可取代的地位，其成功原因有二，一是素材的選擇，作者以亞熱帶特有植物、東方民俗信仰中的神祇和祭典、臺灣風俗和俚諺

36　吉江喬松〈「媽祖祭」を手にして〉，《媽祖》6，1935年9月10日，頁20-21。中譯文〈《媽祖祭》一卷在手〉，收入《日治時期臺灣文藝評論集》雜誌篇‧第一冊，頁276。

等等，營造出濃厚的南島情調；二是詩作語法「徹底地以正式的日語造句法為中心」。他注意到，正是南島風土及日語修辭表現，促使這本詩集能夠「脫離地方詩壇的位置，堂堂地登錄於日本詩壇本部」。[37]橋本恭子指出，遵循恩師教示，發願「將此生貢獻於地方主義文學」的西川滿，「表現南方之美」正是他用來抵抗中央文壇、培育在臺日本人文化意識的「地方主義文學」的利器。[38]外地日本人常被視為次等日本人，外地文化也不受重視，西川滿提倡南方文學，不只為了爭取中央文壇承認，也是衡量地域主義與文化階序等現實處境後的自我發展策略。而在其策略中，對臺灣風土、南國風景等元素的操作成為重要的踏板和憑藉。誠如當時臺北帝國大學教授矢野峰人所言：西川滿的作品具有「強烈的南國情調、異國趣味」，透過一個又一個風物召喚出絢麗的南國想像，是「以臺灣風景為跳板的幻想的世界」。[39]

　　或許受到西川滿引入之新行動的影響，一九三四年末《臺灣文藝》召開「北部同好者座談會」，就「如何使臺灣文藝蓬勃發展」、「文藝大眾化」、「作家與作品」、「雜誌經營」等議題多所討論時，已有作家熱衷於熱帶風土寫作，並希望以此為優勢提高個人作品前進東京的機會。這位作家是長期居住臺灣、曾入選夕刊《臺灣日日新報》

37　島田謹二〈詩集『媽祖祭』讀後〉，《愛書》6，1936年4月20日，頁45-56。中譯文〈詩集《媽祖祭》讀後〉，收入《日治時期臺灣文藝評論集》雜誌篇・第一冊，頁480-488。

38　參見，橋本恭子〈在臺日本人的鄉土主義：島田謹二與西川滿的目標〉，收錄於吳佩珍主編《中心到邊陲的重軌與分軌：日本帝國與臺灣文學・文化研究（中）》，臺北：臺灣大學出版中心，2012年9月，頁333-379；本書也曾對此進行分析，見〈東方主義與自我東方主義的多層構造：以日治時期台灣題材作品中的異國情調為中心〉一節。

39　矢野峰人〈「媽祖祭」禮讚〉，《媽祖》6，1935年9月10日，頁22-24。中譯文〈《媽祖祭》禮讚〉，收入《日治時期臺灣文藝評論集》雜誌篇・第一冊，頁277-278。

徵文的光明靜夫。[40]他坦言自己剛完成小說〈熱帶地〉，期待藉著具有
濃厚熱帶地方色彩的此作打進中央文壇。[41]

　　一九三九年島田謹二發表〈明治時代內地文學中的臺灣〉一文，
針對臺灣的異國情調淵源進行分析。他認為：由於臺灣是日本明治維
新後初次領有的海外殖民地，日本文學家因而利用國民對新領土抱持
的「異國情調」興趣，「藉著描寫台灣來推銷自己的作品」，乃至「把
臺灣當成作品中主角們自我放逐的最佳地點」[42]，明治文學家根據此
種視野與教養所完成的「臺灣印象」，直至一九三○年代的內地讀書
市場依然根深柢固。同年九月中旬，日本知名的軍隊作家火野葦平因
擔任日本「南支派遣軍報道部囑託」從日本途經臺灣赴中國，他在臺
停留一週時的一段講話，恰好成為島田上述觀點的佐證。[43]火野葦平
表示：早在他此次旅臺之前，便因「喜愛佐藤春夫的《女誡扇綺譚》
和其他臺灣遊記，總是好想去一趟對我很有誘惑力的臺灣島。」[44]由
此可見，風土特徵是日本人「臺灣印象」建構中的最重要元素，而風
土元素被長期建構並強化為臺灣意象的過程，又是在「殖民地」、「南

40　光明靜夫，約出生於一九○四至一九○五年間，作品見於《臺灣文藝》、《臺灣日日
　　新報》，一九三四年七月曾以〈朗かな人生〉入選夕刊《臺灣日日新報》「幽默小
　　說」徵文第三名，該徵文由臺北帝大教授矢野峰人、工藤好美及講師島田謹二共同
　　評選。另據報載，光明靜夫當時的居住地為彰化郡鹿港街。參見，〈ユーモア小說
　　の審查の結果を發表〉，《臺灣日日新報》，1934年7月3日，第7版。

41　〈臺灣文藝北部同好者座談會〉，《臺灣文藝》2卷2號，1935年2月1日，頁1-7。

42　參見，島田謹二〈明治の內地文學に現はれたる臺灣〉，《臺大文學》4卷1號，1939
　　年4月9日，頁37-67。中譯文〈明治時代內地文學中的臺灣〉，收入《日治時期臺灣
　　文藝評論集》雜誌篇・第二冊，頁345-370。

43　火野葦平來臺背景與行程可參考，陳藻香《西川滿研究：台灣文學史の視座か
　　ら》，臺北：臺灣大學出版中心，2017年12月，頁52。林慧君〈火野葦平與日據時
　　期在臺日人的戰爭書寫〉，《臺灣文學學報》24期，2014年6月，頁31-62。

44　火野葦平〈華麗島を過ぎて〉，《華麗島》創刊號，1939年12月1日，頁5-7。中譯文
　　〈路過華麗島〉，收入《日治時期臺灣文藝評論集》雜誌篇・第二冊，頁423-425。

進」等帝國領土擴張的脈絡之下。

綜合以上，不論是想從臺灣進軍內地，以臺灣風土作優勢向中央文壇投石問路的光明靜夫；或是有志以南方文學論述，爭取發展外地文學及外地日本人文化主體性的西川滿，風土書寫與地方色彩都為他們所看重。只不過，在臺日人的地方主義、南方文學中書寫風土的動機，與臺灣人作家透過書寫地方揭露現實的意圖，兩者間有著本質上的差異。前者的殖民主義意識形態，也導致兩者在一九三七年七月中日戰爭開打、八月國民精神總動員運動實施後，針對風土表現的立場更加南轅北轍。一九四一年一月大政翼贊會文化部「地方文化振興策」被視為戰爭期「新國民文化」的下手基礎在臺推行後，以上兩種觀點的差異更加明顯。地方文化振興策施行後，儘管官方統制使文化活動日益單一化、國策化，但文化界也因文化戰的需求而出現了短暫的復甦。[45]而「健康的風土書寫」也在這一波復甦中被提出。

建設地方文化的共識形成後，對外地文學本質的析辨在日本人文學者間引發了熱議。如任教於高等學校的灣生作家新垣宏一，主張在臺日人不宜再耽溺於「望鄉題材」，必須寫出對臺灣帶有情感的、有臺灣泥土花草芬芳的文學；[46]「那種熱愛土地的方法，以前的文學憧憬古老的事物，作品中也瀰漫著那種強烈的氣息。但今後則是要深入現實，我想這才是妥當的方法。」[47]月刊《民俗臺灣》同人中村哲回應了黃得時〈臺灣文壇建設論〉（1941）的觀點，他察覺近來日本對

---

45 參見，柳書琴〈帝國空間重塑、近衛新體制與台灣「地方文化」〉，收錄於吳密察策劃《帝國裡的「地方文化」：皇民化時期臺灣文化狀況》，臺北：播種者數位公司，2008年12月，頁1-48。

46 新垣宏一〈第二世の文學〉，《臺灣日日新報》，1941年7月25日。

47 〈臺南地方文學座談會──於臺南市四春園〉，《文藝臺灣》5卷5號，1943年3月1日。中譯文〈臺南地方文學座談會──於臺南市四春園〉，收入《日治時期臺灣文藝評論集》雜誌篇・第四冊，頁96-101。

南方的重視致使文藝家往來頻繁，但是和論爭不休的滿洲文壇相比之下，臺灣文壇卻少見文學方法論的探討。他直言，「以異國情調為標榜，根本就是外地文學的邪門外道。」、「我們期待的，乃是發自臺灣現實生活的健康作品。」[48]

　　曾任《臺灣新聞》記者、文藝欄編輯、與楊逵來往密切的田中保男寫道：「當我這樣看著那些有稻草的田地，和紫色炊煙裊裊升起的本島農家時，感覺到和內地相對而有地方性的臺灣的土地情結。（中略）我不可思議地親身體驗到有古老傳統的臺灣風土。」又意有所指表示，有些作家沉溺於派系的趣味，以「敗北的精神」寫出「敗北的文學」，「特意把臺灣稱為『華麗島』，或把本島的風土現實幻想成隱晦難懂的小說和詩的一連串作品，只不過是沒有任何發展與飛躍的自我安慰而已。這種低迴趣味、回顧趣味是一種迷幻藥，絕不能說是健康的作品。」[49]

　　在此我們看見，「健康的作品」意味著「發自臺灣現實生活的」、「有地方性的」、「臺灣的土地情結」、「有古老傳統的臺灣風土」、「本島的風土現實」等等。與健康的作品相對者，即是「敗北的文學」，而「敗北的文學」一詞在此時又經常被用來批判異國情調文學。

　　擔任《臺灣文藝》及《臺灣文學》編輯委員的竹村猛，曾就當時臺灣文壇的兩個發展方向提出其觀察：

　　　也就是負有內地文學的地區性任務的「地方文學」，和只能建立

---

48 中村哲〈昨今の台湾文學について〉，《臺灣文學》2卷1號，1942年2月1日，頁2-6。中譯文〈論近日的臺灣文學〉，收入《日治時期臺灣文藝評論集》雜誌篇・第三冊，頁224-228。

49 田中保男〈南郊雜記〉，《臺灣文學》2卷3號，1942年7月10日，頁122-124。中譯文〈南郊雜記〉，收入《日治時期臺灣文藝評論集》雜誌篇・第三冊，頁349-352。

在臺灣民俗風土上的「本島文學」──各自的正確性，其次必
須探討的問題，就是處在這樣的文學環境中的作家的態度。[50]

竹村猛相當敏感地指出了當時文壇上兩種「表現臺灣」的路線：一、
以西川滿為中心的「南方文學」（以建設日本文學的南方文學為任
務）；和以張文環等人為中心的「臺灣文學」（以描寫臺灣民俗風土為
任務）。他就兩者差異，質問文藝的正確路線應該是什麼，期許作家
思考從事文學的態度。

在這篇文章中，他還呼籲辨別異國情調的真偽，他認為，「當異
國情調支配作品時，作品就成了異國情調的幽魂」，這種被偽異國情
調的邪魔附身，沉溺於素材和外衣而喪失實體的文學是無法成功的。
正確的異國情調除了「地域素材」，更關乎創作「態度」。異國情調是
催生創作的沃土，而不應成為囚禁作家的牢籠。身為《臺灣文學》編
輯，竹村猛看似均衡觀察，實際上仍在批判《文藝臺灣》的「南方文
學」及異國情調路線。

眾所周知，一九四〇年代之後，是以雜誌《文藝臺灣》和《臺灣
文學》為據點的地方主義論述及其意識形態的對壘期。敏銳捕捉到地
方文化振興策帶來文化復興契機的張文環，也曾感慨「臺灣的文壇苦
於胎動卻又一直無法確立」，此前由於中央與地方的資源不對等，殖
民地的文學環境猶較內地鄉下落後。然而，戰時殖民地政治情勢帶動
了場域變化與文化資本的位移：

近來中央的文壇面臨瓶頸，因此開始追求具有地方色彩的東
西。筆者認為這個傾向的發端，應該是從打出農民文學口號的

---

50 竹村猛〈作家の態度〉，《臺灣公論》7卷9號，1942年9月1日，頁55-59。中譯文〈作
　家的態度〉，收入《日治時期臺灣文藝評論集》雜誌篇·第三冊，頁376-381。

　　時候就開始了吧。另外又因為日本現在正在戰爭期間。在這個
　　興亞的大業之下，當然中央文壇也不能像是過往一樣的劃地自
　　限。筆者覺得為了擴充文壇，中央自然也開始醞釀一種接納地
　　方風格的氣息。（中略）筆者認為這也是一種轉型期。[51]

文中觸及寫作題材、地方文化與時代脈動、社會情勢之間的微妙關
係。這表明因為中日戰事長期激化、太平戰爭爆發後國防國家及總動
員體制的需求，殖民地的地域優勢催化了中央對地方的重視，臺灣與
帝國的關係有了重新想像的契機。

　　以臺灣人作家為中心的文藝季刊《臺灣文學》甫創刊，黃得時便
於第二期發表〈臺灣文壇建設論〉：「再怎樣偏僻的地方都一定有適合
其地方之鄉土特有文化。活用這種特有文化，把它擁有的芳香或味道
發揮到最大極點才應該是當前的緊急任務。」[52]他呼籲應將臺灣文壇
的新建設作為地方文化之一環，寫出好作品建設穩固的文壇。也是在
這一意義上，他認為，異國情調的寫作看似華美，但無法打動人心。
鹽分地帶詩人王碧蕉的〈臺灣文學考〉，先批駁如今擁抱「中央的消
費型文化」的文壇亂象，提出臺灣文學應呈現出迥異他處的特殊性，
而建立地方文化本不待中央指導，那是臺灣知識份子的權利與義務。
接著以內地稻米移植臺灣，改良後種出蓬萊米為喻，說明移居臺灣的
內地人創作應「根據親炙的臺灣景觀、親身感受臺灣氣象、和臺灣人

---

51 張文環〈台湾文学の将来に就いて〉，《臺灣藝術》1卷1號，1940年3月4日，頁10-
　　12。中譯文〈關於臺灣文學的將來〉，收入《日治時期臺灣文藝評論集》雜誌篇‧
　　第二冊，頁464-465。

52 黃得時〈臺灣文壇建設論〉，《臺灣文學》1卷2號，1941年9月1日，頁2-9。中譯文
　　〈臺灣文壇建設論〉收入，《日治時期臺灣文藝評論集》雜誌篇‧第三冊，頁162-
　　168。

的風俗習慣」。[53]

在關於地方文化建設的大量記述中，張文環的小說多次作為參照典範被提起。呂赫若以「能夠創造出這樣的文學絕非憑理論，或者書桌上的死讀書；而是生活中所生出的力量、從體內自然湧動的血潮，是浪漫，是天才方能產生的。」[54]給予〈山茶花〉將臺灣山村生活書寫得淋漓盡致的佳評。活躍於臺灣文壇的《大阪朝日新聞》記者藤野雄士，從〈夜猿〉讀到山區農民散發出的「一種腥味的氣息」而感動不已。[55]龍瑛宗不只一次表示，張文環是他最期待的臺灣人作家，最擅長「描寫典型的本島人或本島人生活氣氛」。[56]工藤好美予以盛讚，「完全擺脫任何種類的情調，也擺脫了情調式的氣氛，或者說他從一開始就沒有陷入任何一種情調裡過。他的文章總是直接與現實面對面，挖掘著現實的一角。」[57]

上引評論將張文環置放於建設地方文化的前鋒，肯定他不刻意操作卻自然流露臺灣情調的文學表現，他細膩而敏銳地捕捉山村農庄面貌，他對臺灣風土的描繪，豐富並深掘了地方文化的內涵。這些討論

---

53 王碧蕉〈臺灣文學考〉，《臺灣文學》2卷1號，1942年2月1日，頁21-22。中譯文收入《日治時期臺灣文藝評論集》雜誌篇・第三冊，頁235-239。

54 呂赫若〈想ふまゝに〉，《臺灣文學》1卷1號，1941年5月27日，頁106-109。中譯文〈我見我思〉，收入《日治時期臺灣文藝評論集》雜誌篇・第三冊，頁134-138。

55 藤野雄士〈「夜猿」その他・雜談〉，《臺灣文學》2卷2號，1942年3月30日，頁98-100。中譯文〈〈夜猿〉其他、雜談〉，收入《日治時期臺灣文藝評論集》雜誌篇・第三冊，頁272-274。

56 龍瑛宗〈「文藝臺灣」作家論〉，《文藝臺灣》1卷5號，1940年10月1日，頁402-405；〈鼎談〉，《文藝臺灣》4卷3號，1942年6月20日，頁28-36。中譯文分別收入《日治時期臺灣文藝評論集》雜誌篇・第三冊，頁40-44；300-313。

57 工藤好美〈臺灣文化賞と臺灣文學——特に濱田、西川、張文環の三氏について〉，《臺灣時報》279，1943年3月5日。中譯文〈臺灣文化賞與臺灣文學：以濱田、西川、張文環三人為中心〉，收入《日治時期臺灣文藝評論集》雜誌篇・第四冊，頁104-116。

中,「地方文化」一詞,已逐漸取代流行於一九三〇年代、隱含臺人反動思想的關鍵詞「鄉土文學」。

筆者認為,雖然臺灣人作家、在臺日人的文化意識並不同軌,但是當戰爭後期出現地方文化振興的契機,臺、日文學者都啟用「風土」作為論述與文化資源,卻也因為對風土的理解不同而交相競合,帶動在本土地方主義與外地地方主義不同脈絡下,有關風土書寫問題的討論與寫作實踐。

小結

以一九三七年中日戰爭為界,此前的「鄉土文學」和其後的「地方文化」,是臺灣文化界討論頻率最高的兩個關鍵語彙,而無論何者其內涵皆與「風土」相關。但是由於臺、日文學陣營間不同的理念和傾向,導致有關風土的討論,當時被分屬在不同文藝主張與陣營脈絡下討論,彼此之間也有強烈的競爭性。

對臺灣人作家而言,風土論述與書寫之所以在文化界激起迴響,和他們對殖民者文化霸權的警覺,以及現實主義文藝、左翼文學的信念和實踐有關,他們關注「臺灣」如何被描寫,如何可以使「殖民地的現實」向外傳達。到了戰爭後期,臺灣人作家一方面透過風土論述延續鄉土文學論爭以來累積的批判性現實主義路線,一方面又在創作中援用風土書寫擴大了殖民批判的隱喻與維度,於地方文化振興策的縫隙間提出「臺灣文壇建設論」等主張,推動臺灣文學的建設。而在臺日人操作風土則有截然不同的動機和目的,除了耽美的異國情調文學之外,到一九三〇年代中期左右,受到法國地域主義啟發的西川滿,對風土書寫的效用有了更跨文化、更理論性的認識。他立志以臺灣這個有力位置、南方風土顯著的文化特徵,提出「南方文學」一

詞，提升外地文學的地位，發展在臺日本人的文化主體性，因此獲得不少在臺日本作家的追隨。

本節通過整理日治時期的臺灣文藝評論，觀察臺灣人作家及在臺日人文學者對風土書寫的看法，指出「風土」逐漸受到重視的過程。筆者發現，從一九三〇年代對「風景」書寫及其背後意識形態的注意，到一九四〇年代「追求具有地方色彩的東西」、「地方風格」、「鄉土特有文化」、「迥異他處的特殊性」、「臺灣景觀」、「臺灣氣象」、「臺灣人的風俗習慣」、「典型的本島人生活氣氛」等更多元的觀照，風土在文學創作中的角色、書寫方法、社會文化意涵及其政治性，於在臺日本人作家和臺灣人作家之間累積了不同的討論。「風土」逐漸從作品的背景走向前景，從一般性的素材到充滿象徵性的文化符號，甚至在不同理念的地方文學建設路線中成為重要憑藉。

第二節　怎樣寫滿洲：滿洲文學的振興與風土意象的探尋

前言

本節將探討滿洲文壇建設論與風土論述的關聯。「滿洲國」不同於殖民地臺灣從「地方文學」、「地方文化」角度挪用官方論述使本土文壇重獲生機，成立之初便標榜國家體制，其後被日本賦予大東亞共榮圈中的「友邦」地位，以之作為向東亞、東南亞、南洋擴張時，策動其他占領國的宣傳樣板。筆者希望透過梳理有關風土的論述，探討在「滿洲國」內開展的出版及論述空間中，風土書寫引發何種效益。

一　在大寂寞大荒原上：滿系作家對滿洲文學振興方法的討論

「滿洲國」滿系文學曾發生幾次較大規模的文學論爭，分別是：一九三五至三六年間以《滿洲報》與《民聲晚報》為陣地的「建設滿洲文壇論爭」，一九三七至一九四〇年間以疑遲〈山丁花〉為導火線引發的「鄉土文學論爭」，以及一九三九到一九四〇年間《藝文志》與《文選》兩派作家分別主張「寫與印」、「熱與力」的「寫印主義論爭」。[58]而在這些論爭中，如何發展具有滿洲特色的文藝、應確立怎樣的寫作方向建設文壇，始終是文壇的熱門議題。

東北淪陷之初，山丁便主張振興東北文學須「從暴露鄉土現實做起」。[59]根據王秋螢回顧，一九三五至三六年間的文壇建設論

圖三十七　《盛京時報》三十周年徵文啟事

---

58 參見，黃玄〈東北淪陷期文學概況（一）〉，黑龍江社會科學院文學研究所編《東北現代文學史料》第4輯，1982年3月，頁114-140；黃玄〈東北淪陷期文學概況（二）〉，《東北現代文學史料》第6輯，1983年4月，頁123-150。黃玄即王秋螢的另一筆名。

59 他認為：「越是質樸堅實的土壤中才會生出硬花果，滿洲確是這樣的在作品中嗅不出舶來的香水油，卻有著濃烈的沃土高粱氣息，活動著的人物也是質樸的，而且有著強韌的忍苦耐勞的大陸性。」參見，梁山丁〈我與東北的鄉土文學〉，《梁山丁研究資料》，瀋陽：遼寧人民出版社，1998年3月，頁224-243；以及，馮為群、李春燕《東北淪陷時期文學新論》，長春：吉林大學出版社，1991年7月，頁33。

爭，多數作家皆認同「文藝創作必須是現實的反映」，惜涉及「辯證唯物論，唯美主義，大眾語，翻譯和批評，寫作題材和第三種人的創作」等問題時，因意見相左導致「毫無意義的混戰」。[60]劉恆興的研究也指出，該次論戰因「滿洲國」文壇缺乏結合社會價值的文學技巧、社團與批評，只能引進國外作品以強調文藝社會功能及指導原則，當年倡議文壇建設的「漠北文學青年會」因而未見具體表現。[61]

此外，從一九三六年間發表的一些報刊文章可知，滿系作家對以「暴露現實」來振興文藝的看法不一。例如，爵青認為：將文壇發展方向定錨為用書寫暴露社會問題，這是忽略了作家個人現實生活的差異。[62]夷夫則對「滿洲文藝作品的頹廢、幻想及其反現實的諸傾向」不以為然，並批評爵青及古丁等作家作品是脫避社會現實的「布爾喬亞樣式」。[63]

同年，日本人在東北發行的第一份中文報刊《盛京時報》於創刊三十週年之際舉辦了懸賞徵文，其中一個主題也與「如何振興滿洲國文藝」有關。這個課題經由副刊主筆穆儒丐設計後，以置入國策概念的方式登場。

三個文題分別是：「一、論滿日融洽之具體策。二、二十年後之三大都市（新京、奉天、哈爾濱）。三、如何振興滿洲國之文藝使其有獨立的色彩。」[64]由於《盛京時報》向來作風保守、甚少關注新文

---

60 黃凡〈東北淪陷期瀋陽文學志略〉，《瀋陽文學藝術資料》第1期，1986年，頁2-19。

61 劉恆興〈文學、主體與社會：「滿洲國」文壇建設論爭的起源與發展（1935-1936）〉，《文與哲》30，2017年6月，頁129-178。

62 爵青〈關於〈關于滿洲文壇〉〉，《滿洲報》，1936年9月4日，收錄於張毓茂主編《東北現代文學大系》評論卷1，瀋陽：瀋陽出版社，1996年12月，頁486-489。

63 夷夫〈滿洲文壇的幾個問題〉，《滿洲報》，1936年9月18日，收錄於張毓茂主編《東北現代文學大系》評論卷1，頁275-278。

64 〈本報三十周年紀念舉辦答謝事項啟事〉，《盛京時報》9553號，1936年10月10日，頁1。

藝，據說此次徵文「曾引起東北文學青年的廣泛注意」。[65]徵文截止後，與文藝相關的文題三「如何振興滿洲國之文藝使其有獨立的色彩」，刊出當選及選外佳作共五篇。

由於題目標舉的「滿日融洽」、「獨立色彩」表現出主辦單位對「國策文藝」的提倡，因此五篇來自一般市民投稿的得獎作，在回應文藝振興、文藝特色強化等課題時，多認為「有賴國策指導」。不過，也不乏提出應以農村、鄉土、白山黑水等自然景物去表徵「滿洲現實」、「反映真正滿洲色彩」。署名「摩西」的作者似乎意識到課題的政策宣傳和誘導性，而直言都市文學在滿洲無法發揮文學振興的使命。[66]

這個富含政治色彩的徵文活動，在稿件刊出後遭到古丁抨擊。古丁指責《盛京時報》副刊主筆穆儒丐「只許發讚聲不准洩嘆息」。他認為：「振興文藝」與「獨立色彩」的吶喊，不過是焦點模糊、裝聾作啞的討論，唯有統治者賦予知識人「讀書和思索的自由」，滿洲文壇的「大寂寞。大荒原。不可救治的啞巴和聾子。」才有被救治的可能。[67]

古丁是「滿洲國」作家中，長期站在第一線關注與推動東北文學建設的一位作家。他反對御用文學，也反對鄉土文學。古丁反對鄉土文學的論點，可舉〈偶感偶記并餘談〉（1938）一文為代表。文中，他嘲諷鄉土文藝不過是裝在玉壺裡的「大豆高粱」唾餘，或是在「土產」上貼了張漂亮的標貼，再將作品偽裝成舶來品葡萄酒銷售，「可

---

65 黃玄〈東北淪陷期文學概況（一）〉，頁133。

66 參見，摩西、木林、張會義、苦節、宮憲斌所作〈如何振興滿洲國之文藝使其有獨立的色彩〉，《盛京時報》1936年11月9日至19日。

67 史之子〈大作家隨話〉，《明明》1卷5期，1937年7月1日，頁12-14。「史之子」為古丁寫作評論時採用的筆名。

別受那瓶塞的烙印和標貼的字句的騙，商人會把它輸入進來巧妙地製造偽品的」。[68]他不滿山丁將疑遲的〈山丁花〉讀解為鄉土文藝代表作：「商人往酒瓶上貼標貼，為的是賣酒，而山丁往〈山丁花〉上貼標貼，卻是為了賣標貼。因為〈山丁花〉即便沒有這標貼也已賣出去了，非特賣出而且還被拉出來幫著山丁賣『鄉土文藝』，（後略）。」[69]從古丁引爆鄉土文學論爭的這段著名評論可知，他鄙視鄉土文學，也不認同山丁認為以沃土高粱題材或暴露社會問題便可振興滿洲文學的主張。那麼，古丁的文學信仰是什麼呢？他如何思考滿洲文壇的建設問題？古丁自己的答案就是──「沒有方向的方向」，他反對所有「主義」和「色彩」，也反對在特定主義或路線上從事文壇的發展或建設。

最後，我們不妨通過對滿系作家親近、理解的日本人作家的角度，來觀看他對滿系文學的認識。十四歲就從日本來到大連工作和生活的大內隆雄，為「滿洲國」活躍的翻譯家與評論家。一九四二年在他為田邊澄夫編的《滿洲短篇小說集》一書撰寫的後記中，提到他對滿洲文學的認識。他認為過去常用「東北文藝」或「北方文藝」來稱呼滿系文學，這個稱呼實已體現了對滿系文學特質的某些普遍看法，也就是──滿系文學洋溢著「北方性」。他認為「北方性」又包括四個特點：

　　一、廣漠雄大的自然環境影響；
　　二、特別是自然條件對人的重壓；
　　三、豪邁及堅韌不拔的性格；

68　古丁〈偶感偶記拜餘談〉，《一知半解集》，新京：滿洲月刊社，1938年7月。收錄於張毓茂主編《東北現代文學大系》評論卷1，頁232-236。

69　同上註。

四、以開拓民為基礎構建的尚存過多半封建殘渣的社會結構的
　　影響。[70]

大內隆雄除了和前述諸人同樣肯定「滿洲現實」、「滿洲風土」、「滿洲色彩」的重要性之外，更難得的是看見了此地移民與封建社會結構對文學的影響。他雖然沒有對滿系文學的建設提出建議，但是透過對「北方性」的洞察，肯定了滿系文學的獨特價值。他鼓勵讀者透過閱讀滿系作品認識滿洲社會，也提醒評論者在評價滿洲文學時不可忽略「滿洲的自然、風土、氣候這些條件給人們、社會帶來巨大壓制的事實」。

以上通過不同時期、不同場域、不同立場的作者們，對滿系文學振興方法的討論，發現「滿洲現實」、「滿洲色彩」、「滿洲鄉土」、「白山黑水」受到作家一致關注，現實主義或鄉土文學是否為最有效的表現方式仍有爭議，並有像古丁這樣極其少數的作家對缺乏出版與言論自由一事勇敢提出了批判。

二　不應該放棄「摸象」：日系作家的滿洲文學獨特性討論

上一小節分析了滿系作家對風土表現問題的討論，接下來這一小節將整理左、右翼不同政治立場的日系作家對此議題的看法，包括當時新京發行的《高粱》和大連發行的《作文》所屬同人們對「滿洲文學獨特性」的相關討論。

---

70 大內隆雄〈滿系文學の展望〉，收入田邊澄夫編《滿洲短篇小說集》，東京：滿洲有斐閣，1942年3月，頁341-355。中譯文〈滿系文學的展望〉，收入大久保明男、岡田英樹、西原和海、代珂、牛耕耘編《偽滿洲國日本作家作品集》，哈爾濱：北方文藝出版社，2017年1月，頁216-226。

　　「滿洲國」在日本扶植下成立後，日本在滿蒙的勢力逐漸擴大。一九三二年九月，「國都」新京創刊了第一部雜誌《高粱》，創刊號上，署名西田悟朗的文章〈寄語諸位滿洲文藝家〉，檢討了「滿洲國」成立前的日文作品「不是過於沉浸在對日本內地的回憶，就是模仿內地的作家而脫離現實」，並喊出「滿洲就要有滿洲的文藝」一語。此外，他也提到刊物宗旨：

> 　　擁有這種強大生命力的我們，此時此刻更是期望能為文化水平的提高發展盡到自己最大的努力，所以這本文學雜誌以「高粱」為名，希望將這本小雜誌送到廣大在滿洲居住的賢士手中。[71]

　　這部雜誌的創刊者奧一，也曾在一周年紀念號上回憶雜誌發行經緯。他表示：自己曾在洋行當店員，抵滿初期每日在「充滿馬糞和塵土」的新京大街上踩著自行車遞送印刷品。有感於當地「並沒有能讓我感到喜悅的充滿滿洲文藝色彩的雜誌出現」，因此決定和好友共創文藝雜誌。他們希望採用「既有藝術感又能讓人聯想到滿洲」的刊名，起初在「紅色夕陽」、「新京」、「新興滿洲」、「滿洲藝術」等詞語間舉棋不定，後來奧一在街上「看見中國的乞丐正在吃著紅色的米飯。問他那是什麼，回答說是高粱。高粱、高粱、文藝雜誌高粱，我自己試著重複說了好幾遍。」文藝雜誌《高粱》就此拍板定名。[72]

　　奧一為雜誌命名的過程，其實是尋找「滿洲符號」的過程。「紅色夕陽」、「新京」、「高粱」雖然所指不同，但都是奧一認定最具滿洲

---

71 大內隆雄〈「滿洲事變」與文藝界、《高粱》的創刊〉，收入大內隆雄著；高靜譯《滿洲文學二十年》，哈爾濱：北方文藝出版社，2017年1月，頁95-102。

72 奧一〈探索之路：一年的回憶〉，《高粱》，1933年9月；轉引自，大內隆雄〈「滿洲事變」與文藝界、《高粱》的創刊〉，頁100-101。

色彩的風土或意象。我們不難了解奧一創辦雜誌的動機，卻未必明白為什麼他將所邂逅的乞丐吃食一景與其「既有藝術感又能讓人聯想到滿洲」的初衷暗合？在此，我們看見，他所津津樂道的「國都」裡的滿人乞丐與紅高粱一景，其實就是他眾裡尋他千百度、見獵心喜的──滿洲浪漫。而這種滿洲意象，無疑映現了日本人對外地的誤讀、偏執、蔑視與狂妄想像。

這樣的他者觀看態度和異國情調，曾長時主導了部分在滿日系作家的滿洲認識和創作，以致滿系作家曾冷語批評：「日系作家在滿洲作文學的本望，還是為了進出東京文壇的罷。」[73]不過，並非所有日系作家都如此，一九三七年大谷健夫對北川冬彥作品徒具異國情調而偏離現實的批評就是一例：

> （北川冬彥）所寫的鴨綠江的木排和中國的野雞蛋並不是純滿洲的東西。我們的作品就是要準確地表現住在滿洲的日本人的生活感情。雖然我們居住在滿洲，但是也決不是表現那些日常所見的土匪、野雞、紅土、騾馬等東西。[74]

北川冬彥為長居大連，擅長以風土符號營造滿洲異國情調意象的著名超現實主義詩人；大谷健夫則為左翼作家，活躍於大連發刊的「滿洲國」期間存續時間最長、影響力最大的日語文學刊物《作文》（1932-1942）雜誌。從大谷對北川這段批評可見，日系作家對於滿洲風土的

---

73 未著撰者〈我們的毒舌：二人匿名對談互錄1〉，《讀書人》讀書人連叢第1本，1940年7月20日，頁40-41。

74 大谷健夫〈土地と文學〉，《滿洲文藝年鑑》第1輯，大連：G氏文學賞委員會，1937年10月，頁17-19。中譯文引自，大谷健夫（著）；王吉有（譯）〈地區與文學〉，遼寧社會科學院現代文學研究所《東北現代文學史料》5，1982年8月，頁235-236。

書寫，不僅存在現代主義或現實主義的表現形式差異，也存在軍國主義或社會主義等針鋒相對的意識形態立場。

撇開個別差異不論，整體而言日系作家在什麼樣的背景下展開滿洲題材的創作？他們的風土書寫和殖民地文化語境處於怎樣一種關係？

秋原勝二，這位曾被研究者西田勝譽為「滿洲國的內在批判者」[75]的日系作家曾這樣寫道：

> 身在滿洲並不了解滿洲，身為日本人卻並不知道日本，到底，我們是什麼人？我為這種不明不白的身份感到驚愕。
> 故鄉喪失——就連這句話也覺得很飄渺。如果說是喪失，意味著喪失的東西過去曾經擁有。但實際上，我們似乎未曾擁有過。[76]

秋原勝二（1913-2015），生於日本福島，一九二〇年隨長兄移居瀋陽，春日尋常高等小學、大連滿鐵職員培訓學校畢業後任職滿鐵，一九三二年成為《作文》同人。[77]小說代表作〈膚〉，傳達對「滿洲國」「民族協和」建國精神的絕望。〈故鄉喪失〉一文則感性深沉，直言不諱地道出自己及其他日本移住者「失鄉」的精神困境。秋原將故鄉分為「精神家園」與「地理故鄉」，他認為兩者的疏離斷裂使整個日本陷入某種「漂流意識」，尤以在滿日人為甚，這樣的精神狀態也就

---

75 西田勝〈「滿洲国」の內在的批判者としての秋原勝二〉，《植民地文化研究》第11號，2012年7月，頁90-105。

76 秋原勝二〈故鄉喪失〉，《滿洲日日新聞》夕刊，1937年7月29-31日。收入大久保明男、岡田英樹、西原和海、代珂、牛耕耘編《偽滿洲國日本作家作品集》，頁212-215。

77 岡田英樹、大久保明男〈收錄作品及作家簡介〉，收入大久保明男、岡田英樹、西原和海、代珂、牛耕耘編《偽滿洲國日本作家作品集》，頁6-19。

是「故鄉喪失」。故鄉喪失之說並非秋原勝二獨有，稻川朝二路也曾自比為「失了故鄉的孤獨者」。旅滿二十年的稻川，在攜眷返日後發覺「關於日本的氣候的狀態，幾乎忘得一乾二淨」，鄰里舊識視他為外來客，他的處境宛如童話中的浦島太郎，即使回鄉卻像是在流浪，新京對他來說反成「心的故鄉」，悵惘之餘只能帶孩子到日本各地旅行，「力求讓他們在滿洲的時候從教科書學習的地理和事實在眼前看到」。[78]

　　一九一五年十一月日本公布的〈滿鐵附屬地小學校兒童訓練要目〉，明確提出深刻領會國體淵源、培養國民道德、維護國民品格等等附屬地日人教育的培養目標。[79]在滿日人教育除了補充教材之外，主要採用和內地相同的文部省發行的教科書。秋原對此感慨，身在滿洲但僅學習內地景物，「滿洲的東西，我們雖然眼睛看到了卻無法用語言來表達。而對內地的事物恰恰相反，我們只知道書本上用文字表達的東西，卻沒有親眼見過那個東西到底是什麼」。他遭遇的更大難題則是文化翻譯的問題，譬如，看見樹魚花草和四季變遷，但是「用日語並不能貼切地表達滿洲的現實」。[80]

　　〈故鄉喪失〉透露了在滿日人作家在文學上的失語、文化翻譯及書寫困境。他也深刻地反省到，失鄉意識影響所及，「對故鄉的禮讚（日本禮讚）和對滿洲的蔑視，這些無非都是那種心情的產物。」為了從上述「故鄉喪失者」的盲點與困境中脫出，秋原嘗試為流放他鄉的精神世界尋找一個出口，「在滿洲生活，就需要改造日本人的那種精神結構。（中略）順應，發現，揚棄。現在這裡需要的是看似平凡的這些過程。」、「要逐漸從這個完全與我們過去不相接的現實中，致

78　稻川朝二路〈失了故鄉的人〉，《明明》3卷1期，1938年3月1日，頁64-65。

79　齊紅深《東北淪陷時期教育研究》，瀋陽：遼寧人民出版社，1997年8月，頁70。

80　秋原勝二〈故鄉喪失〉，頁212。

力於精神的發現」。[81]依照文意，秋原提出的精神改造方策是順應「地理故鄉」的移民生活，從中發現在滿日人的特殊風貌，揚棄故鄉分裂產生的內在徬徨。

如同秋原談及的「故鄉喪失」的精神困境，日本移民如何從對他者的偏見、疏離感，以及懷鄉的執著與迷茫中脫困，改造在內地時那種日本人精神結構，適應並融入新的滿洲現實，成了日系進步作家關切的課題。在這種氛圍下，一九三〇年代後期日系作家作品中「滿人物」題材風行一時。「滿人物」即日語「滿人もの」，意為包含滿人與滿洲風土在內的特有題材。另一位《作文》同人作家青木實（1909-1997），曾對滿人書寫提出值得注意的觀點：

> 書寫滿人，不是簡單地從異國情調的視角，描寫作為異民族的他們，只以此為目的是不會寫出好作品的。也不是單純地描述他們，而是要從他們之中照見自己，由此才能塑造出有靈魂的作品。[82]

怎樣才能避免淪於異國情調獵奇？什麼是有靈魂的作品？如何從描寫他者中照見自己？青木實認為：「既然生活在這片土地上，就應該關注先於我們居住於此地的民族，並且向這一領域開拓」[83]，以之發揮「滿洲文學」的特殊性。在此，他所謂的「滿洲文學」是指產生於滿洲，相對於產生自日本其他殖民地、占領地的日本文學，而地域的風土與現實構成了這種文學的特性。青木實筆下取材大興安嶺和草原邊

---

81 秋原勝二〈故鄉喪失〉，頁214-215。

82 青木實〈滿人ものについて〉，《新天地》第18年第1期，1938年1月。中譯文〈關於滿人題材作品〉收入大久保明男、岡田英樹、西原和海、代珂、牛耕耘編《偽滿洲國日本作家作品集》，頁207-211。

83 青木實〈關於滿人題材作品〉，頁209。

境生活的短篇〈呼倫貝爾〉，也就是他對滿洲文學特殊性的追尋和實踐。研究者岡田英樹、大久保明男也曾給予「青木實是『在滿日系』作家中最熱衷描畫中國民眾生活的作家之一」之評價。[84]

　　角田時雄則進一步考慮到「鄉土－風物－自然－民族性」在創作上如何實踐的問題：

> 鄉土、風物、自然及其民族性的特殊面貌和氣氛能在文學上表現出來，這並不是由於意識地、按計劃地、靠意識形態所能達到的。而且，即使特別地強調那些，特別地予以表現出來，也不能對文學在本質上的價值和力量發生任何影響。[85]

他注意到，將風土深及民族性的影響進行文學再現有相當困難度，認為這非技巧問題，也並非計畫性的寫作所能達成。

　　同樣提倡創造「滿洲文學」特殊性的還有加納三郎（1904-1945），他於一九三三年十月由日本抵達大連擔任法官，後來加入《作文》集團，一九四二年返日。岡田英樹、大久保明男曾指出，加納三郎「滿洲文學」的相關論述中，一貫主張人道主義和現實主義。[86]

　　一九三八年末，加納三郎發表〈幻想的文學〉一文，在文中批判同屬《作文》的木崎龍。由於木崎龍斥責以「滿洲現實」為依據只是「墮入瑣碎的追隨主義」，而提倡應以「建國理想」為滿洲建設的前提。加納力陳「觀念性的、神明宣達性的文學理論」是一種「幻想的

84　岡田英樹、大久保明男〈收錄作品及作家簡介〉，頁10。

85　角田時雄〈滿洲文學に就て──成小碓氏の論を読んで──〉，滿洲文話會編《滿洲文藝年鑑》，1938年12月，頁30-32。中譯文角田時雄（著）；王吉有（譯）〈關於滿洲文學：讀成小碓氏的論文〉，收入遼寧社會科學院文學所編《東北現代文學史料》第7輯，1982年12月，頁201-202。

86　岡田英樹、大久保明男〈收錄作品及作家簡介〉，頁18-19。

文學理論」，他反對這種國策性論調之「跳樑跋扈」，同時批評無論是「逍遙於廣漠的曠野」的書寫，或「要了解滿洲，就要了解滿人的住居，體驗在其中的生活」的觀念，需警惕那充其量只是體現了滿洲的部分現實而絕非全貌：

> 我們應該尋找滿洲這頭大象的腳，撫摸它的身軀，觸碰它的長鼻，直到發現腳連接著身體，身體連接著其他部位，鼻子連接在頭上之前，都不應該放棄「摸象」。
>
> （中略）
>
> 我們必須執著地深入到滿洲社會的基礎結構中去，從部分捕捉其全體姿態，再把它提高到文學的概括上來，這是我們的理想。[87]

相對於「幻想的文學」，加納以此信念提出的「現實的文學」是什麼呢？從他的主張──「我們必須執著地深入到滿洲社會的基礎結構」可知，加納三郎的社會認識與文學理論的核心觀點是馬克思主義式的。

總體來說，日系進步作家批判了奧一、北川冬彥、木崎龍等人鄙視異民族，以國策為文學路線，或醉心滿洲色彩、異國情調、狂妄地把滿洲浪漫化的論調及態度。他們提出的，是從社會基礎結構捕捉現實；是從日本人移民者身為「故鄉喪失者」的精神缺陷，警惕並改造自己的精神結構；是一方面理解了風土形塑民族性的威力，另一方面又謹慎面對「鄉土、風物、自然、民族性」之間的關係探討與創作描繪。

---

87 加納三郎〈幻想の文學──滿洲文學の出発のために──〉，滿洲文話會編《滿洲文藝年鑑》，1938年12月，頁42-46；中譯文引自，劉靈均譯〈幻想的文學──為了滿洲文學的出發〉，大久保明男、岡田英樹、西原和海、代珂、牛耕耘編《偽滿洲國日本作家作品集》，頁231-235。

三　匍匐的山羊：官方文藝活動中滿系作家的風土觀點

　　一九三九年六月，位於新京的月刊滿洲社創刊了一份純文學雜誌
《藝文志》（《明明》的後身），社長兼發行人為在滿日人城島舟禮。
創刊號中，編排在城島所撰發行辭之後，是一篇名為〈所望於滿洲文
學者〉的文章：

> 滿洲國是夢底設計。祇是，立於其上的人，卻沒有給他以夢。
> 文學不是政治，經濟，計算以及事務。也不是意德沃羅甚。也
> 不是綱領。
> 是人。
> 東亞新秩序底建設也是從夢往夢底進行。參加這進行者是非熱
> 情和空想之子不可。[88]

作者岡田益吉當時是「滿洲國」總務廳的參事官，曾任職於防衛總司
令部調查室，以及掌理出版檢閱業務的「滿洲國」情報課。這位官員
在滿系作家發行新刊時發文期勉，而他的指導言論也以極度浪漫的修
辭遮蔽了政治性。
　　《藝文志》創刊後，「滿洲國」官方的書報檢閱及文化、言論出版
控制日益加強，作品遭禁，知識人遭逮捕和跟監的情況時有所聞，滿
洲文壇的氛圍低迷。譬如，「《文選》派」的作家石卒曾說過：「一向是
被人稱為荒寞的文壇，……展現在人們面前只是死的前夜。」[89]，暹二

---

88 岡田益吉〈所望于滿洲文學者〉，《藝文志》創刊號，1939年6月18日，頁3-4。岡田
　　益吉（1899-1981），曾任職於讀賣新聞社、東京日日新聞社、滿洲國情報課、防衛
　　總司令部調查室。
89 石卒〈滿洲文學別論〉，《文選》第1輯，1939年12月20日，頁9-19。

郎也表示：「如滿洲文壇會有健全的一天／則現在仍然是期待明天的前夜」[90]。一些由《藝文志》同人撰寫卻不署名的文章中，也提到：「批評精神和詩魂的淡薄，甚至於喪失，已成為不可遮掩的事實」[91]、「滿洲的集納里斯特（按，journalist，記者），好像是一種湊熱鬧的存在。」[92]一九四〇年夏秋之間，《藝文志》（1939年6月-1940年6月）、《文選》（1939年12月-1940年8月）、《作風》（1940）等活躍一時的同人刊物相繼停刊，作家們失去陣地，甚至遭到肅清。

　　一九四一年三月，負責出版審查的「滿洲國」弘報處發表了《藝文指導要綱》，目的是實現「文化行政的一元化領導」，要綱規範了今後滿洲藝文須「以建國精神為基調，並藉此顯現八紘一宇的巨大精神之美」。[93]古丁曾指出《藝文指導要綱》頒布後，文學者被迫協力政策宣傳活動，逐漸「喪失了某種應有的批評精神」。[94]而導致作家們封口、封筆或出走的更主要因素，還是政治壓迫。針對滿系作家的取締，以一九四一年的一二・三〇事件、哈爾濱左翼文學事件及次年的七・二七事件（1942年7月27日），對進步作家打擊最大。前者導致王光逖、關沫南、陳緹、艾循、問流等人身陷囹圄，艾循、問流死於獄中。此外，「滿洲國」政府也對日系進步主義者及共產黨員進行取締，一九四一年十一月關東憲兵隊在北滿檢舉了數十名日本共產主義運動嫌疑者；緊接著，滿鐵調查部也在一九四二年九月及一九四三年

---

90 遲二郎〈文影劇〉，《文選》第1輯，1939年12月20日，頁103-111。

91 未著撰者〈「讀書人連叢」刊行辭〉，《讀書人》讀書人連叢第1本，1940年7月20日，頁1。

92 未著撰者〈我們的毒舌：二人匿名對談互錄1〉，《讀書人》讀書人連叢第1本，1940年7月20日，頁40-41。

93 岡田英樹（著）；靳叢林（譯）《偽滿洲國文學》，長春：吉林大學出版社，2001年2月，頁28-35。

94 古丁〈沉潛和胎動：康德八年度滿洲文壇的一瞥〉，《盛京時報》11393號，1942年1月14日，頁3。

七月，檢舉了多位調查部內部的日本左翼份子，此即「滿鐵調查部事件」。文壇值此空前黑暗狀態，再次出現作家出走潮，不少作家向北京流亡，留在「滿洲國」現地的作家處境也更加困難。在物質與精神條件都極為嚴苛的四〇年代，風土又是怎樣被討論呢？作家的觀點與此前相較是否有所變化？以下將透過文藝座談會、文學宣傳隊和作家對談，加以觀察。

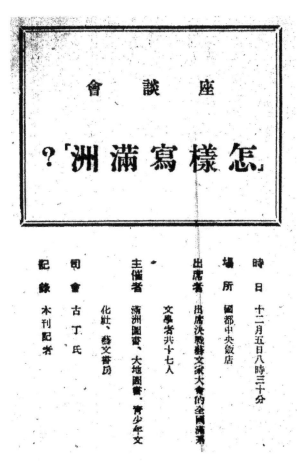

圖三十八　座談會「怎樣寫滿洲」？

　　首先，從文藝座談會中的情況開始梳理。一九四三年十一月起，終刊三年的《藝文志》作為「滿洲藝文聯盟」機關誌重新發行，根據岡田英樹研究，後期《藝文志》的中堅力量仍由先前藝文志派作家擔任。[95]同年十二月，滿洲藝文聯盟主持的「全國決戰藝文家大會」於新京中央飯店召開。會後，滿洲圖書株式會社、大地圖書、青少年文化社以及古丁出資創辦的藝文書房，還聯合主辦座談會。在這場名為「怎樣寫滿洲？」的座談會中，除了身兼主辦者的古丁之外，還邀請了爵青、小松、田瑯、秋螢、吳郎、也麗、勵行健、成弦、金音、田兵、劉漢、夷丁、穆天等十七位滿系文學者出席。

　　座談會中，古丁擔任主持並率先致詞。他首先客套地在致詞中邀請與會作家為促進《藝文志》成為「理想中的雜誌」給予培育與援助，接著就「滿洲文學的進路」徵求在場作家建議，並附和決戰大會的大旗，提出無論是勤勞增產或協力，文學家都須以作品來決戰，呼籲大家「把滿洲這壯偉的大自然美，及人情風俗的純樸，作為文學的題材」。[96]

　　承接古丁的論調，爵青則認為風土不應僅僅被當作素材，他著重風土的主體性和感受性，強調滿洲文學須超越以往素材主義的寫作方式，「把滿洲視作發生體，來感受滿洲。」[97]接著，在「怎樣寫滿洲──風土地」的討論子題下，滿系作家更為聚焦地針對文學中的風土表現提出看法，仍以爵青的陳述最具代表性。他同樣用抽象不易理解的口吻感慨：「立在自己的國土上，卻找不到故鄉的文學觀」，他反

95　岡田英樹〈後期《藝文志》──偽滿洲國末期的中國文學〉，收入岡田英樹（著）；鄧麗霞（譯）《偽滿洲國文學・續》，哈爾濱：北方文藝出版社，2017年1月，頁165-203。

96　未著撰者〈座談會：怎樣寫滿洲？〉，後期《藝文志》1卷3期，1944年1月1日，頁27-37、28。

97　未著撰者〈座談會：怎樣寫滿洲？〉，頁34-35。

對描寫「敗殘的人物和殘缺的自然」，並再次闡述他將滿洲視為發生體的主張：

> 應該把松花江寫成像法國的馬爾納河英國的太晤士河，德國的萊因，我國的沃爾加，中國的揚子江那樣偉大。

> 日本的藝術將富士山寫成一種崇高神威的東西，所以日本國民纔能一看到富士山，便不由地對國家生出崇敬熱愛的心情來。<u>我雖未曾寫鄉土，我以為要寫鄉土，必定把它寫成很獨特的我的發生體，由於這種獨特的我的發生體，纔能發現出一種美來，由此不但能創造出一種獨自的文學精神，藉此也能創造出一種新的言語。</u>[98]

除了這段發言之外，爵青並未對「獨特的我的發生體」給予更多解釋。筆者推測其所指為「主體的發生場域」。意即，爵青思考的是「鄉土－創作－主體性－美學－文學語言」之間的關聯性。

　　在這場只有滿系作家參加的小型座談會，除了古丁、爵青之外，田瑯發言承接古丁的壯偉淳樸之說，表示「滿洲有壯美的大自然，有素樸的風俗，在我們的文學作品中，是應高揚這鄉土愛的」，此外還有十餘位作家發言，但可能因戰時紙張限制及其他原因，會議紀錄只簡單帶過。岡田英樹發現，作家的發言呈現「逃避式回答」，「作為聲勢隆重的『決戰藝文家大會』參加者的發言，在這次座談會上顯得有些空泛、沒有氣氛，……，這一企劃也成了反映當時文壇實態的重要線索。」[99]

---

98 引自，未著撰者〈座談會：怎樣寫滿洲？〉，頁34-35。底線為筆者所加。
99 引自，岡田英樹〈後期《藝文志》——偽滿洲國末期的中國文學〉，頁175。

決戰時期滿系作家單獨共聚一堂留下的這份座談紀錄，雖然無法看見全貌，但確實相當珍貴。特別是，擅長都會書寫的爵青，那一段帶有哲學或美學思維的發言究竟該如何理解？未曾寫鄉土的爵青為何在決戰期開始鼓吹「寫鄉土」，甚至提出滿洲作為主體的「發生體」，並有意藉此創造滿洲的「獨自的文學精神」呢？爵青在這場座談會中的發言壓倒了其他言論，成為會中最突出的意見，我們沒有更多資料知道他的發言是否也反映了古丁的想法，但至少可以清楚看見，他將滿洲的再現從「文學素材」提升至（個人／民族）「主體建構」的層次，在高揚鄉土愛、塑造滿洲獨特精神中尋找到文學的進路。

然而，在嚴酷的戰火中，滿系作家還來不及把松花江寫成泰晤士河，更來不及創造出新精神與新言語，就陸續被派遣至「滿洲國」邊境視察，投入「文學宣報」工作。一九四四年七月，後期《藝文志》一卷九號刊出「西南紀行」特輯，內容為滿洲文藝家協會派遣到熱河視察的六位作家的紀行。

這些末尾一律印有「關東軍檢閱濟」字樣的五篇隨筆性報導和一篇現代詩，在內容不能涉及軍事機密又無法敷衍搪塞的情況下，作家們究竟如何描寫和傳達邊境現況呢？

以下，將舉田瑯、古丁、疑遲為例，首先介紹田瑯的踏查隨筆。

如同多數作家一般，田瑯首先介紹協和會活動的目標在於

圖三十九　特輯：西南紀行

「農村國民的動員，農民自衛體制的確立」，而藝文人的任務則是
「用筆的力量，來促進國民的奮起，來啟發農村的文化。使協和會的
國民組織工作成為可能，而且完滿實現的作品，是必要的。」[100] 此
外，長篇幅地介紹西南地區文化程度低微，居民對「滿洲國」認同有
限，「建國理念，在他們之間，尚待普及」，以及農村集團部落的生產
情形及防衛狀況。但行文間似乎呈現，他此行最大的收穫，在於認識
了「滿洲國」西南境內不同的風土：

> 那層疊的無樹的連山，峻脊的禿嶺，水湄的砂河床，現出水氣
> 蒸騰的霧——這種水和沙和氣的交融，底確是神異的風景。
> （略）這種景緻，整個帶有南方的韻味，和北方的空曠的荒謬
> 的性格，是不相同的。這裏，我們認識了滿洲國地理上特殊的
> 一地域。[101]

這使他反省到自己的東北認識，所謂的——廣大的原野、一望無邊際
的平地、偉大的沃野、黑龍江、松花江、興安嶺、大森林……，那些
不過是以北滿為本位的認識，只是從旅行者著作中「捉住一個空想的
熱河」，經過這次「實地踏查」，「才看到了西南地區的真實的面貌」。
　　讓他印象最深、最感動的，是一群匍匐在沒有樹木的半禿山坡
上，體型瘦小但毛皮潤澤光亮的黑色山羊：

> 我覺得它底確是這特殊地域的一種象徵。牠們表現一種對於生
> 存有著無限執拗意志的生命。這種印象，恰同於我從西南地區

---

100 田瑯〈西南地區與決戰藝文：西南地區實地踏查隨想〉，後期《藝文志》1卷9期，
　　1944年7月1日，頁16-27。
101 田瑯〈西南地區與決戰藝文：西南地區實地踏查隨想〉，頁25。

　　　　裏的居民所得到的。他們底確是在生活上顯示了勇氣和力量的
　　　　值得尊敬的人們。[102]

貧瘠的山巒，飢餓的群羊，田瑯的文學宣報成了邊境農民生活與風
土的素描。這些作品的被報導者、同時也是預期讀者，他們與禿山餓
羊沒有不同，多數是在糧食不足地帶苟延殘喘的農民，但他們真實的
生活面貌和困境無法被寫入報導。相較於這個引人落淚的譬喻場面，
以及田瑯在字裡行間所呈顯對該地居民生命韌力的悲憐，文章結尾
高喊「整個西南地區，可以說都在黎明的曙光裏。健全的成長，是指
日可待的。」、「我們確信識字運動進展的可能性」、「我們願意在藝文
作品裏，使他們讀到滿洲國的輝煌的業績」[103]，與其說流於口號，毋
寧是不得不睜眼說瞎話的悲哀了。在連不講話的自由都沒有的年代，
被動員在國策宣傳線上的滿系作家們，何嘗不是荒寞文壇中匍匐的
山羊？

　　接著，介紹古丁與疑遲的「文學宣報」作品。兩人皆以「明日熱
河」的想像作主題，他們描述的未來熱河是這樣的一幅圖畫：

　　　　地下的稀有礦以及煤炭，鐵銅都被開採，……。溫泉設立了溫
　　　　泉旅館和療養院，有大東亞各地人來觀光或做蜜月旅行。集團
　　　　部落裏家家有牛馬羊成群，建設了酪農的農業。一箇部落裏有
　　　　一箇國民學校和縣立的健康相談所。再建設一處紡績工廠，這
　　　　裏紡出的棉布或呢絨，為大東亞人所愛用。山上除了現在的
　　　　杏、梨、栗、棗之類的果樹更種了蘋果樹。許多禿山，都種植

102　田瑯〈西南地區與決戰藝文：西南地區實地踏查隨想〉，頁26。引文保留作者用語
　　　習慣。
103　田瑯〈西南地區與決戰藝文：西南地區實地踏查隨想〉，頁26-27。

著松林，修整河水，利於水運，有蒸汽船定期航行。（古丁
〈西南雜感〉）[104]

祝福著明日的熱河，各種物產、資源的開發一日千里，各種館
產會社設立如林，果園、農田種植得隨處皆是，溫泉旅館，避
暑山莊應當盡量設置，木製、金屬製的玩物土產應當在全國有
名起來，即使最僻塞的荒山秘境，也都應該成為風景區域的國
立公園，我這樣地對熱河祝福著。（疑遲〈祝福熱河〉）[105]

古丁與疑遲的取材與描寫方式，與前述田瑯的紀行文形成顯著對比。
面對當時公認為「窮山惡水」的熱河禿山，田瑯從生存其中的人們身
上感受到「無限執拗的生命意志」；古丁和疑遲則刻意越過苦悶的現
實，預約遙遠未來的安定與繁榮。古丁甚至自問自答：

這只是一箇夢想嗎？
這是一箇現實。試看我滿洲國這十數年的偉大的建設，便可以
證實這是一箇千真萬確的現實。這是並不飛躍的亞細亞建設
譜。[106]

古丁其人其文的「面從腹背」特質，已有先行研究指出[107]，疑遲也擅
長以邊地書寫形成一種獨特的殖民批判話語。因此，我們或可理解他

---

104 古丁〈西南雜感〉，後期《藝文志》1卷9期，1944年7月1日，頁28-33。
105 疑遲〈祝福熱河〉，後期《藝文志》1卷9期，1944年7月1日，頁34-36。
106 古丁〈西南雜感〉，頁28-33。
107 參見，紀剛〈面從腹背：古丁〉，收入李春燕編《古丁作品選》，瀋陽：春風文藝
　　出版社，1995年6月，頁644-648；岡田英樹〈古丁的「附逆」作品再考〉，收入岡
　　田英樹（著）；鄧麗霞（譯）《偽滿洲國文學・續》，頁30-42。

們是以歌頌虛妄未來替代評議現地貧瘠，以開山採礦的呼求夾雜提振教育和衛生的真實期許。

最後，透過後期《藝文志》策劃的作家對談，我們也將再次看見這類虛實夾雜的談話。一卷十一期上刊載爵青、田瑯對談錄的〈談小說〉[108]，兩人因為記者訪問，針對建國精神、大東亞理念、大東亞文學、神道及創作，作種種談話。爵青以「藉著建國的大羅曼（按，大浪漫）來奉仕國神，歸回故鄉，使滿洲建國的大理想，通過大東亞共榮圈，直達於未來的人類世界。」等帶有神道色彩的修辭，詮釋決戰狀態下滿洲文學的意義和正道。田瑯則談自己想寫的題材：

> 它（按：滿洲文學）的輝煌，必將在回歸故鄉，這偉大的軌跡上出發的。
>
> （中略）
>
> 去年冬天，由於爵青先生的慫恿，為視察木材增產的採伐現場，我到北滿的山裏去一次。山給我的刺戟，使我想寫滿洲的大森林。森林是滿洲的象徵，和平原一樣。過去有古丁的「原野」，石軍的「沃土」然而還沒有「森林」。尤其我是北方人，我的血裏早就有森林的呼應。[109]

鄉土文學論爭期間，古丁曾反對任何加諸在風土書寫上的標籤，但後期《藝文志》發行期間，古丁、爵青、田瑯等人卻將故鄉與「國神」並置上綱，為風土書寫貼上「建國大羅曼」的標貼。然而我們從中可以看見，嫁接在「大羅曼」、奉仕國神、建國理想等旗幟的背面，是作家意欲以文學回歸故鄉的企圖。

---

108 爵青、田瑯〈談小說〉，後期《藝文志》1卷11期，1944年9月1日，頁4-18。

109 引自，爵青、田瑯〈談小說〉，頁8。

　　總結上述三種類型的官方文藝活動中，不論是決戰藝文家大會的會後座談、作家前往熱河進行的文學宣傳活動，或雜誌企劃的作家對談，對於「怎樣寫滿洲？」，故鄉和風土始終是滿系作家的答案。對於「風土的運用」這個課題，從深刻思考風土與主體性問題的爵青，到以風土譬喻披露報導地艱困生活的田瑯，再到以神道思想或森林書寫應付記者訪談的爵青、田瑯，作家的觀點與此前相較確實有所變化。儘管作家的言論主體性逐漸縮小，意義的表達日益抽象、含混或私人化，但追蹤其言論脈絡則可發現，「風土」仍為滿系作家抵抗或迴避殖民者時的重要資本。

小結

　　本節從滿洲文學振興論、滿洲文學獨特性討論、滿系作家國策宣傳發言等三個層面，分析了一九三七年到一九四四年間滿洲報紙副刊與文學雜誌上的風土論述。首先，筆者聚焦一九三〇年代滿系作家對滿洲文學振興方法的討論，發現作家們一致關注滿洲的現實與鄉土，並尋思有效的表現形式與言論策略。其次，筆者分析日系作家有關滿洲文學獨特性的討論，發現具有社會主義傾向的作家，批判以國策文學為路線或追求滿洲浪漫化的投機者。他們對日本移民者的社會問題與精神樣態保持客觀的自省，對風土書寫牽涉到的自然再現與民族性建構等問題也有深刻的見解。最後，筆者分析在噤若寒蟬的年代，滿系作家在不同類型的官方文藝活動中如何思考與運用風土寫作。我們發現滿系作家有時將風土作為挖掘主體的媒介，有時藉風土提出揭露「滿洲國」黑暗的譬喻，有時以之回應宣傳報導、增產文學等國策動員。總之，作家在「風土」中找到更多創造力與能動性。

第六章
結論

　　本書分析「風土」作為一種創作策略，在作家回應官方殖民主義時的表現。筆者以殖民官方的調查報告、醫學與衛生論述、風土誌、旅遊指南，以及本土作家和外地日本作家的作品為討論對象，嘗試指出官方風土論述如何干擾殖民地本土住民原有的鄉土認知與地方感，使殖民地更容易被重編為帝國裡的一個「地方」、一個被他者規範和再現的「異地」。殖民地的本土作家又如何回應外加的風土論述，形塑自己的地理人文感覺與地方觀。

　　在第二章「帝國擴張、生物學統治原則與風土論述」裡，筆者在第一節中，分析日本殖民地衛生論述的形成、生物學統治原則，及臺灣經驗向滿洲的擴散。日本官方對臺灣的衛生論述始於牡丹社之役與乙未之役中的征戰紀錄，滿洲的衛生論述則始於日俄戰爭期間的利源探查報告。透過翻查《明治七年征蠻醫誌》、《臺灣事情　地理風俗》、《北征必攜　夏の滿洲》、《臺灣ニ於ケル地方病分布調查第一回報告》、《南滿洲鐵道附屬地衛生狀況》、《新撰滿洲事情》、《臺灣日日新報》、《臺灣協會會報》、《臺灣醫事雜誌》等，筆者發現，在臺灣及滿洲開展近代醫療體系前的衛生論述，由瘴氣致病說與環境影響論主導，常將兩地表述為氣候無常、疫病蔓延的「惡地」，是日人亟欲馴服的風土。在後藤指導下，為增強殖民地衛生機能，以研究異地風土、維護移住日人健康為主要訴求的「殖民地醫學」應運而生。當後藤由臺灣轉往中國東北任職之後，又參用了臺灣統治的經驗，在滿洲施行舊慣調查、建立體系化的醫療衛生機構。到了二十世紀初，日本

政府因內地人口過剩、糧食不足而積極獎勵移民，「健康地臺灣／滿洲」的外地形象在此契機下被生產與傳播，日本的風土馴化和外地衛生論述受政治決策影響而有所轉變。

　　筆者在第二節中，分析日本官方發行的臺、滿旅遊指南。在臺灣方面，筆者發現臺灣相對於日本是被鄙視的外地，在人口政策下又是必須美化的移民地，這種弔詭性導致臺灣風土論述反覆在「觀看他者」或「宣傳自我」之間游移擺盪。在關東州方面，筆者發現始於資源調查和日俄戰爭觀戰的「滿洲之旅」，催生了日本國民滿洲擴張的欲望。中東、南滿鐵道沿線資源與都市的開發，又在旅遊指南中被建構為主幹道到支線的層級化風土，到「滿洲國」成立數年之後，滿洲的形象已從軍事要地逐漸變為國民教育的道場或移民拓墾的新天地。到了戰爭末期，臺灣、滿洲兩地的商業觀光因應戰時體制，被轉化成登山健體、戰地旅行，風土介紹也登上以十數種語言發行的宣傳畫報。在上述操作下，外地旅行案內的風土介紹文字與圖像編排都是「被選擇」與「象徵性」的風土。在突顯國策的宗旨上，風土景點變成殖民史或戰役中的一個個座標和註解。第二章釐清風土論述與殖民治理的連結，乃為第三、四章探討風土論述對文學生產的影響作鋪墊。

　　第三章「臺灣小說中的風土書寫」，筆者在第一節「南方憧憬與風土政治：臺灣文學中的華麗島情調」中，借用 Edward Said 的東方主義理論，考察臺灣文學中的自我東方主義文藝現象及作家作品。透過討論，我們看見東方主義的思維支配了臺、日之間的臺灣題材書寫與意象生產，使「文學中的臺灣」成為異國情調的客體與符號。筆者在文中討論了居臺數年到十數年的中村地平、真杉靜枝、島田謹二、長年成長於臺灣的西川滿，以及臺灣人作家邱炳南、葉石濤的作品，嘗試在東方主義理論啟示下，分析他們作品同中有異之處。

　　筆者發現，對於作品中東方主義的分析不應採取日／臺民族二分

法，而應區別臺、日作家的東方主義與自我東方主義思維。譬如，在
日本人作家方面，評估其臺灣經驗的差異、是否認同臺灣、是否內化
（西歐人所形塑的）東方主義邏輯；在臺灣人作家方面，評估其是否
內化日人所形塑的「異國情調臺灣」（即自我東方主義），以此進行更
細緻地比較和分析。

　　筆者認為，真杉靜枝自擬為「在臺灣生活的人」，利用異國情調
的殖民地題材，以殖民地出身的女作家，搏得內地文壇晉升之階，其
作品帶有自我東方主義特徵。因憧憬南方而來臺就讀中學的中村地
平，雖曾經短期居住臺灣，但對殖民地臺灣投出東方主義視線的中村
地平，並未將自己內化於臺灣。長期在臺灣居住的西川滿，則是「自
我臺灣化」的典型，並以臺灣風土、神話、歷史作為敘事資源，樹立
他在臺灣外地文壇中的領袖位置。臺灣人作家方面，作為西川滿學徒
的葉石濤，是以「自我日本化」的方式想像並內化日人所形塑的「南
方日本情趣」，走在臺灣田園中想像日本景觀，仿擬日本人的凝視、
日本人的再現。西川滿與葉石濤的臺灣書寫都是自我東方主義式的，
兩人作品呈現雷同的風土編碼，但相異處在於，前者將殖民地視為
「母土」，後者則刻意將「母土」疏離化為異地。我們在風土書寫中
看見東方主義與自我東方主義在東亞的呈現，也看見臺灣自我東方主
義作品的多樣性。

　　第二節「故鄉的啟示：張文環的山村敘事與鄉村價值觀」，以張文
環〈山茶花〉、〈閹雞〉、〈在雲中〉、〈地方生活〉、〈土地的香味〉等小
說為分析案例。筆者在文中梳理魯迅〈故鄉〉一作對張文環故鄉書寫
的啟示，指出張文環作品呈現了「故鄉的兩面性」、「三段式空間構造」
的特色。筆者指出，他如何書寫不同空間的文化滲透、人物移動和命
運變化；如何看待帝國資本擴張進程中帶來的殖民地文化與環境變遷；
如何透過多種風土隱喻強調人地關係的重要、肯定鄉村的獨特價值。

　　第三節「熱帶的椅子：龍瑛宗的另類南方策略」，分析龍瑛宗如
何以作品回應當時日本帝國南進政策與在臺日本人作家的異國情調書
寫，並說明他援用風土再現臺灣／南方的階段性變化。筆者指出，龍
瑛宗借鑑並修正異國情調與風土論述的框架，讓風土不僅成為故事背
景，更是推動情節發展的主要動力。小說〈植有木瓜樹的小鎮〉以一
個具有典型南方氣候的小鎮象徵臺灣，再藉由科學思批駁非科學的風
土論述，揭破環境決定論的盲點與集體迷思。隨筆〈東京的烏鴉〉一
文，透過臺灣及日本的烏鴉聯想突顯兩地風土差異，以及相同物種在
不同環境中產生了殊異的文化象徵。一九四三年發表的〈蓮霧的庭
院〉，則以臺、日風土的交會，探討民族融合問題、呈現移民社會的
現實處境。筆者認為，以風土解構殖民主義、省思多元文化體系共存
之道，是龍瑛宗提出的另類南方書寫策略，也是他對自身文化位置的
思考與定位。

　　第四章聚焦「滿洲國」的三位作家，分析他們如何在小說中表現
風土。第一節「『發現』滿洲：拜闊夫小說中的密林與虎王意象」，以
流亡滿洲的白俄作家拜闊夫最具代表性的小說《大王》、《牝虎》，作
為討論對象。筆者指出，《大王》藉由自小在密林生長、最後遭外來
軍人槍殺的的虎王視角，呈顯資本主義入侵對於滿洲風土變遷產生的
巨大影響。《牝虎》則透過一名遭現代化的腳步驅逐出密林、遭鐵路
經濟牽引著命運的女性成長史，帶領讀者省思風土變異與資本主義經
濟掠奪的關係。筆者認為，拜闊夫有意識地以遠離鐵路主幹的密林生
活作為描寫對象，但他並未將寫作局限在批判日本控制下滿洲的社會
矛盾，而是深刻反思人類現代文明、風土變遷等生態中心主義的議
題。因此，密林和虎王既表徵了帝國主義進入滿洲後「消失的風
景」，也是反現代文明的符號。

　　第二節「荒原流民圖與林墾群像：疑遲的風土話語」，分析疑遲

的〈山丁花〉、〈北荒〉、〈江風〉、〈月亮雖然落了〉、〈塞上行〉等作品。指出疑遲擇取遠離南滿鐵路與中東鐵路主幹道的邊境風土作為故事場景，在小說中刻劃漂泊曠野的流民，間雜東北方言、俄語和邊地風俗，再以白話文註解對這些方言與風俗，透過這樣的寫作策略使得上述作品成為描繪荒原流民圖與林墾群像的「滿洲風物誌」。筆者認為，疑遲透過「小說／風物誌」的創作保存了珍貴的地方民俗風物，在某些面向上，這也是他回應帝國話語、批判工人壓迫問題的風土寓言。

第三節「廢墟與新都：爵青筆下的滿洲新人試煉場」，分析爵青筆下兼重象徵主義和批判意識的小說〈哈爾濱〉與〈麥〉，考察作品中的都會如何成為一種殖民主義現代文明的代碼，其筆下的都會又是如何形成一種對殖民主義的批判論述，藉此呼應其他滿系作家的風土書寫。筆者認為，爵青透過互文手法，暗示「封建家族批判」小說〈麥〉與「殖民都市批判」小說〈哈爾濱〉的血緣性，發表時間較晚但故事時間較早的「封建家族批判」策略使其都市批判論題持續向前辨證與深化。另外也說明爵青作品如何揭示都會空間的現實發展矛盾，成為一種批判殖民主義現代性的「反都會論述」。

第五章討論在風土論述影響下的臺灣與滿洲文壇中，各種不同形態與立場的論述，說明客觀性的風土如何透過這些論述變成了文化象徵乃至文學路線。

第一節「風土不再是背景：從鄉土・話文論戰到地方文學」，整理了日治時期的臺灣文藝評論，觀察臺灣人作家及在臺日人文學者對風土書寫的看法。首先，以林芙美子的旅臺隨筆〈臺灣風景〉及桃源生對此文的回應，說明在一九三〇年代初期，進步的臺灣知識份子如何以批判性視野去檢視風景再現的意涵。其次，分析一九三〇年代鄉土・話文論戰中對風土的討論，指出「風土」逐漸成為臺灣文學書寫策略中的選擇，有關風土的討論、爭執或理論建構也成為殖民主義批

判論述的資源。最後，說明臺灣人作家的風土書寫在一九四〇年代的承繼與變異。透過以上討論，筆者發現「風土」逐漸從作品的背景走向前景，從自然性的素材到文化性的符號，甚至成為地方文壇建設中的重要資源。

第二節「怎樣寫滿洲：滿洲文學的振興與風土意象的探尋」，探討滿洲文壇建設論與風土論述的關聯。首先，整理滿系作家圍繞「滿系文學振興方法」的討論，指出作家對「滿洲現實」、「滿洲色彩」、「滿洲鄉土」、「白山黑水」等風土表現問題的關注。其次，整理左、右翼不同政治立場的日系作家對「滿洲文學獨特性」的相關討論。筆者發現：滿洲風土被當作符碼行銷刊物或外地文人進入中央文壇的敲門磚；在獵奇者取材下，滿洲風土被形塑成異國情調；倡言「建國理想」者視風土書寫為瑣碎的素材主義；現實主義與左翼作家則藉由異地風土題材「照見自己」、「改造日本人精神結構」。本節最後，筆者梳理三種類型的官方文藝活動中滿系作家的發言與作品，指出儘管作家的言論主體性逐漸縮小，意義的表達日益抽象，但「風土」仍為滿系作家抵抗文藝統制或迴避戰時國策宣傳要求時的策略。

總結全書，二十世紀前期在臺灣和滿洲，指向地域文化建設與殖民主義抗爭的風土書寫與論述，是血與淚的歷史。本書透過對於這些問題的調查和釐清，展現帝國與殖民地、殖民地與殖民地之間，暗潮洶湧的論述軌跡與創作成果。期許透過重新關懷東亞地域艱困年代，背負不同身份與命運的繆斯們，讓臺灣及「滿洲國」的各種語言的文學，獲得更多人的理解。

參考文獻

一 日治時期雜誌、報紙（依發行時間排序）

（一）臺灣

《臺灣日日新報》，臺北：臺灣日日新報社，1898-1944年。

《漢文臺灣日日新報》，臺北：臺灣日日新報社，1905-1911年。

《臺灣時報》，臺北：臺灣總督府情報部，1919-1945年。

《臺灣民報》，東京、臺北：臺灣民報社，1923-1930年。

《臺灣新民報》，臺北：臺灣新民報社，1930-1941年。

《フォルモサ》，東京：臺灣藝術研究會，1933-1934年。

《臺灣文藝》，臺北：臺灣文藝聯盟，1934-1936年。

《媽祖》，臺北：媽祖書房，1934-1938年。

《臺灣新文學》，臺中：臺灣新文學社，1935-1937年。

《華麗島》，臺北：臺灣詩人協會，1939年。

《文藝臺灣》，臺北：臺灣文藝家協會、文藝臺灣社，1940-1944年。

《臺灣藝術》，臺北：臺灣藝術社，1940-1944年。

《臺灣文學》，臺北：啟文社、臺灣文學社，1941-1943年。

《民俗臺灣》，臺北：東都書籍臺北支店，民俗臺灣社，1941-1945年。

《臺灣新報》，臺北：臺灣新報社，1944-1945年。

《臺灣文藝》，臺北：臺灣文學奉公會，1944-1945年。

（二）「滿洲國」

《藝文志》，長春：藝文志事務所、滿洲藝文聯盟，1939-1940、1943-1944年。

《新青年》，瀋陽：新青年旬刊社，1935-1940年。

《明明》，撫順、長春：月刊滿洲社，1937-1938年。

《文選》，瀋陽：文選刊行會，1939-1940年。

《滿洲浪曼》，長春：滿洲文祥堂株式會社，1938-1941年。

《哈爾濱五日畫報》，哈爾濱：1932-1941年。

《滿洲日日新聞》，大連：南滿洲鐵道株式會社，1907-1940年。

"FRONT" 第5-6期，東京：東方社，1943年；復刻版由東京的平凡社於1989年10月發行。

（三）日本

《文藝首都》，東京：文學クオタリイ、黎明社、文藝首都社，1933-1945年。

《改造》，東京：改造社，1919-1944年。

《臺灣協會會報》，東京：臺灣協會，1898-1907年

二　文集（依作者姓氏筆劃排序）

《大東亞宣言と滿洲國：東亞同胞に告ぐ》，新京：建國印書館，1942年。

Cressey, G.B.《支那滿洲風土記》，東京：日本外事協會，1939年。

（日）滿洲國史編纂刊行會編；東北淪陷十四年史吉林編寫組譯《滿洲國史分論》下，長春：東北師範大學印刷，1990年12月。

三郎、悄吟《跋涉》，哈爾濱：五日畫報印刷社，1933年10月。

大久保明男、岡田英樹、西原和海、代珂、牛耕耘編《偽滿洲國日本作家作品集》，哈爾濱：北方文藝出版社，2017年1月。

大內隆雄（著）；高靜（譯）《滿洲文學二十年》，哈爾濱：北方文藝出版社，2017年1月。

山崎鋆一郎《臺灣の展望》，臺北：新高堂書店，1932年5月。

工清定《黃龍旗異聞》，撫順：モダン滿洲社、撫順文學研究會，1940年6月。

水野清一《北滿風土雜記》，東京：座右寶刊行會，1938年。

水野清一・駒井和愛・三上次男《北滿風土雜記》，東京：座右寶刊行會，1938年6月。

王昶雄《王昶雄全集》第一冊小說卷，臺北：臺北縣政府文化局，2002年10月。

加納久夫《臺灣から滿州へ》，臺北：作者自費發行，1932年12月。

臺灣總督府交通局鐵道部《臺灣鐵道旅行案內》，1940年5月。

本雅明《莫斯科日記・柏林紀事》，北京：東方出版社，2001年1月。

田口稔《滿洲風土》，東京：中央公論社，1942年。

田畑修一郎《ぼくの滿洲旅行記》，東京：兒童圖書，1944年。

白長青主編《遼寧文學史》，瀋陽：遼海出版社，2005年7月。

白　朗《伊瓦魯河畔》，廣州：花城出版社，1984年8月。

石山賢吉《紀行滿洲・臺灣・海南島》，東京：ダイヤモンド社，1942年。

吉川鐵華《滿洲及西伯利亞移住案內》，東京：誠文堂，1918年12月。

池上秀畝（著）；張良澤（譯）《臺灣紀行》，臺北：前衛出版社，2001年6月。

佐藤春夫（著）；邱若山（譯）《殖民地之旅》，臺北：草根出版公司，2002年9月。

呂赫若《呂赫若小說全集》，臺北：聯經出版公司，1995年7月。

呂赫若（著）；鍾瑞芳（譯），《呂赫若日記（一九四二～一九四四年）中譯本》，臺南：國家臺灣文學館，2004年12月。

志賀重昂《大役小志》，東京：博文館，1909年11月。

李延齡主編《興安嶺奏鳴曲：中國俄羅斯僑民文學叢書　小說卷》，北京：新華書店，2002年10月。

李春燕編《古丁作品選》，瀋陽：春風文藝出版社，1995年6月。

周金波《周金波集》，臺北：前衛出版社，2002年10月。

松本敬之（著）；馬為瓏（譯）《富之滿洲》，政治傳輸社，1907年1月。

金岡助九郎編《滿鮮旅行案內記》，大阪：駸駸堂書店，1918年5月。

長谷章久《日本文學與風土》，臺北：淡江大學出版部，1981年。

春山行夫《滿洲風物誌》，東京：生活社，1940年11月。

春山行夫《臺灣風物誌》，東京：生活社，1942年。

春山行夫《滿洲の文化》，東京：大阪屋號書店，1943年。

秋螢編《滿洲新文學史料》，新京：開明圖書公司刊行，1944年12月。

真鍋五郎《滿洲都市案內》，大連：亞細亞出版協會，1941年。

張毓茂主編《東北現代文學大系1919-1949》，瀋陽：瀋陽出版社，1996年12月。

梁山丁編《長夜螢火》，瀋陽：春風文藝出版社，1986年2月。

梁山丁《綠色的谷》，瀋陽：春風文藝出版社，1987年5月。

梁山丁編《燭心集》，瀋陽：春風文藝出版社，1989年4月。

淺見淵《廟會：滿洲作家九人集》，東京：竹村書房，1940年。

陳因編《滿洲作家論集》，大連：實業印書館，1943年6月。

陳萬益主編《張文環全集》，臺中：臺中縣立文化中心，2002年3月。

彭小妍主編《楊逵全集》，臺南：文化資產保存研究中心籌備處，2000年12月。

黃英哲主編《日治時期臺灣文藝評論集》雜誌篇‧第一～四冊，臺
　　南：國家臺灣文學館籌備處，2006年10月。

黃英哲、王德威主編《華麗島的冒險：日治時期日本作家的台灣故
　　事》，臺北：麥田出版社，2010年1月。

黃萬華編《新秋海棠：抗日戰爭時期淪陷區小說選》，南寧市：廣西
　　人民出版社，1988年9月。

黑龍會編《北征必攜　夏の滿洲》，東京：軍人忠死慰靈會，1904年
　　4月。

落合泰藏（著）；下條久馬一（註）《明治七年征蠻醫誌》，臺北：臺
　　灣熱帶醫學研究所抄讀會，1944年11月。

解學詩，《偽滿洲國史新編》，北京：人民出版社，2008年4月。

疑遲《花月集》，撫順：月刊滿洲社，1938年5月。

疑遲《風雪集》，新京：藝文誌事務會，1941年。

端木蕻良《鴛鴦湖的憂鬱：端木蕻良自選集》，瀋陽：遼寧古籍出版
　　社，1997年8月。

劉慧娟《東北淪陷時期文學史料》，長春：吉林人民出版社，2008年
　　7月。

錢理群主編《中國淪陷區文學大系》，南寧市：廣西教育出版社，
　　1998年12月。

龍瑛宗《龍瑛宗全集》中文卷第六冊，臺南：國家臺灣文學館籌備
　　處，2006年11月。

蘇崇民《滿鐵史》，北京：中華書局，1990年12月。

三　專著

《日本國有鐵道百年史》第10卷，東京：成山堂書店，1997年。

《旧植民地人事総覧：台湾編4》，東京：日本図書センター，1997年2月。

Edward M.Gunn（著）；張泉（譯）《被冷落的繆斯：中國淪陷區文學史（1937-1945）》，北京：新星出版社，2006年8月。

Edward Said 著；王志弘等譯《東方主義》，臺北：立緒文化公司，1999年9月，初版。

J. Hillis Miller "Topographies," Calif.: Stanford University Press, 1995.1.

John. Storey（著）；楊竹山等（譯）《文化理論與通俗文化導論》，南京：南京大學出版社，2001年1月。

Mike Crang（著）；王志弘、餘佳玲、方淑惠（譯）《文化地理學》，臺北：巨流圖書公司，2008年9月。

Norman Smith, "Resisting Manchukuo: Chinese Women Writers and the Japanese Occupation," Toronto: University of British Columbia, 2007. 4.

Prasenjit Duara,"Sovereignty and Authenticity: Manchukuo and the East Asian Modern," Lanham: Rowman & Littlefield Publishers, 2003.

Sayre, April Pulley, *Tagiga*, New York: Twenty-First Century Books, 1994.

上田正昭等監修《日本人名大辞典》，東京：講談社，2001年12月。

大室幹雄《志賀重昂『日本風景論』精読》，東京：岩波書店，2013年1月。

大島幹雄《滿洲浪漫──長谷川濬が見た夢》，東京：藤原書店，2012年9月，頁153。

山田敬三、呂元明主編《中日戰爭與文學：中日現代文學的比較研究》，長春：東北師範大學出版社，1992年8月。

井出季和太（著）；郭輝（譯）《日據下之臺政》（第一冊），臺中：臺灣省文獻委員會，1977年4月。

木村一信《昭和作家の「南洋行」》，京都：世界思想社，2004年4月。

王向遠《「筆部隊」和侵華戰爭：對日本侵華文學的研究與批判》，北京：北京師範大學出版社，1999年7月。

王　柯《民族主義與近代中日關係：「民族國家」、「邊疆」與歷史認識》，香港：香港中文大學，2015年12月。

王惠珍《戰鼓聲中的殖民地書寫：作家龍瑛宗的文學軌跡》，臺北：臺灣大學出版中心，2014年6月。

王曾才《中國外交史要義》，臺北：五南圖書出版公司，1997年11月。

北岡伸一（著）；魏建雄（譯）《後藤新平傳》，臺北：臺灣商務印書館，2005年4月。

田中秀作《滿洲地誌研究》，東京：古今書院，1930年。

有山輝雄《海外観光旅行の誕生》，東京：吉川弘文館，2002年1月。

朱家慧《兩個太陽下的臺灣作家——龍瑛宗與呂赫若研究》，臺南：臺南市立圖書館，2000年11月。

艾勒克・博埃默《殖民與後殖民文學》，瀋陽：遼寧教育出版社，1998年11月。

吳佩珍《真杉靜枝與殖民地台灣》，臺北：聯經出版公司，2013年9月。

吳昱慧《日治時期臺灣文學的「南方想像」：以龍瑛宗為中心》，臺北：花木蘭文化公司，2013年。

吳密察策劃《帝國裡的「地方文化」：皇民化時期臺灣文化狀況》，臺北：播種者數位公司，2008年12月。

呂紹理《展示臺灣》，臺北：麥田出版社，2005年10月。

尾崎秀樹《舊殖民地文學的研究》，臺北：人間出版社，2004年11月。

李文卿《共榮的想像：帝國・殖民地與大東亞文學共榮圈（1937-1945）》，臺北：稻鄉出版社，2010年6月。

李志銘《裝幀台灣：台灣現代書籍設計的誕生》，臺北：聯經出版公司，2011年9月。

李尚仁主編《帝國與現代醫學》，臺北：聯經出版公司，2008年10月。

李延齡主編《興安嶺奏鳴曲》，哈爾濱：北方文藝出版社、黑龍江教育出版社，2002年10月。

李相哲《滿洲における日本人經營新聞の歷史》，東京：凱風社，2000年5月。

李郁蕙《日本語文學與台灣：去邊緣化的軌跡》，臺北：前衛出版社，2002年7月。

李　萌《缺失的一環：在華俄國僑民文學》，北京：北京大學出版社，2007年11月。

阮斐娜《帝國的太陽下：日本的台灣及南方殖民地文學》，臺北：麥田出版社，2010年9月。

周婉窈《海行兮的年代：日本殖民統治末期臺灣史論集》，臺北：允晨文化實業公司，2002年7月。

和辻哲郎（著）；陳力衛（譯）《風土》，北京：商務印書館，2006年9月。

岡田英樹（著）；靳叢林（譯）《偽滿洲國文學》，長春：吉林大學出版社，2001年2月。

岡田英樹（著）；鄧麗霞（譯）《偽滿洲國文學‧續》，哈爾濱：北方文藝出版社，2017年1月。

岡野一郎《滿洲地名辭典》，東京：日本外事協會，1933年3月。

松尾直太《濱田隼雄研究：文學創作於臺灣（1940-1945）》，臺南：臺南市立圖書館，2007年12月。

林繼文《日本據台末期戰爭動員體系之研究》，臺北：稻鄉出版社，1996年3月。

垂水千惠《呂赫若研究：1943年までの分析を中心として》，東京：風間書房，2002年2月。

施　淑《兩岸文學論集（一）：文學星圖》，臺北：人間出版社，2012年5月。

施　淑《兩岸文學論集（二）：歷史與現實》，臺北：人間出版社，2012年5月。

施懿琳《從沈光文到賴和：臺灣古典文學的發展與特色》，高雄：春暉出版社，2000年。

柳書琴《荊棘之道：旅日青年的文學活動與文化抗爭：以《福爾摩沙》系統作家為中心》，臺北：聯經出版公司，2009年4月。

范燕秋《疫病、醫學與殖民現代性：日治台灣醫學史》，臺北：稻鄉出版社，2010年3月。

孫中田、逢增玉、黃萬華、劉愛華《鐐銬下的繆斯：東北淪陷區文學史綱》，長春：吉林大學出版社，1999年11月。

徐迺翔、黃萬華《中國抗戰時期淪陷區文學史》，福州：福建教育出版社，1995年7月。

班雅明（著）；張旭東、魏文生（譯）《發達資本主義時代的抒情詩人：論波特萊爾》，臺北：臉譜出版，2010年7月。

郭岱君（編）《重探抗戰史（一）：從抗日大戰略的形成到武漢會戰（1931-1938）》，臺北：聯經出版公司，2015年9月。

逢增玉《黑土地文化與東北作家群》，長沙：湖南教育出版社，1995年8月。

高樂才《日本滿洲移民研究》，北京：人民出版社，2000年10月。

崔末順《海島與半島：日據臺韓文學比較》，臺北：聯經出版公司，2013年9月。

張泉主編《抗日戰爭時期淪陷區史料與研究》第一輯，南昌：百花洲文藝出版社，2007年3月。

張素玢《台灣的日本農業移民──以官營移民為中心（1909-1945）》，臺北：國史館，2001年9月。

梅定娥《古丁研究：「滿洲國」に生きた文化人》，京都：國際日本文
　　　化研究センター，2012年3月。

許俊雅《日據時期臺灣小說研究》，臺北：文史哲出版社公司，1995
　　　年1月，初版。

陳芳明《殖民地摩登：現代性與台灣史觀》，臺北：麥田出版社，
　　　2004年6月。

陳芳明《後殖民台灣：文學史論及其周邊》，臺北：麥田出版社，
　　　2011年2月。

陳建忠《日據時期台灣作家論：現代性、本土性、殖民性》，臺北：
　　　五南圖書出版公司，2004年8月。

陳映真等著《呂赫若作品研究》，臺北：聯合文學出版社公司，1997
　　　年11月。

陳培豐《想像和界限：臺灣語言文體的混生》，臺北：群學出版社公
　　　司，2013年7月。

陳淑容《一九三〇年代鄉土文學／臺灣話文論爭及其餘波》，臺南：
　　　臺南市立圖書館，2004年12月。

陳隄等編《梁山丁研究資料》，瀋陽：遼寧人民出版社，1998年3月。

陳鼎尹《從王道樂土到中國研究的資料庫：超越帝國主義的滿鐵》，
　　　臺北：臺灣大學政治系中國大陸暨兩岸關係教學與研究中
　　　心，2014年3月。

曾山毅《植民地台湾と近代ツーリズム》，東京：青弓社，2003年11
　　　月。

游勝冠《殖民主義與文化抗爭：日據時期臺灣解殖文學》，臺北：群
　　　學出版社公司，2012年4月。

馮為群、李春燕《東北淪陷時期文學新論》，長春：吉林大學出版
　　　社，1991年7月。

黃美娥《重層現代性鏡像：日治時代臺灣傳統文人的文化視域與文學想像》，臺北：麥田出版社，2004年。

黃喬生《魯迅像傳》，貴陽：貴州人民出版社，2013年7月。

葉石濤《臺灣鄉土作家論集》，臺北：遠景出版公司，1979年3月。

蜂矢宣朗《南方憧憬：佐藤春夫と中村地平》，臺北：鴻儒堂書局公司，1991年5月。

趙稀方《後殖民理論與台灣文學》，臺北：人間出版社，2009年5月。

趙勳達《「文藝大眾化」的三線糾葛：台灣知識份子的文化思維及其角力（1930-1937）》，桃園：中央大學出版中心，2015年12月，頁174。

齊紅深《東北淪陷時期教育研究》，瀋陽：遼寧人民出版社，1997年8月。

劉柏青《魯迅與日本文學》，長春：吉林大學出版社，1985年12月。

劉愛華《孤獨的舞蹈：東北淪陷時期女性作家群體小說論》，長春：北方婦女兒童出版社，2004年8月。

劉曉麗《異態時空中的精神世界：偽滿洲國文學研究》，上海：華東師範大學出版社，2008年9月。

蔡佩均《想像大眾讀者：《風月報》、《南方》中的白話小說與大眾文化建構》，臺北：花木蘭文化公司，2013年9月。

蔡龍保《推動時代的巨輪：日治中期的臺灣國有鐵路（1910-1936）》，臺北：台灣書房出版公司，2012年10月。

蔣　蕾《精神抵抗：東北淪陷區報紙文學副刊的政治身份與文化身份——以大同報為樣本的歷史考察》，長春：吉林人民出版社，2014年9月。

橋本恭子《島田謹二：華麗島文學的體驗與解讀》，臺北：臺灣大學出版中心，2014年10月。

戴寶村、蔡承豪《縱貫環島・臺灣鐵道》，臺北：臺灣博物館，2009
　　　年11月。

羅　綱、劉象愚主編《後殖民主義文化理論》，北京：中國社會科學
　　　出版社，1999年4月。

譚桂戀《中東鐵路的修築與經營：俄國在華勢力的發展（1896-1917）》，
　　　臺北：聯經出版公司，2016年2月。

蘇崇民《滿鐵史》，北京：中華書局，1990年12月。

櫻本富雄《日本文學報国会——大東亞戰爭下の文學者たち》，東
　　　京：青木書店，1995年6月。

滿洲國史編纂刊行會編《滿洲國史・分論》（下），長春：東北師範大
　　　學校辦印刷廠印刷，1990年12月。

哈爾濱市地方志編纂委員會《哈爾濱市志　城市規劃　土地　市政公
　　　用建設　4》，哈爾濱：黑龍江人民出版社，1998年12月。

四　期刊論文

大谷健夫（著）；王吉有（譯）〈地區與文學〉，遼寧社會科學院現代
　　　文學研究所《東北現代文學史料》5，1982年8月，頁235-
　　　236。

小林道彥（著）；李文良（譯）〈後藤新平與殖民地經營：日本殖民政
　　　策的形成與國內政治〉，《臺灣文獻》48卷3期，1997年9月，
　　　頁101-121。

王玉強、崔海波〈日俄戰爭前日本文人的「滿洲」擴張論〉，《史學集
　　　刊》2016年第5期，2016年9月，頁81-88。

王勁松〈流寓偽滿洲國的白俄「虎人」作家拜闊夫〉，《新文學史料》
　　　2009年第4期，2009年11月，頁139-146。

王　碓〈殖民地語境與爵青的身份建構〉,《社會科學戰線》,2011年第9期。

左近毅（著）；王希亮（編譯）〈翻譯俄國作家巴依科夫作品的日本人〉,《西伯利亞研究》27：5,2000年10月,頁50-54

左近毅（著）；葛新蓉（譯）〈俄國作家 H・A・巴依科夫在哈爾濱〉,《西伯利亞研究》28：1,2001年2月,頁50。

石田仁志、早川芳枝、小泉京美〈日本近現代文學文化における〈森〉の表象——横光利一、ニコライ・バイコフ、中上健次〉,《東洋大學人間科學總合研究所紀要》13,2011年,頁138。

朱迺欣〈腳氣病的三國演義〉,《臺灣醫界》53卷10期,2010年10月,頁48-51。

朱惠足〈帝國下的漢人家族再現：滿洲國與殖民地台灣〉,《中外文學》37卷1期,2008年3月,頁111-140。

朱　蓓〈1861年後俄國土地問題和農民福利狀況〉,《西伯利亞研究》33：4,2006年8月,頁89-91。

吳佩珍〈真杉静枝と林芙美子——「台湾」という記號をめぐって〉,《浮雲》第6號,2014年11月28日,頁2-4。

吳叡人〈福爾摩沙意識型態——試論日本殖民統治下臺灣民族運動「民族文化」論述的形成(1919-1937)〉,《新史學》17：2,2006年6月,頁127-218。

李　娜〈後藤新平與東北殖民衛生統制體系〉,《外國問題研究》2015年第1期,頁29-36。

沈佳姍〈日本在滿洲建立的免疫技術研究機構及其防疫（1906-1945）,《國史館館刊》45期,2015年9月,頁103-152。

宗　容〈文化本位主義的一種理解：復蘇民族身份意識：以和辻哲郎的中國觀為中心〉,《二十一世紀》第67期,2007年10月。

林巾力〈自我、他者、共同體：論洪耀勛〈風土文化觀〉〉,《臺灣文學研究》創刊號，2007年4月，頁73-107。

近藤龍哉〈胡風と矢崎彈──日中戰爭前夜における雜誌『星座』の試みを中心に──〉,《東洋文化研究所紀要》151，2007年3月，頁55-95。

邱雅芳〈南方的光與熱：竹越與三郎《臺灣統治志》、《南國記》的台灣書寫與南進論述〉,《臺灣文學研究學報》6，2008年4月，頁193-223。

邱雅芳〈向南延伸的帝國軌跡──西川滿從〈龍脈記〉到《台灣縱貫鐵道》的台灣開拓史書寫〉,《臺灣史研究》7，2009年1月。

柳書琴〈糞現實主義與皇民文學：1940年代台灣文壇的認同之戰〉,《東亞文化與中文文學：東亞現代中文文學國際學報》第四期汕頭大學號，2010年5月，頁51-76。

柳書琴〈文化徵用と戰時の良心：地方文化論、台灣文化復興と台北帝大文政學部の教授たち〉,收入王德威、廖炳惠、松浦恆雄、安倍悟、黃英哲編《帝国主義と文學》，東京：研文出版，2010年7月，頁314-338。

柳書琴〈魔都尤物：上海新感覺派與殖民都市啟蒙敘事〉,《山東社會科學》222，2014年2月，頁38-49。

洪子偉〈臺灣哲學盜火者：洪耀勳的本土哲學建構與戰後貢獻〉,《臺大文史哲學報》81期，2014年11月，頁113-147。

洪祖培、洪有錫〈台灣首份醫學期刊：《台灣醫事雜誌》之介紹〉,《台灣醫學》4卷1期，2000年1月，頁28-36。

范燕秋〈醫學與殖民擴張：以日治時期臺灣瘧疾研究為例〉,《新史學》7卷3期，1996年9月，頁133-172。

徐雪吟〈俄國皇家東方學會與東省文物研究會〉,《哈爾濱史志》50，2009年4月，頁34-35。

翁聖峰〈芝山巖事件爭議與校史教育〉,《國民教育》49卷5期,2009
　　　年6月,頁21-31。

逄增玉〈啟蒙主義與民族主義的訴求及其悖論:以魯迅的《故鄉》為
　　　中心〉,《文藝研究》2009年第8期,2009年8月,頁35-41。

馬　尋(口述);柳書琴、蔡佩均(整理)〈從「冷霧」到《牧場》:
　　　戰時東北文壇回眸——馬尋訪談錄〉,《抗戰文化研究》第四
　　　輯,2010年12月,頁297。

高嘉勵〈想像與現實交會的南洋〉,《聯合文學》27:11,2011年9
　　　月,頁80-82。

張隆志〈從「舊慣」到「民俗」:日本近代知識生產與殖民地臺灣的文
　　　化政治〉,《臺灣文學研究集刊》2,2006年11月,頁33-58。

許佩賢〈「愛鄉心」と「愛国心」の交錯:1930年代前半台湾におけ
　　　る郷土教育運動をめぐって〉,《日本台湾學会報》10,2008
　　　年5月,頁1-16。

許雪姬〈日治時期臺灣人的海外活動:在「滿洲」的臺灣醫生〉,《臺
　　　灣史研究》11卷2期,2004年12月,頁1-75。

陳秀武〈《滿洲建國溯源史略》的思想史解讀〉,《外國問題研究》
　　　197,2010年8月,頁3-8。

黃　玄〈東北淪陷期文學概況(一)〉,黑龍江社會科學院文學研究所
　　　編《東北現代文學史料》第4輯,1982年3月,頁114-140。

黃　玄〈東北淪陷期文學概況(二)〉,《東北現代文學史料》第6輯,
　　　1983年4月,頁123-150。

黃福慶〈論後藤新平的滿洲殖民政策〉,《中央研究院近代史研究所集
　　　刊》15期,1986年6月,頁371-402。

黃福慶〈滿鐵調查部的調查事業:「滿洲舊慣調查報告」評估〉,《中央
　　　研究院近代史研究所集刊》19期,1990年6月,頁341-362。

楊志和〈東北文藝大事記（1919年-1948年）〉，《東北現代文學史料》
　　　　第9輯，1984年6月，頁140-178。

榮　元〈『滿洲日日新聞』の創刊と初代社長森山守次〉，《Intellig-
　　　　ence》15，2015年3月，頁185-194。

鄭政誠〈日治時期臺灣舊慣調查對滿洲舊慣調查的輸出：以調查模式
　　　　與人員的移植為中心〉，《法制史研究》第13期，2008年6
　　　　月，頁209-230。

橋本雄一〈從「故事」地表上流亡的母語〉，《抗日戰爭時期淪陷區史
　　　　料與研究》第一輯，南昌市：江西出版集團、百花洲文藝出
　　　　版社，2007年3月，頁202-212。

賴麟徵（譯）〈明治七年牡丹社事件醫誌（上）〉，《臺灣史料研究》
　　　　5，1995年2月，頁85-110。

賴麟徵（譯）〈明治七年牡丹社事件醫誌（下）〉，《臺灣史料研究》
　　　　6，1995年8月，頁107-129。

謝宗倫〈以日治時期後藤新平現代化政策來探究「生物學原理」〉，
　　　　《高科大應用外語學報》11，2009年6月，頁27-55。

簡中昊〈大鹿卓の『野蛮人』──植民地時代における二元対立論へ
　　　　の挑戦〉，《日本研究》第47期，2012年3月，頁109-126。

羅詩雲〈南方・記憶・殖民地青年：論一九四〇年代中村地平與龍瑛
　　　　宗自傳性小說的地景建構〉，《臺灣文學學報》24，2014年6
　　　　月，頁119-146。

五　專書論文及會議論文

未著撰者〈対談・ハルビン特務機関──夢破れた異邦人工作　香川
　　　　重信 VS 筑紫平蔵〉，收入平塚柾緒編集《目撃者が語る昭和
　　　　史》第三卷，東京：新人物往來社，1989年5月，頁185-198。

上田卓爾〈明治期を主とした「海外観光旅行」について〉,《名古屋外国語大學現代国際學部紀要》6,2010年,頁57-62。

大久保明男〈「滿洲國」留日學生的文學活動:以駱駝生為中心〉,收入王惠珍主編《戰鼓聲中的歌者:龍瑛宗及其同時代東亞作家》論文集,新竹:清華大學,2011年6月,頁349-378。

大久保明男〈大東亞文學者會議與「滿洲國」的「文學報國」〉,《中日文化學比較2015》,長春:吉林出版集團,2015年11月,頁63-84。

中田甫編〈バイコフの歩んだ道と著作〉,《バイコフの森》,東京:集英社,1995年9月,頁343。

中島利郎〈日本統治末期臺灣文學:臺灣總督府情報課編《決戰臺灣小說選》的出版〉,收錄於吳佩珍主編《中心到邊陲的重軌與分軌:日本帝國與臺灣文學‧文化研究(上)》,臺北:臺灣大學出版中心,2012年9月,頁259-305。

井上健〈作為幻想小說的佐藤春夫之《女誡扇綺譚》〉,收錄於《後殖民主義——台灣與日本》,臺北:臺灣大學日本語文學系,2002年4月。

王中忱〈殖民空間中的日本現代主義詩歌〉,《越界與想像:20世紀中國、日本文學比較研究論集》,北京:中國社會科學出版社,2001年8月,頁27-67。

王中忱〈《改造》雜誌與魯迅的跨語際寫作〉,《作為事件的文學與歷史敘述》,臺北:人間出版社,2016年6月,頁107-133。

朱惠足〈異種族「仇恨」與「親密」:日治時期日本人作家的台灣原住民抗日事件再現〉,《帝國下的權力與親密》,臺北:麥田出版社,2017年7月,頁69-120。

多川精一〈対外宣伝誌『FRONT』の記録〉,《FRONT 復刻版 解說 I》,東京:平凡社,1989年8月,頁26-36。

羽田朝子〈滿洲國作家在日本時期的文學經驗：《華文大阪每日》同
　　　人們的「讀書會」與外國文學介紹〉，《眾聲喧「華」：華語
　　　文學的想像共同體國際學術研討會會議論文集》，2013年12
　　　月，頁109-126。

佐々博雄〈志賀重昂〉，《朝日日本歷史人物事典》，東京：朝日新聞
　　　社，1994年。

呂紹理〈日治時期臺灣旅遊活動與地理景象的建構〉，收入黃克武主
　　　編《畫中有話：近代中國的視覺表術與文化構圖》，臺北：
　　　中央研究院近代史研究所，2003年12月，頁316。

杜曉梅〈滿洲自然書寫第一人：俄僑作家巴依科夫東北寫作考〉，上
　　　海：華東師範大學中國語言文學系、《探索與爭鳴》雜誌社
　　　主辦，「東亞殖民主義與文學國際學術研討會」論文集，
　　　2015年12月27-28日。

周婉窈〈歷史的統合與建構：日本帝國圈內臺灣、朝鮮和滿洲的「國
　　　史」教育〉，收入氏著《海洋與殖民地臺灣論集》，臺北：聯
　　　經出版公司，2012年3月。

坪井秀人〈作為表象的殖民地〉，收錄於吳佩珍主編《中心到邊陲的
　　　重軌與分軌：日本帝國與臺灣文學・文化研究》，臺北：臺
　　　灣大學出版中心，2012年9月，頁161-208。

岡田英樹〈中國語による大東亞共榮圈〉，「殖民主義與現代性的再檢
　　　討」國際學術研討會論文，中央研究院臺灣史研究所籌備處，
　　　2002年12月23日。

岡林洋〈橫越亞洲的藝術海線：和辻哲郎的《風土》〉，《臺灣前輩畫
　　　家張啟華先生紀念暨第六屆亞洲藝術學會臺北年會國際學術
　　　研討會論文集》，宜蘭：臺灣美學藝術學學會，2009年5月，
　　　頁483-493。

岩淵功一（著）；李梅侶、何潔玲、林海容（譯）〈共犯的異國情調──日本與它的他者〉，《解殖與民族主義》，香港：牛津大學出版社，1998年。

河原功〈佐藤春夫的「殖民地之旅」〉，收錄於葉石濤著《沒有土地，哪有文學》，臺北：遠景出版公司，1985年6月，頁293-309。

河原功〈中村地平的台灣體驗：其作品與周邊〉，莫素微譯《台灣新文學運動的展開：與日本文學的接點》，臺北：全華圖書公司，2004年3月。

邱若山〈佐藤春夫《女誡扇綺譚》及其系譜〉，國家圖書館「近代日本與臺灣」研討會宣讀論文，2000年12月22-23日。

邱雅芳〈西方繆思與東方繆思：《文藝臺灣》的美學走向與東亞色調〉，收錄於陳芳明、吳佩珍主編《東亞文學的實像與虛像》，臺北：聯經出版公司，2003年11月。

邱雅芳〈向南延伸的帝國軌跡：西川滿從〈龍脈記〉到《台灣縱貫鐵道》的台灣開拓史書寫〉，《臺灣學研究》7，2009年6月，頁77-96。

垂水千惠〈回敬李香蘭的視線──某位臺灣作家之所見〉，收於《帝國裡的「地方文化」：皇民化時期臺灣文化狀況》，臺北：播種者數位公司，2008年12月，頁219-237。

星名宏修〈複數的島都／複數的現代性：以徐瓊二的〈島都的近代風景〉為中心〉，《台灣文學與跨文化流動》，臺北：行政院文化建設委員會，2007年，頁178。

柳書琴〈帝國空間重塑、近衛新體制與臺灣「地方文化」〉，收錄於吳密察策劃《帝國裡的「地方文化」：皇民化時期臺灣文化狀況》，臺北：播種者數位公司，2008年12月，頁1-48。

柳書琴〈「滿洲他者」中的新朝鮮人形象：以舒群〈沒有祖國的孩子〉

為中心〉，浙江省嘉興日報社、北京中央民族大學、韓中文學比較研究會主辦「中國抗日獨立運動敘事與嘉興」國際學術研討會，2009年4月25-26日。

柳書琴〈殖民地都市、文藝生產與地方知識：1930年代臺北與哈爾濱的比較〉，日本臺灣學會第11回學術大會宣讀論文，2009年6月6日。

柳書琴〈再剝〈石榴〉：決戰時期呂赫若小說的創作母題（1942-1945年）〉，收於《臺灣現當代作家研究資料彙編10　呂赫若》，臺南：臺灣文學館，2011年3月，頁87-119。

柳書琴、張文薰〈張文環研究綜述〉，收入封德屏總策畫《臺灣現當代作家研究資料彙編6　張文環》，臺南：臺灣文學館，2011年3月，69-84。

柳書琴〈殖民都市、文藝生產與地方反應：「總力戰」前臺北與哈爾濱都市書寫的比較〉，《戰爭與分界：「總力戰」下臺灣‧韓國的主體重塑與文化政治》，臺北：聯經出版公司，2011年3月，頁77-79。

柳書琴〈「外地」的沒落：臺灣代表們的第一次大東亞文學者大會〉，收入彭小妍編《跨文化情境：差異與動態融合——臺灣現當代文學文化研究》，臺北：中央研究院中國文哲研究所，2013年6月，頁39-94。

紀　剛〈面從腹背：古丁〉，收入李春燕編《古丁作品選》，瀋陽：春風文藝出版社，1995年6月，頁644-648。

范燕秋〈熱帶風土馴化、日本帝國醫學與殖民地人種論〉，《疫病、醫學與殖民現代性：日治台灣醫學史》，臺北：稻鄉出版社，2005年，頁11-64。

范燕秋〈新醫學在臺灣的實踐（1898-1906）：從後藤新平《國家衛生

原理》談起〉，收入李尚仁主編《帝國與現代醫學》，臺北：聯經出版公司，2008年10月，頁19-53。

徐秀慧〈跨國界與跨語際的魯迅翻譯（1925-1949）：中、日、台反法西斯的「地下火」與台灣光復初期「魯迅戰鬥精神」的再現〉，收錄於紹興文理管理學院等編《魯迅：跨文化對話：紀念魯迅逝世七十週年國際學術研討會論文集》，鄭州：大象出版社，2006年10月。

高　媛〈「兩個近代」的痕跡：以1930年代「國際觀光」的展開為中心〉，收入蘇碩斌編《旅行的視線：近代中國與臺灣的觀光文化》，臺北：陽明大學人文與社會科學院，2012年7月。

高嘉勵〈冒險精神或殖民慾望：從台灣與巴西的日人移民村論戰前日本帝國主義的建構〉，「跨國的殖民記憶與冷戰經驗：臺灣文學的比較文學研究國際學術研討會」論文集，新竹：清華大學台灣文學研究所，2010年11月19-20日。

張文薰〈「故鄉」：記往與想像的敘事學──論張文環文學之梅山地區書寫〉，收入封德屏總策畫《臺灣現當代作家研究資料彙編6　張文環》，臺南：臺灣文學館，頁339-364。

張文薰〈從「內地」到「外地」：戰爭期臺灣文學之主題／主體轉換〉，「The Cultures of Emergency: Cultural Production in Times of Turmoil」國際學術會議，新加坡國立大學中文系主辦，2009年8月14-16日。

張文薰〈帝國大學之文化介入：1940年代臺灣文壇形成史〉，「交界與游移：近現代東亞的文化傳譯與知識生產」國際學術研討會，臺灣大學臺灣文學研究所、哈佛燕京學社，2009年9月10-11日。

張恆豪〈張文環的思想與精神〉，《臺灣文藝》81，1983年3月，頁58-68。

張隆志〈後藤新平：生物學政治與臺灣殖民現代性的構築，1898-1906〉，收於國史館主編《二十世紀臺灣歷史與人物》，臺北：國史館，2002年12月，頁1235-1259。

張隆志〈知識建構、異己再現與統治宣傳：《臺灣統治志》（1905）和日本殖民論述的濫觴〉，《文化啟蒙與知識生產：跨領域的視野》，臺北：麥田出版社，2006年8月，頁234-259。

張雅惠〈「旅人」視線下的外地文學：試論佐藤春夫〈女誡扇綺譚〉帝國主義文本化的過程〉，《異同、影響與轉換：文學越界研討會：2005青年文學會議論文集》，臺南：國家臺灣文學館，2006年2月。

清水惠〈函館で見つかったニコライ・バイコフ資料〉，《函館・ロシア──その交流の軌跡》，函館：函館日口交流史研究会，2005年12月，

陳建忠〈尋找熱帶的椅子：論龍瑛宗一九四〇年的小說〉，《日據時期台灣作家論：現代性・本土性・殖民性》，臺北：五南圖書出版公司，2004年9月，頁173-206。

陳藻香〈西川滿與媽祖〉，收錄於《後殖民主義──台灣與日本》，臺北：臺灣大學日本語文學系，2002年8月，頁15-36。

黃英哲〈〈藤野先生〉到臺灣：戰後初期中日友好的符碼〉，收入氏著《漂泊與越境：兩岸文化人的移動》，臺北：臺灣大學出版中心，2016年6月，頁75-104。

楊智景〈解題：帝國下的青春大夢與自我放逐〉，收錄於《華麗島的冒險：日治時期日本作家的台灣故事》，臺北：麥田出版社，2010年1月，頁234-274。

劉士永〈「清潔」、「衛生」與「保健」：日治時期臺灣社會公共衛生觀念之轉變〉，收入李尚仁主編《帝國與現代醫學》，臺北：聯經出版公司，2008年10月，頁271-323。

劉建輝〈「滿州」幻想──「楽土」はかくして生成される〉,《国際研究集会報告書》第10集,1997年3月,頁189-203。

劉建輝〈近代東亞的「帝國」話語與「滿洲」文學〉,「日本帝國殖民地之比較研究」國際學術研討會,中央研究院臺灣史研究所主辦,2008年10月30-31日。

劉恆興〈日治下臺灣及滿洲國鄉土文學運動與國族主義關係之比較〉,美國:加州大學聖塔芭芭拉分校臺灣研究中心編:《台灣文學與歷史:2006台灣研究國際學術研討會論文集》2007年,頁40-85。

橋本恭子〈轉換期在臺內地人文藝意識的改變(1937.7-1939.12)〉,行政院文化建設委員會、台灣文學館、中山大學中國文學系主辦《台日研究生台灣文學學術研討會論文集》,2003年10月4-5日,頁183-202。

橋本恭子〈在臺日本人的鄉土主義:島田謹二與西川滿的目標〉,收錄於吳佩珍主編《中心到邊陲的重軌與分軌:日本帝國與臺灣文學‧文化研究(中)》,臺北:臺灣大學出版中心,2012年9月,頁333-379。

鶴見祐輔《〈決定版〉正伝　後藤新平　4　滿鐵時代　1906-08》,東京:藤原書店,2005年4月,頁14。中譯文引自,黃英哲〈楊基振及其時代:從日記看一位臺灣知識份子從戰前到戰後的心理轉變〉,收入氏著《漂泊與越境:兩案文化人的移動》,臺北:臺灣大學出版中心,2016年6月,頁50。

六　學位論文

白春燕〈普羅文學理論轉換期的驍將楊逵:1930年代台、日普羅文學

思潮之越境交流〉，東海大學日本語言文化研究所碩士論文，2012年。

余昭玟〈葉石濤及其小說研究〉，成功大學歷史研究所碩士論文，1990年。

呂明純〈東亞圖景中的女性新文學（1931-1945）：以台灣、滿洲國為例〉，清華大學中國文學研究所博士論文，2010年。

杉森藍〈翁鬧生平及新出土作品研究〉，成功大學台灣文學研究所碩士論文，2007年1月。

李沂臻〈日治末期臺灣林業政策之官民營伐木事業：三大林場為例〉，東華大學公共行政研究所碩士論文，2015年。

李羿德〈日治時期紀念戳章之視覺圖像符號研究〉，高雄師範大學視覺傳達設計學研究所碩士論文，2007年。

李敏忠〈日治初期殖民現代性研究：以《臺灣日日新報》漢文報衛生論述（1898-1906）為主〉，成功大學台灣文學研究所碩士論文，2004年6月。

谷勝軍〈《滿洲日日新聞》研究〉，東北師範大學日文研究所博士論文，2014年6月。

林巾力〈「鄉土」的尋索：台灣文場域中的「鄉土」論述研究〉，成功大學台灣文學研究所博士論文，2008年。

林文馨〈日本帝國下臺灣與「滿洲國」小說家族書寫比較研究（1941-1945）〉，中興大學台灣文學研究所碩士論文，2009年。

邱雅芳〈南方作為帝國慾望：日治時期日人作家的台灣書寫〉，政治大學中國文學研究所博士論文，2009年。

食野充宏〈張文環作品論──「山茶花」の構造〉，東京大學文學部中文研究室學士論文，2000年1月，頁8。

翁聖峰〈日據時期臺灣新舊文學論爭新探〉，輔仁大學中國文學研究所博士論文，2002年。

高　媛〈観光の政治學：戰前・戰後における日本人の「滿洲」観
　　　光〉，東京大學人文社會系博士論文，2005年2月。

郭誌光〈為人生？為藝術？──本格期臺灣新文學運動的文化轉
　　　向〉，成功大學台灣文學研究所博士論文，2016年。

郭靜如〈動盪時代中的變異風景：日據時期台灣、「滿洲國」小說中
　　　空間描寫之比較〉，清華大學台灣文學研究所碩士論文，
　　　2010年。

陳允元〈殖民地前衛：現代主義詩學在戰前台灣的傳播與再生產〉，
　　　政治大學台灣文學研究所博士論文，2017年。

陳淑娟〈邊緣論述・身體書寫：第三世界／亞裔女性文學與藝術再
　　　現〉，輔仁大學比較文學研究所博士論文，2006年12月。

陳淑容〈戰爭前期台灣文學場域的形成與發展──以報紙文藝欄為中
　　　心（1937-40）〉，成功大學台灣文學研究所博士論文，2009
　　　年。

陳運陞〈扭曲的鏡像：「滿洲國」作家古丁創作中的「現代」形象再
　　　現〉，清華大學台灣文學研究所碩士論文，2010年。

焦雪菁〈日據時期臺灣與東北淪陷區鄉土文學的比較〉，西南大學碩
　　　士論文，2012年。

黃舒品〈帝國觀看下的「台灣」：日本文化人旅遊紀行中的權力論
　　　述、地方與性別〉，中興大學台灣文學研究所碩士論文，
　　　2009年。

楊智景「台灣に関連するテクスト（戰前編）」，〈日本領有期の台灣表
　　　象考察──近代日本における植民地表象〉，御茶水女子大學
　　　人間文化研究科博士論文，2008年3月，頁101。

趙勳達〈「文藝大眾化」的三線糾葛：一九三〇年代台灣左翼、右翼
　　　知識份子與新傳統主義者的文化思維及其角力〉，成功大學
　　　台灣文學研究所博士論文，2008年。

齊藤啟介〈《台灣鐵道旅行案內》塑造的台灣形象〉，政治大學台灣史研究所碩士論文，2012年。

劉方瑀〈被選擇台灣：日治時期台灣形象建構〉，成功大學歷史研究所碩士論文，2005年6月。

蔡鈺淩〈文學的救贖：龍瑛宗與爵青小說比較研究〉，清華大學台灣文學研究所碩士論文，2006年8月。

蔣　蕾〈精神抵抗：東北淪陷區報紙文學副刊的政治身份與文化身份〉，吉林大學博士論文，2008年10月。

橋本恭子〈島田謹二《華麗島文學志》研究：以「外地文學論」為中心〉，清華大學中國文學研究所碩士論文，2003年1月。

賴玲秀〈中村地平之南方憧憬：臺灣關連作品為主〉，高雄第一科技大學應用日語研究所所碩士論文，2004年。

七　線上資料庫（最後查詢時間為2018年3月1日）

國會圖書館 http://dl.ndl.go.jp/

臺灣日日新報資料庫 http://newcd.lib.ncu.edu.tw:8089/

大成老舊期刊數據庫 http://www.dachengdata.com/tuijian/showTuijianList.action?cataid=1

臺灣總督府檔案 http://ds3.th.gov.tw/ds3/app000/

日治時期圖書影像系統 http://stfb.ntl.edu.tw/cgi-bin/gs32/gsweb.cgi/login?o=dwebmge

日治時期期刊影像系統 http://stfj.ntl.edu.tw/cgi-bin/gs32/gsweb.cgi/login?o=dwebmge

臺灣總督府職員錄系統 http://who.ith.sinica.edu.tw/mpView.action

中國國家圖書館‧民國中文期刊數字資源庫 http://mylib.nlc.cn/web/guest/minguoqikan

中國國家圖書館・民國圖書數據庫 http://192.168.182.79:8080//

中國近代報刊平臺（臺灣民報、臺灣日日新報、中央日報）http://www.dhcdb.com.tw/SP/

附錄

附錄一
1906-1944年間日本研究滿洲相關調查報告與史地著作

編號	作者《書名》	出版社	出版年
1	森崎實《東邊道》	春秋社	
2	滿鐵奉天圖書館《北狄史》		
3	露滿蒙通信刊行會《沈海・吉海鐵道沿線情況》		
4	ジョージ・フレミング《南滿騎行》	朝日新聞社	
5	中村美佐雄《旅行指南：大滿洲》	旅行文化社	
6	江崎利雄《探尋謎一樣的東邊道》	早稻田新聞社	
7	前滿鐵地方部長保保隆矣、前滿洲日報主筆米野豐實《新滿洲國讀本》	大乘社東京支部	
8	今枝折夫《滿洲異聞》	滿洲社	
9	滿蒙文化協會編纂《滿洲情形》	滿蒙文化協會	
10	露國大藏省編《滿洲通志》	東亞同文會	
11	國澤新兵衛《滿蒙的旅囊（上）》		
12	國澤新兵衛《滿蒙的旅囊（下）》		
13	深谷松濤、古川狄風《滿蒙探檢記》	博文館	
14	東亞同文會編《滿洲通志》	大日本圖書株式會社	1906
15	小川運平《滿洲及庫頁島》	博文館	1909
16	泉廉治《吉林省志》		1913
17	朝鮮古書刊行會《欽定滿洲源流考》		1916

編號	作者《書名》	出版社	出版年
18	伊藤武一郎《滿洲十年史（1）》	滿洲十年史刊行會	1916
19	伊藤武一郎《滿洲十年史（2）》	滿洲十年史刊行會	1916
20	外務省通商局編纂《北滿洲（1）》	啟城社	1917
21	外務省通商局編纂《北滿洲（2）》	啟城社	1917
22	大河原厚仁《滿洲的富源吉林省（1）》	遼東新報社	1917
23	大河原厚仁《滿洲的富源吉林省（2）》	遼東新報社	1917
24	福昌公司調查部編《滿蒙通覽（1）》	大阪屋號書店	1918
25	福昌公司調查部編《滿蒙通覽（2）》	大阪屋號書店	1918
26	福昌公司調查部編《滿蒙通覽（3）》	大阪屋號書店	1918
27	福昌公司調查部編《滿蒙通覽（4）》	大阪屋號書店	1918
28	福昌公司調查部編《滿蒙通覽（5）》	大阪屋號書店	1918
29	福昌公司調查部編《滿蒙通覽（6）》	大阪屋號書店	1918
30	福昌公司調查部編《滿蒙通覽（7）》	大阪屋號書店	1918
31	福昌公司調查部編《滿蒙通覽（8）》	大阪屋號書店	1918
32	福昌公司調查部編《滿蒙通覽（9）》	大阪屋號書店	1918
33	安東縣商業會議所編《安東志》	安東縣商業會議所	1920
34	宗石昴《長春沿革史》	滿蒙文化協會	1923
35	川村芳男、伴久雄《撫順要覽》	撫順案內社	1923
36	南滿洲鐵道株式會社編《南滿洲舊跡志（上）》	朝鮮古書刊行會	1924
37	南滿洲鐵道株式會社編《南滿洲鐵路旅行指南》	大連市立商工學校	1924
38	安東圖書館長川口清德編纂《安東的現狀》	弓倉文榮堂	1925
39	森永太一郎《南船北馬：海外發展指南》	實業之日本社	1925

編號	作者《書名》	出版社	出版年
40	木下杢太郎《支那南北記》	改造社	1926
41	菊池秋四郎、中島一郎《奉天二十年史》	奉天二十年史刊行會	1926
42	南滿洲鐵道株式會社編《南滿洲舊跡志（下）》	朝鮮古書刊行會	1926
43	西岡士郎《活躍秘史：滿蒙夜話》	日本書院	1926
44	山田久太郎《滿蒙都邑全志（上）》	日刊支那事情社	1926
45	山田久太郎《滿蒙都邑全志（下）》	日刊支那事情社	1926
46	南滿洲鐵道株式會社哈爾濱事務所調查課編《齊齊哈爾背後地調查報告》	文明堂	1927
47	高橋武雄《赤裸裸的滿蒙》	敬文堂	1927
48	李軫鎬《滿蒙之旅》	朝鮮印刷株式會社	1927
49	池部鈞等《漫畫滿洲》	大阪屋號書店	1927
50	大連民政署編纂《大連要覽》	大阪屋號書店	1928
51	朝鮮總督府警務局編《吉林省東部地區的狀況》	朝鮮總督府	1928
52	八木奘三郎《滿洲考古學》	岡書院	1928
53	杉本文雄《何謂滿洲》	大阪屋號書店	1930
54	與謝野寬、與謝野晶子《滿蒙遊記》	大阪屋號書店	1930
55	平井三朗《大陸無錢紀行》	牧口五明書店	1931
56	西內精四郎《正視滿蒙》	大連中等學校滿蒙研究會	1931
57	岡田潤一郎《我們看到的滿洲南支》	富文館	1931
58	國澤新兵衛《滿洲與相生由太郎（上）》	福昌公司互敬會	1931
59	國澤新兵衛《滿洲與相生由太郎（下）》	福昌公司互敬會	1931

編號	作者《書名》	出版社	出版年
60	國澤新兵衛《滿洲與相生由太郎（中）》	福昌公司互敬會	1931
61	後藤朝太郎《支那及滿洲旅行指南（上）》	春陽堂	1932
62	後藤朝太郎《支那及滿洲旅行指南（下）》	春陽堂	1932
63	後藤朝太郎《支那及滿洲旅行指南（中）》	春陽堂	1932
64	陸軍大佐佐佐木一雄《未來的滿洲國》	兵林館	1932
65	橋本辰彥《動態滿洲・支那地理》	三友社書店	1932
66	內山舜《執政溥儀》	先進社	1932
67	鹿山鷲村《走向黎明：透視滿蒙》	岡村書店	1932
68	內田榮《走向黎明的滿洲》	新日本書房	1932
69	川口忠《間島、琿春、北鮮及東海岸地區旅行記》	大連小林又七支店	1932
70	川島富丸《寶庫滿蒙的邀請》	帝國文化協會	1932
71	田中秀作《新滿洲國地志》	古今書院	1932
72	千田萬三《新滿洲的里程碑》	滿鐵社員會	1932
73	筱原義政《滿洲縱橫記》	國政研究會	1932
74	北川鹿藏《滿蒙民族獨立的歷史論據》	日本ツラン協會	1932
75	蠟山政道《滿蒙事情總覽（1）》	滿洲事情案內所	1932
76	蠟山政道《滿蒙事情總覽（2）》	滿洲事情案內所	1932
77	白髮隆孫編《黎明的北滿》	鮮滿協會	1932
78	沼田賴輔《日滿的古代國交》	明治書院	1933
79	南滿洲鐵道株式會社哈爾濱事務所編《北滿洲概觀》	滿洲文化協會	1933
80	臼井龜雄《打開滿洲》	日東書院	1933

編號	作者《書名》	出版社	出版年
81	村松朔風《熱河風景》	春秋社	1933
82	高橋源太郎《新滿洲國觀光》	大阪屋號書店	1933
83	小谷部全一郎《滿洲與源九郎義經》	厚生閣書店	1933
84	賀田直治《滿洲國大觀》	民眾時論社	1933
85	矢野仁一《滿洲國歷史》	目黑書店	1933
86	寶藏寺久雄《滿洲國旅行記：祈禱的海參》	新知社	1933
87	奉天滿洲日報編輯局長田原豐《解謎滿蒙》	日本公論社	1933
88	川上隆正《黎明的滿蒙》	宮崎書店	1933
89	小生夢坊《我所見到的滿鮮》	月旦社	1934
90	鐵路總局編《奉山線指南》	鐵路總局	1934
91	鐵路總局編《奉吉線指南》	鐵路總局	1934
92	朝日新聞社特派員藤木九三《熱河探檢記》	朝日新聞社	1934
93	栖崎觀一《滿洲・支那・朝鮮》	大阪屋號書店	1934
94	下飯阪元《滿洲管窺》	朝鮮印刷株式會社	1934
95	金壁東《滿蒙的知識》	非凡閣	1934
96	アーナート博士手記《滿蒙探檢四十年》	大日本雄辯會講談社	1934
97	日滿經濟協會代表荒木武行譯《禁苑的黎明》	大樹社書房	1934
98	櫻井忠溫《北征》	朝日新聞社	1935
100	平野嶺夫《平野嶺大隨筆集：滿洲國皇帝》	平原社	1935
101	吉林日本居留民會編《吉林事情》	吉林日本居留民會	1935

編號	作者《書名》	出版社	出版年
102	清水國治《何謂滿洲國》	大阪屋號書店	1935
103	神祐雄《現代滿洲國展望》	神祐雄	1935
104	吉林省公署總務廳調查科編《新吉林省概說》	吉林省公署總務廳調查科	1935
105	長谷川春子《滿洲國》	三笠書房	1935
106	中保與作《滿洲國皇帝》	日本評論社	1935
107	和泉誠一《滿洲國皇帝陛下》	二松堂書店	1935
108	釋尾春花《滿洲指南》	朝鮮及滿洲社	1935
109	及川儀右衛門《滿洲通史》	博文館	1935
110	石渡繁胤《滿洲漫談》	明文堂	1935
111	平野零兒《滿蒙的密室》	平原社	1935
112	鳥居龍藏《關於滿蒙的回憶》	岡倉書房	1936
113	鳥居龍藏《遼文化的探尋》	章華社	1936
114	稻葉岩吉《前滿洲的開國與日本》	熊平商店	1936
115	藤田元春《滿洲歷史地理》	富山房	1936
116	歷史學研究會編《滿洲史研究》	四海書房	1936
117	鐵道總局資料課編《滿洲地名索引》	滿鐵鐵道總局	1936
118	綾川武治《滿洲事變的世界史意義》	大陸國策研究所	1936
119	長野朗《滿洲讀本》	建設社	1936
120	藤山一雄《新滿洲風土記》	滿日文化協會	1937
121	滿日叢書特輯《滿洲開拓物語》	滿洲日日新聞社	1937
122	水野清一、駒井和愛、三上次男《北滿風土雜記》	左右寶刊行會	1938
123	興安東省總務科編《興安東省概觀》	興安東省總務科	1938
124	渡邊三三《撫順史話》	撫順新報社	1938

編號	作者《書名》	出版社	出版年
125	林富喜子《南滿的回憶：影壁》	春秋社	1938
126	谷山つる枝《滿洲的習俗與傳說、民謠》	松山房	1938
127	新里貫一《漫步事變後的滿鮮——一個盲聾人的觀察》	新報社	1938
128	福田清人《大陸開拓》	作品社	1939
129	德永直《先遣隊》	改造社	1939
130	松本豐三《奉天抄志》	南滿洲鐵道株式會社鐵道總局弘報課	1939
131	興亞研究會編《最新滿支指南》	大東出版社	1939
132	加藤郁哉《滿洲日曆》	滿鐵社員會	1939
133	田日稔《滿洲地理素描》	滿鐵社員會	1939
134	鷲尾知治《滿洲國物語》	三友社	1939
135	八木奘三郎《滿洲都城市沿革考》	南滿洲鐵道株式會社總裁室弘報課	1939
136	川瀨偲郎《滿蒙的風俗習慣》	富山房	1939
137	興亞研究會編《大陸旅行指南》	大東出版社	1940
138	山下武男《東滿飛躍發展的全貌》	北滿堂書店	1940
139	新京特別市長官房庶務科編纂《國都新京》	滿洲事情案內所	1940
140	金久保通雄《國境》	ヘラルド雜誌社	1940
141	春山行夫《滿洲風物志》	生活社	1940
142	植野武雄《滿洲史文獻展覽會目錄》	滿鐵奉天圖書館	1940
143	祥雲洪嗣《滿洲民俗考》	滿洲事務案內所	1940
144	鈴木甫《滿洲農村民謠集》	滿洲事情案內所	1940
145	島木健作《滿洲紀行》	創元社	1940

編號	作者《書名》	出版社	出版年
146	香川幹一《滿洲國》	古今書院	1940
147	島之夫《滿洲國民屋地理》	古今書院	1940
148	谷光世編《滿洲國地方誌》	滿洲事情案內所	1940
149	島之夫《滿洲國視察記》	博多成象堂	1940
150	谷光世《滿洲河川志》	滿洲事情案內所	1940
151	《滿洲的資源》	滿洲事情案內所	1940
152	丸山義二《大陸的村落建築（北滿紀行）》	興亞日本社	1941
153	福田新生《北滿的哥薩克人》	刀江書院	1941
154	香川鐵藏《在滿洲工作的日本人》	ダイヤモンド社	1941
155	山田清三郎《博愛的心》	大阪屋號書店	1941
156	鷲尾よし子《滿支紀行：和平到來》	牧書房	1941
157	金丸精哉《滿洲風雲錄》	六人社	1941
158	今村太平《滿洲印象記》	第一藝文社	1941
159	太田平治《滿洲國境風物志》	山雅房	1941
160	金丸精哉《滿洲的四季》	博文館	1941
161	伊藤整《滿洲的早晨》	育生社弘道閣	1941
162	矢野仁一《滿洲近代史》	弘文堂書房	1941
163	楳本舍三《大滿洲建國史》	吐風書房	1942
164	阪本辰之助《歷史上的日本與滿洲》	日比谷出版社	1942
165	日野岩太郎《龍江省》	大和書店	1942
166	三宅俊成《遼陽》	滿洲古跡古物名勝天然紀念物保存協會	1942
167	建國十周年紀念出版《新京的概況》	新京商工公會	1942
168	伊藤義一《概觀滿洲史》	子文書房	1942

編號	作者《書名》	出版社	出版年
169	滿鐵鐵道總局旅客課編《滿洲風物帖》	大阪屋號書店	1942
170	池田源治《滿洲國境的征服》	朝日新聞社	1942
171	永松淺造《滿洲建國志》	學友館	1942
172	田口稔《滿洲旅情》	滿鐵社員會	1942
173	納富重雄《大陸資源旅行》	月刊滿洲社東京出版部	1943
174	安藤英夫《北邊紀行》	西東社	1943
175	黑澤忠夫《白俄羅斯人》	每日新聞社	1943
176	阪井政夫《自駕所見到的滿洲》	日滿自動車界社	1943
177	日野岩太郎《西北滿雁信》	育英書院	1943
178	三浦新一郎《國境記（北）》	增進堂	1943
179	西清《黑龍江外記》	滿洲日日新聞社東京支社出版部	1943
180	藤本實也《滿支印象記》	七丈書院	1943
181	山本惣治《滿洲人的生活》	ダイヤモンド社	1943
182	千田萬三《滿洲文化史素描》	大阪屋號書店	1943
183	金丸精哉《滿洲歲時記》	博文館	1943
184	丸山義二《北方的處女地》	時代社	1944
185	小林彰《滿支草土》	東京社	1944
186	村田治郎《滿洲的史跡（上）》	左右寶刊行會	1944
187	村田治郎《滿洲的史跡（下）》	左右寶刊行會	1944
188	寺本五郎《管窺大陸》	紀元社	1944

附錄二

《臺灣日日新報》及《漢文臺灣日日新報》的風土

編號	標題	日期，（夕）日刊，版次，刊名	關鍵字句	風土意涵
1	奇萊探險の報告（前號のつゞき）　氣候風土	1896年08月11日，01，臺灣日日新報	氣候風土	氣候
2	巡查教習所の設立	1896年10月21日，02，臺灣日日新報	本島風土	氣候、衛生
3	黑死病彙報　昨今の病勢	1896年11月20日，03，臺灣日日新報	風土病	風土病
4	臺灣の歷史調查	1896年11月25日，02，臺灣日日新報	台灣の地理人情風土生活狀態の	風俗民情
5	鹿港の衛生　風土	1896年12月15日，03，臺灣日日新報	風土鹿港の地たる熱帶地に位するを以て夏に於ては炎熱直接に人体に影響を……現時麻剌利亞赤痢急性腸加答兒及び脚氣等の流行する原因又之に外ならず家屋の構造不適照光不充分にして	氣候、衛生

編號	標題	日期，（夕）日刊，版次，刊名	關鍵字句	風土意涵
6	ペスト病源調查（承前） 洋醫マツケー（英人淡水住）	1897年02月05日，02，臺灣日日新報	風土病說は余等が左袒し能はざる所にして從來台灣土人が支那內地との密接の關係を知らは土人が鼠病を恐る	風土病
7	局員患者	1897年02月26日，02，臺灣日日新報	風土病	風土病
8	澎湖通信　衛戍病院	1897年05月09日，03，臺灣日日新報	風土病	風土病
9	鈴木の代議士の視察	1897年09月01日，02，臺灣日日新報	風土病	風土病
10	苑里修志	1897年12月16日，01，臺灣日日新報	山川人物風土田賦	風俗民情
11	下尾稅關監吏補	1897年12月10日，03，臺灣日日新報	本島の風土縱令見る所聞く所の如くならずと雖所謂疫癘に	風土病
12	再舉參事	1898年01月08日，01，臺灣日日新報	一堡之風土民情而他鄉恐未能周到也	風俗民情
13	埔里社通信（二月二日通信員報）　氣候	1898年02月10日，03，臺灣日日新報	風土病	風土病
14	新竹通信（三月一日發平安散士報報）　井水水質の試驗成績	1898年03月04日，03，臺灣日日新報	風土	風土病

編號	標題	日期,(夕)日刊,版次,刊名	關鍵字句	風土意涵
15	金玉其音	1898年04月23日,01,臺灣日日新報	夫台北之風土文物大致意氣拳拳不覺使聞者色飛起舞莫不願悅喜拜英姿傾聽卓論也既見督憲忽爾正襟告曰聞近日米價昇騰小民憂飢真可憫	風俗民情
16	澎湖通信 六月廿八日(三萬道士) 氣候風土	1898年07月03日,07,臺灣日日新報	氣候風土	氣候
17	履勘風土	1898年09月27日,03,臺灣日日新報	履勘風土臺北縣稅務官續彥三氏。全隨員二人。為舉辦地方稅務。前往各處察看情形。	風俗民情
18	台灣布教傳道一班 淨土宗は	1898年10月06日,02,臺灣日日新報	風土病	風土病
19	台灣事業公債の現狀 諸官衙建築及び水道敷設工事	1898年11月10日,02,臺灣日日新報	風土病	風土病
20	臺灣の風土と衛生	1898年11月13日,02,臺灣日日新報	風土	氣候、衛生
21	ベスト病毒研究報告 第一「ベスト」病原潛伏の在處	1898年11月13日,04,臺灣日日新報	風土病	風土病

編號	標題	日期,（夕）日刊,版次,刊名	關鍵字句	風土意涵
22	全島衛戍病院長會議の結果	1900年02月10日,02,臺灣日日新報	兵營修築衛生上の調查守備諸兵交代の時期衛生上風土服合の調查	衛生
23	肝臟膿瘍	1900年09月11日,05,臺灣日日新報	風土病	風土病
24	外人の日本旅行記（二）　日本の風土	1901年03月07日,01,臺灣日日新報	日本の風土	風景
25	學校衛生	1901年05月08日,03,臺灣日日新報	風土	氣候、衛生
26	臺北幼稚園	1901年05月12日,02,臺灣日日新報	風土	氣候、衛生
27	兒童衛生と午砲	1901年07月03日,05,臺灣日日新報	氣候風土	氣候
28	本島兵營の建築調查	1901年07月12日,02,臺灣日日新報	本島の氣候風土に適當せる兵營の建設取調べにあり	氣候
29	臺北醫院の昨今	1901年08月01日,04,臺灣日日新報	臺灣風土病	風土病
30	防蚊試驗の成績	1901年10月10日,02,臺灣日日新報	氣候風土	氣候
31	防蚊試驗	1901年10月12日,03,臺灣日日新報	氣候風土	氣候
32	罌粟栽培	1901年11月12日,03,臺灣日日新報	風土氣候	氣候

編號	標題	日期，(夕) 日刊，版次，刊名	關鍵字句	風土意涵
33	波羅洲風土記	1901年12月06日，04，臺灣日日新報	波羅洲風土記 在南洋波羅州開墾招携閩清古田兩縣農人數百前往耕作近閩清人在該墾塲集二百餘人作——公緘條列墾事寄閩招其親朋携眷南渡共享其利	風俗民情
34	星洲風土記鷺江報	1902年05月21日，04，臺灣日日新報	星洲風土記	風俗民情
35	公學校と衛生的設備	1902年05月30日，02，臺灣日日新報	風土	衛生
36	風土病及び流行病種類に關する法令	1902年06月07日，01，臺灣日日新報	風土病	風土病
37	中港風土	1902年10月24日，04，臺灣日日新報	新竹中港風土	衛生
38	三板橋の火葬塲（上）	1903年03月11日，04，臺灣日日新報	風土病	風土病
39	昨年中の軍隊の衛生成績（其二）	1903年06月25日，02，臺灣日日新報	風土病	風土病
40	鐵道延長工事と風土病	1903年09月18日，02，臺灣日日新報	風土病	風土病
41	鐵路工事及風土病	1903年09月19日，02，臺灣日日新報	風土病	風土病
42	動物の甲狀腺腫調查の結果	1903年12月24日，02，臺灣日日新報	臺灣風土病	風土病

編號	標題	日期，（夕）日刊，版次，刊名	關鍵字句	風土意涵
43	「肺餌斯卓麻」及癩者	1904年04月23日，03，臺灣日日新報	風土病	風土病
44	淡水館の時鳥臺灣の風土	1904年06月07日，05，臺灣日日新報	時鳥は、由來台湾の風土に合はぬかして一向其聲を耳にせざりしが、	氣候
45	岸醫長	1904年10月26日，02，臺灣日日新報	風土病調查	風土病
46	賀田組吳全城農場近況	1904年11月06日，02，臺灣日日新報	風土病，蕃人，製腦	風土病
47	本年の百斯篤概況	1904年12月29日，02，臺灣日日新報	風土病	風土病
48	本年百斯篤概況	1904年12月30日，04，臺灣日日新報	風土病	風土病
49	臺灣產業視察談	1905年03月10日，02，臺灣日日新報	風土氣候	氣候
50	收入印紙賣捌人の資格	1905年07月02日，02，臺灣日日新報	臺灣風土病	風土病
51	臺南衛生狀況（松尾院長談）	1905年07月08日，02，漢文臺灣日日新報	風土病	風土病
52	滿洲軍狀況	1905年08月27日，01，漢文臺灣日日新報	滿洲氣候。亦適我日本人乎哉。開戰以後。俄國常揚言曰。滿洲氣候。夏冬兩季。殊不利於日軍。是日本軍與俄軍戰。	氣候

編號	標題	日期,(夕)日刊,版次,刊名	關鍵字句	風土意涵
			尤不得不與風土氣候戰也等語云云。孰知近來之滿洲氣候。似反助日軍。而襲擊敵軍者矣。蓋俄軍目下染疫及死亡者。日日在五六百名以上。	
53	蕃界橫斷隊衛生狀況	1905年08月31日,02,漢文臺灣日日新報	其衛生狀態。決不能謂之佳良。雖然。以彼等生活狀態。困難殊極。且風土氣候等。比平地甚變異。想像及此。轉可謂意外佳良也。	氣候
54	拾碎錦囊(五十二)	1905年09月07日,03,漢文臺灣日日新報	臺南昔為全臺首善之區。物產豐饒。商旅雲集。勝蹟韻事。號稱極盛。乃時移世易。風土不無增減。每覽舊誌載有八景。今雖江山如故。而景物消然。誰無昨是今非之感。	風景
55	開墾成績(下)	1905年09月10日,02,漢文臺灣日日新報	而墾成者只有八百町步而已。尚不得謂為大成功也。然臺灣改隸以來。為日尚淺。此間之風土人情。亦	風俗民情

編號	標題	日期，（夕）日刊，版次，刊名	關鍵字句	風土意涵
			未十分研究。而冒昧從事。其不遇失敗也者幾希。幸民情已歸靜穩。蒙人為之妨害者亦尟。自今以往。其能漸抵於成。	
56	臺東近事／璞石閣之繁鬧／製腦景況／衛生景況／撫養景況／學事景況	1905年09月22日，04，漢文臺灣日日新報	元來有一種風土病者。惟瘧疾為最。此全島有名之流行地也。內地人之罹是病而斃者。亦不計數近日賀田組為製腦故。招集內地本島之腦丁三百餘名。皆未經驗該地風土氣候。故罹瘧疾者甚多。	風土病、氣候
57	日俄撤兵順序	1905年10月01日，01，漢文臺灣日日新報	予輩不能無疑夫風土問題。不可不明晰考量。如樺太軍。不速撤回者。蓋以冬季之間。不得不殘留于該島。	氣候
58	本島牛畜の改良に就て	1905年11月19日，02，臺灣日日新報	風土氣候	氣候
59	竹塹郵筒／街庄巡視報告	1905年11月19日，04，漢文臺灣日日新報	新竹廳二十區街庄長。昨奉廳命。巡視各區風土人情。及有關政治者。	風俗民情

編號	標題	日期,(夕)日刊,版次,刊名	關鍵字句	風土意涵
60	醫院長會議完畢	1905年11月28日,06,漢文臺灣日日新報	本島人診察之件。患者並風土病等之件。	風土病
61	臺東璞石閣通信	1905年12月01日,03,漢文臺灣日日新報	前日在九州地方。募集有腦丁二百名。自十月已經至璞石閣。因新至南方。風土尚未經驗。現罹瘧疾者。十有七云。	風土病
62	臺南廳畜產品評會及立毛競作會褒賞授與式	1905年12月24日,04,漢文臺灣日日新報	家畜之用途亦日益告急。目今利用其地勢風土之美。當益示以改良之實為希冀。	氣候
63	交趾支那歸客談	1906年01月17日,03,漢文臺灣日日新報	衛生上之設施。極其完全。故近來風土病亦甚減少。氣候雖暑。然亦可以居住。	風土病
64	巒大山の伐木近況	1906年01月27日,04,臺灣日日新報	風土病	風土病
65	芝山巖教育家の祭典	1906年02月01日,02,臺灣日日新報	風土病	風土病
66	園藝試驗開始	1906年02月04日,02,漢文臺灣日日新報	在本島地味氣候。最適何種類之果實。抑適何種類之花卉。因園藝幼稺。不知研究。故雖有天惠風土。而果實之佳者。	氣候

編號	標題	日期，（夕）日刊，版次，刊名	關鍵字句	風土意涵
			花卉之美者。不能多見。當道深惜之。	
67	阿緱廳下之近況（下）	1906年02月24日，03，漢文臺灣日日新報	阿緱管內。如東港地方。以係海岸。氣候較順適。且可稱為健康地。又全無風土病。而其飲料水。水質甚好。市內各家。用水俱利便。	風土病
68	獎勵改良牛畜之結果	1906年02月27日，04，漢文臺灣日日新報	又客年自內地購來綿羊現飼養於恒春畜場。是亦不因風土氣候之異。而阻其發育。咸肥滿特健。	氣候
69	拾碎錦囊（百九十一）	1906年03月16日，03，漢文臺灣日日新報	風土記以二月十五日為花朝。誠齋詩話。唐以此日為撲蝶會。	作品名
70	蕃人之郵便夫	1906年03月16日，03，漢文臺灣日日新報	不論內地人，本島人，未慣風土。結果多罹病氣。減卻遞送力。至速亦須六日以下。若以該地之蕃人。而使之為遞送夫。則不但風土慣熟。且賃金亦較低。且比內地人本島人之遞送。較為迅速。故今回各地之遞送人。皆欲使用蕃人。	氣候

編號	標題	日期，（夕）日刊，版次，刊名	關鍵字句	風土意涵
71	艦隊參拜神社詳況	1906年03月18日，02，漢文臺灣日日新報	有一團士卒。圍本社記者。在庭之一隅。使談臺灣風土人情者。有謂在廈門曾受盛大歡迎。	風俗民情
72	本島殖產上之施設（六）	1906年04月18日，03，漢文臺灣日日新報	種子殆有優於本島。不遠本島之風土。必能得適當之種類。薄荷前年始自內地寄來。其試驗之日尚淺。品質數量。尚未十分。雖然。若續續栽塔之。自能慣馴其風土氣候。得一良結果。	氣候
73	法國之防備殖民地	1906年05月01日，01，漢文臺灣日日新報	法國「坡亞倫」大將。曾啟節將往視察印度支那後以故。卒中止歸。途語新聞記者曰。予歸國後。當建議於「晏蚌」山。築造適於風土之兵營。俾以保全法國領土。然苟不與他強國同盟。一法國實難以拒日本之侵略也。又稱欲請政府，訓練土人為豫備隊。使其自為鎮守疆土云云。	氣候

編號	標題	日期，（夕）日刊，版次，刊名	關鍵字句	風土意涵
74	臺灣伐木業（三）	1906年05月06日，04，漢文臺灣日日新報	臺灣事業之經營。最可恐怖者。在於風土病一事。實際之經營。不論何事業。為此失敗者多矣。就中從內地募集而來者。又為危險之極。然森林伐取之經營。與平地大異。伐取森林者。必於海拔六七千尺以上之深山。其氣候大覺懸殊。故風土病之易染。以余之實驗徵之。深山之經營者。若少與內地交通者。則該病自然頓減。幸而六七千尺之山奧。崎嶇險阻。交通艱辛。故在平地內地人之勞動者。得口安全。罕有沾此風土病之者。得如所豫期之事業。而經營之。然本島人之苦力。出入平地者頻繁不勝。故染該病者。亦從之不少。故內地人與本島人比較之。在平地	風土病

編號	標題	日期,(夕)日刊,版次,刊名	關鍵字句	風土意涵
			之風土病。本島人占最多數。	
75	守備隊保健狀態	1906年05月08日,02,漢文臺灣日日新報	客月間瓜代之第二旅團下各部隊員。自將校以及士卒。皆極為健全。不多見有入院治療者。其有微恙者。亦罹在內地時。所染得之皮膚病與輕微花柳病而已。其始初瓜代時。深憂氣候風土。或有激變之處。而不能習慣。	氣候
76	佐久間總督歡迎會	1906年05月30日,02,漢文臺灣日日新報	明治七年。從征本島。揮戈所指。南蠻向風。方今番酋就撫。荒原墾拓。來日巡行所及。匡座面目。雖猶彷彿。而風土景物。今昔殊觀。山靈有知。當亦笑迎節鉞也。從此統治政績。大觀厥成。文明蒸蒸日上。新民興業。幸福無窮。	風景
77	佐久間總督之巡視	1906年06月29日,02,漢文臺灣日日新報	當年兇惡之蕃人。已化為順良之臣民也。攀口附葛之鳥道獸	風景

編號	標題	日期，（夕）日刊，版次，刊名	關鍵字句	風土意涵
			蹊。今已坦坦王道也。輕輿安口。經過其間。風土景物。氣象改觀。聖朝之德澤。徧及南陬者如何。本島經營所為偉大之成功者又如何。試一想像焉。	
78	內地人の健康（一）	1906年07月03日，02，臺灣日日新報	風土氣候	氣候
79	本島郵便之發達	1906年07月15日，02，漢文臺灣日日新報	因土匪到處跳梁。郵便物之遞送並市外集配。常賴憲兵或軍隊之護衛。且地理不熟。言語不通。又罹風土病者不尠。故自是年六月間。使本島人包辦遞送事務。	風土病
80	臺灣に於ける風土服合（上）	1906年08月12日，01	日本人も、將た支那人も、其の風土に服合せざりし結果、健康を害ひ、二豎に惱み、	氣候
81	美國人臺灣產業談	1906年08月22日，02，漢文臺灣日日新報	臺灣在北緯二十一度四十五分。亙二十五度一十七分。為熱帶地點。以栽培珈琲極為適宜珈琲在世界之	氣候

編號	標題	日期，(夕) 日刊，版次，刊名	關鍵字句	風土意涵
			需要如何。早經論定。無煩辭贅至其他產物。若非深研究臺灣之地味地質。總不能明言。余擬欲遍遊全島。而實踏風土地質也。	
82	內外彙報／清國女學生之典型	1906年08月26日，03，漢文臺灣日日新報	然彼于日本風土民情。皆有心得。	風俗民情
83	基隆之養豚	1906年08月30日，03，漢文臺灣日日新報	更進而計其蕃殖。勸誘養豚者同時增加豚數。又擇全管內之風土氣候適宜者。以金包里堡設立一養豚獎勵會。整理豚藉賬簿。	氣候
84	時重博士演說	1906年09月04日，02，漢文臺灣日日新報	既欲改良。必以從來之畜種。不大為著效。而謀自他處輸入畜種。因輸入畜種。而疾病亦隨之來。又土地固有之動物。雖其土地為衛生上健全地。即其物亦健全。然新輸入之動物。自其物而觀。其土地雖外觀為健康地。然為	氣候

編號	標題	日期，（夕）日刊，版次，刊名	關鍵字句	風土意涵
			風土變更故。抵抗之力遂弱。其結果易生疾病。	
85	時重博士演說（承前）	1906年09月05日，02，漢文臺灣日日新報	當時之獸醫學。尚屬幼穉。謂日本之風土。綿羊不適於蕃殖。溫然斷定。而牧羊之業。於茲為之一頓挫。是為世人所共知也。以此推之。家畜衛生之事。實為重要之事項。就中風土病即地方病之研究調查。尤為畜產改良上。最為當務之急也。	氣候、風土病
86	滿洲之經營（十四）／各機關之調和的精神（一）	1906年09月07日，01，漢文臺灣日日新報	如我之經營臺灣。謂為由於文武和協官民一致。致以有今日之盛。其誰曰不宜哉。蓋文明國人。當開拓未開之地。或於野蠻之地。欲企圖一大事業。最可恐者。非在風土氣候之險惡。又不在土人之獰猛難訓。乃在自國人之互相排擠乖離耳。	氣候

編號	標題	日期,(夕)日刊,版次,刊名	關鍵字句	風土意涵
87	醫院之患者	1906年09月12日,05,漢文臺灣日日新報	全島十處醫院所治療患者。去年中總計七萬七千二百十四人。延人員六十七萬一千六百六十九人。一日平均一千八百五十人。此中內地人六分。本島人四分。內地人比本島人死亡較多。蓋臺灣風土。不適於內地人者。此其一證也。	氣候
88	去月中移出米	1906年09月15日,04,漢文臺灣日日新報	蓋該地方自然之風土氣候使之然也。	氣候
89	拾碎錦囊(二百八十八)	1906年09月21日,03,漢文臺灣日日新報	康南海十一國遊記。其中吟詠。半屬風土人情。山川紀勝之作。	風俗民情
90	柑橘栽培及椎茸製造	1906年09月26日,04,漢文臺灣日日新報	於昨年試植內地之夏蜜柑。得成熟有三十箇。比於內地之成熟。因氣候風土之關係。早熟。且不帶酸味。	氣候
91	清國時事／官制調查／議院組織／吏治考查／學	1906年09月27日,01,漢文臺灣日日新報	謂欲悉各省風土人情。必先考查吏治得失。	風俗民情

編號	標題	日期，(夕)日刊，版次，刊名	關鍵字句	風土意涵
	生愛國／郵律頒行／議設大審院			
92	設置中央研究所	1906年09月29日，02，漢文臺灣日日新報	本島為亞熱帶地。風土氣候。與母國大不相同。因而動植鑛之三物界。其有特殊之性質者。實為不尠。	氣候
93	人類及社會進化（二）	1906年09月29日，03，漢文臺灣日日新報	蓋人類種族者。或於探險際。偶然之漂著。因而開拓一之國土。遂建國於茲。欲假定其人種。必也就其周圍之地理的境遇。且若者自然的。若者必要的。適應其風土。而作為特種之嗜好與慣習者。準此為例。	氣候
94	街庄長之調查事項	1906年09月30日，04，漢文臺灣日日新報	臺北廳於本年七月。飭令管內各區街庄長。調查各管轄區域內。關於風土民情等項。	風俗民情
95	澎湖紀略（一）	1906年10月02日，04，漢文臺灣日日新報	少潮因家大人罹病故於去十二日整裝歸省幸藥石有靈獲慶無恙得以稍注察其風土民情今昔之異略將澎湖	風俗民情

編號	標題	日期，（夕）日刊，版次，刊名	關鍵字句	風土意涵
			位置及海流氣候產物民俗紀之	
96	澎湖紀略（五）／蔬菜類之不振／風土病之可虞	1906年10月14日，04，漢文臺灣日日新報	風土病之可虞	風土病
97	菲律賓近事	1906年10月27日，03，漢文臺灣日日新報	且菲律賓氣候風土。異于其本國。其生計費自比本國為多。彼乃驕侈是事。築別莊。置馬車。鏤珠玉。家計已苦不足。偶有來賓。若不能饗以盛筵者。尤互以為莫大之恥。彼之俸給一定。到底不足維持其家計。其為種種之罪惡。非理勢所必然也乎。	氣候
98	阿緱之稻作改良	1906年11月14日，04，漢文臺灣日日新報	至於晚稻方實施之。其種類凡百數十種。中最適宜於地方之風土及粒形之一致者擇十種。	氣候
99	建築上之注意	1906年11月17日，02，漢文臺灣日日新報	蓋風土氣候之異。在臺灣建築內地式或西洋式。果否適當。是一問題。又其材料。用木材石材及土結。	氣候

編號	標題	日期，（夕）日刊，版次，刊名	關鍵字句	風土意涵
			亦宜講究。現時日本人建築物中。或有屬經驗者。於此欲定標準下批語。似乎稍酷。	
100	環球大掃蕩書後	1906年11月18日，03，漢文臺灣日日新報	然行星本有勿者也。月球有山川風土明明有行者也。有物固予人以可窺。有形固予人以可見。	風景
101	蒙古征歐史（十五）／第十六章第二次之使僧弱汪尼	1906年11月20日，03，漢文臺灣日日新報	查詢蒙古之風土人情。一一牢記于懷。乃轉乘蒙古產馬。	風俗民情
102	北京通信／設置稅關之期／袁鐵親密／反對立憲何多／刪改內閣權限／典禮院分四司／籌海部經費／反對立憲要旨	1906年11月25日，01，漢文臺灣日日新報	不知清國風土人情。與各國迴異。今欲變法。	風俗民情
103	萬國海事博覽會	1906年12月13日，03，漢文臺灣日日新報	該博覽會開設時。有法國及外國之艦隊。前往訪問。又有航海術，競渡，人造花，音樂之鬥技。並世界學者名士之集於。該	氣候

編號	標題	日期，(夕)日刊，版次，刊名	關鍵字句	風土意涵
			地之氣候風土。和順秀良。有群峰蜿蜒。又有海水浴場溫泉。故為實業界之中心。	
104	種畜場之綿羊	1906年12月23日，04，漢文臺灣日日新報	該場試育成績徵之。成育繁殖俱甚佳。蓋本島風土氣候。十分適宜也。本島今後必漸次飼育綿羊。而綿羊肉之現於市場。其期日當不在遠焉。	氣候
105	蒙古征歐史（廿六）第二十八章中央亞細亞之德國人部落	1907年01月05日，03，漢文臺灣日日新報	觀察該地似甚膏腴。田園之間、禾黍離離、穀物秀苗、其最映人眼簾者、莫若葡萄、聞係欲供釀酒之用者、「雷斯嫵烈克」翌早復鑽程赴蒙古。暮抵「塔吶斯」村、遂止焉一行為查詢該地風土人情。因之曾有德國人數十名。來住於此數年。月前始轉徙他處。	風俗民情
106	可風之三盲人（中）	1907年01月20日，05，漢文臺灣日日新報	無何入學而後。竟因風土之變。致礙健康。中如陳春則病赤痢。蔡谿則病腳氣。	風土病

編號	標題	日期，（夕）日刊，版次，刊名	關鍵字句	風土意涵
			遂不能畢其業。空懷壯志已耳。	
107	寓臺內地人健康	1907年02月03日，02，漢文臺灣日日新報	並內地口能就臺灣之風土。研究衛生之法。	衛生
108	勃尼亞之拓殖（五）	1907年02月05日，02，漢文臺灣日日新報	風土病 余等異國之人。旅居是地。曾無有患風土病者也。	風土病
109	農事試驗場之出品	1907年02月09日，04，漢文臺灣日日新報	屬於本島產之玄米者。經種種試驗之結果。一反步，早季可收得二石二斗五升。晚季亦可收得二石一斗二升許。又內地種於三十二年初植。因當時風土不慣。故一反步之收穫額。僅五斗而已。	氣候
110	新竹廳管內松菌之近況	1907年02月16日，03，漢文臺灣日日新報	然此伊勢式乃四十年前植植物黴菌學未流布之法。所謂舊式者也。與前記之伊豆式。大異其趣。而伏積地點之選定。又極容易。只擇向東南或向西南之地形而已。伏積之方法。亦頗簡	氣候

編號	標題	日期，(夕)日刊，版次，刊名	關鍵字句	風土意涵
			單。然內地之風土氣候。與臺灣殊。其成績之良否。須一箇年後。方始解決云。	
111	農學校設立	1907年03月13日，02，漢文臺灣日日新報	夫植民地者。既與母國之人情風土氣候各異。則植民地之經營。亦要特殊之人物。古代英國及和蘭。遺商人及航海者於植民地。西班牙，葡萄牙及法國。則送軍人及僧侶於植民地。以任植民地百般之經營。是未解植民地之經營為何物也。	風俗民情、氣候
112	澎島救恤	1907年03月29日，02，漢文臺灣日日新報	且澎島之氣候頗佳。若輩生斯長斯。早已習慣。移之於氣候風土不佳之處。終不可能現正細查地方。以何處為適。又除移住策而外。	氣候
113	牛乳之約束及組合	1907年03月31日，05，漢文臺灣日日新報	在本島尚無設牛乳之約束法。自昨迄今。惟用內地之所行者。然內地與本島。風土不同。氣候亦異。大難於適用。	氣候

編號	標題	日期，（夕）日刊，版次，刊名	關鍵字句	風土意涵
114	福州通信／官商集欵辦米	1907年04月06日，03，漢文臺灣日日新報	入春以來。閩城米價日漸昂貴。茲官場協同商會諸公於廿一日遍請各會員合集股本六萬餘兩。廿二日該會員復親往各商家招集股份。皆踴躍爭先。現已積有巨款。業經電向香港先辦五千石。以次續電各海口陸續採辦。行將沿海之上。源源而來。福州米價。定有日平一日之望。司風土者真不愧為保護地方矣。	民生物價
115	澳大利亞洲風土	1907年04月11日，05，漢文臺灣日日新報	故能悉其風土民情。而漸次移易之。然內山中固獉狉自安。雖欲輸入文明。恐一時亦難睹其放力耳。	風俗民情
116	嘉義勸農（下）／農業部之事業／共同秧田／耕作模範田／柑桔模範園／養雞／標本陳列／農業講話／種苗購入	1908年05月02日，03，漢文臺灣日日新報	養雞昨年由內地購入雞種。在農場飼養之。中有產卵頗多。或體軀肥大。希望者頗多。本年定再購入數種。擇其適合氣候風土者。以獎勵飼	氣候

編號	標題	日期，(夕) 日刊，版次，刊名	關鍵字句	風土意涵
	／調查農業及其他		養。	
117	嘉義製腦擴張期	1908年05月05日，03，臺灣日日新報	此の腦丁も風土氣候の關係上其の健康を害する	氣候
118	金魁星（五十一）	1908年05月13日，05，漢文臺灣日日新報	深悉豫章人情風土	風俗民情
119	金魁星（五十八）	1908年05月21日，05，漢文臺灣日日新報	太后命坐。即著營嬪擎賜一杯春芽龍團香茗。詢問南都風土。朱陽一一奏對。	風俗民情
120	昨日法會	1908年05月29日，02，漢文臺灣日日新報	出使歐美視察其風土民情	風俗民情
121	彰化通信／中部天候	1908年06月12日，04，漢文臺灣日日新報	上至大甲溪。下至虎尾溪。天氣平和。寒暑均分。其風土民情。較於臺南北。更勝一籌耳。	風俗民情
122	調查移民	1908年06月13日，01，漢文臺灣日日新報	本部假在桑港將研究鹿欺山西諸風土民情焉。	風俗民情
123	喇嘛待遇	1908年06月20日，01，漢文臺灣日日新報	仍討論蒙地風土人情一切事跡。	風俗民情
124	歸朝之說	1908年06月24日，	何得久滯于風土氣候	氣候

編號	標題	日期，（夕）日刊，版次，刊名	關鍵字句	風土意涵
		01，漢文臺灣日日新報	異殊之韓國	
125	歡迎會況	1908年06月28日，05，漢文臺灣日日新報	故朝廷注意遴選。特以大島警視總長陞為臺灣民政長官。蓋以大島民政長官之經營臺政也。已十三年於茲矣。凡臺灣之風土人情。與夫臺灣之山川文物。無不熟悉於胸中。	風俗民情
126	新竹推隘記（五）	1908年07月02日，02，漢文臺灣日日新報	三支隊之衛生狀態。雖該處之風土水質氣候。俱各良好。然為前進作業之疲勞。及夜營之不完全。致患瘧疾腳氣，感冒諸症者。其數不尠。	氣候、衛生
127	西澤島植物	1908年07月11日，02，漢文臺灣日日新報	該原無蚊蟲。其無有瘧疾者。自無待言。其他風土病亦無之。	風土病
128	設療養所	1908年07月15日，02，漢文臺灣日日新報	臺北衛戍病院從前因設夏期轉地療養所之故。常查土地風土之關係。暨氣候溫濕之狀況交通運輸之便否等。前曾擬假金包里海岸。然以交通不便	氣候

編號	標題	日期,(夕)日刊,版次,刊名	關鍵字句	風土意涵
			止之。本年新設於淡水砂崙仔庄。現已收容患者七名。與以海氣療養。	
129	大暑と用意	1908年07月19日,02,臺灣日日新報	氣候風土	氣候
130	牛乳營業取締	1908年07月22日,02,臺灣日日新報	風土氣候	氣候
131	夏期講習會	1908年07月22日,02,臺灣日日新報	如き本島の風土氣候事物に適應したるものを斟酌制定せざるべからざるにも拘はらず	氣候
132	歡迎議士	1908年07月31日,04,漢文臺灣日日新報	凡島內之風土民情。無不存心考察。以冀島民之日新。	風俗民情
133	無絃琴	1908年08月14日,02,臺灣日日新報	氣候風土	氣候
134	南部撮要／製糖總會／敷設輕鐵／專用鐵道／耕作煙草／播種護謨	1908年08月15日,04,漢文臺灣日日新報	耕作煙草栽培葉煙草。以充為本島人煙絲之原料者每年均由專賣局。指定地味風土之適宜者。本年不遠亦將決定之。	氣候
135	立憲始肯撤兵	1908年08月20日,02,漢文臺灣日日新報	厥後聯軍陷北京。拳匪潰走兩宮駕幸西安。及和議告成。許	氣候

編號	標題	日期，（夕）日刊，版次，刊名	關鍵字句	風土意涵
			各國駐重兵。以為自衛。即此所謂北清守備兵也。該守備兵隊。其不惜虛糜糧糈。勞役將士。以遠駐於風土氣候不同之地者。在各國亦痛定思痛。以為不如此。則如拳匪之叛亂者。其將起於何時。殊不可測。	
136	新兵教育の效果	1908年08月20日，02，臺灣日日新報	氣候風土	氣候
137	土匪，生蕃，百斯篤	1908年08月25日，02，臺灣日日新報	本島の如く風土氣候に家屋構造に生活狀態に百斯篤傳播に適當せる地方にては惡疫の撲滅は難中の難なるが當局の銳意防疫の結果はさしも猛烈の鼠疫も全く其跡を收め	氣候
138	京卿遊蹤	1908年08月28日，04，漢文臺灣日日新報	廈門商務總會總理林叔臧京卿。於本年八月十一日涖臺北。京卿以北部多舊游地。山川風土。領略已熟。中部南部。向所	風景

編號	標題	日期,(夕)日刊,版次,刊名	關鍵字句	風土意涵
			未經。遂攜隨員通譯等。作汗漫游。發臺北。訖打狗雖日期短促。而全島要點。已歷歷如在指掌中。	
139	南部撮要／全島移出糖額／斗六早季米收穫額／褒賞捐震災金者／勸誘會員／犯阿片令之笞臀／捕鼠成績／發見新病／牛乳缺乏／家稅昂騰	1908年09月09日,04,漢文臺灣日日新報	發見新病打狗自去四五月間。鼠疫猖獗。至八月終全部經已撲滅。今猶發見有一種熱病。患者已達百餘名。查其病狀。發熱後滿身浮腫。又能結核。甚然奇異。至期間已滿。熱消而腫自退。而臺人以為流行新奇病。與舊時代風土病不同。	風土病
140	御使談屑（下）／軍隊教育及衛生	1908年09月13日,02,漢文臺灣日日新報	臺之氣候風土暨萬般之事情。莫不與內地恒異。況若新兵教育者。亦口無多少之懸念也。今就實地所視察者。與各部隊之成績言之。夫內地所進步者。殆無不及之。所遺憾者。惟有因分遣駐屯過多。卒使大隊或聯隊有缺大部隊	氣候

編號	標題	日期，（夕）日刊，版次，刊名	關鍵字句	風土意涵
			的教育之一端耳。他於新兵初時。照其適合臺之氣候風土之方法。施諸教育。故其成效。寧謂有過於由內地所移之二年兵。又自改為二年制度之後。此期間內。授與以三年同程度之教育。因之衛生為第二。而教育居首位。然疾病者。卻不至如初時所顧慮之多。	
141	廈門通信／口尊到廈	1908年09月15日，01，漢文臺灣日日新報	太守未署興化府以前。曾任石碼分府。官聲極好。且幼時多來往潮廈。於廈島風土極為熟悉。二公皆與廈有極大關係。松制軍此委。可謂因地擇人矣。	風俗民情
142	臺東製腦事業	1908年09月30日，02，臺灣日日新報	風土	風土病
143	臺東腦務	1908年10月01日，02，漢文臺灣日日新報	但臺東以交通不便風土不良。於腦丁益難募集。風土上之所謂不良者。即瘧疾也。近以公眾衛生之發	氣候

編號	標題	日期，（夕）日刊，版次，刊名	關鍵字句	風土意涵
			達。木下氏豫防劑之奏效。甚減於前期。前途良為可喜。	
144	澎湖衛生	1908年10月04日，05，漢文臺灣日日新報	故今回鄉民為撲滅風土病。並公眾衛生之普及。與保持健康起見。擬設衛生組合現經當道批准。	風土病
145	短篇小說燕歸來（上）	1908年10月07日，05，漢文臺灣日日新報	李希燕字玉之。福建汀州人。其母夢玉燕投懷而生。故自幼呼曰燕兒。及長美豐儀。尚倜儻。喜交游。讀書甚聰敏。年未弱冠。已入邑庠。偶閱謝清高海錄。躍然有浮海之志。自是遇里中人由海上歸者。必詢其行程。詳其風土。里人又誇述瓌異。粉飾多詞。	風俗民情
146	全通式來賓	1908年10月11日，02，臺灣日日新報	鐵道全通式は本島未曾有の盛事には相違なしと雖も風土氣候大に內地と異なりて衛生狀態に危懼を懷く者多きと距離隔絕して往復に十數日を	氣候

編號	標題	日期，（夕）日刊，版次，刊名	關鍵字句	風土意涵
			要し用務繁劇の人に便ならざる	
147	水道會議	1908年10月11日，02，漢文臺灣日日新報	蓋此會議者。重在互相研究技術上與經營上之關係風土人情之大端也云。	風俗民情
148	茶翁偶話	1908年10月13日，03，漢文臺灣日日新報	夫俄國氣候最寒冽。而為世界有數之喫茶國。近年其消費額。亦漸次增進。由此等情形測之。製茶前途。雖飲料界。不免為珈琲等所逼逐。然就氣候風土等論之。尚可得永遠繫顧客之意也。則由茶之前途。大局未為悲觀。	氣候
149	欽使視察談（下）	1908年10月14日，02，漢文臺灣日日新報	此次視察臺灣。殊覺百聞不如一見之諺。有甚恰切焉。夫平野之米，砂糖，鹽，茶，山野之金鑛，石炭，森林等。無一不為無盡之富源者。概而言之。自然界之狀態。全與內地異趣。故如非親履此地。洵不可以共談臺灣之風	風俗民情

編號	標題	日期，(夕)日刊，版次，刊名	關鍵字句	風土意涵
			土。要之。余此回之視察。深喜有所感臺灣趣味也云云。	
150	全線の開通	1908年10月24日，07，臺灣日日新報	氣候風土	氣候
151	鐵旅材料	1908年10月27日，07，漢文臺灣日日新報	則本島風土與內地特異。苟非用十分乾燥之材木。遇過度較高時。難保其不中腐也。是蓋渡臺後所屢加經驗者。	氣候
152	赤十字總會	1908年10月30日，01，臺灣日日新報	風土病	風土病
153	赤十字社總續報／巡視赤十字社醫院	1908年10月31日，02，漢文臺灣日日新報	余於臺灣之風土病及健康狀況等。特留意之。	風土病
154	有賀博士講演（承前）	1908年11月01日，02，漢文臺灣日日新報	如德國自千八百八十三年以來。雖說意於殖民事業然其殖民地除安寓里賓那而外。殆不見有成功者。是雖由氣候風土之關係而然也。我臺灣則與母國相距不甚遠。又氣候良好。富源殆無盡藏。賓堪為所喜者。	氣候

編號	標題	日期，（夕）日刊，版次，刊名	關鍵字句	風土意涵
155	本島飼羊の好望	1908年11月15日，03，臺灣日日新報	風土氣候	氣候
156	本島新兵教育成績	1908年11月21日，02，臺灣日日新報	風土氣候	氣候
157	新兵教育	1908年11月22日，02，漢文臺灣日日新報	本島之新兵教育。先施於客臘入營之兵。迄今已經一星霜近纔為機動演習。其始也。當局者十分考究方敢實行。方是時因本島風土氣候之故。世多有疑念其成績之如何者。	氣候
158	審查報告	1908年11月22日，04，漢文臺灣日日新報	本島運搬及耕作上。畜力正告不足。日急一日。如此習慣於氣候風土之牛種。尚宜向本島各處或海外。搜求其優良者。以圖改良體格。增殖育數。是為得策也。	氣候
159	審查報告（續）	1908年11月25日，02，漢文臺灣日日新報	豚之本島在來種雖於風土氣候。飼料照管。均能習慣。又體質強健。性質溫良。蕃殖容易。	氣候
160	基隆の浮浪沖繩人	1908年12月24日，07，臺灣日日新報	風土病	風土病

編號	標題	日期，（夕）日刊，版次，刊名	關鍵字句	風土意涵
161	甘蔗品評會（續）	1908年12月26日，03，漢文臺灣日日新報	惟甘蔗品種良否與含糖量多寡。關係糖業之盛衰者極大。臺灣風土。雖耕作甘蔗享有至大之天惠。然改良之。而發達之。尤不能不賴耕種者之勉勵也。	氣候
162	韓國近事／開港紀念／吉原副裁／曾禰副監／蠶業協會／開運動會／善後協議	1909年05月11日，01，漢文臺灣日日新報	蠶業協會長野縣松本市韓國蠶業協會。曾派該會理事中村太八郎氏渡韓。精查蠶業。確知該國氣候風土。深適養蠶。	氣候
163	派赴南美	1909年05月12日，01，漢文臺灣日日新報	況如南美方面。明治十六年雖派軍艦龍驤。遠航其地。後為風土不合。遂多生腳氣之病。以至不能操縱艦艇。演出一場慘狀。	氣候
164	分團發會	1909年05月12日，02，漢文臺灣日日新報	朗讀如下告示曰。臺灣陸軍軍醫分團方成。茲見舉發會之式。是予之尤喜也。抑軍醫團之目的。係鞏固衛生部員之團結研究關於軍事衛生之	氣候

編號	標題	日期，（夕）日刊，版次，刊名	關鍵字句	風土意涵
			智識。併涵養報國之精神者。特如本島氣象風土懸殊之疆土。討究各種熱帶的衛生。有不可一日忽之者。是不獨軍事衛生為必要。亦足以裨益於一般衛生也。	
165	本島鹽將來	1909年05月21日，03，漢文臺灣日日新報	今聞當局者之言。謂至四十六年度。鹽田整理之餘。島內鹽田可至二千甲。因氣候風土之關係。欲將濁水溪為分歧點。分為南北。北部五百五十甲。南部二千四百五十甲。	氣候
166	成軍衛生	1909年05月22日，02，漢文臺灣日日新報	因臺灣之風土氣候。與內地迥別。故守備臺灣各隊。咸留意於衛生。然聞現時衛生成績比諸內地猶有遜色。其所以如此者。則為臺灣多有患瘧疾者。若能絕該病之根株。而使之不發生。則成績當不遜於內地。	氣候

編號	標題	日期,(夕)日刊,版次,刊名	關鍵字句	風土意涵
167	蔗苗供給所	1909年05月30日,03,漢文臺灣日日新報	本島所栽改良蔗。為風土之關係。漸變其本質。欲提防變質。其栽培地必有與原產地類似者。	氣候
168	學事彙報	1909年06月06日,02,漢文臺灣日日新報	兒童體格內地與臺灣。風土氣候俱不同。	氣候
169	韓國近事	1909年06月11日,01,漢文臺灣日日新報	略謂養蚕為我國風土適合之事業。故自本年始。於宮中試驗養蚕。以資獎勵。	氣候
170	本島象皮樹	1909年06月12日,05,漢文臺灣日日新報	然其最適於本島之氣候風土。而深有望者。則莫印度種若也。就現在之發育狀態而推測之。比諸原產地之遏杉地方。則優而不劣也象皮樹之根。其盤錯之範圍頗廣。故以之植於田無之間。有害於穀物。	氣候
171	空中機學	1909年06月25日,01,漢文臺灣日日新報	聞該博士所講課目。凡有六種。一、空中兵學,氣流平衡,動的星學原議,氣球平衡,上下運動等。二、空中動學,氣流	地形、氣候

編號	標題	日期，（夕）日刊，版次，刊名	關鍵字句	風土意涵
			之一切原理氣球，紙鳶，飛行機之平衡及安定。三、空中機包裝及推進器抵抗。四、氣球原理及於實驗上數學。五、古來之空中船及飛行機。六，空中進行，風土誌，速力，風力，及其方位等項云云。	
172	夏季死亡者	1909年06月26日，05，漢文臺灣日日新報	臺北死亡者。歷年入夏季來。即增加甚多。而內地人比本島人數。尤覺其夥。蓋以內地人于本島風土氣候。多非所慣故耳。	氣候
173	阿里山視察談	1909年06月26日，02，漢文臺灣日日新報	現時內地人人移住者。為數無多。謂但有七八萬而已。然安土重遷。亦誠不易。又臺灣之氣候。與內地不同。非可任意移住者。阿里山之氣候殊佳。不寒不煥。無風土病之虞。且可容數千人。故須鼓舞移住於阿里山方面為要。	風土病

編號	標題	日期，（夕）日刊，版次，刊名	關鍵字句	風土意涵
174	造營經費	1909年08月03日，04，漢文臺灣日日新報	本島凡百事情。俱殊於內地。如瘧疾一症。為傳染性風土病。於維持兵士之健康。洵有難焉者。	風土病
175	鹽水港製鹽	1909年08月07日，03，漢文臺灣日日新報	布袋嘴及北門嶼之鹽田。氣候與風土頗有適合。故產出之數甚多。且品質良好。	氣候
176	新竹通信／養雞成績	1909年08月14日，04，漢文臺灣日日新報	自本年來。乃新築雞舍於該會農場內。以改良肉用雞及產卵雞為主旨。飼養洋種雞數十羽。以使孵化繁殖。各種皆與風土相馴化。其成育亦甚佳良。將來用以為肉食及產卵。誠屬大有望也。	氣候
177	有心人其義捐諸	1909年09月01日，02，漢文臺灣日日新報	蕃族嘯聚徒黨。必死抵抗。我隊員為此而死者傷者。相踵而出。且風土氣候。與平地懸殊。	氣候
178	臺灣糖社成績（三）／自耕地以外原料／橋仔頭工場作業／後	1909年09月11日，03，漢文臺灣日日新報	然該工場因不用本島人。專用內地人夫。而內地人夫之渡臺者。男百四十二人。	氣候、風土病

編號	標題	日期，（夕）日刊，版次，刊名	關鍵字句	風土意涵
	壁林工場作業／阿緱工場作業／公館庄工場		女四十九人。因風土不適。及操作不馴。生種種困難。遂逃亡四十餘名。 因人夫多有感冒風土病。且經驗之日猶淺。有多延其時日焉。	
179	衛生顧問	1909年10月03日，05，臺灣日日新報	風土病	風土病
180	羊之繁殖	1909年10月19日，05，漢文臺灣日日新報	恆春種畜場。數年前曾養飼羊群。現已及百頭之多。如是則本島之氣候風土。其適宜可見矣。	氣候
181	希望就識	1909年11月06日，05，漢文臺灣日日新報	此等兵人體力強壯。於本島氣候風土。亦經習慣。雇用甚為合宜。	氣候
182	廈門通信／頒發規則	1909年11月20日，06，漢文臺灣日日新報	及當地風土人情立定。以期相安無事。不致動輒滋鬧。	風俗民情
183	豢羊狀況	1909年12月05日，03，漢文臺灣日日新報	品質與外國之優良者比。殆見無遜色。於此乎可以知本島風土適合飼羊也。	氣候

編號	標題	日期，（夕）日刊，版次，刊名	關鍵字句	風土意涵
184	林景商觀察被選資政院議員鄙人忝列同會勉成一律恭送榮行即請	1909年12月26日，04，漢文臺灣日日新報	讀君大集多寫南洋風土極開治亂之作還期讜論挽山河。范滂攬轡澄清日。祖逖臨江感慨多。此去當為天下雨。國民應唱太平歌。	風俗民情
185	論人性有冷熱之分	1910年01月01日，06，漢文臺灣日日新報	雖然上下數千年。縱橫幾萬里。風土不殊。	風俗民情
186	就移民言	1910年01月15日，02，漢文臺灣日日新報	近世歐美列邦。競擴張其勢力範圍。因而爭拓殖民地。殖民云者。即移自國之民。而殖於其地之謂也。然而移民之舉。亦誠有難焉者。何則。安土重遷。人恒厭之。即樂此者。亦以氣候不同。風土各別。移住之餘。不安於其土。去而復歸者。其例不尠。	氣候
187	就本島養蠶業而言（上）	1910年02月05日，03，漢文臺灣日日新報	蠶種迄今皆選擇內地產者。到底因氣候與風土。及家屋構造等之差異。其不能收效者。固不待言。夫改	氣候

編號	標題	日期，（夕）日刊，版次，刊名	關鍵字句	風土意涵
			良蚕種。自古已甚發達。即現內地產之佳種者。皆由支那傳來。今已全變為日本種類。蓋因與日本之風土氣候適合而然也。（中略）其如本島之於內地種。不能相合耳。此乃南清地方。其氣候風土及家屋等。殆與本島無差。其蚕種如內地多化蚕之一種。稍近野生。身體強壯。耐氣候之惡變。	
188	梯欺沙思州日本柑桔栽培熱	1910年02月06日，06，漢文臺灣日日新報	戎霜氏之說謂日本種蜜柑。接米國絲滔利思滔利敷奧區樹。較他樹善禦霜寒。且生育及結實亦甚迅速較加州柑桔早熟二個月。故其價格良好。獲利匪尟。自風土關係而論。同地方與絲滔利思滔利敷奧區樹接合之陪摩蜜柑。尤為合宜。	氣候

編號	標題	日期，(夕)日刊，版次，刊名	關鍵字句	風土意涵
189	蓖麻子葉養蠶	1910年02月08日，03，漢文臺灣日日新報	如本島者。因氣候風土之關係。若實行養蠶事業。必有可望者焉。其蠶雖絲比諸內地。不得謂為優者。而其絲細而質強。堪為織細布之用云。	氣候
190	編輯日錄（二月廿二日）	1910年02月23日，05，漢文臺灣日日新報	近來陰晴不定。天氣輕寒。似添離人一段春愁。英國大使馬區落那落卿。為觀瞻本島風土。于本日抵臺。願老天煥發春暉。以供遠客飫覽。	氣候
191	品評紀略	1910年02月27日，03，漢文臺灣日日新報	蕈麻出品件數四十六件。比黃麻之品位。勝過萬之。乃為適合風土。且有選擇種類。及收穫及時。實可為廳下之重要產物云。	氣候
192	臺中雜信／贈英國大使／意國武官／開送別會／岩田聯隊長／埤圳聯合會	1910年03月02日，05，漢文臺灣日日新報	意國武官「加美里亞」中佐。於同日午前七時。由臺中往埔里社中佐極好日本風俗。投宿丸山館之時。不擇西洋館。而就日本室。其所食亦	氣候

編號	標題	日期，（夕）日刊，版次，刊名	關鍵字句	風土意涵
			選日本料理。又中佐不僅限為軍事。將廣為視察。該地之風土氣候殖產工業等。亦種種查問云。	
193	阿里山氣候	1910年03月10日，02，漢文臺灣日日新報	據從來所經驗。謂其地頗適于健康。不見有普通風土病。	風土病
194	中港雜信／衛生狀況	1910年03月29日，05，漢文臺灣日日新報	患者比例。百人中遞減至四十有六。風土病。眼病。其次為瘧疾。	風土病
195	保險業近況	1910年04月06日，03，漢文臺灣日日新報	現下於大連保險業。只有火災與海上兩種。尤極發展。生命保險依然不見進程。但生命保險之少者。因風土稍適健康而致然也。	氣候
196	嵌津近信／建練習所	1910年04月19日，04，漢文臺灣日日新報	崁峰排仔山。本月建築練習所數椽。為警吏出業生練習番界風土民情。	風俗民情
197	爪哇輸糖數	1910年04月22日，03，漢文臺灣日日新報	將來益進輸出於支那大陸。不可不與爪哇爭其衡也。蓋為此事業也。雖前途尚屬遼	氣候

編號	標題	日期,(夕)日刊,版次,刊名	關鍵字句	風土意涵
			遠。而由本島風土氣候推之。不足敢為至難。但顧在其經營良否何如而已。	
198	西陵楊百萬（下）	1910年04月22日,05,漢文臺灣日日新報	風土民情	風俗民情
199	送田原天南詞伯之歐洲次韻	1910年04月29日,01,臺灣日日新報	看盡人情風土眞	風俗民情
200	勸告往觀共進會	1910年05月08日,02,漢文臺灣日日新報	且跋涉關河。船車勞頓。因風土之異。氣候之差。健康而往。或不免於不健康而歸。非計也。日本為臺灣之母國。內地之事事物物。文明進步。與我臺判若天淵。均可為我臺取法。	氣候
201	清人考察餘談	1910年05月29日,02,漢文臺灣日日新報	閩之風土民情。與我臺灣不大殊。取我臺施政之法為以法。實事半而功倍也。	風俗民情
202	亞鉛歐鐵／法人遊歷清國得寶星	1910年06月05日,03,漢文臺灣日日新報	法國博士雷盛德氏。近三年中。遊歷清國西北各省。繪畫地圖。報告該處一切風土物產。	風俗民情

編號	標題	日期，（夕）日刊，版次，刊名	關鍵字句	風土意涵
203	島軍衛生得宜	1910年06月09日，02，漢文臺灣日日新報	宜蘭守備隊及澎湖島重砲兵一大隊。竝無一新染瘧疾者。而埔里社有六名。臺北極少數。要之第一守備隊（臺北）。以風土氣候之關係。染斯病者。視第二守備隊（臺南）。為數尤少。	氣候
204	近時植民思想（一）	1910年06月15日，04，漢文臺灣日日新報	植民地通常分農業植民地。栽培植民地。商業殖民地三種。農業植民地。要永續移住。必須地理上或氣候上與本國人適合。如濠洲，加奈陀合眾國等是也。栽培植民地。大都在熱帶。或亞熱帶地方。其氣候風土。不合本國人永久居住。本國人不過齎其資本。使役土人。培栽熱帶植物。以獲取其利益。	氣候
205	製炭改良	1910年07月06日，03，漢文臺灣日日新報	內地灶之改良凡製造白炭內地式灶之外。各地之構造俱有差	氣候

編號	標題	日期，（夕）日刊，版次，刊名	關鍵字句	風土意涵
			異。又氣候風土及樹種之關係上。內地式之灶。亦不無多少缺點。	
206	亞鉛歐鐵／護謨輪世界一週	1910年07月10日，03，漢文臺灣日日新報	兼以訪察世界之風土人情。	風俗民情
207	養豚成績	1910年07月19日，03，漢文臺灣日日新報	然比本島種猶遠勝焉。後因氣候之變發生種種疫病。恐此二種不合本島之氣候與風土。	氣候
208	高壽者之比較	1910年07月22日，02，漢文臺灣日日新報	此足以知本島高齡者。如何鮮少也。如斯現象。雖其原因。不得證諸統計然本島之氣候風土與夫風土病之麻拉里亞者。其影響於本島在住者之健康。確為不尠也。然在今後醫術衛生之進步。減各種病原。其由氣候風土而來之天然障礙。可信其必減。	氣候、風土病
209	利用糖蜜	1910年07月30日，03，漢文臺灣日日新報	本島製糖。現正繁盛之極。所製出糖蜜。遂年不少。雖因風土	氣候

編號	標題	日期，（夕）日刊，版次，刊名	關鍵字句	風土意涵
			之關係。用途不能完全。作因松井技師之考究。欲將此糖蜜製造無臭酒精。以今醫藥及工業之用。今者有力家二十餘名。欲投二十萬圓。以準備創設東京酒精株式會社云。	
210	源成農場近狀	1910年08月07日，03，漢文臺灣日日新報	當昨年夏季移住之初。衛生甚不良。疾病死亡者不少。爾來諸設設備。且氣候風土漸慣。結局本年夏季之疾病漸減所有疾病者。多係瘧疾，胃腸病，呼吸器病等症。然衛生上最關係者。日用之水。	氣候
211	大庭氏南阿瞥見（三）	1910年08月10日，04，漢文臺灣日日新報	嘗謂我國名花卉。為櫻為菊。菊之大輪者。且有種種。非他地方所可企及。不圖於南阿見之。南阿人士之栽培得法耶。抑風土氣候使然耶。	氣候
212	亞鉛歐鐵／黑省移民失敗	1910年08月26日，03，漢文臺灣日日	東督錫良響因移湖北饑民使住黑龍江。向	氣候

編號	標題	日期，（夕）日刊，版次，刊名	關鍵字句	風土意涵
		新報	南滿東清兩鐵路當局。議減車資一半。移民二千餘名。現因不服風土。疾病顛連者二百餘名。	
213	施設衛生	1910年08月27日，05，漢文臺灣日日新報	該病施設豫防。仍不可廢。現在當局傾注全力。為之防備。以期撲滅。竝從前固有之風土病。亦加意嚴防。	風土病
214	花蓮瑣談	1910年09月14日，05，漢文臺灣日日新報	給墾以賀田組為最大。其待個人最厚。由墾主給與資本。開成則以其均分之。奈前山人不慣後山。恐有風土病。就耕者寥寥。以致所開者尚十不及一。本年賀田組已招佃種蔗。取其易于為力也。花蓮港廳有鑑于此。故後之請開墾者。皆不輕易許可。惟令隨開隨報。然花蓮港因住者日益多。且有醫院之設。風土病殆不足為虐矣。	風土病

編號	標題	日期，（夕）日刊，版次，刊名	關鍵字句	風土意涵
215	獎勵移民朝鮮	1910年09月28日，01，漢文臺灣日日新報	人情風土 本邦海外移民。雖伯剌西爾，秘露等處。許其航渡。然到地後。多不如所望。非工資缺少。操作失度。即風土不宜。甚有違背契約。載往他方。或疾病顛連。窮苦無告者。	風俗民情
216	比島近狀	1910年10月06日，01，漢文臺灣日日新報	風土病	風土病
217	勞力增加策	1910年10月07日，02，漢文臺灣日日新報	且有氣候關係。風土病猖獗。	風土病
218	澎島試種蔬菜情狀	1910年10月11日，02，漢文臺灣日日新報	為圖改良栽培及普及。特於明治四十一年度。擇其適于本島風土氣候之蔬菜數種。試行栽培。	氣候
219	蠶養天蠶狀況	1910年10月11日，02，漢文臺灣日日新報	本島風土氣候。最適于蠶養供製絲線之天蠶。	氣候
220	朝鮮養蠶業	1910年10月14日，02，漢文臺灣日日新報	然其風土氣候與內地不異。將來養蠶之業。自可刮目有望。	氣候

編號	標題	日期，（夕）日刊，版次，刊名	關鍵字句	風土意涵
221	朝鮮之氣候（三）	1910年10月20日，01，漢文臺灣日日新報	就以上風土氣候而論。內地人有誤傳朝鮮為寒暑皆酷烈不堪者。有謂朝鮮雨量寡少不適耕種者。其實不然。氣候佳良。	氣候
222	羅馬王國（十四）	1910年10月30日，03，漢文臺灣日日新報	由亞里絲里亞上陸。一行望羅美林進發。眼見風土氣候迴異羅馬。小沙漠到處生草樹。有游民放牧其間。越一日過一峽。忽見山明水秀。瀑布白水自絕頂飛下。望之若半空白練。冷氣颯人。山鳥喈喈。野猿攀果物。見人即走。	氣候
223	烏龍茶試驗配合法	1910年11月01日，02，漢文臺灣日日新報	蓋茶不論如何種類。隨地味及風土氣候之殊。而品質有異。	氣候
224	廈門通信／稅司易員	1910年11月01日，03，漢文臺灣日日新報	稅司易員廈門稅務司。綿嘉義氏。在廈多年。風土熟識。辦理稅務。專以體恤商民。	風俗民情
225	故伊藤公及元老之追懷	1910年11月05日，01，漢文臺灣日日	因憶去年伊藤公爵變遭慘故。是時伊藤公	氣候

編號	標題	日期，（夕）日刊，版次，刊名	關鍵字句	風土意涵
		新報	夫人臥病蓐甚篤。適公遺骸到著。余詢諸夫人曰。欲出迎乎否耶。夫人曰大磯訣別時。已等茲死別離矣。又憶去年十月余患胃腸病。突然公爵臨宅中發問。謂余曰今將有滿洲之行。子同道乎不同道乎。余答之曰適患病不能。愧甚愧甚。雖然時節漸寒冷。公之旅行。僕深為公憂。俟後日如何。公復笑應之曰。子未必知滿洲氣候滿洲健康地也。	
226	李王之入覲期	1910年11月09日，01，漢文臺灣日日新報	查訪母國風土人情	風俗民情
227	本社田原特派員渡歐記（四十）／巴奈馬運河（下）	1910年11月27日，01，漢文臺灣日日新報	力役供給之難。本工程。鑑蘇土運河開鑿之難頗用意於力役募集。故其初多用黑奴。蓋以其合於熱帶之風土也。然美政府。猶以多聚之於巴奈馬。	氣候

編號	標題	日期，（夕）日刊，版次，刊名	關鍵字句	風土意涵
228	廈門通信／歡迎議士	1910年12月08日，03，漢文臺灣日日新報	由東京搭附輪船。到臺灣遊歷。到處視察風土民情。	風俗民情
229	赤崁春帆／家禽改良	1911年01月09日，03，漢文臺灣日日新報	必欲選擇洋種雞體格肥偉。有適合本島風土者購買之。飼養之。俟其生育。	氣候
230	臺灣栽培柑橘摘要（一）	1911年01月11日，02，漢文臺灣日日新報	華盛頓甜橙。係由美國輸入於我國。最優良之種類也。其性質似雪柑。數年來移入本島。適於風土。果實圓形或稍橢圓形。	氣候
231	澎湖島之植樹	1911年01月16日，02，漢文臺灣日日新報	該島風力頗強。土砂飛散。樹木固不易生長。然究亦拔草為薪。有以使之然者。故現時當局者。一而開掘石炭。賤價以售。又而論以拔草之有害。努力冀樹木之生長。幸而幾經試驗。發見該島之土質。適於栽植綠珊瑚及草扉。今後得妨方法。使現鬱然光景。以調和氣候風土。	氣候

編號	標題	日期，（夕）日刊，版次，刊名	關鍵字句	風土意涵
232	馬來錫蘭近狀	1911年01月30日，01，漢文臺灣日日新報	該地風土。與錫蘭比較。尤為不良。麻剌利亞「瘧疾」極盛。	氣候
233	醫校要急擴張	1911年01月30日，02，漢文臺灣日日新報	如此衛生機關之缺乏。以與此惡風土鬥當局之苦心。不言而喻矣。	氣候
234	本島のマラリヤ	1911年02月14日，02，臺灣日日新報	風土病	風土病
235	本島瘧疾	1911年02月15日，02，漢文臺灣日日新報	本島瘧疾之風土病也。	風土病
236	邦人海外發展	1911年02月23日，01，漢文臺灣日日新報	地價隨都市遠近以差異。固亦因地形風土等之優劣。而有不同也。考其原因。良由紐育近郊。發達急激。地價無所統一。	地形
237	水道の一大發見（一）（本島土木部の發見に係る）	1911年03月15日，02，臺灣日日新報	風土病	風土病
238	京城近事	1911年04月15日，01，漢文臺灣日日新報	風土人情	風俗民情
239	臺中移民狀況	1911年04月16日，03，漢文臺灣日日新報	又響者以農場設計不完全。而移民未慣於本島氣候風土。	氣候

編號	標題	日期，(夕) 日刊，版次，刊名	關鍵字句	風土意涵
240	栽培柑橘及山地（上）	1911年04月30日，02，漢文臺灣日日新報	當如何利用依風土地勢之如何。利用方法有多少差異。或適於植林。或適為桑園。其用不等。然欲有利必須栽種柑橘。雖比平地之生產力較微。苟善為栽培。必可舉其良好成績。	氣候
241	律令第一號	1911年05月03日，01，漢文臺灣日日新報	第一條中「百斯篤豫防」改作「傳染病及風土病豫防」另添左開一項第一項風土病之種類依照臺灣總督所定附則本令自頒行之日起施行	風土病
242	府令第三十六號／府令第三十七號	1911年05月03日，01，漢文臺灣日日新報	傳染病及風土病豫防事項	風土病
243	防疫組合　百斯篤と云ふ冠を脱で更衣　この風土病とを全滅	1911年05月03日，07，臺灣日日新報	風土病	風土病
244	花蓮港通信（五月一日）　製氷會社の組織	1911年05月04日，03，臺灣日日新報	風土病	風土病
245	防疫組合	1911年05月04日，03，漢文臺灣日日新報	風土病	風土病

編號	標題	日期，（夕）日刊，版次，刊名	關鍵字句	風土意涵
246	督府移民方針	1911年05月12日，02，漢文臺灣日日新報	實行風土病豫防法。並為移民患病者治療。	風土病
247	廳長會議（第二日）	1911年05月18日，02，漢文臺灣日日新報	傳染病及風土病（殊如瘧疾）之防壓狀況如何	風土病
248	龜山局長澎湖談（二）　天下の好避暑地	1911年06月04日，02，臺灣日日新報	亞熱帶，風土病	風土病
249	內地米種之於本島	1911年06月05日，02，漢文臺灣日日新報	本島如移植內地米種其不如琉球之失敗也幾希。曩者在本島亦曾移植內地米種。不數年間。與風土俱化。名雖稱為內地米種。實與臺灣米種無異。且氣味不佳。磨春之減額頗多。粒形亦壞。	氣候
250	香粵近事／清工欲往西貢者請看	1911年06月07日，03，漢文臺灣日日新報	當經札行勸業道轉致西貢清商查明該埠風土如何。有無虐待工人積習。	風俗民情
251	新竹通信／亦榮已哉	1911年06月26日，03，漢文臺灣日日新報	鄭邦吉。醫學校之卒業生也。數年前曾在竹城開業。頗為當地人士所信用。嗣復游	風俗民情

編號	標題	日期，（夕）日刊，版次，刊名	關鍵字句	風土意涵
			歷南清。視察各地風土。大有所得。	
252	滿洲屯墾前途	1911年06月26日，01，漢文臺灣日日新報	地氣溫暖。若遷住于南洋北美等處。風土適合。或告成功。如滿洲則地氣嚴寒。水土難慣。故客年齊齊哈爾之遷民大半非死即逃。留住者亦不堪于耕作。至不得已而為送還。其失敗已昭然可鑒。若山東移民。彼于滿洲風土。雖稱適合。然每年必一次歸鄉積為習慣。清國當局欲使永住墾地。頗非容易。屯墾之前局。其成敗殊未可卜也。	氣候
253	嘉義廳學事（二）小學校（承前）	1911年06月28日，02，臺灣日日新報	風土病	風土病
254	沖繩芭蕉（二）	1911年07月03日，02，漢文臺灣日日新報	風土之關係。該植物雖有熱帶植物之特質。然氣溫堪華氏四十度以上。比諸普通甘蔗。草性強健。抗寒之力不富。以其性	氣候

編號	標題	日期，（夕）日刊，版次，刊名	關鍵字句	風土意涵
			質故甚好熱帶之地。發育狀況。則自鹿兒島而大島。而沖繩。而八重山。而臺灣。漸接近於熱帶圈。俱各良好。平常之芭蕉。偶遇暴風則莖鮮有不折者。此期禦風之力強。雖遇暴風而不折。蓋比諸馬尼剌亞貢加之芭蕉尤健也。	
255	臺灣於觀光講習之裨益	1911年07月05日，01，漢文臺灣日日新報	蓋臺灣為亞熱帶之鄉。風土景物。迥異內地。其間足以資政治家。寔業家學生家。取觀覽之益。補研究之方者。比比皆是。固不獨山川之秀媚。風景之宜人。足為觀光者游目騁懷。留連不置也。	風景、風俗民情
256	本邦可為世界大博物館	1911年07月07日，01，漢文臺灣日日新報	本邦之氣候風土。適乎存古之器物。豐公時代遺物之尚存者。復何足怪。邦人誠宜利用此特良之氣候風土。蒐世界古書古	氣候

編號	標題	日期，(夕)日刊，版次，刊名	關鍵字句	風土意涵
			器。以為世界之博物館也哉。	
257	本島農業一班（一）	1911年07月27日，02，漢文臺灣日日新報	本島之農業。為氣候風土之關係。植物種類及播種時期。養飼畜類等。	氣候
258	委員視察養蠶	1911年08月04日，02，漢文臺灣日日新報	臺灣豢蠶。因氣候風土之關係。則倣南清。最有利益。	氣候
259	臺灣は惡風土か（上）（故鄉の友人に與ふる書）	1911年08月08日，02，臺灣日日新報	臺灣は惡風土なりや否やは尚ほ幾多の研究を要すべし、一概に論じ去るべき問題にあらず、內地人が未だ臺灣の何たるを解せずして、單に在來の傳說を信じ概括的に臺灣を惡風土なりと斷言するは吾人の頗る不快とする所、啻だに內地に在る內地人のもならず、現に臺灣に居住し、若くは曾て臺灣に居住せし內地人にして尚ほ且つ臺灣を惡風土なりと論斷するものあり、	氣候

編號	標題	日期，（夕）日刊，版次，刊名	關鍵字句	風土意涵
260	歐洲遊學觀感／法不及德	1911年08月12日，01，漢文臺灣日日新報	德人因氣候風土之良。人民勵精圖業費用亦樸質。法人則意氣昂崇。	氣候
261	俄國極東移民不振	1911年08月12日，01，漢文臺灣日日新報	甚至有既移之後。以風土不慣之故。整裝復歸歐俄焉。	氣候
262	大冶一爐（百九七續）	1911年08月14日，01，漢文臺灣日日新報	故石田亦引用之。此地居然風土佳。丈人仕宦堪高枕。題面已盡了。	風俗民情
263	臺灣發達之三時期（續）	1911年08月17日，01，漢文臺灣日日新報	或邦人不樂去其風土俱佳之鄉國。或以為難在熱帶地。與支那人爭力役。而不欲移住之也歟。	氣候
264	兩代議士之南部觀	1911年09月23日，02，漢文臺灣日日新報	嗣南部地方在甘蔗口外。似以栽棉為最適事業。蓋該事業之不成效。非緣氣候風土異。想必栽培方法。因不得其宜者也云云。	氣候
265	廢止出港檢疫	1911年09月28日，02，漢文臺灣日日新報	臺灣因氣候風土之關係。一切衛生狀態。雖不得比內地為優。然要行檢疫之傳染	氣候

編號	標題	日期,(夕)日刊,版次,刊名	關鍵字句	風土意涵
			病。其豫防則不得謂比內地為劣。	
266	臺中近事／源成農場近況	1911年10月13日,03,漢文臺灣日日新報	而近來移民以無利益。或以風土不宜。紛紛他徙。	氣候
267	所望臺灣觀光團者	1911年10月14日,01,漢文臺灣日日新報	瘧疾有討伐隊之討伐。聲勢大滅。腳氣患之者少。殆空餘風土病之名焉。脊椎連山。	風土病
268	國語學校衛生	1911年11月03日,03,漢文臺灣日日新報	然與他病院所療患者同。殆亦臺灣風土有以使之然者歟。現時未設備病室。	氣候、衛生
269	楓葉荻花	1911年11月27日,03,漢文臺灣日日新報	如是乃無風土病也。	風土病
270	澎湖遊岬(下)題澎湖風土記	1912年01月23日,06,臺灣日日新報	澎湖風土記	作品名
271	新刊紹介　三河後風土記上(大閤記下)	1912年06月26日,03,臺灣日日新報	三河後風土記上(大閤記下)本書は通俗日本全史の第二回配本なり、	刊名
272	西窓漫筆　十州風土記	1912年10月04日,06,臺灣日日新報	十州風土記四明乃濱海之地。寧波為魚鹽之鄉。人居剛柔之間。地在溫帶	作品名

編號	標題	日期，（夕）日刊，版次，刊名	關鍵字句	風土意涵
			之內。古謂天下三十六洞天。七十二福地。四明乃第九洞天也。	
273	送手島官長歐米宦遊	1912年11月17日，03，臺灣日日新報	異國殊風土。行行須用心。	風俗民情
274	新春十二廳咏	1913年01月01日，61日，臺灣日日新報	宜蘭風土異。山脈向東分。平地愁多雨。佳禾喜若雲。鰹魚肥可網。雉子美成群。	氣候
275	十把一束	1913年03月17日，05，臺灣日日新報	風土病	風土病
276	種畜場の初駒	1913年06月24日，01，臺灣日日新報	氣候風土	氣候
277	阿里山と風土病	1913年06月25日，07，臺灣日日新報	風土病	風土病
278	宜蘭より	1913年06月27日，07，臺灣日日新報	風土病	風土病
279	官營移民の成功	1913年06月30日，02，臺灣日日新報	風土病	風土病
280	地膚の栽培　風土と種類	1913年12月02日，02，臺灣日日新報	風土と種類 地膚は概して風土を選ばざるも傾斜地の肥沃壤土を適當とす	氣候風土
281	平蕃紀事　限刪左九右一七	1914年02月13日，06，臺灣日日新報	一舉敉平化外頑。請縲壯士盡生還。版圖又闢榛蕪地。風土初	氣候

編號	標題	日期，（夕）日刊，版次，刊名	關鍵字句	風土意涵
			徵太小山。萬灶腦煙消瘴氣。一般王化被鯨蠻。　從茲蝸角乾坤裡。雞犬人家接漢關。	
282	平蕃紀事　限刪左十八右二三	1914年02月19日，06，臺灣日日新報	卷旗釋甲奏平蠻。威服無過五載間。史冊復增風土記。與圖初錄民名山。髑髏飲器氛方戢。玉臉雕題俗待刪。從此華夷同效順。樵蘇稼穡不知患。	風俗民情
283	基隆上陸奉寄家君	1914年03月25日，03，臺灣日日新報	快哉日域新天地。不厭瘴氛風土異。從此軍身南更南。時時應報平安事。	氣候
284	送篕盤君上京觀博覽會	1914年05月23日，06，臺灣日日新報	願藉如椽搜志乘。扶桑風土訪東京。富士山高雪已開。皇華採訪重奇才。	風俗民情
285	重寶な民曆	1914年12月13日，03，臺灣日日新報	風土習慣	風俗民情
286	附和梅樵先生瑤韻	1914年12月29日，n01版，臺灣日日新報	彈鋏江湖自笑迂。千金一散囊中無。新歸王化移風土。舊學文章莫展敷。愧我蝸盧	風俗民情

編號	標題	日期,（夕）日刊, 版次,刊名	關鍵字句	風土意涵
			長屈守。吟君詩句得機珠。　寒窗共話滄桑恨。歷劫多年未損軀。	
287	西瀛紀事　吟社叢談	1915年01月12日,n03版,臺灣日日新報	澎瀛吟社。自成立以來。社員響應入社。甚覺蒸蒸日上。遠如八罩島支廳。許樹林茂才。亦偕數教員。函請列為社員。其課題有關澎湖本聽之古蹟。如紅毛城懷古。及吉貝燈臺。奎壁山遠眺。太武山懷廬。若騰居士等。俱為警課員遠藤氏。搜輯入澎湖風土誌。	風俗民情
288	南洋は樂天地 衛生上から觀て	1916年08月06日,07,臺灣日日新報	風土醫學教育	衛生
289	續續有	1920年01月19日,05,臺灣日日新報	風土相異將鄉愁	氣候
290	中等學校長會議で代讀された後藤總務長官の歡迎辭／尚又氣候風土の變つた本島	1926年11月23日,n02版,臺灣日日新報	尚又氣候風土の變つた本島	氣候

編號	標題	日期，(夕) 日刊，版次，刊名	關鍵字句	風土意涵
291	三畫伯招待茶話會	1927年02月28日，03，臺灣日日新報	臺灣風土視察寫生の為め目下來北中の畫家北井石雲、松本古村、北川翠巖を臺灣日本畫協會員から招待し二十七日午後一時より本社三階で茶話會を開催した	風俗民情
292	東阿弗利加の風土と經濟事情大山總領事の報告概要	1928年04月06日，03，臺灣日日新報	東阿弗利加の風土	氣候、衛生
293	世界を股にかけ風土誌をつくる元氣な八十の老翁	1928年06月17日，07，臺灣日日新報	今いまから二年半程前に鄉里の大分縣宇佐郡安心院村を出てから日本內地を巡遊しそれより遙々朝鮮滿洲支那に渡りそれ等の地方の風土文物を調べて來たのだ相で各地の日本領事館や各會社の證明書を持つて居る、それからロシア、獨逸、佛蘭西に入り更に英國に渡り米國を經て歸來萬國風土誌を編纂	風俗民情

編號	標題	日期，（夕）日刊，版次，刊名	關鍵字句	風土意涵
			するのだと元気なことを言つてゐる	
294	オリンピック各選手　風土病に惱む	1928年08月06日，臺灣日日新報	風土病	風土病
295	記念樹　選定に就て（下）／風土氣候に適するもの	1928年10月09日，臺灣日日新報	風土氣候に適するもの	氣候
296	英國大學教授旅華考察風土人情　人民愛好和平　最恨軍閥丘八　可羨者大家庭　不幸離婚漸多　對進步女子勸其勿學浪曼	1929年03月25日，04，臺灣日日新報	風土人情	風俗民情
297	瓊州黎人風土一班　中有一處居民與漢人無異服裝猶是明制	1929年04月29日，04，臺灣日日新報	風土民情	風俗民情
298	一國の文化は風土に關係あり日本人は日本を忘れ勝ち	1929年05月08日，06，臺灣日日新報	つまりと云ふものはその國の風土氣候によつて發達の方面が違ふ事を示してゐる	氣候

編號	標題	日期，（夕）日刊，版次，刊名	關鍵字句	風土意涵
299	陰囊が腫上る珍妙な風土病 罹病者既に二百餘名 石川縣犀川村の珍事	1929年06月22日，07，臺灣日日新報	風土病	風土病
300	男盛りでも病に勝てず 入院中の兵隊さん達 風土は變つても 的厚い看護を喜ぶ 臺北衛戍病院を觀るの記（上）	1930年02月02日，08，臺灣日日新報	風土病	風土病
301	加俸減額問題 臺海故に人材か必要 暑熱や風土も辛い負擔（三） 一記者／ロボットに……／優秀なる人材／政變每に相當／次には臺灣の／子弟の教養上	1931年06月09日，n02版，臺灣日日新報	風土氣候	氣候
302	加俸減額問題（五）／內臺立場の相違から一部本島人の策	1931年06月11日，n02版，臺灣日日新報	風土氣候	氣候

編號	標題	日期，（夕）日刊，版次，刊名	關鍵字句	風土意涵
	動／氣候風土の異			
303	花蓮港の 特殊風土病 甲狀腺腫が多い	1931年08月26日，07，臺灣日日新報	風土病	風土病
304	川中島の風土病 恙蟲も居る 當局で對策攻究中	1931年09月04日，03，臺灣日日新報	風土病	風土病
305	川中島風土病亦有恙蟲	1931年09月05日，08，臺灣日日新報	風土病	風土病
306	南雅社廿三回月例會兼為市村博士餞別 新春雜述	1932年01月26日，08，臺灣日日新報	王師屯在烏桓地。應拜扶桑出日紅。勝游只合樂餘生。歲首心閒病亦平。省識蠻荒風土異。明朝行李又南征。前程誰得著思量。身世浮沈顧自傷。只願編年添一卷。新春杖履為詩忙。	風俗民情
307	努力酬いられて厭な風土病は一掃 武界工區の歡び	1932年02月06日，03，臺灣日日新報	風土病	風土病
308	角板山雜詠	1932年02月19日，08，臺灣日日新報	一丈鉅碑花木中。勒銘好足頌英雄。伏波壘老餘豪在。成就南	氣候

編號	標題	日期,(夕)日刊,版次,刊名	關鍵字句	風土意涵
			荒闢地功。征衣車上點緇塵。病後探奇笑此身。不厭炎方風土異。潤花溪鳥值年新。	
309	冲繩竹枝(下)	1932年10月27日,08,臺灣日日新報	服飾每隨風土分。舊邦殊俗所曾聞。葛衣寬博元無帶。唯結双襟不曳裙。	風俗民情
310	滿洲絕好臺人展驥 必具相當實力資斧(一)	1932年11月19日,n04版,臺灣日日新報	吉林多是村野。長春現即新京。已成首都。年中頗寒。雖五六月。老人亦須衣裘。目下霜雪大降。一至正二月間則松花江面。一帶雪積氷凝。可通車馬。五六月始見開氷。寒威之烈。非常夏國臺灣人所能想像也。	氣候
311	熱帶地藥用植物の適地調査を開始 規那樹は既に試驗濟の好成績 中央研究所衛生部で	1933年01月18日,n02版,臺灣日日新報	風土病	風土病
312	風土病根絕の為水道の敷設を歎	1933年03月28日,03,臺灣日日新報	風土病	風土病

編號	標題	日期，（夕）日刊，版次，刊名	關鍵字句	風土意涵
	願　部落民が結束して			
313	沖繩の風土病フイラリア蟲病　司法省と內務省が　協力で撲來をはかる	1933年05月03日，11日，臺灣日日新報	風土病	風土病
314	中華民國人が醫學博士　滿洲國特有の風土病研究で	1933年06月14日，07，臺灣日日新報	風土病	風土病
315	エチオビヤの皇帝陛下　おが邦人に御仁慈　風土病で倒れた四名の邦人を　御救助の上旅費を賜ふ	1933年06月25日，07，臺灣日日新報	風土病	風土病
316	籾百萬石分の耕地　臺灣だけ減段實行　風土上貯藏不可能のため	1933年10月23日，02，臺灣日日新報	風土	農作物
317	除夕偶得	1934年01月16日，08，臺灣日日新報	都北茅廬剔短檠。知否深思因熟讀。書香傳世有餘清。天向滄波盡處低。京華北望	氣候

編號	標題	日期，（夕）日刊，版次，刊名	關鍵字句	風土意涵
			意悽悽。祇憂風土頻為虐。善病寒閨有老妻。	
318	北部風土の研究から　製糖開始を遲らす　廿日より壓搾開始する　二結工場の試み	1934年02月18日，05，臺灣日日新報	北部風土、氣候風土	氣候
319	臺灣で始めてのココア樹栽培　氣候風土の諸條件を　具備する臺東廳下へ	1934年08月10日，05，臺灣日日新報	氣候風土の諸條件	氣候
320	支那滿洲風土記	1935年04月27日，07，臺灣日日新報	《支那滿洲風土記》	書名
321	始政記念四十年間の臺灣（12）惡性の風土病に惱された皇軍澎湖島ではコレラのため　人夫と軍隊が三分の一も倒る	1935年07月11日，07，臺灣日日新報	風土病	風土病
322	市區計畫の興隆と都市美　臺灣の都市の現狀風土に鑑みよ	1935年07月20日，02，臺灣日日新報	臺灣の都市の現狀風土	城市建設、都市景觀

編號	標題	日期，（夕）日刊，版次，刊名	關鍵字句	風土意涵
323	無腔笛／臺灣風土氣候	1935年12月30日，08，臺灣日日新報	臺灣風土氣候	氣候
324	臺灣と風土の似た シヤム開發に乘出せ 開拓に俟つ資源に滿されてゐる	1936年03月15日，03，臺灣日日新報	氣候風土	氣候
325	臺東で棉花試作の結果 優良種の作出に成功 風土の棉作に適合する事が いよく確認さる	1936年04月27日，09，臺灣日日新報	氣候風土	氣候
326	沖繩風土氣候酷似臺灣 欲交換視察團	1936年11月22日，08，臺灣日日新報	風土氣候	氣候
327	帝國南端の沃野に 建てよ！大日本村 風土病を見事征服してお正月のお祝ひも野良の中	1937年01月01日，21版，臺灣日日新報	風土病	風土病
328	久保醫師の 論文通過 黑水熱の研究	1937年03月14日，n02版，臺灣日日新報	台灣風土病	風土病
329	風土病の兩大關 虎眼と麻病 州	1938年02月14日，05，臺灣日日新報	風土病	風土病

編號	標題	日期，（夕）日刊，版次，刊名	關鍵字句	風土意涵
	當局は退治に懸命			
330	風土（三月號）	1938年03月03日，04，臺灣日日新報	《風土》	刊名
331	小衛生組合を組織　全州下に百六十七組を結成し　斷乎風土病を退治	1938年03月10日，09，臺灣日日新報	風土病	風土病
332	新竹州下での珈琲栽培實績　氣候風土に適應して有望　（上）／新竹州下に適すろ品種	1938年05月02日，02，臺灣日日新報	氣候風土	氣候
333	履物の發達　日本の風土氣候にとても適つた下駄	1938年06月08日，n04版，臺灣日日新報	風土氣候	氣候
334	新風土（創刊號）	1938年06月13日，n04版，臺灣日日新報	《新風土》	刊名
335	新風土（七月號）	1938年06月29日，06，臺灣日日新報	《新風土》	刊名
336	新風土（八月號）	1938年07月29日，n03版，臺灣日日新報	《新風土》	刊名

編號	標題	日期，（夕）日刊，版次，刊名	關鍵字句	風土意涵
337	強敵は風土病 醫療機關不備のため 死亡者，病人が續出	1938年08月20日，05，臺灣日日新報	風土病	風土病
338	新風土（九月號）	1938年09月05日，06，臺灣日日新報	《新風土》	刊名
339	新風土（十月號）	1938年10月07日，06，臺灣日日新報	《新風土》	刊名
340	ラヂオ／鄉土一夕話 大阪・午後六時二〇分 今井規清 『蜜柑風土記』	1938年11月05日，04，臺灣日日新報	《蜜柑風土記》	書名
341	風土（十一月號）	1938年11月07日，03，臺灣日日新報	《風土》	刊名
342	新風土（十一月號）	1938年11月08日，06，臺灣日日新報	《新風土》	刊名
343	新蒙古風土記（高山洋吉譯）	1938年11月17日，06，臺灣日日新報	《新蒙古風土記》	書名
344	病氣は風土病か	1938年11月19日，07，臺灣日日新報	風土病	風土病
345	新風土（十二月號）	1938年12月02日，03，臺灣日日新報	《新風土》	刊名
346	衛生隊が廣東へ 愈よ風土病退治に 河田博士一行高雄發	1938年12月14日，05，臺灣日日新報	風土病	風土病

編號	標題	日期，（夕）日刊，版次，刊名	關鍵字句	風土意涵
347	醫療班も廣東へ 風土病討伐の重大任務	1938年12月21日，07，臺灣日日新報	風土病	風土病
348	新風土（一月號）	1939年01月09日，04，臺灣日日新報	《新風土》	刊名
349	新風土（二月號）	1939年02月11日，06，臺灣日日新報	《新風土》	刊名
350	愈よ上梓された 臺灣風土記　臺灣の知識人を動員して	1939年02月18日，06，臺灣日日新報	《臺灣風土記》	書名
351	臺灣風土記	1939年03月14日，03，臺灣日日新報	《臺灣風土記》	書名
352	風土の匂ひ（上）	1939年03月16日，06，臺灣日日新報	和田傳〈風土の匂ひ〉	篇名
353	風土の匂ひ（中）	1939年03月17日，06，臺灣日日新報	和田傳〈風土の匂ひ〉	篇名
354	「おだんご」を讀む	1939年03月18日，06，臺灣日日新報	《臺灣風土記》	書名
355	風土の匂ひ（下）	1939年03月19日，06，臺灣日日新報	和田傳〈風土の匂ひ〉	篇名
356	新風土（四月號）	1939年03月28日，n03版，臺灣日日新報	《新風土》	刊名
357	風土病トラホームを　徹底的に	1939年04月08日，05，臺灣日日新報	風土病	風土病

編號	標題	日期，（夕）日刊，版次，刊名	關鍵字句	風土意涵
	撲滅 無料診療所を增設			
358	風土病が猖獗し一部落殆ど全滅！ 衝繩懸西表島の慘狀	1939年05月30日，11日，臺灣日日新報	風土病	風土病
359	『臺灣風土記』待望の第二卷公刊さる	1939年05月31日，06，臺灣日日新報	《臺灣風土記》	書名
360	新風土（六月號）	1939年06月06日，04，臺灣日日新報	《新風土》	刊名
361	風土病の撲滅を主に 保健聯合組合を結成 店開きは九月の初旬頃	1939年07月26日，06，臺灣日日新報	風土病	風土病
362	臺灣風土記卷之參（西川滿編）	1939年10月29日，04，臺灣日日新報	《臺灣風土記》	書名
363	湖南風土記（上） 洞庭の水鄉	1939年12月02日，n04版，臺灣日日新報	湖南風土記	作品名
364	新風土（二／十一）	1939年12月29日，04，臺灣日日新報	《新風土》	刊名
365	興亞服の基本資料 服裝解決こそ緊急問題／氣候風土から見て	1940年03月07日，n03版，臺灣日日新報	氣候風土	氣候

編號	標題	日期，（夕）日刊，版次，刊名	關鍵字句	風土意涵
366	新風土（三月號）	1940年03月15日，臺灣日日新報	《新風土》	刊名
367	荒涼たる眺め（風土の花よ，開け）	1940年04月12日，06，臺灣日日新報	風土の花	風俗民情
368	新風土（四月號）	1940年04月19日，06，臺灣日日新報	《新風土》	刊名
369	臺灣風土記（卷之四）	1940年04月21日，06，臺灣日日新報	《臺灣風土記》	書名
370	福建風土記（宮川次郎著）	1940年04月24日，06，臺灣日日新報	《福建風土記》	書名
371	新風土（八月號）	1940年08月21日，04，臺灣日日新報	《新風土》	刊名
372	新風土（三ノ七）	1940年09月19日，04，臺灣日日新報	《新風土》	刊名
373	愛の風土（朝倉秀雄譯）	1940年11月05日，04，臺灣日日新報	《愛の風土》、《新風土》	書名、刊名
374	新風土（最近號）	1940年11月05日，04，臺灣日日新報	《新風土》	刊名
375	新風土（十二月號）	1940年12月21日，n03版，臺灣日日新報	《新風土》	刊名
376	臺灣の風土に適した生活を行へ　生活刷新座談會（一）	1941年02月25日，n03版，臺灣日日新報	臺灣の風土	風俗民情

編號	標題	日期，（夕）日刊，版次，刊名	關鍵字句	風土意涵
377	新風土（六月號）	1941年06月14日，n03版，臺灣日日新報	《新風土》	刊名
378	タィ・マレー國境を行く（下）ゴム景氣は昂まる 泰の熾烈な經濟戰 風土病、英の妨害と闘ふ邦人	1941年07月24日，n01版，臺灣日日新報	風土病	風土病
379	蕃器を取り入れて風土に適した茶道を	1941年08月02日，n03版，臺灣日日新報	風土	氣候
380	臺灣の風土に則した 理想的の服裝實現！	1941年10月25日，03，臺灣日日新報	氣候風土	氣候
381	印度支那諸相──日本の風土思はす 古都、ユエの松並木	1941年10月30日，n03版，臺灣日日新報	日本の風土	風景
382	米，西の桎梏下に 三百七十年の歷史 比島の首都マニラ市／人口と風土	1942年01月06日，02，臺灣日日新報	人口と風土	氣候、風土病

編號	標題	日期，（夕）日刊，版次，刊名	關鍵字句	風土意涵
383	氣候風土その他生活樣式加味の女子島民服近く制定 皇奉でげふ衣服座談會	1942年01月28日，n02版，臺灣日日新報	氣候風土	氣候
384	保健上より見たる南方事情講座（三）／南洋の主要疾病（マフリアを除く）（上） 風土病，流行病は事業も蹉跌せしめる 惡疫撲滅が主要問題	1942年02月24日，03，臺灣日日新報	風土病	風土病
385	臺北州下蕃社名を日本式に 風土、地形、史蹟に因改稱み	1942年06月23日，n02版，臺灣日日新報	風土、地形、史蹟	風景、地景
386	豐年を祈るビス—踊 カンボン・シゲリの奇習 セレベス風土記	1943年09月10日，n02版，臺灣日日新報	セレベス風土記	風俗民情
387	判らぬ男女の區別 ニューギニア風土記	1943年10月12日，04，臺灣日日新報	ニューギニア風土記	風俗民情

文學研究叢書・臺灣文學叢刊 0810017

被爭奪的風景：

臺灣與滿洲風土書寫之比較（1931-1945）

作　　　者	蔡佩均
責任編輯	陳宛妤
特約校稿	林秋芬

發 行 人	林慶彰
總 經 理	梁錦興
總 編 輯	張晏瑞
編 輯 所	萬卷樓圖書股份有限公司
	臺北市羅斯福路二段 41 號 6 樓之 3
	電話 (02)23216565
	傳真 (02)23218698

發　　　行	萬卷樓圖書股份有限公司
	臺北市羅斯福路二段 41 號 6 樓之 3
	電話 (02)23216565
	傳真 (02)23218698
	電郵 SERVICE@WANJUAN.COM.TW
香港經銷	香港聯合書刊物流有限公司
	電話 (852)21502100
	傳真 (852)23560735

ISBN 978-626-386-021-6

2024 年 2 月初版

定價：新臺幣 580 元

如何購買本書：

1. 劃撥購書，請透過以下郵政劃撥帳號：

　　帳號：15624015

　　戶名：萬卷樓圖書股份有限公司

2. 轉帳購書，請透過以下帳戶

　　合作金庫銀行 古亭分行

　　戶名：萬卷樓圖書股份有限公司

　　帳號：0877717092596

3. 網路購書，請透過萬卷樓網站

　　網址 WWW.WANJUAN.COM.TW

大量購書，請直接聯繫我們，將有專人為您
服務。客服：(02)23216565 分機 610

如有缺頁、破損或裝訂錯誤，請寄回更換

國家圖書館出版品預行編目資料

被爭奪的風景 : 臺灣與滿洲風土書寫之比較
(1931-1945) / 蔡佩均著. -- 初版. -- 臺北市 :
萬卷樓圖書股份有限公司, 2024.2

　　面 ; 　公分. -- (文學研究叢書. 臺灣文學叢
刊 ; 810017)

ISBN 978-626-386-021-6(平裝)

1.CST: 臺灣文學 2.CST: 滿洲國 3.CST: 文學評論

863.2　　　　　　　　　　　112019922